KB003286

5·18, 우리들의 이야기

1980년 5월, 나는 고등학교 3학년이었다.

일러두기

- 이 책은 1980년 5·18민주화운동 당시 광주서석고등학교 3학년 학생 중 61명의 항쟁 체험담을 엮은 것이다. 당사자가 직접 쓴 것도 있고, 집필이 어려운 사람은 그 진술을 토대로 정리한 것도 있다.
- 글의 순서는 항쟁의 참여 강도보다는 모두의 체험이 공히 중요하다고 판단해 저자들의 이름 가나다순으로 배치했다. 제4부의 글은 이미 지면에 소개되었기에 분량을 줄여서 책의 뒷부분에 편집했다.
- 5·18민주화운동을 지칭하는 '5·18민중항쟁', '오월 광주', '5·18', '광주항쟁' 등의 용어는 각 원고의 특성을 살리기 위해 통일하지 않았으며, 당시의 특별한 장소는 독자의 이해를 돕기 위해 현재의 장소를 괄호 안에 명시하였다.
- 항쟁 당시 광주서석고등학교의 공식 휴교기간은, 지난 2006년 5월 발행된 서석고 30년사 『서석 그 이름 따라』에 따르면, 1980년 5월 20일부터 6월 19일까지였다. 3학년은 5월 20일부터 6월 14일까지, 1·2학년은 5월 20일부터 6월 19일까지 휴교했다.
- 이 책은 39년이 흐른 후의 기록이어서 5·18민주화운동 시간대별 일지와 다소 혼동된 경우도 있었지만, 관련 자료를 토대로 정밀하게 검증하여 시간적인 오류를 보완하려고 노력했다.
- 광주서석고등학교는 1980년 5월 15일부터 16일까지 이틀간 개교기념식 및 체육대회를 개최했다. 이 책의 체험담 중 어떤 사람은 5월 15일로, 어떤 사람은 5월 16일로 표기돼 있으나, 모두 맞기 때문에 그대로 기술했다.

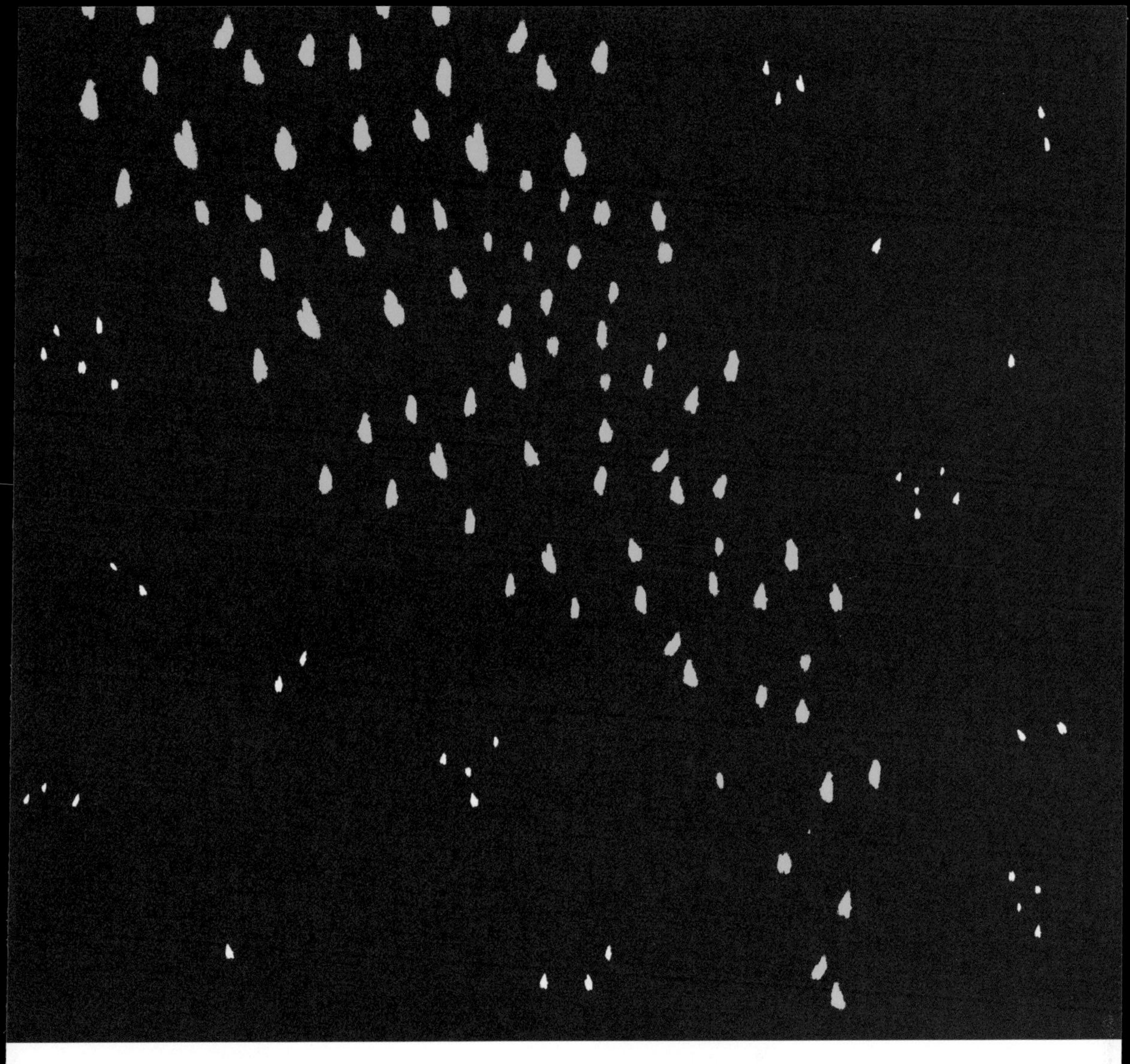

광주서석고등학교 제5회 동창회 엮음

5·18, 우리들의 이야기

1980년 5월, 나는 고등학교 3학년이었다.

심미안

오월에서 민주주의, 사람생명과 평화, 하나됨의 시민공동체 : 대동세상으로!

먼저 1980년 당시 '고3' 학생이던, 『5·18, 우리들의 이야기』의 공동저자인 광주서석고등학교 졸업생 61명의 '젊은 청춘들'에게 경하의 말씀과 함께 큰 박수를 보냅니다. 5·18광주시민항쟁 39주년을 맞이하여 펴내는 여기 젊은 청춘들의 이야기는 우선 솔직하고, 리얼하고, 그때 광주시내 고등학생들의 마음과 행동과 고통, 분노와 몸부림과 희망을 대표적으로 보여주는 '생체험'이 오롯하게 담겨 있어 큰 감동을 줍니다. 역사적 의미의 디테일한 부문 혹은 입체적 단면들을 보여주고 있어서 또한 중요한 가치가 있다고 생각합니다. 마치 수면 아래 가라앉아 있던 수련의 뿌리가 마침내 물 위로 올라와 곱고 둥근 꽃 봉우리를 펴 올리듯이 이들 61명 젊은 청춘들의 기록은 너무도 눈물겹고 삶과 역사적 에너지를 간직하고 있어서 참으로 소중합니다.

이 땅의 모든 비극은 '분단'에서 왔습니다. 1980년 5월의 광주도 바로 분단이 내포한 내부(국내문제)모순과 외부(외세문제)모순 속에서, 특히 내부모순에 의해서 희생양이 되었습니다. 나라를 지켜야 할 군인들이 잿밥에 눈이 어두워 '정권찬탈'을 기도한 신군부세력(전두환의 하나회를 주축으로 한)이 한반도 남녘, '광주'를 타깃으로 삼고 마치 적지(敵地)처럼 달려들었습니다. 3, 7, 11공수와 20사단 병력이 그들이었습니다. 심한 경우 그들은 LSD환각제까지 술에 타 먹고 광주에 투입됐다는 말도 있었습니다. 그만큼 광주에서의 계엄군들은 '이성'을 잃고 광분한 모습이었습니다.

특히 '수도 서울'을 지켜야 할 수도경비사령부 소속 박준병의 20사단 병력의 '광주투입'은 쿠데타(coup d'État)의 전형을 보여주는 하나의 분명한 증거였습니다. 이들 쿠데타 세력은 나라의 안보와 방위보다는 국군을 사단화(私團化)시켜 음모와 반역의 도구로써 이용, 10일 동안 낮과 밤을 가리지 않고 이민족의 군대처럼 '광주학살'을 자행했던 것입니다. 어린 중학생과 임신부까지 학살하면서 '사람으로서의 이성과 마음자세'를 잃은 쿠데타세력-계엄군은 광주시민들을 '폭도'라고 매도했습니다.

그러나 광주시민들은 그것에 무릎을 꿇지 않았습니다. 당시 80만 광주

시민들은 남녀노소 모두가 하나가 되어 거대한 두레공동체… 시민공동체를 만들어 민주주의 사수, 사람생명존중, 대동세상, 오월에서 통일로, 깃발 아래 세상에서 가장 아름다운 시민공동체를 만들어 서로의 '밥과 사랑'을 나눠 먹었습니다. 같이 울고 같이 어깨하면서 역사의 드높은 산봉우리를 넘어 자유와 민주주의, 평화와 통일, 사람답게 사는 세상을 향한 지평선을 펼쳐놓았습니다.

> 아아, 광주여 무등산이여/죽음과 죽음 사이에/피눈물을 흘리는/우리들의 영원한 청춘의 도시여//…//하느님도 새떼들도 떠나가버린 광주여/그러나 사람다운 사람들만이/아침저녁으로 살아남아/쓰러지고, 엎어지고, 다시 일어서는/우리들의 피투성이 도시여/죽음으로 죽음을 물리치고/죽음으로써 삶을 찾으려 했던/아아 통곡뿐인 남도의/불사조여 불사조여 不死鳥여//…//광주여 무등산이여/아아, 우리들의 영원한 깃발이여/꿈이여 십자가여/세월이 흐르면 흐를수록/더욱 젊어져 갈 청춘의 도시여/지금 우리들은 확실히/굳게 뭉쳐 있다/확실히 굳게 손잡고 일어선다.
>
> – 김준태 詩 「아아 광주여, 우리나라의 십자가여」 중에서

그렇습니다. 과거는 미래입니다(Past is Future). 그날의 과거는 오늘의 현재와 내일의 미래에 대한 '역사의 이정표'입니다. 예, 1980년 광주오월과

한반도의 역사는 새로운 패러다임을 추구하는 역동성을 발휘하기 시작했습니다. 민주주의, 생명존중, 대동세상, 분단에서 '하나됨의 나라'를 추구하는 통일문화와 통일철학이 찾아오게 된 것입니다. "오월에서 통일로! 사랑과 평화"가 그것으로 우리의 역사와 삶속에 형상과 영감을 가져다주고 실천적 행동 그 아름다움도 같이 보여주고 있습니다.

1980년 당시, '고3' 학생이던, 『5·18, 우리들의 이야기』의 공동저자인 광주서석고등학교 졸업생 61명의 '젊은 청춘들'! 그대들이 참으로 자랑스럽습니다. 그대들이 참으로 사랑스럽습니다. 자랑스러운 광주학생들은 자랑스러운 대한민국의 국민이요 희망이요 저 하늘의 빛나는 별이기도 합니다. 민주주의와 사람생명존중, 대동세상을 같이했던 1980년 5월의 '광주정신'으로 더욱 이 나라를 사랑하면서 모두가 웃는 '한반도 하나됨의 그날'을 꿈꾸어봅시다. 건강하시고 평화하시길 축원합니다.

모두의 평화를 빌면서… 축하합니다! 감사합니다!

2019년 5월 무등산을 바라보면서

시인, 前 5·18기념재단 이사장 김준태

둔필승총(鈍筆勝聰)의 자세로 '5·18'의 역사에 이 기록을 바친다

다시 5월이 왔습니다. 1980년 5월 이후 서른아홉 번째 맞이한 5월입니다. 5월이 오면, 망월동 국립5·18묘지로 가는 길에는 하얀 이팝나무 꽃들이 흐드러지게 피어 있습니다. 마치 이승의 추모객들과 저승의 5·18영령들을 하나로 이어주는 순결한 추념의 동굴을 지나는 것 같아 숙연해집니다.

이 책의 공동저자인 우리는, 1980년 5·18 당시 광주서석고등학교 3학년이었습니다. 박정희 사후 안개정국을 비판하는 민주화 투쟁보다도, 대학입시에 온 신경을 집중할 때였습니다. 그러나 광주에서 자행된 전두환 신군부세력의 무자비한 총칼 앞에 그냥 바라보고만 있을 수 없었습니다. 당연히 시위에 동참했고, 그 여파로 학교가 한 달여를 휴교했으니, 제대로 공부할 리 없었습니다. 총상을 당하거나 교도소에 수감된 친구들은 물론, 5·18 때문에 한 달여 동안 고3수험생 신분을 잃어버렸던 우리 모두가 큰 피해자가 되어버렸습니다.

그래서인지 우리 친구들은 모이기만 하면 5·18 이야기로 시간 가는 줄 모릅니다. 군대 다녀온 남성들이 술자리에서 군대 이야기로 대화의 물꼬를 트듯이 말입니다. 군대 이야기는 젊은 시절 한 토막의 추억거리이지만,

5·18 체험담은 웃으면서 이야기할 수 있는 추억거리가 결코 될 수 없었습니다. 계엄군의 만행을 머릿속에서 끄집어내 살풀이하듯이 곱씹어야 했기 때문입니다.

최근에는 5·18을 왜곡·폄훼하는 세력들이 준동하고 있어, 전국에 흩어져 생업에 열중하고 있는 친구들의 성난 목소리가 커지고 있습니다. 5·18을 겪었던 친구들은 그들의 얼토당토 않는 '북한군 개입설'에 울분을 토로했습니다. "그렇다면 고3이었던 우리들이 북한군의 사주를 받아 시위대 차를 타고 총을 들고 '전두환 물러가라' '계엄령 해제하라' '김대중 석방하라'고 외치면서 다녔다는 말인가."라고 하면서, 어이없는 표정들이었습니다.

'간첩 침투설'도 마찬가지입니다. 이 책에도 소개되었지만, 시민들과 시위대원들, 시민군들은 하나같이 특정인이 간첩으로 의심되면 먼저 잡아서 군 수사기관에 넘기거나 조사했습니다. 반공교육 때문인지 여차하면 조사하고 데리고 갔던 것입니다. 최근에 밝혀진 사실이지만, 군 요원들이 사복 차림으로 시위대에 위장 침투해 정보수집과 선동 등 특수임무를 수행한 '편의대' 활동도 있었습니다. 시민들의 철저한 반공의식과 군 편의대 활동 등

촘촘한 경계망을 뚫고 어떻게 간첩들이 활동할 수 있었겠습니까?

5·18 왜곡·폄훼세력들은 억지논리를 교묘하고도 그럴듯하게 포장해 왜곡하고 호도하고 있습니다. 그런데 정작 5·18을 직접 체험한 우리들은 남의 일처럼 소극적으로 대처하고 있는 것 같아 안타깝기 그지없습니다.

작년 1월이었습니다. 동창회장에 취임하면서 친구들에게 5·18 체험담을 써보자고 제안했습니다. 친구들은 흔쾌히 동의했습니다. 2년여에 걸친 5·18 체험담 기록과 출판의 대장정은 이렇게 시작되었습니다.

첫해인 2018년 3월 동창회 산하에 〈5·18체험담기록위원회〉를 구성하고 활동하였고, 올해에는 〈5·18체험담출판준비위원회〉를 출범해 활동해왔습니다. 5·18기념재단의 공모사업에도 2년 연속 선정돼 체험담 출판 사업에 탄력이 붙었습니다.

출판준비위원들은 바쁜 생업에도 불구하고 열 차례 이상 개최한 회의에 참석해 책의 방향을 기획하고 세부적인 방법을 모색했습니다. 체험담 기록에 응해달라는 부탁을 하고, 취재를 위해 서울과 목포, 장성 등 전국의 생업현장을 찾았습니다. 만나기 어려울 때는 통화를 하면서 녹음도 하고 이메일과 카톡, 메시지를 주고받기도 했습니다. 아직도 트라우마에 사로잡혀 있는 친구들은 뒤늦게나마 어려운 결정을 해주었고, 안타깝게도 몇몇 친구들은 끝내 응하지 않았습니다.

이 책은 1980년 5·18 당시 고등학교 3학년이었던 친구들이 직접 체험한 내용을 기록한 것입니다. 계엄군의 총칼에 맞서 시위에 적극적으로 참여한 것은 물론, 그렇지 않았더라도 신군부의 정권장악 시나리오에 따라 자행된 '광주살육작전' 때 어떻게 지내고 있었는지가 생생하게 소개되어 있습니다.

졸업생 580여 명 중 죽거나 연락이 안 된 200여 명을 제외한 380여 명 중에서 61명이 참여했습니다.

『5·18, 우리들의 이야기』는 5·18의 역사에서 바라볼 때, 여러 가지 의미를 부여할 수 있습니다.

첫째, 이 책은 5·18 항쟁 당시 지도부 가운데 한 명을 주인공으로 하는 체험담이 아닙니다. 고3 친구들인 61명 모두가 각각 주인공이며, 그런 만큼 이야기도 각양각색입니다. 이들은 계엄군과 맞서 싸우다가 총상을 당하고 구속되기도 했고, 계엄군의 폭력을 피해 다락방에 숨기도 했습니다. 백리길 시골집까지 걸어간 친구가 있는가 하면, 어른들의 뜻에 따라 집 안에 갇혀 있는 친구도 있었습니다. 5·18로 인해 인생여정의 항로가 180도 달라진 친구들도 적지 않습니다. 이들 모두가 피해자요 주인공입니다.

둘째, 1980년 5월 당시 순진무구한 고3 대입준비생들이 직접 겪었던 생생한 5·18 체험담이 책으로 출간됨으로써, 아직도 계속되고 있는 5·18 폄훼세력의 '북한 사주설' '북한 특수부대 개입설' 등이 허무맹랑한 허구임을 입증하고 있습니다.

셋째, 지금껏 알려진 여러 5·18 관련 책자 가운데, 특정 고교 3학년생들의 체험담만으로 된 자료집이나 책자로는 첫 출판이어서, 5·18 진실규명과 5·18 정신 함양 및 확산에 기여할 것입니다.

넷째, 그간 잘 알려지지 않았던 5·18 당시 광주시민들(학생들 포함)의 평범하고도 일상적인 생활상이 가감 없이 기록되었을 뿐 아니라, 새로운 사실(군 편의대 활동내용)도 추가로 밝혀내 5·18의 전국화에도 도움이 될 것입니다.

다섯째, 이 책의 출간으로 광주지역 다른 고교 졸업생들에게도 5·18 체험담을 기록하게 하는 자극제 역할을 하여, 5·18의 위대한 항쟁정신과 숭고한 대동정신을 계승·발전시키는 데 기여할 것입니다.

여섯째, 이 책은 서석고 학생들의 5·18 체험담이지만, 당시 광주·전남의 전체 상황을 조망했다고 해도 과언이 아닙니다. 당시 광주와 전남이 분리되지 않아 60% 이상이 전남 출신 학생들이었습니다. 이들은 광주시내 곳곳에 거주하면서 학교를 다녔기 때문에 광주시내 전체 상황을 확인할 수 있습니다.

둔필승총(鈍筆勝聰)이란 한자성어가 있습니다. '둔한 기록이 총명한 머리를 이긴다.'는 뜻입니다. 500여 권의 저작을 남긴 다산 정약용 선생이 한 말입니다.

그렇습니다. 제 아무리 기억력이 좋더라도 정확하게 기억하기에는 한계가 있을 수밖에 없습니다. 더 늦기 전에, 더 많이 잊히기 전에 기록해두고 자료들을 보존해야 합니다. 5·18 폄훼세력들이 더 이상 '광주정신'을 훼손하는 일이 없도록 해야 합니다. 도도하게 흐르는 시대의 흐름에 역행하지 못하도록 해야 할 것입니다.

백년 후, 우리 후손들이 5·18 폄훼세력들의 왜곡 자료들을 진실인 양 교육을 받게 할 수는 없지 않겠습니까?

이 책의 내용 가운데 혹여 5·18민주화운동사에 누가 될 수 있는 대목이 있을 수도 있습니다. 그럼에도 그 당시 고교 3학년이었던 우리들이 직접 겪었던 일이고, 자질구레하더라도 5·18 역사의 한 부분으로 편입되어야 한다고 여겨 포함했습니다.

이 책이 세상에 나오기까지 여러 어려움이 있었습니다. 무엇보다도 동기들로 구성된 〈5·18체험담출판준비위원회〉 활동이 생업을 병행하면서 추진해야 했기에, 진행 속도가 느릴 수밖에 없었습니다. 그럼에도 이처럼 456쪽에 이르는 책을 출간하는 큰 성과를 낼 수 있었습니다. 모든 어려움을 감내하고 적극적으로 활동해준 고재철·방창석·이병원·임영상·장식·정강철·정인식·조선호·최인근·한광희·함상혁 위원, 모두 수고하셨습니다.

체험담 출판 사업에 관심을 가져준 모든 5회 친구들과 체험담 취재에 응해준 친구들도 고맙습니다.

아울러, 수많은 자료사진을 제공하고 2년 연속 공모사업에 선정해준 〈5·18기념재단〉과, 귀중한 자료사진을 제공해준 〈광주광역시청〉, 〈5·18민주화운동기록관〉, 〈전남일보〉에도 감사드립니다. 나주공고 이재권 교사와 드론 촬영을 해주신 마동욱 선배도 고맙습니다.

바쁜 와중에도 추천사를 흔쾌히 써 주신 전(前) 5·18기념재단 이사장 김준태시인과 『죽음을 넘어 시대의 어둠을 넘어』 공저자인 이재의 박사께도 감사의 말씀을 드립니다. 거친 5·18 체험담을 멋지고 가치 있는 책으로 만들어준 〈심미안·문학들〉 출판사 송광룡 대표를 비롯한 관계자 여러분에게도 심심한 감사의 말씀을 전합니다.

5월 영령의 영전에 이 책을 바칩니다.

2019년 5월

광주서석고 5회 동창회 회장 임영상

차 례

제1부 악몽으로 되살아나는 오월

제2부 상무대 영창에 갇혀

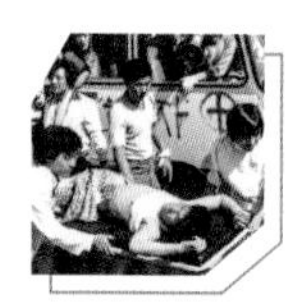

제3부 내 몸에 박혀 있는 계엄군의 총탄

제4부 부끄러운 탈출 임영상·이준수·최재남

제1부

악몽으로 되살아나는 오월

역사의 현장이 된 자취방

고재철

고3이었던 나는, 학원에 다니는 누나와 여고 1학년생인 여동생과 함께 셋이서 자취를 하고 있었다. 주중에는 학교에 다니고 주말에는 부모님이 계시는 시골집에 가서 농사일을 도왔다. 농사일이 끝나면 쌀과 김치 등을 갖고 자취방이 있는 광주로 돌아왔고, 다시 주말이 되면 시골집에 갔다. 이것이 당시 나의 일상생활이었다.

일손을 도우러 여동생과 시골집으로

내가 자취했던 곳은 광주시 서구 화정동 잿등 근처였다. 담양에서 화정동으로 가는 버스노선은, 그 당시 대인동 버스공용터미널(현, 광주은행 본점·롯데백화점 광주점)과 화정동을 거쳐 송정리가 종착지였다.

5월 18일, 일요일이어서 시골집에 갔다가 광주로 돌아가야 했다. 광주를 향해 버스를 타고 가는 도중 창밖을 보니 평범한 일상의 모습들이었다. 다만 대인동 버스공용터미널을 지날 때는 주변에 진압봉을 든 계엄군들이 무리 지어 이동하는 모습이 보였다.

이때까지만 해도 군인들이 두렵게 느껴지지 않았다. 광주 상황도 그렇게 심각해 보이지 않았다. 왜냐하면 방송이나 주변에서 5·18 상황에 대해

5·18 당시 무수한 시민들이 끌려가 조사받고 고문당했던 505보안대 본관 전경. ⓒ 임영상

ⓒ 임영상

505보안대 내부.

특별히 언급하지 않았기 때문이다.

하루가 지난 5월 19일(월), 나는 학교에 정상적으로 등교했다. 친구들은 교실에서 온통 전날 대학가와 금남로에서 벌어졌던 시위에 대해 얘기하느라 정신이 없었다. 수업이 제대로 될 리 없었다. 그럭저럭 오전이 흘러갔다.

오후수업은 하지 않고 단축수업을 했다. 전국에 비상계엄령이 내렸고, 광주의 상황도 심상치 않게 돌아가고 있는 것 같았다.

하교한 다음, 집에서 방송을 들어보니 광주의 상황이 급속도로 나빠져 치안이 불안하다고 했다. 자취집 주변 동네 분위기도 심상치 않았다. 나는 시골집으로 가기로 했다. 한창 농사철이어서 일손도 도울 겸 가기로 한 것이다. 여동생(여고 1학년)과 함께 가기로 했다. 나보다 네 살 많은 누나는, 자격증을 취득해야 했기 때문에 남기로 했다.

5월 20일, 휴교령이 내려졌다. 오후에 여동생과 시골집으로 출발했다. 지금은 농사가 기계화되다 보니 노동력이 많이 필요하지 않았지만, 그 당시만 해도 보리 베고 모심고 하는 일들이 거의 수작업으로 이루어졌다. 노동력이 많으면 많을수록 좋은 것은 당연지사. 생각지도 않았던 휴교령 때문에 건장한 아들과 딸이 집에 오자 부모님은 한편으로는 반기 듯하셨다.

며칠째 농사일을 돕고 있으면서도, 언제 휴교령이 해제될지, 계엄군이 난장판을 만들어놓은 광주 상황이 궁금해 빨리 광주로 가고 싶었다. 처음에는 사흘간만 농사일을 도와드리고 광주에 가려 했다. 그런데 광주 상황이 점점 악화되고 있었다. 이젠 방송에서도 광주 관련 뉴스를 제대로 보도하지 않아 하루하루가 답답하고 마음이 무거웠다.

나흘째 되던 날, 아버지께 학교에 등교하러 광주에 간다고 거짓말을 했다. 아버지는 "지금 사람들이 죽고 광주가 난리가 났는데, 죽으려고 환장했냐?"고 화를 내셨다.

말없이 10여 일 동안 시골에서 농사일을 도왔다. 방송 뉴스에서 시민군 지도부가 있던 전남도청이 계엄군에 의해 진압되었고, 공무원들도 정상근무를 하고 있다고 보도했다.

난장판이 된 자취방의 사연

아버지는 이번에는 나의 광주행을 저지하지 않으셨다. 이것저것 먹거리를 싸들고 여동생과 광주에 왔다. 누나가 반갑게 맞아줬다. 그런데 방 안이 난장판이 따로 없었다. 벽지가 군데군데 찢겨 있고, 가재도구도 많이 흐트러져 있었다. 왜 이러냐고 물었더니, 누나가 그간 일어났던 사건을 말해주었다.

자취방은 2층 단독주택이었다. 1층은 주인이 살고 있었다. 2층은 거실을 중심으로 좌우로 나뉘어 있었는데, 한쪽은 우리 3남매가 한쪽은 다른 가족이 살고 있었다.

5월 23일 아침, 군 트럭을 타고 온 시위대원들이 다짜고짜 자취방에 들어왔다. 그들은 이곳저곳을 뒤졌다. 그들은 우리가 "간첩과 연계된 사람들"이라면서 책상과 책꽂이를 샅샅이 뒤졌다. 뒤진 것까지는 좋았는데, 원하는 물건이 나오지 않아서인지 방 안 물건들을 뒤집어 엎어버렸다. 옆방의 아주머니도 마찬가지였다.

시위대원들은 수색을 했는데도 자신들이 원한 '소기의 성과'(남파간첩 흔적)를 찾지 못하자 그대로 가버렸다.

오후가 되자 이번에는 군인들이 들이닥쳤다. 군인들은 누나와 옆방 아주머니를 조사받을 게 있다면서 데리고 갔다. 마침 옆집 아저씨는 집에 없었다. 지프에 올라탄 누나와 아주머니는 5분 거리에 있는 군부대 안으로 들어갔다. 군인들은 겁에 질린 두 사람을 상대로 조사를 했다. 그러나 아무리 조사해도 간첩과 연루될 수 없는 평범한 학원생이고 주부인데 더 이상 잡아둘 수가 없었을 것이다. 그들은 해 질 녘이 되자 누나와 아주머니를 풀어줬다. 누나가 끌려가 조사받았던 곳은 화정동 잿등에 있는 505보안대였다.

누나는 그곳에 끌려간 이유도 말했다. 우리 자취방 옆방에 젊은 부부가

ⓒ 인터넷 자료

5·18 당시 가두방송을 한 전옥주 씨.

살고 있었다. 그 남편의 여동생이 마산에 살고 있었는데, 휴일이어서 오빠 집에 놀러왔단다. 마침 5·18이 발생했고, 저녁 때 신역 앞에 갔다가 계엄군의 총격으로 사망한 시민 2명의 시신을 보게 됐다. 정의감에 불탔던 그 아가씨는 시위대와 함께 리어카에 시신을 싣고 금남로로 가서 계엄군의 잔혹한 만행을 폭로하고 시민들에게 알렸다.

나중에는 차를 타고 광주시내를 돌아다니면서 가두방송을 했다. 시민들은 30대 초반의 아가씨가 말도 잘하고 하도 열심히 방송을 하고 다녀 전문적인 훈련을 받은 것이라면서 간첩으로 오해를 했다. 급기야 시민군들은 가두방송을 마치고 도청 지도부로 들어온 아가씨를 체포, 31사단 보안대에게 넘겨줬다. 그 아가씨는 잡혀간 지 며칠 만에 '혐의 없음'으로 풀려났다.

옆방 아저씨의 여동생은 전옥주 씨

그 아가씨가 간첩혐의를 받고 잡혀갔을 때 시위대원들이 우리 자취방에 들이닥쳐 간첩물증을 찾으려고 애썼고, 뒤이어 군보안대에서 연행해 갔던 것 같다. 나와 여동생이 시골집에 가 있을 때 누나는 생각지도 못한 엄청난 일을 겪었던 것이다.

나중에 알았지만, 옆방 아주머니에게 놀러온 그 아가씨는, 시민들의 심금을 울린 가두방송으로 유명한 전옥주 씨였다.

누나는 보안대에 잡혀갔을 때 한 장교의 전화통화 내용도 나에게 들려줬다. 그 장교는 "사망한 시민들이 많아 시신을 냉동 처리해야 하는데, 냉동실이 부족해 처리가 마땅치 않다."면서 어딘가와 서로 책임을 미루고 언성을 높이기도 했다고 한다. 누나는 지금도 그때를 생각하면 온몸이 떨리고 무섭고 정신이 아찔해진다고 했다.

나의 외가는 광주 망월동묘지 근처 마을이다. 마을 사람들은 공원묘지 관리 일을 많이 했다. 외숙의 말씀으로는 5·18 당시, 정확한 숫자는 알 수 없지만 평소와 달리 많은 시신을 매장했다고 했다.

지금도 광주는 정확한 진실이 밝혀지지 않고 진행 중이다. 5·18 때 시민들끼리도 의심스런 행동을 하면 간첩일 수 있다며 군 당국에 이첩하는 등 지나치리만큼 반공의식이 투철했다. 그럼에도 최근까지도 전두환 추종세력들은 '북한 사주설'이나 '북한군 6백 명 침투설' 등을 날조해 유포하고 있으니 참으로 어이없는 일이다.

우리 옆방 아저씨의 여동생이 전옥주 씨였고, 옆방에 살고 있다는 이유로 누나가 군부대에 잡혀가 조사를 받았다는 사실이 다시금 떠오른다. 5·18 역사의 한 페이지를 장식했던 무대가 나의 자취방이었다는 생각에 새삼 자긍심을 갖는다.

악몽으로 되살아나는 오월

권영택

올해가 2019년이니, 5·18민중항쟁이 일어난 지 어언 39년이 흘렀다. 나는 지금도 매년 5월이 되면 잠을 이루지 못하고 악몽에 시달리곤 한다. 캄캄한 동굴 속에 갇혀 있는 것 같은 답답함이 어느 순간 가슴을 짓눌러 자다가도 벌떡 일어나 집 밖으로 나가거나 거실에서 한참을 멍하니 앉아 있기도 한다.

모르긴 해도 이런 나의 행동은, 지난 1980년 잔인했던 5월의 기억 때문인 것 같다. 계엄군에게 붙잡혀 광주교도소에 수감되어 있으면서 모진 고문을 당했던 장면들이 해마다 5월이면 현실과 허상이 뒤섞여 악몽으로 되살아난다.

나는 가급적 사람들을 덜 만나게 됐고, 심신을 치유하기 위해 광주와 가까운 시골로 이사했다. 때문에 동창회에서 추진하고 있는 5·18체험담 출판 작업에 동참해달라고 이 친구 저 친구가 찾아오고 전화해도 애써 외면하던 차였다.

그런데 최근 전두환의 재판 태도나 일부 극우세력의 어이없는 5·18폄훼 발언들이 나를 가만두지 않았다. 계속 나 몰라라 한다면 큰 죄악이라는 생각이 들었다. 권력에 눈이 먼 전두환 신군부의 만행을, 직접 겪었던 체험을

문흥동 광주교도소 전경. 지금은 삼각동으로 이전했다. ⓒ 전남일보 제공

기록하는 것이야말로 역사를 바로잡는 데 조금이나마 도움이 될 것이라고 판단했다.

친구 만나러 가다가 시위에 참여

1980년 5월 19일, 학교에서는 오전수업만 하고 집으로 가도록 했다. 전남대와 조선대 등 대학가와 금남로 등 시내에서 시위가 격화되고 있었기 때문이다.

오후 4시경이었다. 학교 근처 농성동에 있던 자취집을 나섰다. 운암동에 살고 있던 시골(신안군) 친구들(이성근–금호고, 김광열–숭일고)을 만나러 가기 위해서였다. 내가 탄 버스가 돌고개를 지나 금남로에서 좌회전하여 대인동 버스공용터미널(현, 광주은행 본점·롯데백화점 광주점) 부근에 이르렀을 때였다. 버스기사가 도로 곳곳의 시위 흔적들을 피해 지그재그 운전을 했다. 버스터미널 부근을 가는가 싶더니 급정차를 했다.

창밖을 보니, 터미널 쪽에서 공수부대원들이 택시기사를 차에서 내리도록 한 후, 진압봉으로 사정없이 내리치고 있었다. 구타하는 모습을 본 버스기사는 승객들을 내리도록 했다. 나는 다른 승객들과 함께 차에서 내려 부리나케 도망갔다. 임동에 있는 전남방직과 일신방직 옆길을 지나 시골친구 이성근의 운암동 자취집에 도착했다. 김광열 친구도 있었다. 나는 조금 전 목격했던 공수부대원들의 잔인한 폭력행사 장면들을 설명했다.

두 친구는 "군인들이 어찌 그럴 수 있는가. 당장 시위에 동참하자."고 했다. 우리는 격렬하게 시위가 벌어지고 있는 공설운동장(현, 무등경기장) 근처로 갔다. 벌써 수백여 명의 시민들이 계엄군, 공수부대원들과 대치하고 있었다. 시민들은 군인들이 무차별적으로 쏘는 최루탄을 피해 흩어졌다가 모이는 것을 반복했다.

"김대중을 석방하라." "전두환은 물러가라."

시민들의 구호는 더 거세졌다. 공수부대원들과 공방전을 벌이다보니 날이 저물어 사방이 어두워졌다. 쫓겨 다니느라 두 친구와도 헤어져버렸다. 밤 8시쯤 됐다. 일진일퇴를 거듭하다 신안동 크라운제과 건물 근처에서 20여 명의 시민들과 뒤섞여 한숨 돌리고 있었는데, 갑자기 수십여 명의 공수부대원들이 등 뒤로 총을 멘 채 1m가 넘는 진압봉을 들고 달려들었다.

나는 반대편으로 냅다 뛰었다. 그런데 그쪽에도 공수부대원들이 가로막고 다가오고 있었다. 영락없는 '독 안에 든 쥐' 신세였다. "손 들고 꼼짝 마!"라는 공수부대원의 지시에 따라 우리는 손을 반사적으로 머리 위로 올리고 서 있었다. 그들은 우리에게 다가와 인정사정없이 진압봉을 휘저으면서 "무릎 꿇고 앉아, 이 새끼들아!"라고 명령했다. 우리들은 바싹 긴장해 울퉁불퉁한 도로바닥에 무릎을 꿇고 손을 들었다. 그들은 우리의 양손을 뒤로

하게 한 후 군화끈 등으로 묶었다.

공수부대원들에게 붙잡혀 전남대 캠퍼스로

잠시 후 군 트럭이 왔다. 우리는 트럭 짐칸에 짐짝처럼 짓이겨진 채 태워졌다. 트럭은 전남대 캠퍼스로 들어갔다. 그곳에는 공수부대원들의 본부가 차려져 있었다. 그들은 우리를 빈 강의실에 집어넣었다. 강의실은 책상과 의자가 뒤쪽으로 모아져 있었다.

강의실에 들어서자마자 공수부대원들이 또다시 구타를 시작했다. 잡혀온 우리들에게 오와 열을 맞춰 줄을 서게 한 후 "앉아!" "일어서!"를 반복했다. 동작이 굼뜬 사람에게는 무자비한 진압봉 세례가 이어졌다. 우리들은 강의실 바닥에서 양반자세로 앉아 양손은 무릎 위에 올려놓고 움직이지 않고 있었다. 밤이 깊어지고 진압봉으로 맞은 데가 욱신거려 몸을 움직이면 바로 앞으로 나오라고 한 뒤, 진압봉으로 또다시 두들겨 팼다.

잘 참고 버티던 나도 진압봉으로 온몸을 맞은 기억이 지금도 생생하다. 자정을 훨씬 넘은 것 같았다. 긴장하고 지치고 늦은 밤이어서 눈꺼풀이 천 냥은 되는 듯했다. 나도 모르게 앉은 채로 깜박 졸았다. 느닷없이 군홧발이 내 가슴팍을 차버렸다. 뒤로 나자빠졌다. 숨이 막힐 듯이 가슴이 답답했다.

그들은 진압봉으로 내 몸뚱이를 난도질했다. 도저히 아파서 참을 수가 없었다. 뒤쪽 책상과 의자를 쌓아놓은 곳으로 기어서 들어갔다. 이왕 죽더라도 덜 맞고 죽겠다는 오기가 생겼다. 잠시 진압봉 세례를 피할 수 있었다. 공수부대원은 "야, 빨리 나와! 늦게 나올수록 맞을 숫자가 늘어난다는 점을 각오해!"라고 경고했다. 다시 책상 밑에서 기어 나갔다. 예상했던 대로 진압봉 세례가 기다리고 있었다. 정신을 잃어버렸다. 깨어나니 다음 날 아침이었다.

온몸이 욱신거려 죽을 지경이었다. 뒷머리 쪽에는 피가 흘러 굳어 있었다. 그러나 아픔도 참으면서 강의실 바닥에 부동자세로 앉아 있었다. 공수

군 트럭 짐칸에 가득 탄 시민들. ⓒ 이창성 촬영, 5·18기념재단 제공

부대원들이 오전부터 강의실 앞쪽으로 우리들을 한 명씩 불러내 조사했다. 이름과 나이를 묻고, 직업은 무엇이며, 왜 데모에 참여했는지 물었다. 나는 고3 학생이고 친구 자취집에 가다가 데모대에 휩쓸려 붙잡혔다고 말했다. 다행히 무사통과했다.

그런데 나이가 30대 초반으로 보이는 청년은 무고한 시민들에게 군인들이 폭력을 행사하는 것을 보고 항의하려고 데모를 했다고 말했다. 그에게 돌아온 것은 진압봉 세례였다.

41일 동안의 광주교도소

5월 21일 오전, 우리는 손을 뒤로 묶인 채 군 탑차에 태워졌다. 그리 크지 않은 차에 20여 명의 시민들이 타자 몸을 움직일 수 없을 정도로 비좁았다. 공수부대원들은 뒷문을 닫으면서 동시에 최루탄 한 발을 터뜨렸다. 유일한 뒤쪽 문을 잠가버려서 이러지도 저러지도 못하고 최루탄 가스를 흡입해야 했다. 숨 쉴 수가 없어서 미칠 지경이었다. 말 그대로 아비규환의 현장이었다. 나는 또 정신을 잃어버렸다.

시간이 얼마나 흘렀는지 몰랐다. 머리에 심한 통증을 느끼면서 깨어났다. 주위를 둘러보니 전등불이 켜져 있는 캄캄한 실내였다. 광주교도소 창고라는 것은 하루 지나서 알았다. 옆에는 아직도 의식을 찾지 못한 시민들이 곳곳에 쓰러져 있었다.

신성한 대학 캠퍼스 강의실에서 죽도록 얻어맞고 다시 옮겨진 곳이 광주교도소라니 기가 막혔다. 지옥 같았던 나의 광주교도소 생활, 아니 교도소 창고생활은 속절없이 또 시작되었다.

나는 광주교도소에서 5월 21일부터 6월 30일까지 41일간 수감생활을 했다. 그러니까 5월 19일 공수부대원에게 붙잡혀 5월 21일까지 전남대에서 있었고, 7월 1일부터 3일까지 상무대에서 있었던 것까지 모두 합치면 46일간 계엄군에게 붙잡혀 있었던 것이다.

공수부대원들은 우리들이 정신을 차리자 허리띠를 풀라 하고 소지품을 모두 압수했다. 신발도 가져갔다. 우리에게는 수감번호가 부여됐다. 이제부터는 이름은 없고 번호가 나를 대신했다.

그들의 진압봉 세례는 여전했다. 아프다고 동작을 느리게 하면 여지없이 군홧발과 진압봉이 교대로 날아왔다. 어떤 날은 조사받다가 군홧발로 채이고 진압봉으로 두들겨 맞아 하루에 두 차례나 기절한 적도 있었다.

광주교도소 창고에는 먼저 잡혀온 시민들이 있었다. 우리까지 합하면 50여 명 정도 되었다. 20평 남짓의 창고는 잡혀온 시민들로 가득했다. 바닥에는 볏짚으로 만든 거적때기가 깔려 있었다. 얇은 군용담요를 네 명당 한 장씩 나눠줬다.

수감된 후에는 아침부터 저녁까지 무릎을 꿇고 고개를 숙이고 있어야 했다. 얼차려와 구타가 일상화됐다. 무릎을 꿇은 부동자세에서 움직이면 앞으로 나오라고 해서 구타를 했다. 다시 조서도 썼다. 어떤 날은 하루에 네 차례나 조서를 쓴 적도 있었다.

조서 내용은 간단했다. 이름 주소 나이 직업 등 인정신문을 하고, 어디서 데모하다 잡혔나? 돌 몇 개를 던졌나? 왜 던졌나? 누구랑 던졌나? 등을 물었다. 밤이 되어서도 조사를 했다. 낮에 조사를 했더라도 다시 불러냈고, 오늘은 이 사람, 내일은 저 사람식으로 불러내 다시 조사했다. 이게 하루 일과였다.

잠도 부동자세로, 죽은 자들은 사라지고

화장실을 가고 싶은 사람은 조용히 손을 들면 보내줬다. 화장실은 밖이 아니었다. 처음 10여 일간은 창고 앞쪽 우측에 기름을 담을 때 쓰는 빈 드럼통을 두 개 준비해 놨다. 큰 것은 소변용이었다. 작은 것은 뚜껑이 있었는데 대변용이었다. 대변용 드럼통에는 각목 2개를 올려놓고 볼일을 보도록 했다. 큰 드럼통은 밑에 블록을 몇 장 쌓아서 소변을 보기에는 문제가 없었다.

식사도 창고 안에서 했다. 미리 정한 식사당번들이 창고 밖으로 나가 밥과 반찬통, 식기들을 가져오면 안에서 배식해 먹었다. 식사당번을 하면 좋았다. 일단 창고 밖으로 나갈 수 있었고, 잠시나마 바깥 풍경을 구경할 수 있었다. 하루에 한 번 창고 옆 샘터로 가서 고양이 세수를 하고 이빨을 닦고 들어오는 게 유일한 즐거움이었다. 교도소 담장 바깥이어서인지 수감자들을 볼 수는 없었다.

잠도 부동자세로 자야 했다. 꿈을 꾸며 잠꼬대를 한다거나 움직이는 사

삼각동으로 이전하기 전 문흥동 광주교도소 정문. ⓒ 전남일보 제공

람은 얼차려를 주겠다고 해서 숨을 죽이고 있어야 했다. 몇 명은 옆 사람과 소곤거리다가 발각돼 무수히 맞은 적도 있었다. 나도 어느 날 새벽, 잠자다가 악몽을 꾸면서 소리를 지르고 몸을 움직였는지 불려 나가서 죽도록 얻어맞았다.

지금 생각하면 어이없는 웃음거리가 되었지만, 한번은 불려 나가 얻어맞은 후 곳곳이 아파서 잠자리에 느리게 들어간 적이 있었다. 이를 본 공수부대원은 다시 나를 나오라고 했다. 아차 싶었다. 나보다 앞서 얻어맞고 누워 있는 다른 사람들 배를 밟고 신속하게 달려갔다. 동작이 빨라서인지 다시 들어가라고 했다. 나갈 때처럼 누워 있는 사람들 배를 밟고 잽싸게 내 자리로 돌아오기도 했다.

수감된 지 며칠이 지난 어느 날 밤이었다. 취침 시간에 잠자는 사람들 배를 밟고 지나다닌 사람이 있었다. 나를 따라한다고 생각했다. 그런데 그게 아니었다. 히죽히죽 웃으면서 어깨춤을 추듯이 행동하며 사람들의 다리

배 등을 가리지 않고 밟고 다녔다. 정신이 나간 듯했다. 그 사람은 곧바로 불려 나갔다. 그리고 다시 창고 안으로 돌아오지 않았다.

공수부대원들은 근무교대를 하면서 우리들을 인수인계할 때 "간첩 몇 마리 인수인계한다."고 했다. 우리는 우리도 모르게 간첩으로 신분이 변해 있었다.

수감생활 며칠째였다. 공수부대원이 나를 불러 창고 옆에 설치한 임시 천막으로 데리고 갔다. 상의를 벗게 하고 번호판을 들고 서게 한 후 사진을 여러 번 찍었다.

어느 날 아침이었다. 교도소 기상나팔 소리에 일어났다. 옆 사람이 일어나지 않았다. 흔들어 보니 죽어 있었다. 지옥 같아서 죽은 사람이 옆에 있었어도 겁도 나지 않았다. 감정도 무뎌진 것 같았다. 수감기간에 이렇게 죽은 수감자가 3명이나 됐다. 죽은 사람은 수감자들이 밖으로 옮기면 군인들이 어디론가 가져갔다.

상처가 아물 즈음 훈방대상에 들어

교도소 창고생활을 한 지 1주일에서 10여 일쯤 된 것 같았다. 우리를 감시하던 군인들이 공수부대 병력에서 31사단 병력으로 바뀌었다. 31사단 병력(수색대)으로 바뀌자 대우도 달라졌다.

창고생활도 조금은 느슨해졌다. 옆 사람과 대화도 조용히 할 수 있었다. 치약과 칫솔, 러닝셔츠와 팬티 등 생활용품도 지급받았다. 면도기는 며칠에 한 번씩 사용토록 했는데, 한 개를 공용으로 썼다. 지독한 냄새를 풍겼던 창고 안의 드럼통 화장실도 밖으로 옮겨졌다. 그러나 무릎을 꿇고 앉아 있는 것은 달라지지 않았다.

지금도 연락하고 사는 수감자들은, 같은 또래였던 황길량(금호고 3년)과 조옥현(금호고 3년), 박재만(조선대부고 3년), 김옥환(숭일고 3년)이었다. 양동시장에서 과일 장사를 하다가 잡혀온 30대의 이삼수 형님도 있었다. 나이는 39세이고 성씨는 모르지만 "순석이 아저씨"라고 불렀던 분도 생각난다. 그 아저씨는 해병대 출신이라는 이유로 공수부대원이 자신의 군화 밑바닥을 혀로 핥게 하기도 했다.

우리를 감시하던 군인들과도 대화가 가능했다. 그중 계급이 상병인 '함관용'이라는 이름은 지금도 머릿속에 남아 있다. 그는 "충남도 대표로 씨름선수를 하다 입대를 했다."고 말했다. 수감자들에게 부드럽게 대했고, 군복에 이름표가 붙어 있어서 쉽게 기억할 수 있었다. 공수부대원들의 군복에는 명찰이 없었다.

교도소 창고생활을 한 지 20여 일이 지났다. 여느 때처럼 창고 안에서 무릎을 꿇고 앉아 있었다. 군인들이 우리들 중 10여 명을 호출했다. 그들은 긴장해서 일어났다. 군인들은 "너희들은 오늘부로 교도소에서 훈방 조치한다."고 말했다. 이들은 잔뜩 긴장했다가 뜻밖의 석방소식에 기쁨을 감추지 못했다. 이들은 창고 밖으로 나가면서 우리들에게 미안함과 함께 고맙다는 인사를 했다. 그간 사용했던 치약 등도 쓰라고 주고 갔다.

그리고 10여 일이 또 흘렀다. 이번에도 10여 명이 2차 훈방조치 되었다. 나는 명단에 없었다. 혹시나 했는데, 실망스러웠다. 1개월이란 시간이 흘러서인지 온몸 곳곳에 남아 있던 피멍과 뒷머리의 깨진 상처가 조금씩 아물고 있었다. 나는 언제쯤 나갈 수 있을까.

기대 반 걱정 반으로 기다리고 있던 7월 1일 아침, 드디어 기회가 왔다. 다른 수감자 10여 명과 함께 내 이름을 불렀다. 3차 훈방대상이었다. 온 세상이 내 것인 양 기뻤지만, 남아 있는 동료들을 생각하니 드러내놓고 표현할 수도 없었다. 소지품을 챙기고 동료들에게 먼저 나가서 미안하다면서 건강을 잘 챙기라는 인사를 했다. 남은 사람은 20여 명도 안되었다.

3차 훈방자들은 국방색 버스에 올라탔다. 차창을 통해 바깥 경치도 볼 수 있었다. 도로변 시민들은 평온했다. 언제 광주에 무슨 일이 있었느냐는 듯했다. 우리는 석방되는 줄 알았는데 아니었다. 교도소에서 상무대로 오

5·18공원에 전시된 군 트럭(60트럭). ⓒ 임영상

는 동안, 버스 안에서 우리를 인솔한 군인은 "다시는 데모를 하지 마라. 상무대로 가서 교육을 받은 후 석방될 것이다."라고 했다. 그 군인은 이어 "내 아들이 서석고 2학년 정경찬"이라고 했다. 나중에 유공자 신청을 하면서 자료를 봤더니, 후배의 아버지는 헌병대 수사관이었고 정인덕 씨란 분이었다.

곳곳에서 정신교육, 광주공원에 내려

우리는 상무대에 도착했다. 버스에서 내려 군인을 따라 군내무반으로 들어갔다. 먼저 와 있던 다른 시민들도 있었다. 군인들은 속옷을 갈아입으라고 러닝셔츠와 팬티를 새로 줬다. 군의무병이 내무반에 들어와 아픈 사람을 치료해줬다. 나는 피딱지가 붙은 뒷머리와 양 무릎 등 온몸 곳곳에 난 상처에 약을 발랐다.

치료 후에는 작은 강당에서 정신교육을 받았다. 내용은 별것 아니었다.

"밖에 나가서 군부대 안에서 있었던 일을 절대로 말하지 마라. 여러분 개개인들에게는 평생 조사원이 비밀리에 따라다닌다는 점을 명심하고 행동해라. 너희들은 전과자다. 다시는 데모하지 마라." 등등이었다.

7월 3일 오전, 연병장에는 붙잡혀 온 수백여 명의 시민들이 모였다. 우리는 전날 조 편성과 함께, '전남도교육청'이라고 쓰인 버스를 타라는 지시를 받았다. 우리는 계급이 별 둘인 군인의 훈시를 듣고 병사들의 안내에 따라 정해진 버스에 탑승했다. 군용이 아닌 일반 시외버스였다. 버스 탑승 직전에는 별 둘인 소장과 악수도 했다.

내가 탄 전남도교육청 행 버스에는 학생들 10여 명이 타고 있었다. 상무대에서 함께 있었던 금호고와 숭일고, 조선대부고 학생들이었다. 일부는 광주교도소에서부터 함께했던 이들도 있었다. 한참을 이동하는 동안 초여름인데도 차 안이 더웠다.

40분 정도를 이동한 후 전남도교육청(동명동 소재, 현 중앙도서관)에 도착했다. 교육청 강당에 들어가 또다시 교육을 받았다. 당시 전남도교육청 직원이라는 분이 정신교육을 시켰다. 상무대에서 들었던 내용과 크게 다르지 않았다.

정신교육이 끝나고 우리는 다시 버스에 탑승했다. 버스는 잠시 후 광장 앞에 멈췄다. 광주공원이었다. 우리를 마중 나오신 부모님들이 서 계셨다. 아버지도 와 계셨다. 깜짝 놀랐다. 저 멀리 신안군 자은도에서 배 타고 버스 타고 아들을 보러 오신 것이다. 눈물이 쏟아질 것처럼 울컥했다. 무뚝뚝하신 아버지도 반가운 눈물을 참느라 애쓰시는 표정이셨다.

아버지와 나는 농성동 자취방으로 갔다. 자취방에는 어머니와 누나가 기다리고 있었다. 어머니와 함께 나를 백방으로 찾아다니셨던 사촌 매형과 사촌 누나도 와 있었다.

어머니는 5·18 기간 내내 내 행방을 알 수 없어 광주시내 곳곳을 다니며 나를 찾으셨다고 했다. 특히 시신이 안치되어 있다는 병원은 모두 방문해 혹시나 내가 있는지 샅샅이 찾으셨다. 학교 친구 판섭이에게도 내 행방을 물었고 함께 찾기도 하셨다. 나중에는 광주에서 교직에 계셨던 사촌 매형과 사촌 누나도 어머니와 함께 20여 일간 나를 찾아 나섰다. 어머니는 내가 죽었다고 망연자실하고 계시던 중, 상무대에서 연락이 와 내가 군부대에 잡혀 있다는 사실을 알게 되셨다.

다음 날, 오랜만에 학교에 등교했다. 반 친구들이 반겨줬다. 친구들은 살아와서 천만다행이라고 위로해줬다. 그러나 상무대에서 나올 때, 절대 군부대에서 있었던 일을 발설하지 마라는 정신교육이 머릿속에 맴돌아 기막힌 일들을 말하지 못했다. 아니 말하지 않았다. 아직도 온몸이 아파서인지 내 표정이 밝을 수 없었다.

담임이셨던 조경봉 선생님은, "살아와서 다행이다. 며칠 전, 상무대에서 학교로 전화가 왔다. 담임교사의 인우보증이 있어야 풀려날 수 있다고 해서 인우보증을 하고 왔다. 몸이 아직 완쾌가 안 된 것 같으니, 1주일간 집에 가서 쉬었다가 몸이 좋아지면 등교해라."고 말씀하셨다.

부모님을 모시고 신안 자은도에 있는 시골집에 갔다. 동네는 잔치분위기였다. 50여 일 가까이 소식이 없어 죽었다고 생각했던 내가 살아서 나타나니 그럴 수밖에 없었을 것이다. 동네 선후배들과 친구들, 집안 친척 등 모두가 나를 반겼다. 동네에 사시던 고모님은 내가 살아왔다고 기뻐서 닭을 네 마리나 잡아 잔치를 했다.

살아 있다는 부끄러움

기춘우

5월 20일 화요일, 학교에 휴교령이 내려졌다. 점심때쯤 귀가하려고 학교를 나와 광-송(광주-송정리) 간 도로로 나섰다. 전남도농촌진흥원(현, SK뷰 센트럴아파트)이 있는 농성광장 로터리에서 시민들이 시위를 하고 있었다. 시민들이 외치는 함성이 서부시장 입구(현, 추선회관 근처) 버스정류장까지 크게 들렸다.

가슴속에서 그 무언가가 차올라

"전두환이 물러가라~ 전두환이 물러가라." 소리와 함께 농성광장 상공에서는 헬리콥터가 선회하면서 "학생들과 시민들은 시위를 멈추고 집으로 귀가하라."고 방송했다. 전단지가 뿌려져 공중에 마구 흩날리고 있었다. 시내버스를 타는 것도 잊어버리고 한참을 구경했다.

시민들은 구호를 외치면서 돌고개 방향으로 이동했다. 나는 6번 시내버스를 타고 이런저런 생각을 하면서 집으로 갔다. 버스는 돌발적인 상황에 적응하지 못하고 정상적인 코스로 가지 않았다. 그때부터인가 가슴속에서 차오르는 그 무언가가 꿈틀대고 있었다.

5월 21일, 집에서 점심을 먹고 놀고 있었다. 우리 집은 중흥동 효동초등

금남로 시위–공수부대원들이 시민들을 뒤쫓고 있다. ⓒ 나경택 촬영, 5·18기념재단 제공

학교 부근이었다. 전남대와도 그리 멀지 않았다. 어머니는 “며칠 전, 군인들이 전남대에서 학생들을 구타하고 난리가 났었다. 도청 앞에서 군인들이 시민들을 대검으로 찌르고 진압봉으로 개 패듯이 때렸다고 하더라.”면서, “절대 밖에 나가지 말고 집에 있어라.”고 신신당부하셨다.

그럼에도 나는 자꾸 귓전에서 “전두환이 물러가라.”는 함성과 함께, 민주화에 대한 열망이 가슴속 깊은 곳에서 꿈틀거렸다. 시내 상황도 볼 겸, 궁금함을 참지 못하고 전남도청으로 가기로 결심했다. 마침내 어머니 몰래 집에서 나왔다. 무작정 간선도로를 따라 도청으로 갔다. 도청 앞 금남로에서는 군인들과 학생·시민들이 대치하고 있었다.

나는 시위에 적극적으로 참여하지 못했다. 군인들의 무자비한 총검이 무서웠다. 계엄군과 시민들이 치열하게 공방을 벌이고 있는 모습을, 도청 앞 금남로에서 조금 떨어진 한국은행 사거리에서 바라보고 있었다.

총검으로 무장한 군인들을 돌멩이만 달랑 들고 있는 시민들이 이길 수는 없었다. 군인들이 금남로와 인근 충장로, 그 주변 골목길 등 곳곳에서 시민들을 쫓고 있었다. 그들은 시민들이 사정권에 들어오면 무자비하게 진압봉으로 두들겨 팼고, M16소총 개머리판을 휘둘렀다. 심지어 총부리 밑에 착검한 소총으로 도망가고 있는 시민들의 등짝을 내리찍기도 했다.

“시민이 총에 맞았다”

서로 전열을 정비하는 것처럼 잠시 소강상태였다. 금남로에는 시민들로 가득했다. 도청 앞 분수대 광장 전일빌딩 앞에는 계엄군들이 몇 겹으로 열을 지어 시민들과 대치하고 있었다. 나는 장동 로터리 아래 전남여고 쪽으로 자리를 옮겼다.

그때였다. 요란한 총소리가 울려 퍼졌다. 전일빌딩 뒤쪽 광주경찰서(현, 광주 동부경찰서) 골목으로 시민들이 우르르 몰려왔다. 내가 있던 전남여고 앞길이 시민들로 북적였다. 전일빌딩 옆길에서 시민들이 리어카를 끌고 왔다. "시민이 총에 맞았다."고 외쳤다. 또 다른 리어카가 나타났다. 나는 잽싸게 리어카 뒤로 가서 밀었다. 30대로 보이는 청년이었는데, 머리 이곳 저곳에 피가 흥건하게 고여 있었다.

광주MBC방송국 옆 병원으로 데리고 갔다. 그 병원에는 계엄군에게 총상을 당한 많은 시민들이 치료를 받고 있었다. 나는 총상을 입은 청년을 병원 의사에게 넘기고 다시 나갔다.

한 시민이 "금남로에 군인들의 총에 맞은 부상자가 널려 있다."고 말했다. 나는 함께 있던 시민들과 금남로로 향했다. 총상 환자를 데려오기 위해서였다. 그런데 금남로 쪽에서 시민들이 계엄군에게 쫓겨 오고 있었다. 가던 길을 멈추고 나도 도망쳤다.

전남여고 부근은 계엄군들이 휘젓고 다니고 있어서 대인동 버스공용터미널을 지나 유동삼거리까지 도망쳤다. 함께 도망친 시민들은 "계엄군이 무고한 시민들에게 이럴 수가 있느냐?"고 흥분하면서 계엄군에 맞서 싸워야 한다고 말했다. 그리고 "우리도 무장을 해야 한다."면서 "아시아자동차로 가서 차와 총을 가지고 나오자."고 제안했다. 모두가 "옳소! 아시아자동차로 갑시다!"라면서 옆에 있던 트럭과 버스에 올라탔다. 버스는 금세 만원이 되었다. 나도 트럭에 탔다.

무기를 가지러 아시아자동차공장으로

광천동 아시아자동차공장에 도착했다. 경비를 서고 있는 아저씨가 겁먹은 표정을 지으며 시위대가 몇 차례 다녀갔다고 했다. 우리는 갓 출고된 군 트럭과 예비군중대 무기고에서 소총을 가지고 나왔다. 리더 격인 한 청년이 "소총은 군대 갔다 온 사람들만 소지하라."고 했다. 총이 부족했기 때문이다.

함께 온 시민들 중 절반 정도만 소총을 가지고 나왔다. 나처럼 고등학생은 총 대신에 각목을 손에 들었다. 나는 군 트럭 짐칸에 다른 시민들과 함께 탑승했다. 절반은 총을 들고, 절반은 각목을 여전히 들고 있었다. 우리는 차체를 두드리고 박자를 맞추며 노래를 불렀다. 무장한 '소총부대'는 노래만 불렀고, 나처럼 각목을 든 '각목부대'는 차체를 두드리며 목이 터져라 노래를 불렀다.

아시아자동차공장에서 빠져나와 농성동 로터리를 지났다. 외곽도로를 타지 않고 돌고개 쪽으로 방향을 틀었다. 이동하면서 각목으로 차체를 두드리면서 훌라 송을 개사한 "전두환은 물러가라, 물러가라."를 반복해서 외쳤다.

양동시장에 도착했다. 장사하는 아주머니들이 손을 흔들며 잘한다고 박수를 보냈다. "절대로 다쳐서는 안 된다."면서 미리 준비해 놓은 듯한 주먹밥과 바가지로 물을 떠서 먹으라고 나눠줬다.

여기까지가 아직도 내 머릿속에 남아 있는 5·18광주항쟁이다. 그 이후 상황은 내 머릿속에 남아 있지 않다. 여러 활동을 했다고 생각되는데, 기억이 떠오르지 않는다. 살아 있다는 부끄러움과 함께, 광주학살의 주역인 전두환이 이제는 진실을 밝혔으면 하는 마음에서, 그날의 기억을 떠올려본다.

모두가 하나 된 대동세상

기형훈

39년 전의 기억이 어슴푸레하다. 많은 세월 5·18을 이야기하면서도 정작 맞닥뜨리지 못한, 스스로 정리하지 못한 부끄러운 역사를 안고 있기 때문이다. 정확하진 않지만, 학교가 대충 한 달여 간 휴교를 했다. 나는 광주에 줄곧 있었다. 내가 행한 것이라고는 남 뒤꽁무니를 따라다닌 것이 전부였다. 힘들거나 위험한 것은 멀리하면서 세상 욕한 것밖에 없었다.

돌고개에서 시위대 차를 타다

5·18 항쟁기간 중간쯤으로 기억된다. 돌고개에서 시위대 차를 탔다. 그 시기는 학교 휴교령이 내려진 후였고, 시민군이 공수부대원들을 퇴각시키고 전남도청을 접수했다는 소식을 들었던 이후인 것만은 확실하다. 당시는 외곽에서 시내로 사람들을 실어 나르는 일이 진행되었던 듯하다. 시위대 차는 버스였고, 젊은 사람이 많았다. 대부분 까까머리 청년들이었는데, 손에 든 막대기로 창밖 차체를 치면서 노래를 했다.

"전두환이 물러가라."

"신현확이 물러가라."

"김대중을 석방하라."

동양고속 버스에 탑승한 시위대원들. ⓒ 한국일보, 5·18기념재단 제공

누가 선창할 것도 없이 계속 이어졌다. 농성동 로터리에서 서석고 진입로 근처에 커다란 통나무들이 도로를 가로막고 있었다. 송정리로 넘어가는 길인 화정동 잿등 광–송 간 도로에는 군 탱크들이 여러 대 자리하고 있었다. 시위대 버스는 농성동 로터리에서 차를 돌려 다시 백운동 쪽으로 향했다.

당시 외곽도로는 포장이 두 개 차선만 되어 있었다. 도로를 다니는 차들은 아스팔트 도로만 달리는 것이 아니었다. 차들이 많거나 추월을 하거나 도로 옆에서 시민들을 태울 때는 비포장도로를 갈 수밖에 없어 뿌연 흙먼지가 연막을 칠 정도였다.

우리 차는 백운동 로터리에서 양동시장 쪽으로 달렸다. 까치고개를 넘어가자 대성초교 근처에서 아주머니들이 주먹밥을 차에 실어주었다. 버스는 대성초교 근처 주유소에 기름을 넣기 위해 갔다. 주유소 사장이 기름이 동났다면서 주유탱크 계량기를 보여줬다.

ⓒ 나경택 촬영, 5·18기념재단 제공

군 트럭에 가득 탄 시위대원들. 한 사람이 자전거를 소지한 시민과 대화 중이다.

나는 광주일고 앞에서 버스에서 내렸다. 걸어서 금남로를 지나 전남도청 앞 상무관까지 갔다. 저 멀리 광주MBC가 불탄 채 일부 벽면이 시커멓게 그을려 있는 모습이 보였다. 상무관에 들어갔다.

태극기에 싸여 있는 관들이 30~40개가 있었다. 묵념을 주도하는 남자와 여자가 모두 목이 쉬어 목소리가 나오지 않을 지경이었다. 쉬고 탁한 목소리에도 모두가 하나같이 묵념을 하고 눈시울을 훔쳤다.

시위대 먹으라고 쌀을 후원한 숙모님

상무관 분향을 마치고 월산동 집에 갔다. 나는 고향이 광산군 임곡면이었다. 고교 때 월산4동 숙부님 댁에서 거주하고 있었다. 숙부님은 "형훈아, 시내는 당분간 나가지 마라. 부모님이 걱정하시더라."고 말씀하셨다. 그랬던 숙부님은 정작 시내의 시위현장에 맨날 나가셨다.

숙모님께서 밖에 다녀오셨다. "오늘 동네 아주머니들이 시위대에게 제공할 밥을 지은다고 쌀을 후원하자고 해서 쌀 한 되를 후원하고 왔다."고 말씀하셨다. 다른 동네 아주머니들도 모두 기꺼이 그렇게 했다는 것이다. 며칠 전부터 주먹밥을 해서 시위대원들에게 나눠주는 일에 동참했다고 하셨다. 오늘 내가 먹은 주먹밥은 숙모님을 비롯한 동네 아주머니들의 정성이 깃든 밥이었다.

다음 날에는 버스가 아닌 트럭을 타고 다녔다. 이 시위대 트럭은 아시아자동차에서 갓 출고된 군 트럭이었다. 나처럼 고교생으로 보이는 사람도 몇몇 있었고, 대학생 형들처럼 보이는 젊은이들이 대부분이었다. 지난번처럼 작은 막대기를 들고 여전히 노래를 불렀다. 비장함보다는 즐겁고 신난 외침이었다. 마냥 즐거웠다. 집에 박혀 있는 것보다 좋았다. 신역(현, 광주역)을 다녀오는데, 인근 도로에 불탄 차량들이 시커멓게 널브러져 있었다.

이동할 때는 차체를 두드리면서 노래를 불렀다. 「진짜사나이」와 「나의 살던 고향」, 「투사의 노래」 등이 우리 시위대의 애창곡이었다. 특히 「투사의 노래」를 많이 불렀다.

> 나 태어난 이 강산에 투사가 되어/꽃 피고 눈 내리기 어언 삼십 년/무엇을 하였느냐 무엇을 바라느냐/나 죽어 이 강산에 묻히면 그만이지/아, 다시 못 올 흘러간 내 청춘/푸른 옷에 실려 간 꽃다운 이내 청춘

그 후 차량에 총이 등장했다. 총 들고 있는 사람들은 거의 형들이었다. 실탄도 있었다. 교련을 배워서인지 두렵지는 않았다. 그 형들은 나에게 총을 만져 보게 했고 나는 가끔 어딘가를 겨누기도 했다. 농성동에서 돌고개 넘어가는 길에서 왼편 언덕배기에 있는 서부경찰서 유리창을 향해 누군가 총을 쐈다. "탕"하는 총소리가 어찌나 크던지 유리창이 깨지는 것을 확인하지는 못했다. 그 차량에서 최고 선배인 듯한 사람이 총 쏘지 마라고 호통을 쳤다.

인분 속으로 사라진 총

나는 총이 시위대에 등장한 이후로 차에 타지 않았다. 그냥 걸어서 시내를 다니면서 시위도 하고, 구경도 했다. 계엄군이 시 외곽으로 철수하고 전남도청이 시민군에 의해 장악되었을 때, 광주시내는 왜 그리 평온했을까? 방송은 긴박한 내용으로 떠들썩했지만 광주에 머문 사람들은 두렵지도 힘들지도 않았다. 이게 평화인가 하는 착각이 들 정도였다. 정말 평온했다. 방송은 연일 난리였지만.

이런 일도 있었다. 월산4동 앞에는 동산이 있다. 월산초등학교 앞 언덕배기다. 높지는 않으나 위에 올라서면 전남도청 등 시내 중심가가 거의 다 보일 정도이다. 24~25일쯤이었던 것 같다. 그곳에 올라 시내를 바라보고 있는데, 젊은 청년 3명이서 돌고개 쪽에서 능선을 따라 걸어왔다. 가까이 왔을 때 보니까 남루한 옷차림에 총을 메고 있었다.

그중에 한 사람이 누구에게 하는지 모르지만, 혼잣말처럼 욕설을 해댔다. 그리고 언덕에 파놓은 구덩이에 총을 던졌다. 당시 이 동산에는 인분 등을 거름으로 사용하기 위해 만들어 놓은 구덩이가 곳곳에 있었다.

두 사람은 그냥 총을 메고 갔다. 이후 가서 확인해보니 이미 총은 구덩이에 가득 차 있는 인분 속으로 가라앉아 보이지 않았다. 인분을 버린 지 오래되지 않아서인지 냄새가 진동했다. 나는 이해가 안 되었다. 왜 3명 중 한 명만 총을 버린 것일까? 지금도 알 수가 없다.

보고 싶다, 친구야!

김기배(영선)

계엄군이 들어와서 민간인이 사망하고 너무 혼란했던 어느 날이었다. 아마도 휴교 이후였으니까 5월 21일경이었던 것 같다. 나는 친구 김석봉과 함께 학교와 멀지 않는 어머니 가게 앞에서 시위를 구경하고 있었다. 어머니는 정부양곡총판매점을 운영하고 계셨다. 어머니 가게는 농성동 외곽도로변에 있었던 기생충박멸협회(현, 건강관리협회 광주전남지부) 건너편이었다.

화순경찰서 무기고에서 총과 실탄을

군 헌병대 지프가 갑자기 사이렌을 요란하게 울리면서 백운동 방향에서 농성동 로터리 쪽으로 달리고 있었다. 지프 뒤에는 시위대원들이 군 트럭인 60트럭을 타고 함성을 지르면서 계엄군을 쫓고 있었다. 계엄군의 지프와 시위대의 60트럭은 불과 100여m 거리밖에 되지 않았다.

그리고 버스를 타고 가는 시위대원들, 그 뒤를 이어 트럭을 타고 가는 시위대원들이 "전두환이 물러가라! 물러가라!"는 구호를 외치며 지나갔다. 석봉이와 나는 누가 먼저랄 것도 없이 "우리도 트럭을 타고 시내를 돌아다니자."고 말한 후 지나가는 시위대 트럭을 세우고 올라탔다.

ⓒ 임영상

화순 너릿재 터널 입구.

화순 너릿재 터널 내부.

우리가 탄 트럭은 백운동 로터리를 지나 학동을 거쳐 너릿재 디널을 지나 화순 쪽으로 넘어갔다. 도로변 가게 앞에 있는 어른들은 트럭에 탄 우리들이 고생한다며 김밥을 주고 음료수도 셀 수 없을 만큼 많이 제공했다. 시민들이 참으로 고마웠다. 우리 모두가 한마음이라는 걸 느낄 수 있었다.

우리가 탄 트럭은 어느덧 화순읍내에 있는 화순경찰서 앞에 도착했다. 경찰서 무기고로 갔다. 함께 간 예비군복을 입은 시위대원이 M1소총과 실탄을 나눠줬다. 경찰서 무기고는 지키는 사람이 없었다. 앞서 누군가 무기고를 다녀갔는지 문이 열쇠가 잠기지 않은 채 닫혀 있었다.

우리는 다시 차를 타고 광주로 향했다. 모두 소총을 한 정씩 소지하고 실탄도 주머니에 가득 담았다. 화순읍내를 벗어나 너릿재 터널 방향으로 오르막길을 갈 때였다. 트럭에 함께 있던 예비군복 차림의 30대로 보이는 시위대원이 "느그들 몇 살이냐? 총은 쏴봤냐?"고 물었다. 나는 "고3이고 총은 안 쏴봤다."고 말했다.

그는 차를 세우게 하고 석봉이와 나를 내리라고 했다. 그러고는 우리에게 총 쏘는 법을 가르쳐줬다. 석봉이와 나는 도로 왼쪽 밭에 있던 허수아비를 표적 삼아 몇 발씩 사격을 했다. 처음 쏴 본 소총이었는데 백발백중이었다. 의외로 내가 사격에 소질이 있다는 것을 알게 되었다.

시청 앞 모퉁이에 진지를 구축하고

우리는 다시 차에 탑승하여 광주로 넘어왔다. 온종일 무장을 한 채로 광주시내를 돌아다녔다. 함께 차를 타고 다니면서 리더 역할을 했던 시위대원이 "오늘 저녁에 공수부대가 낙하산을 타고 내려온다. 광주시청을 사수해야 한다."고 말했다. 우리는 계림동에 있는 광주시청 앞 사거리 모퉁이에 있는 주유소에 '진지'를 구축했다.

아무것도 모르는 나는 형님 대원들이 시키는 대로 밤새 하늘만 쳐다보면서 공수부대가 낙하산을 타고 내려오는지 경계하고 있었다. 순진했던 나는 시키는 대로 하늘만 계속 쳐다봤더니 얼마 지나지 않아 목이 아팠다. 몇 시간쯤 시간이 흐른 뒤였다. 옆에 있던 시위대원이 "가로등이 밝아서 우리의 위치가 하늘에서 내려오는 공수부대원들에게 노출될 수 있다. 니가 총으로 쏴서 깨뜨려버려라."고 했다.

나는 총을 쏴보고 싶었는데 잘됐다고 생각했다. 가로등을 쐈는데 한 방에 명중이었다. 옆에 있던 형님 시위대원이 "쪼그만한 놈이 잘 쏜다."면서, "그 옆에 것도 계속 깨버려라."고 했다. 역시 다 명중이었다. 가로등 세 개를 박살내버렸다. 난 특등사수였다. 그래서인지 나중에 군 복무할 때, 특공대 장교로 근무하면서 저격수 교관을 했다.

밤새 하늘을 쳐다보고 경계를 섰는데도 공수부대는 내려오지 않았다. 날이 밝았다. 다음 날 아침, 장교 출신인 듯한 시위대원이 나에게 "총을 잘 쏘

계림초교 사거리의 예전 주유소 자리에는 고층건물이 들어서 있다. ⓒ 임영상

는구나. 오늘부터는 나랑 지프를 타고 다니자."고 했다. 나도 좋다고 했다.

이때부터 친구 석봉이와는 어쩔 수 없이 헤어지게 되었다. 나는 군 트럭에서 지프로 옮겨 탔다. 지프에는 기관총이 설치되어 있었다. 지프 뒷자리에 탄 채 나는 어느새 기관총 사수가 되어 있었다. 괜히 기분이 좋았다. 어릴 적에 텔레비전에서 봤던 '사하라 특공대'가 생각났다.

옷 갈아입으러 집에 왔다가 감금되다

그렇게 또 하루를 보냈다. 양치와 세면을 안 한 지도 벌써 이틀이 지났다. 이젠 온몸이 찝찝해지기 시작했다. 얼떨결에 시위를 구경하다 트럭과 지프를 타고 다녀서인지 옷차림이 말이 아니었다. 신발은 운동화에, 바지는 고무줄이 허리띠 역할을 하는 추리닝, 그리고 반팔 면티, 이게 내 복장이었다. 추리닝 바지 주머니에 실탄을 많이 넣고 다니다보니 바지가 자꾸만 내려갔다. 불편했다. 한 손으로는 바지 허리춤만 잡고 있어야 했다.

또 하루가 지나갔다. 다음 날 역시 지프를 타고 돌아다녔다. 농성동 로터리에 갔을 때, 하늘 위 헬기에서 장형태 전남도지사라고 신분을 밝힌 사람이 마이크로 "광주시민 여러분! 진정하십시오. 집으로 돌아가십시오!"라고 연신 선무방송을 했다. 헬기에서 살포한 삐라가 하늘에서 흩날렸다.

성난 시위대원이 헬기를 겨냥해서 총을 쐈다. 나도 덩달아 쐈다. 헬기는 총에 맞았는지 어쨌지 모르겠으나, 바로 사라졌다. 우리는 다시 광천동에 있는 아시아자동차공장 쪽으로 갔다. 도착했을 무렵, 시위대원들이 장갑차를 몰고 나오고 있었다.

처음으로 직접 보는 장갑차가 너무 멋졌다. 그때 문득 실탄을 많이 소지하고 다니려면 추리닝 바지를 갈아입어야겠다는 생각이 들었다. 지프를 운전하고 있는 시위대원에게 우리 집 앞으로 가자고 했다. 우리 집은 서석고 정문 앞이어서 광천동에서 그다지 멀지 않았기 때문이다.

곧바로 집에 가서 실탄을 많이 넣을 수 있는 바지로 갈아입었다. 대문을 나오다가 그만 문 앞에서 이모와 이모부에게 딱 걸려버렸다. 이모부가 크게 화를 내시면서 "밖에 쏘다니지 말고 집에 있어라."고 야단을 치셨다. 총도 뺏으셨다. 나는 그때부터 집에 감금되었다.

얼마 지나지 않아 아버지와 어머니가 집에 오셨다. 누나들도 왔다. 아버지는 "이 미친놈아, 죽을라고 환장을 했냐."고 야단을 치셨다. 지금 생각해보니 그때는 이상하게도 죽음을 생각하지도 않았고, 뭘 모르니까 겁도 없었던 것 같다. 이것이 내가 겪었던 그해 오월, 2박 3일의 경험이었다.

옥살이 한 친구 석봉이는 세상을 뜨고

휴교령이 해제되고 나서 학교를 갔더니, 친구 석봉이가 보이질 않았다. 나중에 알아보니 석봉이는 나와 헤어지고 얼마 지나지 않아 계엄군에게 붙잡혀 108일 동안 옥살이를 했다. 고문을 받으면서 머리도 다쳤다. 손목에는 철사 줄로 감긴 자국이 선명했다. 그때 수갑이 부족해서 철사 줄로 손을 묶었다고 했다.

나중에 옥살이를 마치고 나온 석봉이와 밥을 먹으면서 그간의 이야기를 나눴다. 석봉이는 얼마나 심한 고문을 당했는지 눈도 풀렸고, 정신도 오락가락하는 것 같았다. 말할 힘도 없는 것 같았다. 꼭 정신 나간 사람의 표정이었다. 계엄군은 석봉이를 고문하면서 "너랑 같이 다닌 놈 이름을 대라." 고 했단다. 석봉이는 "니 이름이 목구멍까지 나왔지만 끝까지 말하지 않았다."고 했다.

석봉이가 대견하기도 했고 너무 고마웠다. 나 때문에 더 심한 고문을 당한 것 같아 마음이 아팠다. 나도 까딱했으면 옥살이를 할 뻔했는데, 석봉이가 모진 고문을 견디면서도 내 이름을 불지 않은 덕분에 무사할 수 있었던 것이다.

그 후, 석봉이는 고문 후유증으로 많은 고통을 받으면서 생활했다. 고문 후유증 때문인지 결혼도 하지 못했다. 결국 극심한 스트레스로 위암에 걸렸다. 몇 차례 수술을 했으나, 완치되지 못하고 몇 년 전에 하늘나라로 가고 말았다. 의리 있는 친구, 동향인 친구, 김석봉이가 오늘따라 더 그리워진다.

피난처와 피난살이

김덕현

1980년 5월 당시 그때 우리 집은 전남대 정문 근처에 있었다. 살레시오 고 뒤쪽 이면도로에서 '솔마트'라는 조그만 슈퍼를 운영했다. 1층은 가게, 2층은 살림집이었다. 아버지는 계림초등학교 교장선생님이셨고, 어머니는 부업으로 대학가에서 가게를 운영하고 계셨다.

전남대 옆 우리 집은 대학생들의 피난처

집 주위에는 전남대 학생들이 자취를 하거나 하숙을 하는 집들이 많았다. 5월 20일, 휴교령이 내리자 나는 곧장 집으로 왔다. 슈퍼에서 잔심부름을 하거나 물건을 정리하는 등 어머니 일손을 도왔다. 그러는 와중에 5·18의 시발점이었던 전남대 근처에 집이 있었기에 계엄군의 만행을 목격할 수 있었다. 우리 집도 계엄군에게 쫓기는 대학생들을 피신시켜주는 '피난처' 역할을 하느라 많은 수난을 당했다.

계엄군들은 최루탄을 쏴서 학생들을 흩어지게 한 후, 토끼몰이식으로 학생들을 체포하러 이리저리 뛰어다녔다. 그들은 우리 집을 비롯한 주변 가정집을 일일이 다니면서 곳곳을 뒤졌다. 학생이 아니어도 대학생 또래로 보이면 무조건 진압봉으로 때리고 잡아갔다. 어머니는 전남대생들이 데모

전남대 정문 앞에서 전경들과 대치 중인 전남대학생들. ⓒ 나경택 촬영, 5·18기념재단 제공

하다 가게 안으로 뛰어 들어오면 얼른 학생들을 피신시키고 뒷문으로 도망치게 하셨다.

전남대에서 주둔 중인 계엄군이 광주시 외곽으로 물러난 5월 21일이었다. 오전이었는데, 우리 슈퍼 앞에 버스 한 대가 도착했다. 시민들이 타고 있었다. 각목으로 차체를 두드리며 노래도 불렀다. 시위대 버스였다.

"덕현아! 나와라."

"우리 함께 가자. 버스에 타라!"

버스에는 고교 친구 김창호와 김상돈이 있었다. 각목을 차창 밖으로 내놓은 두 친구가 나를 불렀던 것이다. 이 친구들은 "계엄군이 전남대에 진을 치고 있다는 소식을 듣고서, 계엄군을 쫓아내기 위해 왔다."고 했다.

나는 시위대 버스에 탑승하려고 할머니와 부모님 얼굴을 번갈아 보면서 친구들한테 가고 싶다는 표정을 지었다. 먼저 할머니께서 "밖에 나가면 절대 안 된다."고 하셨다. 뒤이어 아버지께서도 "가지 마라."고 단호하게 말씀하셨다. 세 분 어른들의 표정을 바라보고 차마 버스에 탈 수가 없었다. 결국 친구들에게는 "나중에 합류하겠다."고 말했다.

어머니는 슈퍼에서 빵과 음료수, 치약과 칫솔을 마대자루에 가득 담아 친구들에게 전달하고 시위대원들과 함께 쓰라고 말씀하셨다. 창호와 상돈이가 탄 버스는 다른 곳으로 간다며 출발했다. 버스가 떠난 후 아쉬워하는 나에게 아버지는 "불의에 맞서 싸우는 것도 좋은 일이다. 그러나 큰 파도는 피해가라."고 달래셨다.

계림초등학교 관사에서 피난살이

그럼에도 마음이 놓이지 않으셨던지 당신이 교장으로 근무하고 계시는 계림초등학교로 형님과 나를 피난 보내셨다. 아버지는, "전남대 근처에 집이 있어서 군인들이 집집마다 수색하고 다닌다고 한다. 계림초교 관사에서 며칠간만 지내고 있어라."고 하셨다.

아버지는 내가 언젠가 집을 나갈 수 있다고 판단하신 것 같았다. 그리고 우리 집이 대학가 근처여서 계엄군들이 가가호호 방문해 젊은이들을 무조건 끌고 가는 모습을 지켜보신 후라서 '자식들 피난'을 생각하신 것 같았다. 우리 형제는 2남 2녀였다. 형님은 첫째이고 나는 셋째였다. 누님과 동생은 여자라서 집에 있어도 안심이 되셨던 모양이다.

5월 26일, 형님과 나는 집으로 돌아왔다. 아버지 손에 이끌려, 학교 소사가 일할 때 쓰는 차를 타고 집에 온 것이다. 아버지는 계엄군이 광주시 외곽으로 물러나고 시위도 소강상태여서 그렇게 하신 듯했다.

다음 날 새벽, 그러니까 5월 27일 새벽 5시경이었다. 전남대 교정 쪽 하늘에서 군인들이 낙하산을 타고 내려오고 있었다. 나는 아버지에게 이 사실을 말씀드렸다. 아버지는 깜짝 놀라셔서 문이란 문은 죄다 걸어 잠그고 모든 이불을 꺼내 뒤집어쓰라고 하셨다.

지금의 전남대 정문 일대. ⓒ 임영상

점심때가 되었다. 바깥 상황이 궁금했다. 집 밖으로 나왔다. 주민들이 곳곳에서 웅성거렸다. 새벽에, 시민군의 지휘부가 있던 전남도청이 계엄군에 의해 진압되었다고 했다. 수많은 시민군이 죽었다고도 했다.

그때 동참하지 못한 나는, 용기가 부족함을 느끼면서 지금 이렇게 펜을 잡고 있다. 먼저 가신 영령들에게, 민주주의를 위해 목숨을 걸고 싸운 광주 시민에게 미안함과 감사한 마음을 잊지 않고 살아갈 것이다.

마음의 빚을 갚으면서

김명광

1980년 5월이었다. 교실 창가에서 월산동의 덕림동산 고개 넘어 도청 쪽에서 연기가 피어오르는 것을 바라보았다. 급우들은 입시준비로 바쁜 고3 시기임에도 공부는 뒷전인 채 전날 광주시내에서 벌어진 시위상황을 얘기했다.

계엄군의 손아귀에서 풀려난 누나

5월 20일, 휴교령이 내려졌다. 그때 나는 화정동에서 자취를 하고 있었는데 옆방에는 전남대에 다니는 어느 선배가 하숙을 하고 있었다. 평소 그 선배가 시국에 대해 이야기를 해주어서 어느 정도 상황을 알고 있었던지라 호기심과 궁금증이 발동해 시내를 나가보려고 했다.

누나는 시내 중심가 부근에 있는 회사에 다니고 있었다. 누나는 이날 퇴근 때 목격했던 일을 내게 말해주었다. 버스를 타고 집으로 오던 길에 양동시장 근처 정류장에서 버스가 멈췄는데, 시민들이 아닌 웬 군인들이 올라타 다짜고짜 젊은 사람들을 마구잡이로 끌어내렸다. 누나도 계엄군에게 끌려 내려가고 있었다. 그때였다. 옆에 있던 할머니가 "끌고 가지 마. 내 손녀야!"라고 소리를 질렀다. 다행이 계엄군이 누나를 끌고 가지 않아 집에 무사히 도착할 수 있었다고 했다. 겁에 질린 채 이런 얘기를 들려주던 누나는 내게 절대 시내에 나가면 안 된다고 신신당부를 했다.

전남대 후문과 아시아자동차공장

5월 21일, 나는 시내를 돌아다니다 유동 삼거리에서 시위대원들이 타고 있는 군 트럭에 올랐다. 이 트럭은 금남로 행진에 참여했다. 주민들이 빵과 음료수를 올려줘서 사람들과 나눠먹었다. 트럭은 금남로 사거리에서 광주역 방향으로 진행하다 전남대 후문 쪽에서 멈췄다. 나는 이때 차에서 내렸다.

전남대 교정에 군인들이 보였다. 그때 "펑펑" 소리가 나면서 주변에 깡통(최루탄)이 떨어졌다. 하얀 연기가 나더니 눈앞이 아찔했다. 숨이 막히고 정신을 못 차릴 지경이었다. 눈물을 그렇게 많이 흘려보긴 난생 처음이었다.

학교 앞 주택에 숨었다. 마당 한쪽에 있던 수돗물로 눈을 씻었다. 최루탄 발사가 멈추고 조용해지자 밖으로 나갔다.

다시 시위대 차량에 탑승했다. 이번에는 버스를 타고 한참을 이동했다. 우리가 도착한 곳은 광천동 아시아자동차공장이었다. 버스 안의 시민들은 공수부대원들과 싸우려면 우리도 무기가 있어야 한다고 했다.

공장에서 군용 장갑차 등을 봤다. 시민들이 장갑차를 운전했다. 아마도 군대에 있을 때 장갑차 운전병이었던 것 같았다.

시민들이 몰려오자 놀란 공장 직원은 "여러분 이러시면 안 됩니다."라고 외치며 차를 지키려고 했다. 그러나 계엄군의 만행에 화난 시민들을 공장 직원이 막기에는 역부족이었다.

이튿날 도청 앞 광장에서 희생자 추도식이 열렸다. 도청 분수대 앞에 수많은 관이 배열돼 있었다. 사회자가 시신을 안치할 관이 부족하다고 즉석 모금을 했다. 많은 시민들이 동참했다. 내 가슴이 뭉클했다.

또 하루가 지났고, 나는 어김없이 도청 집회에 참석했다. 상무관 분향소

ⓒ 쇼박스 제공

영화 〈택시운전사〉 한 장면-택시 사이에서 대화하는 택시기사 만복이와 독일기자 피터.

에서 오열하는 유가족들을 바라보면서 도대체 군인들이 시민들을 향해 무슨 짓을 했는가 하는 엄청난 충격을 받았다.

5월 21일로 추정된다. 오전 11시경 농성동 로터리에 있는데, 20여 명의 군인이 광천동 삼익아파트 쪽에서 걸어오고 있었다. 무슨 연유인지 모르지만 군인들은 차를 타지 않고 걸어오고 있었다. 시민들은 군인들이 상무대로 갈 수 없게 가로막았다. 서로 간에 한참을 대치했다. 시간이 어느 정도 흐르자 계엄군이 상무대로 가는 길을 터주라고 했다. 시민들은 "그러면 총을 두고 가라. 당신들이 화정동을 지나서 쌍촌동을 넘어가면 총을 돌려주겠다."고 말했다. 군인들은 망설이다 시민들의 기세에 눌려 소총을 도로에 내려놨다.

이후 협상이 잘 진행되어 군인들은 화정동을 지나서 쌍촌동으로 이동했다. 시민들은 약속대로 총을 돌려주었다. 나는 '도청 계엄군들은 나쁜 놈들이고 상무대 군인들은 선량한 군인'이라고 생각했다.

이날 오후에는 농성동 상공에서 헬기가 시민들을 향해 진정하라고 방송을 했다. 당시 방송은 광주에서 폭동이 일어났다는 등 내가 경험한 것과는 너무도 다른 내용이어서 울분을 토하지 않을 수 없었다. 그렇게 며칠이 지났고 도청이 진압되면서 거리를 다니면 계엄군이 불심검문으로 팔다리를 확인했다. 상처가 있으면 시위 가담자로 여기고 경찰서로 연행해 간다고 했다.

광주의 비극, 되풀이하지 말아야

시간이 흐르면서 그 당시의 상황들이 아픈 기억으로 남게 되었다. 우리는 한동안 광주항쟁을 말할 수 없는 시절을 살기도 했다. 그러다가 자유롭게 말할 수 있게 되었다. 그 당시의 감정과 희생당한 분들에 대한 미안한 마음이 엉클어져서 표현하기가 매우 복잡하고 미묘하다.

얼마 전 군대 간 아들이 휴가를 나왔다. 집에서 TV로 방영된 영화 〈택시운전사〉를 보면서 5·18광주항쟁에 대해 물었다. 나는 "영화내용이 비교적 당시의 상황을 잘 표현하고 있고, 사실적이다."고 말했다. 세월이 흐르다보니 나는 5·18을 직접 겪었지만, 아들은 책이나 사진 등 자료로만 보고 들었기 때문에 이런 괴리가 생긴 것이다.

유태인들은 다시는 그런 비극이 일어나지 않도록 나치의 잔학상을 어릴 때부터 철저히 교육시킨다고 한다. 우리도 5·18광주항쟁을 여러 분야에서 교육하여 민주주의를 위해 얼마나 많은 이들이 숭고한 피를 흘렸는가를 주지시켰으면 한다.

5·18광주항쟁을 마음대로 말하지 못했던 지난 과거를 돌이켜보며, 그 당시 희생당한 영령들과 현재까지 고통을 겪고 있는 모든 분들에게 마음의 빚을 갚으면서 살아가겠다고 다짐해본다.

잊지 못할 그날들

김범주

나의 고3 시절, 1980년은 평생 잊지 못할 5·18광주민주화운동이 일어난 해이다. 그해 5월 16일(금), 전남도청 앞 분수대 광장에서는 수만 명의 시민과 대학생들이 모여 안개정국을 비판하며 민주화일정을 밝힐 것을 촉구하는 '민족민주화대성회'를 개최했다.

전남대에 갔다가 계엄군에 쫓겨

다음 날 학교에 나온 친구들은 도청 앞에서 전남대와 조선대 등 대학생 형들과 시민들이 모여 집회한 사실을 중계하듯이 얘기했다.

5월 18일(일) 오전 11시경, 나는 우리 집이 있는 산수동 오거리에서 용봉동 전남대까지 운동 삼아 걸어갔다. 전남대에 계엄군이 주둔해 정문을 봉쇄하고 진입을 막고 있는 것은 몰랐다. 살레시오고 담장 옆을 지나는데 전남대 정문 쪽에서 학생들이 우르르 뛰어오고 있었다. 아무런 영문도 모른 채 나도 대학생들이 도망가니까 엉겁결에 왔던 길로 뒤돌아 뛰었다. 잠시 후 계엄군 무리들이 진압봉을 들고 쫓아왔다. 너무 무서워서 한달음에 산수동 집에까지 달려와 버렸다.

5월 19일(월), 전날 전남대와 도청 앞 등지에서 계엄군의 과잉진압으로

ⓒ 나경택 촬영, 5·18기념재단 제공

노동청 앞 시위로 전소된 차량들 사이로 자전거 탄 시민들이 멀리 보이는 계엄군들을 바라보고 있다.

그동안 방관하던 일반 시민들도 시위에 동참했다. 학교수업이 제대로 진행되지 않았다. 오전수업을 하고 학교가 파했다. 나는 산수 오거리가 종점인 5번 시내버스를 타고 농성동에 있는 학교를 오갔다. 이 버스는 원래 금남로를 거쳐 도청 광장을 경유하는 노선이었다.

버스기사는 금남로 초입인 유동 삼거리에서 지금의 삼성생명 사거리에서 좌회전했다. 도청 앞과 금남로 1가 근처로는 더 이상 갈 수 없다고 했다. 버스기사는 "어제 오후에 공수부대의 잔학한 시위진압 현장을 목격했다. 괜히 시위현장 가까이 갔다가 봉변을 당할 수 있으니까 우회하겠다."고 하면서, 계림동을 지나 산수 오거리 종점에 무사히 도착했다.

공수부대원과 육탄전을 벌여 이긴 조카

집에 도착하자마자 고등학교 1~2학년 때 우리 식구가 전세 들었던 풍향동 집주인 아들이 우리 집에 왔다. 그는 고등학교 1년 후배였는데 나와 비교적 친하게 지냈다. 그는 "형님, 지금 시내에서는 공수부대원들이 고등학생 이상은 보이는 대로 총칼로 죽인다고 들었습니다. 우리 이모 집이 담양에 있는데, 함께 피난갑시다."고 했다.

우리의 대화를 들으신 아버지는, "굳이 담양까지 갈 필요가 없다."면서 "범주 니가 아니어도 대학생들과 어른들이 시위를 하고 있으니, 신경 쓰지 말고 독서실에 가서 공부나 열심히 하라."고 말씀하셨다. 아버지는 "공부해서 나중에 니가 높은 사람이 되어 선량한 시민을 괴롭히는 저 못된 일당에게 복수를 하라."고 덧붙이셨다. 당시 아버지는 담양의 한 초등학교 선생님이셨는데, 산수동에서 담양까지 출퇴근하고 계셨다.

아버지 말씀을 듣기로 했다. 후배가 제안한 담양행은 포기했다. 그 대신 우리 집 앞에 있는 독서실에 월권을 끊었다. 독서실에 가서 공부에 전념하려 했지만 집중이 안 되었다. 시위대원들의 함성과 함께 시위대 차량이 지나가는 소리가 들리면, 얼른 독서실 창문을 열고 밖을 쳐다보다가 도로로 나가서 구경하곤 했다.

저녁밥을 먹으려고 집에 들어왔다. 잠시 후 당시 조선대 2학년이던 조카(큰집 누나 아들)가 숨을 헐떡이면서 우리 집에 왔다. 조금 전 도청 앞에서 시위를 하다 공수부대원과 육탄전을 벌여 이겼다고 승전보를 알렸다. 조카는 자기 친구와 둘이서 도청에서 동명동 쪽으로 도망치다가 반대편에서 쫓아오는 공수부대원 2명과 맞닥뜨렸다고 했다. 군인들이 등 뒤로 총을 메고 진압봉을 들고 달려들자 조카와 조카친구는 2대2로 맞붙어 싸우다가 공수부대원들의 총을 빼앗았다며 의기양양해 했다. 그 총을 갖고 뛰다가 도로 옆에 있는 집 담장 너머로 던져버리고 도망갔다고 했다. 공수부대원들은 더 이상 쫓아오지 않고 던져버린 총을 찾느라 잠긴 대문으로 들어가지 못하고 담장을 넘고 있었다고 조카는 말했다.

시위대 버스에 죽을 뻔한 경찰 형님

5월 20일(화) 오후였다. 독서실에 가지 않고 집에 있었다. 경찰인 큰형이 경찰복이 아닌 사복 반바지로 갈아입고 집에 나타났다. 나는 "경찰복을 안 입고 왜 반바지를 입고 오셨냐?"고 물었다. 큰형님은 "공수부대원들이 시위를 진압하면서 함께 진압작전에 투입된 경찰까지도 총칼로 죽인다고 날뛰고 있어서 도청 인근 민가에 들어가서 옷을 빌려 입고 왔다."고 했다.

나보다 8살 위인 큰형님은 5·18 당시 영광경찰서 소속 경찰이었다. 광주에서 점차 시위가 격화되자 이를 진압하기 위해 전남지역 시·군 경찰들이 지원 나와 있었다. 큰형님이 소속된 영광경찰서는 함평경찰서와 함께 시위대의 도청 진입 저지임무를 맡고 있었다.

그런데 이날 밤 9시경 도청과 노동청 사거리 일대에서 계엄군과 경찰, 그리고 시위대가 치열하게 맞붙었다. 그때 현장에 있었던 형님은, "시위대 버스가 영광경찰서 소속 경찰관 쪽으로 달려오다가 갑자기 방향을 틀어 함평경찰서 소속 경찰관 쪽으로 돌진했다. 경찰관 4명이 사망하고 5명이 부상을 당했다."고 했다. "시위대 버스가 당초 방향대로 우리 쪽으로 왔으면 나도 죽을 뻔했다."면서 큰형님은 이 사건으로 경찰들은 모두 철수하고 공수부대원들만 도청 앞에서 시위대를 막고 있다고 했다. 훗날, 2018년 10월 22일 오후 전남도경 앞뜰에서 5·18민주화운동 당시 사망한 함평경찰서 소속 4명의 경찰관을 추모하기 위해 제작한 부조상의 제막식이 열렸다.

몸은 독서실에, 마음은 창밖에

나는 산수동 집에서 근처 독서실을 오가는 생활을 반복했다. 몸은 독서실에 있었지만 마음만은 창밖의 시위대 차량에 타고 있어서 내가 시위에 참여하고 있는 것 같았다.

그리고 며칠 후였다. 산수동 오거리 도로에서 지나가는 시위대 차량을 봤다. 시위대 트럭에는 대학생뿐 아니라 일반 성인과 교련복이나 추리닝을 입은 고등학생들도 있었다. 그들은 나에게도 탑승하라고 했다. 나는 무섭기도 하고, 아버지의 지시를 어길 수 없어 바라보는 것만으로 의기를 억눌러야 했다.

어떤 날인가는 젊은 여자가 시위대 지프를 타고 다니면서 시민들의 동참을 호소하는 방송을 했다. 그녀의 목소리가 너무 진솔하고 호소력이 있어 그 차를 따라 쫓아다니기도 했다. 또 어떤 날에는 도로에서 시위차량을 구경하고 있을 때, 우리 집 앞 슈퍼마켓 사장이 라면박스에 빵과 우유를 넣어 주면서 시위대 차에 던져 주라고 해서 나는 열심히 그 임무를 수행했다. 여러 여건상 적극적으로 시위에 동참하지 못하고 소극적으로나마 참여를 했다. 1개월여 후 휴교령이 해제되고 학교에서는 수업이 재개되었다.

계엄군의 무력 진압으로 많은 시민과 학생들이 사망하거나 중·경상을 입어 병원신세를 지고 그 후유증으로 평생을 힘들게 살고 있다. 당시 시위대에 적극 참여하지 못한 것이 너무 미안하다.

오월, 그날이 오면

김병주

시내버스 창문을 열어젖히고 한 손으로 턱을 괸 채 창밖으로 멀뚱히 거리를 내려다보았다. 근래 들어서 춘곤증 때문인지 버스를 타고 집에 가는 길이 나른하고 피곤해서 꾸벅꾸벅 졸다가 금남로에 들어서면 버스 안 여기저기서 들려오는 사람들의 두런거리는 소리에 아슴푸레 눈이 떠졌다.

어둠을 물리치는 횃불 같은 구호들

아침밥을 먹으며 이숙이 했던 말씀, "공부하라고 부모들이 피땀 흘려 대학교 보내 주었더니 공부하기 싫으니 데모나 하고 자빠졌고, 지들이 정치에 대해서 뭘 안다고 하라는 공부는 안하고 저 지랄들인지 몰라." 아침 밥상머리에서 들었던 이야기가 버스 안 여기저기서 어른들이 말하는 소리에 섞여 웅얼거리는 것 같았다.

대학교에 있어야 할 학생들이 금남로를 줄지어 걷는 모습, 늦은 밤 한손에는 횃불을 들고 앞에 선 사람의 구호를 따라 외치며 차도 한쪽을 행진하는 모습이 어른들 말처럼 한심한 것 같기도 하지만, 왠지 모르게 가슴이 뜨거워지고 멋있어 보였다.

대학생들이 외치는 구호는 "계엄령을 해제하라. 군부는 물러가라. 민주

금남로 가톨릭센터 앞에서 시위대를 지켜보는 공수부대원들. ⓒ 이창성 촬영, 5·18기념재단 제공

정부를 만들자." 이런 내용인 것 같은데 내게는 별 관심도 없고 이해도 되지 않는 내용들뿐이다. 며칠 전부터 시작된 대학생들의 횃불행진은 차량의 운행에 지장을 주지 않으려는 듯 차도의 일부만을 점유한 채 질서정연했다.

밤하늘을 가르며 들리는 구호와 함성은 어둠을 물리치는 따뜻한 횃불이 되어 서늘한 밤공기를 잊게 만들었다. 타오르는 횃불이 흔들리듯 버스도 흔들리고 내 마음도 조금씩 흔들리기 시작했다. 이윽고 금남로에 하차하는 사람들을 내려준 버스는 다시금 요란한 소리를 내며 출발했다.

버스가 덜컹거리자 버스에 탄 사람들도 횃불처럼 함께 흔들렸다. 횃불을 높이 치켜든 학생들의 함성이 파도처럼 일렁이며 어둠이 깔린 금남로를 세차게 뒤흔들며 지나갔다.

군부독재가 뭐고 민주주의가 뭐지? 한참을 골똘히 생각해 봐도 도무지 알기 어려웠다. 내가 알게 뭐야. 학교에서 가르쳐 주지도 않는데 뭐. 버스가 금남로를 지나 다음 정류장을 지날 때쯤 다시 졸음이 밀려왔다. 얼마쯤 지났을까. 동명동 철도 건널목을 넘어가며 버스가 심하게 출렁거리고 덜컹거리는 소리에 화들짝 놀라 눈을 떴다.

방학이면 야학 열어주던 영철이 형

눈앞에 노기 띤 얼굴로 화를 내며 소리치는 아부지가 어른거렸다. "애들 앞에서 할 말이 있고 안 할 말이 있지. 그런 말 하다 잽혀 들어가믄 어짤라고 그랑가." 아부지의 호통 소리에 엄니도 지지 않고 대거리했다. "내가 틀린 말 했소. 동네 사람들이 다 알고 있는 말 아니다요. 뭔 놈의 세상이 무서워서 말도 제대로 못하고 살아야 한다요. 차라리 이승만 시절이 더 좋았지……."

내가 괜한 걸 물어봤나 후회스러웠다. "엄니 어째서 해마다 방학이믄 예향이네 집에서 산수학원 열어서 주판 갈쳐 주던 영철이 형이 올해는 아직까지 문을 안 열께라?" 우리 윗집에 사는 영철이네는 아부지가 똥지게를 지고 산 아래 경사진 언덕배기에 코빼기만큼 작은 땅뎅이에서 농사를 짓고 사는 오두막집의 착한 가족이었다. 집은 찢어지게 가난했지만 영철이 형은 공부를 잘해서 광주상고에 장학생으로 다녔다.

방학이면 가난한 우리 동네 국민학교·중학교 애들을 모아 공짜로 예향이네 집 마루에서 야학을 열어 주판으로 셈하는 법을 가르쳐 주었다. 또래의 동네 애들이 방학이면 이곳에 와 많이 놀았다. 엄니는 영철이 형이 야학을 열어 수사과 형사들에게 끌려가 맞아 죽었을 거라고 했다. 그렇지 않으면 아직까지 행방불명 될 리가 없다고……. 아부지는 철없이 애들이 하는 말 가지고도 수사과에서 그 부모를 끌고 가 조사한다고 했다.

조선대 정문 근처에서 멈춰버린 버스

이숙이 퇴근하며 "빌어무글 넘 새끼들이 데모하는 통에 차가 막혀 짜증나네."라고 하셨다. 대학생들의 민주화를 위한 시위는 대학생들만의 그저 그런 시위였을 뿐 이숙처럼 시국에 무관심한 사람들에게는 큰 호응을 얻지 못하고 있었다.

학교에서 집으로 돌아오는 길에 금남로를 거쳐 조선대 앞을 지나갔다. 동명동 철도 건널목을 지나가는 동안 촉각을 곤두세우게 하는 일촉즉발의 긴장감이 흐르고 있었다.

5월 20일이었을 것이다. 여느 날과 다름없이 학교에 등교했다. 평소보다 조금 늦게 학교에 등교한 몇몇 친구들은 군인들과 경찰이 원래 지나다니던 버스길을 막아버려서 어쩔 수 없이 버스가 다른 길로 돌아서 오느라고 늦어졌다고 했다.

어떤 친구들은 어제 금남로 끝부분 유동에서 공수부대 군인들이 곤봉으로 사람들을 두들겨 패고 대검으로 젊은 사람들을 찔러 죽였다는 말을 버스에서 들었다고 했고, 직접 보았다고도 했다. 늦게 등교한 친구들의 흥미로운 이야기를 들으려고 반 친구들이 여기저기서 자리를 박차고 모여들어

영화 〈화려한 휴가〉의 한 장면. 도청 앞 광장을 지나는 시위대 버스를 향해 사격을 하고 있는 계엄군들.

교실 안이 시끌벅적했다.

"임산부의 배를 칼로 찔렀는데 배 속에서 아기가 튀어나왔다. 도망가는 젊은 사람은 남녀를 가리지 않고 무조건 쫓아가서 군인들이 곤봉으로 머리를 내리쳐 으깨 버렸다. 이러한 폭행에 항의하는 시민과 어른들을 길가에서 무조건 죽도록 두들겨 팼다."

잠시 후 담임선생님이 들어오셨다. "오늘부터 무기한 휴교령이 내려졌으니 시골이 집인 사람은 집으로 가고 광주가 집인 사람은 되도록 밖에는 나가지 말고 몸조심하라."고 당부하셨다. 교장선생님과 다른 모든 선생님들이 단체로 교문 앞으로 나와 집으로 돌아가는 학생들을 일일이 배웅해 주셨다.

나는 여느 때와 다름없이 양동시장을 경유하여 금남로를 거쳐 조선대 앞을 돌아가는 버스를 탔다. 평소보다 느린 속도로 운행하는 버스 안에서,

몸조심하라는 선생님들의 말을 떠올리며 왠지 모를 불안감에 사로잡혀 있는데, 금남로에서부터 밀리기 시작한 버스가 마침내 조선대 정문 가까이에서 더 이상 앞으로 나가지를 못하고 정지해 버렸다.

밖을 내다보니 한쪽에는 군인들이 시위를 저지하고 있었고 반대쪽에서는 데모하는 학생과 시민들이 대치하고 있었다. 대학생들이 데모해서 출퇴근길을 불편하게 만든다고 불평하던 시민들은 군인들의 잔혹한 진압에 분노하여 학생들과 함께 길가의 보도블록을 깨뜨려 짱돌을 만들고 화염병을 던졌다. 여자들은 깨뜨린 보도블록을 날라다 주었다. 차도와 인도를 가득 메운 성난 시민과 학생들은 하나가 되어 있었다.

시위대의 투석과 화염병 투척, 분노에 찬 함성에 군인들은 조금씩 뒤로 밀리고 있었다. 심지어 방패와 총을 뺏기고 시위대에 붙잡힌 이들도 있었다. 버스가 정지해버려서 어쩔 수 없이 차에서 내렸다. 겁이 나고 무서웠지만 군중들에 섞여 함께 돌을 나르고 던지는 동안 차츰 불안감과 두려움도 가라앉았다.

"저 개새끼들은 사람새끼가 아니고 살인마당께. 아무나 막 쑤셔불고……, 부마사태 때처럼 계엄군이 확 쓸어 블믄 경상도 사람들처럼 끽 소리도 못하고 조용해질 거라고 생각했능갑제……, 광주 사람들을 물로 봐부렀어. 씨팔 개새끼들이……, 경상도 출신 공수부대원들을 골라서 술 잔뜩 믹이고 약을 처먹였는지 눈구녁이 뻴개서 미쳐 날뛰면서 닥치는 대로 찌르고 죽이고 한당께."

시위대에 섞여 함께 움직이며 한참을 있다 보니 배도 고프고 어스름 해질 녘이 되자 공포감이 갑작스레 몰려들었다. 시위대를 떠나 멀지 않은 동명동 이모네 집을 향해 걸어갔다. 집에 도착하니 이모가 왜 이리 늦었냐며 걱정했다고 하셨다. 나는 천연덕스럽게 데모 때문에 버스가 조선대 앞을 통과할 수 없어 먼 길을 걸어오느라 늦었다고 둘러댔다.

그날 저녁을 먹으며 이숙은 텔레비전을 보며 뉴스에서 순전히 공갈만

친다고 혀를 끌끌 차면서 방송국을 불 질러 버려야 한다고 화를 내며 TV를 꺼버렸다. 이모와 이숙은 공수부대원들이 시내에서 시민들에게 저지른 무력진압의 참상과 항간에 떠도는 잔인한 이야기를 내게 말해주면서, 광주 외곽지역을 군인들이 지키고 있어서 완도로 내려갈 수도 없으니 절대 밖으로 나다니지 말고 집에만 있으라고 하셨다.

계엄군의 집단 발포와 장갑차 위의 청년

다음 날 점심식사 후에 항간에 떠도는 소문이 사실인지 궁금했다. 내 눈으로 직접 확인하고 싶었다. 이모 몰래 집을 나서 동네를 한 바퀴 둘러보았으나 별다른 움직임이 없었다. 그냥 집으로 돌아왔다. 집에서 내가 없어진 걸 눈치채셨는지 저녁을 먹은 후 이모님은 "아야 병주야, 느그 엄니가 낮에 전화했는디 니 어디 나가지 말고 집에 꼭 붙어 있으라고 그라드라야. 그랑께 어디 싸돌아 댕길 생각 말고 얌전히 집에만 있어라."고 하셨다. 나는 "아따 이모 내가 어디를 간다요. 걱정 마시요."라고 안심시켜드렸다.

다음 날 오후가 되자 도청에서 가까운 밖이 소란스러워 이모 몰래 밖으로 나가 보려고 운동화를 찾는데 아무리 찾아도 보이지 않았다.

"이모 내 운동화 어따 뒀소. 빨아 부렀소?"

"아니 느그 엄니가 너 못 가도록 신신당부해서 니가 신고 도망 나갈까봐 내가 꼼쳐 부렀다. 그랑께 바람 쐬러 나갈라믄 쓰레빠 끌고 잠깐 나갔다 얼릉 들어오니라."

"아따 내가 어디를 간다고 그라요. 그라믄 깝깝항께 바람만 쪼끔 쐬다 들어 올라요."

쓰레빠(슬리퍼)를 질질 끌고 멀리 사람들의 함성이 나는 곳을 향해 걷다 보니 어느덧 도청 앞에 다다랐다. 도청 앞은 군인과 경찰들이 바리케이드를 친 상태로 대치하고 있었다. 어디에서 왔는지 버스를 앞세우고 택시와 버스가 경적을 울리며 금남로 쪽으로 4열 횡대로 줄지어 들어왔다.

시위대는 도청 앞으로 가기 위해 돌과 화염병을 던지며 일진일퇴를 거듭했다. 버스 두 대가 길 양쪽으로 도청 앞 바리케이드를 돌파하기 위해 움직이기 시작했다. 도청 앞이 가까워질수록 사람들의 함성이 커졌고, 응원의 환호성이 울려 퍼졌다. 그때 총성이 울렸다. 놀란 버스 운전사가 황급히 차에서 내리는 모습이 보였다. 이내 버스는 방향을 잃은 채 길 옆으로 굴러가 어딘가에 부딪히며 길옆으로 힘없이 넘어졌다.

바리케이드를 친 군인들은 끄떡도 하지 않았다. 조급해진 시위대는 불도저로 밀어 버리자고 의견을 내놓았고 불도저가 움직이기 시작했다. 이번에는 바리케이드를 치워 버릴 것만 같았다. 사람들의 함성이 점점 커졌고 마침내 버스가 넘어진 부근까지 근접했을 때 군인들의 집중사격이 시작되었다. 갑자기 고장이라도 난 것처럼 불도저는 그 자리에 멈춰 서서 움직일 줄 몰랐다. 그러자 누군가 아시아자동차공장에 가면 장갑차가 있으니 그걸 가져 오자고 했다.

불도저가 멈추고 시위대에 긴 침묵이 흘렀다. 패배의 굴욕감이 흐린 날 안개처럼 무겁고 짙게 핏빛 머금은 금남로 길바닥을 뒤덮었다. 그때였다. "장갑차다. 장갑차가 왔다." 일순 패배감에 젖어가던 사람들의 얼굴에 다시금 생기가 돌았다. 누군가가 장갑차 뚜껑을 열고 상체를 차 밖으로 내밀고 두 손으로 대형 태극기를 흔들며 애국가를 불렀다.

"동해물과 백두산이 마르고 닳도록 하느님이 보우하사 우리나라 만세 무궁화……."

그렇게 애국가를 부르며 비무장인 채로 장갑차는 도청의 바리케이드를 향해 전진했다. 나도 작은 소리로 애국가를 따라 불렀다. 죽음을 불사하고 전진하는 열혈 청년, 갑자기 가슴속에서 뜨거운 덩어리가 응어리져 치솟아 올랐다. 장갑차는 멈춰선 불도저를 넘어서고 곧 바리케이드에 닿을 것만 같았다.

그때였다. 도청 쪽에서 몇 방의 총성이 울리고 열혈 청년의 목이 꺾이는

가 싶더니 태극기의 흔들림이 멈춰버렸다. 내 심장도 멎어 버리는 것 같았다. 안타까운 한숨소리만이 여기저기서 터져 나오고 하염없이 눈물만 솟아 나왔다. 눈물은 마르지도 멈추지도 않을 것만 같았다. 나도 옷을 찢어 웃통을 벗고 태극기를 흔들고 싶었다. 더 이상 비겁하게 숨어 있고 싶지 않았다. 그러나……, 바람일 뿐 ……, 행여 군인에게 내 몸이 보일라 더욱 안전한 곳으로 슬금슬금 몸을 움직이고 있지 않은가.

슬리퍼를 양손에 들고 정신없이 달리다

도청 쪽 시위대 주변에는 단순한 호기심으로 구경 나와 있는 시민들까지 더해 인산인해를 이루었다. 시간이 갈수록 계속 불어나는 시위대와 시민들의 엄청난 숫자에 놀란 군인과 경찰들은 메가폰으로 연신 시위대의 해산을 명령했다. 그럼에도 대학생과 자발적으로 합세한 시민들의 함성과 기세는 더욱 거세지고 있었다.

시민들 중에는 짐발이 자전거를 끌고 와 세워놓고 그 짐칸 위에 올라가 구경하는 사람도 있었다. 갑작스레 연이은 수십 발의 총성이 울리고 내 옆 사람이 힘없이 바닥에 픽 쓰러졌다. "총을 쏜다. 군바리들이 총을 쏜다." 누군가 다급하게 외쳤고 여기저기서 사람들이 픽픽 쓰러졌다. 어떤 사람은 쓰러진 사람을 끌고 가려다 총에 맞아 쓰러졌다. 비명소리와 함께 도청 앞은 순식간에 아비규환의 생지옥으로 변해버렸다.

놀란 시위대와 군중들은 총을 피해 모두 정신없이 뒤돌아 뛰기 시작했다. 내 뒤에 세워진 자전거가 사람들에 밀려 넘어지고 그 자전거에 걸려 뒤돌아 뛰던 사람들이 넘어지고 넘어진 사람을 밟고 또 뛰어가고….

"어떤 씨발넘이 자전거를 끌고 와서 지랄이냐."

자전거에 걸려 넘어졌다 벌떡 일어나 소리치며 다시 뛰어가는 사람들, 미처 일어나지 못하고 뒷사람에 밟혀버린 사람들, 지옥 같은 현장을 빨리 벗어나야 하는데 '아 씨발 쓰레빠가 벳겨져 부네. 저거 줍다가 잘못해서 넘

시민들이 자전거를 타고 집회장소인 도청 주변으로 모인 모습. ⓒ 이재권

어지면 밟혀 뒤지것는디.' 순간 재빠르게 떨어진 슬리퍼를 주워 양손에 쥐고 정신없이 달렸다. 숨도 쉬지 않고 달렸다.

얼마나 달렸는지 여기저기서 사람들의 가쁜 숨소리가 들려왔다. 폐가 터질 듯했고 가슴이 답답했다. 도망친 사람들은 숨을 돌리며 멀리 건물 귀퉁이에 숨어 고개만 빼꼼 내밀고 도청 쪽 군인들을 바라보았다. 여전히 총소리는 울리고 어떤 사람들은 부상당한 사람들을 옆으로 누워서 끌고 나오고 있었다. 바로 옆에서 쓰러진 사람들을 수습도 하지 못한 채 그저 도망치기에 바빴던 내 자신이 순간 부끄러웠다.

"우리도 참지 말고 총을 듭시다!"

그때 누군가 큰 소리로 외쳤다.

"저런 개새끼들이 우리한테 총을 쏘는디 우리도 참지 말고 같이 총 쏩시다." 마치 약속이나 한 듯 여기저기서 우리도 총을 들자는 외침이 메아리가 되어 울려 퍼졌다.

가까운 경찰서 무기고에 가면 총이 많이 있으니 그곳에서 총을 가져 오자고 했고, 어떤 사람은 예비군 훈련장에서 가져 오자고 했다. 마치 잘 조직된 사람들처럼 총을 구하기 위해 각자 흩어지기 시작했다. 화순 탄광에 가면 다이너마이트를 가져올 수 있다고 일부 사람들은 그곳으로 향하기도 했다.

"총을 털러 갑시다."

몇 시간이 흐른 후 개머리판이 나무로 된 낡은 카빈 소총이 시위대에 공급되기 시작했다.

"군대 갔다 온 사람들은 한 자루씩 듭시다."

"저 개새끼들 다 죽여 붑시다."

"그랍시다."

"총을 듭시다."

"경찰서 무기고 다 열려 있으니까 총은 얼마든지 갖다 줄 거요."

내 앞에도 총이 놓였지만 용기가 없었다. 어른들이 고등학생은 총을 들지 말라고 했다.

총을 든 시민들이 건물 귀퉁이에 몸을 숨기고 도청 군인들을 향해 총을 쏘기 시작했다. "따쿵" "따쿵" 길 잃은 총알에 맞을까봐 나는 건물 밖으로 고개를 내밀기도 겁이 났다.

숨 막히는 총격전이 계엄군과 이제 갓 탄생한 시민군 사이에서 전개되었다. 수많은 총알이 도청을 향해 날아갔다. 비무장인 광주시민들이 자국민을 향한 미친 군인의 총칼에 대책 없이 죽임을 당하도록 놔둘 수 없다는 절박함이 분노의 총을 들도록 만들었다. 내가 살기 위해서가 아니라 너를 살리기 위해서 광주는 그렇게 뜨거운 오월의 피를 흘렸다.

그날 늦은 밤 무거운 발걸음을 돌려 집으로 돌아가는 길에 비겁한 내 자신에게 끝없이 다짐했었다. 열혈 청년의 죽음을 헛되지 않게 하겠다고……, 내 옆의 사람이 총에 맞아 쓰러지면 다시는 그냥 도망치지 말자고……, 그림자처럼 따라붙은 부끄러운 눈물이 내게서 떨어질 줄 모르고 밤이 새도록 뜨겁게 가슴을 타고 흘러내렸다.

축 늘어진 머리의 무게

김선재

5월 18일(일), 우리 집은 군인들과 시민들이 치열하게 맞붙었던 전남도청과는 비교적 먼 거리인 매곡동이었다. 그래서인지 전남대, 조선대, 터미널, 전남도청, 금남로 등 광주시내에서 무슨 일이 일어났는지 모르고 평온하게 보냈다.

5월 20일(화), 학교에 갔더니 친구들이 술렁거렸다. 점심때쯤 학교를 파했다. 나는 자전거를 타고 학교에 통학했다. 선생님께서 오늘부터 휴교령이 내렸다는 것이다. 교문을 나서는데, 아들을 데리러 오신 친구 어머니들이 보였다. 집으로 가는 도중 혼자 자전거를 타고 충장로 4가와 5가를 돌아다녔다. 거리에는 사람들이 많이 보이지 않았고, 곳곳에 경찰들이 길을 막고 있었다. 유령 도시의 좀비들처럼 무표정인 채 길을 막고 있었다. 자전거를 타고 그 사이를 몇 번인가 헤집고 다니다가 매곡동 집으로 왔다.

"제발 도청으로는 가지 마라"

5월 21일(수), 지금의 용봉동 농협삼거리(전철우 사거리 입구) 근처에 있는 친척집을 가기 위해 길을 나섰다. 무슨 일이 일어났는지 궁금해 신안다리쯤 가보니 버스나 화물차를 탄 시위대원들이 각목으로 차체를 치고 노

적십자병원 입구에 서성이는 시민들. ⓒ 한국일보, 5·18기념재단 제공

래를 부르면서 질주하고 있었다. 각목이 없으면 맨손으로 차체를 치고 지나갔다.

나도 지나가는 시위대 버스를 탔다. 외곽도로를 다니다 광천동 아시아자동차공장으로 갔다. 함께 탄 사람이 "아시아자동차공장에 가면 새로운 차들을 가지고 나올 수 있다."고 말했다. 우리 버스가 정문에 도착했을 때는 문이 굳게 잠겨 있었다. 우리는 차에서 내리지 않고 회사 주변만 빙 둘러보고 그냥 시내로 이동했다.

양동시장 근처에서 내렸다. 광주천변 길을 타고 시내 도청 근처로 걸어갔다. 황금동 술집 골목을 지날 때였다. 술집 아가씨들이 가게 밖으로 나와 울면서 "제발 도청 방향으로 가지 마라. 군인들이 발포해 시민들이 많이 죽었다."고 애원했다. 그래서 도청 가까이는 가지 않고 금남로 한국은행(현, 금남공원) 사거리 쪽으로 이동했다.

한바탕 격전이 벌어졌는지 도로가 엉망진창이었다. 시위대가 타고 다녔던 각종 차량들과 벽돌조각, 각목 등이 곳곳에 나뒹굴고 있었다. 최루탄 냄새가 진동했다. 금남로에는 군인들이 없었다. 저 멀리 전일빌딩 앞에는 버스가 도로를 가로질러 멈춰서 있었다. 나중에 5·18 자료를 봤더니 버스를 몰고 도청으로 돌진한 시민은 계엄군 총에 맞아 사망했다.

쓰러져 있는 사람의 머리를 받쳤는데

벌써 해 질 녘이었다. 전남여고 쪽으로 갔다. 도청 뒤쪽 노동청 사거리에서 한바탕 공방이 벌어졌는지 시끄러웠다. 최루탄 쏘는 소리인지, 총소리인지 몰라도 요란한 소리가 들렸다. 노동청 사거리로 걸어갔다. 도로에 시위대가 가득했다.

중3쯤 돼 보이는 어린 애가 울면서 가슴에 박힌 총알 파편을 빼달라고 했다. 어떻게 총을 맞았냐고 물어보니 헬리콥터에서 쏜 총알이 아스팔트 도로에 맞고 튀어서 가슴을 맞은 것 같다고 했다. 총탄 조각이 작아서 손으로 빼기가 쉽지 않았다. 몇 번 빼려고 시도했는데 할 수가 없었다. 나는 중학생을 근처 병원으로 데리고 갔다. 간호사로 보이는 여자가 있기에 치료를 부탁하고 나왔다.

시민들과 함께 골목길로 가톨릭센터(현, 5·18민주화운동기록관) 뒤를 돌아가다가 도청방향인 전일빌딩 쪽을 바라봤다. 그런데 동구청 건물(현재 동구청은 조선대 정문 입구 쪽으로 이전했음) 뒤편에 사람이 쓰러져 있는 게 보였다. 그냥 갈 수가 없었다. 쓰러진 사람에게 가려고 하는데 전일빌딩 뒤쪽에 계엄군들이 있는 것 같았다. 나는 얼른 웃옷을 벗고 하얀 러닝셔츠를 벗어 흔들면서 조심스럽게 다가갔다. 함께 있던 시민들도 나를 따라왔다. 내가 손으로 쓰러져 있는 사람의 머리를 받쳤는데, 힘이 전혀 없었다. 어깨도 축 늘어지고, 머리도 축 쳐졌다.

함께 온 사람들의 도움을 받아 그 사람을 등에 업고 원각사 앞 도로까지 갔다. 다른 시민들은 내가 무거움을 느끼지 않도록 등에 업힌 사람을 손으로 받쳐줬다. 시위대 차에 싣고 양림동 광주기독병원으로 데려다주고 나왔다. 그 사람의 생사는 알 수 없었다. 다만 숨을 쉬지 않았고 축 늘어진 신체를 봤을 때 사망하지 않았을까 추측만 했다. 39년이 지난 지금도 힘없이 축 늘어진 그 사람 머리의 무게가 느껴져 소름이 돋는다.

헌혈을 하고 총을 들었지만

한국은행 사거리 쪽으로 다시 왔다. 시민들이 총상 입은 사람들을 살리려면 피가 필요하다며 헌혈하자고 외치고 다녔다. 광주천변에 있는 광주적십자병원(현, 서남대 병원)으로 가서 헌혈을 했다. 다시 시내를 돌아다녔다. 그러다 어떻게 해서 손에 쥐었는지 모르지만, 나도 카빈 소총을 들었다. 이 차, 저 차를 갈아타면서 광주시내 여기저기를 돌아다녔다. 내가 탄 시위대버스가 월산동 로터리를 지나는데, 함께 있는 누군가가 "앞에 군인이 있다."고 말했다. 우리는 화들짝 놀라 차를 멈추고, 차 뒤로 가서 엎드려 사격 자세를 취하기도 했다. 시내 여기저기에서 총소리가 들렸다.

전남대병원 건너편 남광주시장 옆을 지날 때, 시장 입구에 있는 학동파출소(지금은 없어짐) 망루 위를 날아가는 유탄 불빛이 선명하게 보이기도 했다. 처음으로 가지고 있던 카빈 소총으로 사격을 시도했다. 그러나 하지는 못했다. 남광주시장 끝에서 광주천 건너편에 있는 건물 옥상 위의 표적을 향해 방아쇠를 당겼는데, 당겨지지 않았다. 나중에 알았지만 안전장치인 자물쇠를 푸는 방법을 몰랐던 것이다.

5월 22일(목), 전날 밤에는 한숨도 못 잤다. 우리 버스는 이른 새벽 광주공원 광장으로 이동했다. 광장과 계단을 오르면 광주시민회관이 나오는데 그 앞에도 벌써부터 시위대원들이 모여 있었다. 나이가 50대로 보이는 시민이 "모두 총을 반납하라."고 했다. 특별한 이유를 설명하지 않았다.

그 시민은 "계엄군도 광주시 외곽으로 물러났고, 전남도청도 우리 시민

구 적십자병원(현, 서남대 부속병원) 전경. ⓒ 임영상

군이 장악해 있으니 치안질서 유지 차원에서 총을 반납해야 한다."고 했다. 총을 반납했다. 함께 버스를 탔던 시민들도 모두 반발하지 않고 총을 반납했다.

나는 월산동 로터리를 거쳐 돌고개를 지나 농성동 한전 근처에 살고 있는 중학교 친구 집에 갔다. 마침 그 친구가 집에 있었다. 그곳에서 이틀을 지냈다. 밤에는 총에 맞을 것 같아 벽에 이불을 대고 잤다. 이틀 후, 아버지가 어떻게 아셨는지 자전거를 타고 친구 집에 오셨다.

나는 친구 집에 며칠간 더 있다 가겠다고 말씀드렸다. 아버지는 아들의 생사를 확인해 안심이 되셨는지 "밖은 위험하니까 나가지 말고 집에 있어라."고 하시고는 가셨다. 나는 친구 집에서 놀다가, 심심하면 시내에 가서 집회에 참석하기도 했다.

학원생 5명과 쌀 한 가마니

며칠 후, 매곡동 집에 가니 31사단에 잡혔다 풀려난 학원생 5명이 우리 집에서 숙식을 하고 있었다. 그들은 시내에 있는 대학입시학원을 다녔던 재수생들이었다. 학원에서 공부하던 중 공수부대원들에게 붙잡혀 있다가 풀려났다고 했다. 이들은 모두 장성군이 고향이었는데, 31사단에서 풀려나 시골집이 있는 장성으로 가려고 했단다. 그런데 시 외곽에 군인들이 지키고 있어서 가지 못하고 매곡동 근처에서 며칠간 머물 곳을 찾다가 마침 아버지를 만나 우리 집에 머물게 되었다는 것이다. 이들은 옷에 피가 묻어 있었고, 여기저기 얻어맞아 온몸에 피멍자국이 남아 있었다. 광주가 진정된 후 이들은 우리 집에 쌀 한 가마니를 보내왔다. 장성 시골집에서 부모님이 직접 지은 쌀이라면서 그때 감사했다는 편지도 동봉했다.

나는 군대를 1982년에 갔다. 나보다 석 달 빠른 고참이 경상도 출신이었다. 그 고참은 "내 형이 광주에 투입된 공수부대원이었다."면서 "그 당시 자행됐던 끔찍한 일들이 사실이라고 형이 말했다."고 전해주었다. 90년 중반, 전국에서 모인 신입사원들과 사원교육을 받았다. 그때 서울에서 온 신입사원이 "진짜로 1980년 5월에 그런 일이 있었냐?"고 물어보기에, 아무 말도 못하고 당황해 했던 기억이 아직도 생생하다.

군인이 왜 시민에게 총을 쏘았을까

김수종

고3 시절, 광주에서 겪었던 5·18을 떠올리다 보면 생각나는 게 있다. 우리들 고3 교실도 그해 봄부터 이미 무너지고 있었다. 두 개의 사건이 떠오른다.

하나는 지하층 교실의 60여 개 책상마다 누군가 담배꽁초를 비벼 끄고 분필로 동그라미를 일일이 그려 놓은 사건이 있었다. 나는 소름이 돋았었다. 그 누군가는 저런 행위예술을 하는 동안 무슨 생각을 하고 있었을까? 막연하게나마 그 시절 억압적인 사회분위기와 꽉 막힌 학교분위기에 대한 반항이지 않았을까 생각했다. 그 누군가는 결국 찾지 못했던 것 같다.

두 번째는 5월 15일쯤으로 기억하는데 학교 체육대회 입장식 때 거수경례를 거부했던 사건이다. 높은 단상 위에 서 있는 교장선생님께 손을 흔들고 지나갔던 것이다. 교련과 체육시간에 배운 군대식 문화를 거부하고 싶어 했던 고3 학생들의 실천이자 작은 몸부림이었다. 억압적인 분위기, 숨쉬기조차 버겁던 우리 고등학교에도 반항과 자유로움에 대한 갈망이 어두웠던 슬픈 모습으로 감돌고 있었던 것이다.

피로 범벅이 된 추리닝

5월 20일이었을 것이다. 학교에서 오전수업만 마치고 귀가하도록 했다.

집에 갈 때는 버스 타지 말고, 시내 중심부로 가지 마라고 선생님이 당부하셨다. 5번 버스를 타는 대신 한 시간 정도 외곽 길을 걸어 백운동 고개를 넘어 양림동 집에 왔다.

소문에는 군인들이 대학생들을 몽둥이로 때리고 있다고 했다. 추리닝으로 갈아입고 동네를 어슬렁거리며 사람들이 두런거리는 얘기를 주워들었다. 나는 충격을 받았고 도저히 참을 수 없는 분노에 휩싸였다.

구시청 인근에서 시위대들이 지나가는 것을 보았다. 도로에 넘어져 있던 트럭을 보았고, MBC 방송국이 불타는 것을 보았다. 동명동에 있는 박철웅 조선대 총장 집 앞에서 물러나라며 사람들이 소리를 지르는 것도 보았다. 동네 아줌마들이 나눠준 김밥과 딸기를 먹었던 기억도 난다.

5월 21일, 나는 도청 앞 YMCA건물 쪽에 있었다. 시민 측 대표가 오후 정해진 시각까지 군인들은 광주와 도청에서 철수하라고 방송했다. 그 시간이 지나자 전일빌딩 선에서 대치하던 군인 대열과 몸싸움이 벌어졌다. 나도 쇠파이프를 휘둘러댔다. 버스들도 도청 정문을 향해 돌진했다.

결국 그 순간부터 발포가 시작되었다. 난 근처 인도 바닥에 엎드렸고, 옆을 보니 그 많던 시민들 가운데 서 있는 사람은 한 사람도 보이지 않았다. 사격이 멈춘 것 같았다. 서서히 사람들이 낮은 포복으로 충장로 쪽으로 이동했고, 충장로 쪽 사람들 일부는 총격당한 사람들을 구하러 금남로로 들어왔다. 나도 내 앞쪽에 쓰러져 움직이지 못하고 있는 여섯, 일곱 살쯤 되어 보이는 아이를 두어 사람과 같이 안고 걸어서 나왔다. 무등극장 근처 정형외과에 아이를 맡기고 집으로 돌아왔다.

어머니가 깜짝 놀라셨다. 그제야 나는 입고 있던 추리닝이 피로 범벅이 되었다는 것을 알았다. 그때까지 넋이 나간 것이었다. 어머니는 내가 들고 온 쇠파이프를 뺏어 재래식 화장실에 버리고, 내 옷들을 벗겨서 불태우셨다. 증거를 없애려고 하신 것이다. 어머니는 어느 순간에도 항시 어머니셨다.

그날부터 계엄군이 광주 밖으로 물러났다는 소식을 들었다. 하루 정도

도청 앞 광장을 행진하는 공수부대원들. ⓒ 이창성 촬영, 5·18기념재단 제공

는 나가지 않고 집에서 쉬었다. 어머니는 남자는 밖으로 돌아야 먹을 것이 생긴다면서 나가보라고 하셨다.

계엄군 철수와 관련해서는 10여 년이 지난 뒤, 부마항쟁에 투입되었던 경상도가 고향인 공수부대 출신 회사 선배가 해주던 얘기도 기억난다. 말이 많은 사람은 아니었는데 딱 한마디 해주었다. "부마항쟁 때는 대학생들을 잡으면 라이터로 머리카락에 불을 붙였어. 그러면 학생들이 쫄아서 진압이 됐는데……, 광주는 그렇게 안 되더라고."

도청을 점령하러 가던 전투대형의 군인들

5월 23일부터 사직공원 다리를 건너, 출퇴근하듯 도청 앞으로 나갔다. 총기를 닦으며 정비하던 사람들의 모습, 거리에 나부끼던 삐라들, 이상하리만치 평온한 느낌이 들었던 도청 앞 광장, 시민들 힘으로 군인들을 물리쳤다는 승리감, 그러면서도 왠지 모를 불안감 등이 복합적으로 깔려 있었다고 기억한다.

이 기간 중 특이했던 기억, 두 가지가 떠오른다. 충장로, 금남로 곳곳에는 급박한 상황에서 미처 챙겨가지 못한 수많은 주인 잃은 자전거들이 널브러져 있었다. 그중에 소위 경기용이라고 불렸던 자전거를 주워 타고 집으로 왔다. 이후 그걸 타고 양림동에서 광주천을 따라 돌고개를 넘어 통학하기도 했다.

또 하나는 그 당시 우리 집에는 파나소닉으로 기억되는데, 라디오 겸용 녹음기가 있었다. FM, AM 외에도 SW 즉 단파 채널이 있었다. 단파를 여기저기 돌려보다 우연히 "여기는 서울, 구국의 소리 방송입니다."로 시작하고 끝을 맺는 방송을 듣게 되었고, 이를 통해 광주에서 일어나는 일들을 청취했다. 꽤 정확했다는 기억이다.

드디어 5월 26일 늦은 밤. 우리 집은 시내버스가 다니는 도로변에 있는 점방이었다. 저녁에는 창문에다 이불을 걸어두고 잤다. 꿈결에 '삐융삐융' 하는 소리에 잠을 깨서 이불 틈으로 도로를 보니 광주기독병원 쪽에서 양림 오거리를 통해 시내 도청 쪽으로 군인들이 일정한 간격을 유지하며 전투대형으로 진입하고 있었다. 그리고 일정 간격으로 하늘에다 공포탄을 쏘는 것 같았다. 잠시 후 헬기소리, 총소리, 다급한 아줌마의 방송소리……, 이제 끝났구나 싶었다.

5월 21일의 승리감과 5월 27일의 패배감이 뚜렷이 기억되어 있다. 그 후 39년 동안 우리 사회도 여전히 총만 안 들었지 싸움이 계속되고 있다. 그리고 5·18을 겪은 이후 고민할 수밖에 없었던 기본적인 문제의식, 즉 "군인들이 왜 시민들에게 총을 쏘았을까?" 이 문제에 대한 답을 구하고 해결해야 한다는 의식이 이후 사회를 바라보는 내 태도를 지배한 것 같다. 지금도 그렇다.

계엄군의 만행을 알리기 위해

김연천

5월 16일, 전날에 이어 학교 체육대회가 열렸다. 점심식사를 한 후, 대학생들이 집회를 하고 있다는 전남도청으로 가기 위해 친구들과 5번 버스를 탔다. 체육대회가 끝나지 않았지만 도청 앞 시위를 구경하기 위해 선생님들 몰래 학교를 빠져나간 것이다.

한국은행 사거리에서 하차했다. 도청 앞 도로는 차들이 다니지 않았다. 광장에는 대학생들이 분수대를 중심으로 둘러앉아 집회를 하고 있었다. 분수대를 연단삼아 한 사람씩 나오더니 저마다 자신의 견해를 피력하는 연설을 했다. 그러더니 확성기에 대고 돌아가며 구호를 외쳤다. 집회를 지켜보다가 다시 시내버스를 타고 학교로 돌아왔다. 와서 보니 이미 체육대회가 끝나버렸다.

나는 당시 담양읍에서 화정동 학교까지 통학을 했다. 담양에서 시외버스를 타고 대인동 시외버스터미널에 도착하면, 대한극장 골목을 통해 금남로 4가로 가 5번 시내버스를 타고 화정동 서부시장 앞에서 내려 등교했다.

담양에 온 시위대 버스

5월 19일 월요일, 단축수업을 했다. 학교 근처에서 점심식사를 하고 담양 집으로 가기 위해 대인동 시외버스터미널로 갔다. 금남로에서는 공수부대원들이 최루탄을 쏘면서 곤봉을 휘둘러 많은 시민들이 다쳤다.

금남로 상황을 목격하고 얼른 담양 집으로 가야겠다고 터미널 안으로 들어갔다. 표를 끊고 담양 가는 10번 홈 앞에서 기다리는데, 난데없이 헬멧을 쓴 공수부대원들이 대합실로 들어왔다. 그들은 대학생으로 보이는 남자들을 곤봉으로 두들겨 팼다. 여대생들은 머리채를 잡고 거침없이 바닥에 내동댕이쳤다.

여기저기서 들리는 신음소리와 그들의 곤봉 세례가 뒤섞여 터미널 대합실은 순식간에 아수라장으로 변했다. 줄을 서서 버스승차를 기다리던 시민들은 공수부대원들을 피해 이리저리 도망쳤고, 노인들은 바닥에 주저앉아 망연자실한 눈으로 상황을 지켜봤다. 다행히 나는 교복을 입고 있어서 맞지 않았다.

휴교령으로 집에서 쉬고 있을 때였다. 5월 22일인가 23일인가 광주에서 출발한 듯한 시위대 버스가 담양읍내에 왔다. 시위대 버스에는 복면을 한 시위대원들이 타고 있었다. 그들은 각목과 쇠파이프로 차체를 두드리면서 구호를 외치며 담양 읍내를 돌아다녔다.

시끄러운 소리에 놀라 집 밖으로 나가봤다. 그들은 읍내 도로를 왕복하다가 담양경찰서로 진입했다. 처음에는 직진해 경찰서 계단을 올라가 현관문을 부수더니 잠시 후 후진했다. 이번에는 버스를 돌려 후진으로 또다시 현관문을 부쉈다. 근무하던 경찰들은 모두 밖으로 피신해버렸다.

경찰서에서 빠져나온 시위대 버스가 인접한 중앙파출소로 가더니 마찬가지로 전진 후진을 반복하면서 문을 박살내버렸다. 중앙파출소는 문턱이 낮은 탓에 금세 출입문이 완전히 부서져버렸다. 이때까지만 해도 이들은 총을 소지하지 않았다. 경찰서 무기고를 털려고도 하지 않았다.

대인동 시외버스터미널 주차장에 주차돼 있는 버스들. ⓒ 한국일보, 5·18기념재단 제공

대학생 형들과 대자보를 붙이고

그날 오후, 대학생 형들과 함께 대자보를 작성해 시내 곳곳에 붙였다. 내용은 광주에서 계엄군에 의해 수많은 시민들이 죽었다면서 담양도 궐기하자는 내용이었다. 모이는 장소는 담양동초등학교 운동장이고 저녁 7시까지 모이자고 적었다. 대자보 작성은 나도 참여했다. 형들이 내 글씨체가 좋다며 매직펜을 주는 바람에 절반 정도는 내가 썼던 것 같다.

저녁 7시가 되어서 학교운동장에 갔더니, 궁금해 하던 주민 몇 사람이 간헐적으로 기웃거리다 가버렸을 뿐, 모임은 무산되고 말았다.

다음 날 오전, 나는 읍내 선후배들과 새로운 작전을 짰다. 우리도 버스를 타고 담양 군내를 돌아다니면서 광주에서 벌어진 계엄군의 만행을 알리는 시위를 하자고 했다. 그렇게 하려면 버스나 트럭이 있어야 했다.

우리는 담양읍 초입에 있는 고속도로에 갔다. 지나가는 고속버스를 탈취하기 위해서였다. 우리는 10명이었는데, 모두 쇠파이프와 단단한 참나무로 된 몽둥이를 지참했다. 이 고속도로는 지금의 '광주–대구 간 고속도로'

대인동 시외버스터미널에서 시외버스를 타기 위해 줄 서 있는 모습. ⓒ 한국일보, 5·18기념재단 제공

가 아니었다. 지난 1973년 호남고속도로의 지선인 담양선(고서–담양 구간)으로 개통되었던 고속도로였다. 광주에서 흘린 피의 대가로 권력을 잡은 전두환 정권은 1981년 동서화합 명분으로 '88올림픽고속도로'를 착공해 84년에 2차선으로 개통했다. 2015년 12월, 전 구간을 4차선으로 확장하면서 '광주대구고속도로'로 명칭이 바뀌었고, 최근에는 '달빛고속도로'라는 이름으로 변경을 추진 중이다.

도로변에는 수십 가닥의 철사로 엮어진 쇠줄로 된 가드레일이 설치되어 있었고, 키 작은 나무들이 심어져 있었다. 우리는 가드레일을 넘어서 도로변으로 길게 줄을 섰다. 고속버스가 오면 정지시키고 빼앗기 위해서였다. 2시간 정도를 기다렸으나 고속버스가 한 대도 지나가지 않았다. 결국 우리는 고속버스 탈취계획을 포기하고 읍내로 돌아왔다.

기억의 뿌리

김옥철

살아가는 동안 지워지지 않는 기억이 있다. 알지 못하는 사이에 한순간 뇌리에 파고들어 영원토록 잊히지 않을 기억. 쉽사리 지워지지 않으며 지워서도 안 되는 기억.

기억이란 게 그렇다. 세월이 흐른 뒤까지 가슴 저미게 아름다운 여운으로 남았을 때는 추억으로 간직하겠지만, 뼈를 깎고 살을 도려내는 아픔으로 남았다면 먼발치로 밀어내기 위해 안간힘을 쓸 것이다. 그럼에도 불구하고 잔인하고도 모진 기억이 슬픈 역사적 사건과 맞닿아 있다면 비석처럼 단단해져 지울 수 없을뿐더러 지워서도 안 된다. 한 사람의 기억이 아니라 다수의 기억이 모여 다져진다면 그 기억의 뿌리는 절대 뽑히지 않으리라.

부초 같던 나의 삶도 이제 지친 것인가. 미국 서부 네바다주 라스베이거스로 떠나와 이렇듯 잘 살고 있지만, 무시로 조국과 고향땅을 돌이키다 보면 39년 전 봄날의 기억들이 떠오른다. 그해 봄날의 기억은 떠올리는 것만으로도 괴롭다. 광주시민을 향해 장갑차를 몰고 온 군인들, 그들의 군홧발에 짓밟히고 총칼에 쓰러졌던 시민들, 어찌 잊을 수 있으랴.

그때 억울하게 희생된 분들 덕분으로 우리는 민주주의를 누리며 이렇게 잘 살고 있다. 하지만 살아남은 자의 죄책감은 깊고 질기다.

광주공원 계단에 한가로이 앉아 있는 노인들. ⓒ 한국일보, 5·18기념재단 제공

광주공원 광장에 모여 있는 시민들. 일부 시민은 총을 들고 있다. ⓒ 이창성 촬영, 5·18기념재단 제공

현재의 광주공원 광장. ⓒ 임영상

잊을 수 없는 시체 두 구의 인상

그해 봄날의 기억을 죄다 돌이킬 수는 없다. 하지만 딱 하나의 장면만은 죽는 날까지 잊을 수 없을 것 같다. 지금도 그렇지만 삶과 죽음의 경계를 가장 가까이서 지켜볼 수 있는 곳이 병원이다. 울음은 흔해지고 슬픔은 박제된 곳.

광주는 무시무시한 공포에 휩싸인 도시였다. 아침부터 싱숭생숭해진 마음을 주체하지 못하고, 집이 있던 학2동 조선대병원 아래 골목길을 나섰다. 무성한 소문들, 헬리콥터 소리, 어수선한 함성에 섞여 정신을 차릴 수 없었다. 한 살 많은 형과 함께 번갈아 시위대 차량에 옮겨 타고 시내를 돌아다녔다. 광주천변의 적십자병원과 양림동 광주기독병원이 발길에 닿았다. 전남대병원도 마찬가지, 어디든지 집과 가까웠다.

공원 광장에도 갔다. 총기가 거치되어 있었고 교련복을 입은 고등학생이 카빈 소총을 들고 있는 모습을 보았다. 나도 총을 잡을 수 있겠구나 생각하며 기회를 엿보았다. 거적때기에 뒤덮인 채 '구루마'에 실려 가는 시체를 본 시민이라면 정신을 온전히 가눌 수 없었다.

전남대병원 응급실에서 철도변에 인접한, 남광주역과 가까운 붉은 벽돌 건물이었다. 시체 두 구를 보았다. 누군가 흰 천을 걷어내자 퉁퉁 부은 얼굴 한쪽이 야구공만큼 함몰되어 있었다. 실성한 듯한 아주머니가 정신을 놓고 달려들었는데, 가족을 찾아 오열하는 그분은 연고자가 아니었다. 가슴속에 통증이 일더니 일시에 터질 것만 같았다.

망자는 누워 있고 나는 그걸 보고 서 있었다. 누가 이들을 이렇게 만들었나. 아무런 죄도 없는 이들의 삶을 이토록 허무하게 마감하게 했을까. 삶과 죽음의 경계를 감당하기에 열아홉 살 내 나이는 너무 일렀다.

진압군이 쳐들어오던 날, 집 가까운 곳에서 귓속을 후벼 파던 어느 여성의 가두방송 소리와 누군가를 죽이기 위해 쏘아댔을 기관총 소리에 눈을 감고 이불을 뒤집어썼다. 그 순간의 비정한 공포는 평생 동안 상처로 남아, 환갑을 앞둔 아직도 나의 뇌리를 떠나지 않고 있다.

당시에 광주 시민은 민주주의를 위해 싸웠다기보다, 억울하고 부당한 일에 목숨을 걸고 항거했다고 보는 것이 더 맞을지 모르겠다. 소박하고 순수한 시민들이 봉기한, 정의를 위한 양심의 고해성사였다고 본다.

역사는 기록한 자의 것이다는 체험담출판준비위원회의 말에 고개를 끄덕이며 박수와 성원을 보낸다. 글로 남겨진 역사만이 미래를 열 수 있다며, 그해 봄날을 기억하고 기록하자는 친구들의 결기가 숭고하다. 5회 벗들이여. 그대들이 내 친구라는 사실이 자랑스럽다.

아물지 못한 오월의 기억

김창호

전날과 다르지 않았다. 신군부세력의 비상계엄령이나 대학생들의 민주항쟁 시위는 당시 고등학생이었던 내게는 다른 나라의 뉴스였을 뿐이었다. 적어도 그날 오전까지는 그러했다.

광주MBC가 불타던 현장

나는 동명동 작은아버지 댁에서 고등학교를 다녔다. 그날, 5월 20일에도 작은어머니가 차려주신 아침밥을 먹고 서둘러 학교에 갔다. 그런데 학교에서 휴교령이 내려졌다며 오전수업을 하는 둥 마는 둥 하고 전교생을 집으로 돌려보냈다. 뭔가 이상했고 뭔가 달랐지만 그래도 수업이 없다는 선생님 말씀에 마냥 좋았던 것 같다.

집으로 가는 버스는 금남로 전남도청을 지나갔다. 도청에 거점을 둔 군인들에게 시민들이 쫓기고 있었다. 버스 안에서 누군가 "나라 지키는 군인이 죄 없는 시민들에게 뭐하는 짓이냐."며 목소리를 높였지만, 버스는 시민들을 지나쳐 갔다.

그날 저녁, 작은집 식구들과 밥을 먹고 있는데 집 밖 도로에서 "광주의 아들딸들이 계엄군들에게 다 죽어가고 있다. 시민 여러분, 모두 밖으로 나

총을 든 시위대원들이 탄 트럭이 지나가자 시민들이 쳐다보고 있다. ⓒ 이창성 촬영, 5·18기념재단 제공

오셔서 함께해 달라."는 여자 목소리가 확성기로 퍼져 나와 내 귓속에 박혔다. 가녀렸지만 선명하고 애절했던 그 목소리에 나도 모르게 이끌려 집 근처에 있던 광주MBC 사옥으로 한달음에 달려 나갔다.

광주MBC 사옥 건너편 인도와 도로에는 이미 많은 시민들이 모여 있었다. 시민들과 함께 "전두환이 물러가라, 물러가라."를 목청껏 외치고 또 외쳤다. 그러다가 그 가운데 몇 명이 2, 3층 사무실에서 커튼을 뜯어 와서 1층 차고에 쌓아놓고 불을 붙였다.

하지만 그 자리에 모인 대다수 시민들이 "그것도 우리의 재산인데 왜 불을 내려고 하느냐. 불 끄고 커튼 빼라"고 외쳤고, 곧바로 시민들은 불에 타고 있던 커튼을 꺼냈다. 불은 완전 소화가 되었다. 그렇게 한 시간 정도 지났을 때, 방송국 뒤편에서 '펑'하는 소리와 함께 붉은 화염이 올라왔다. 나중에 알게 되었지만, 기계실 쪽이 최초 발화 지점이었다고 한다. 지금까지도 광주MBC 화재가 시민들의 방화 때문이었다는 주장과 논란이 있지만, 나는 그렇게 생각하지 않는다.

물론 나는 광주MBC 화재의 정확한 원인은 알지 못한다. 하지만 우리의 재산이라면서 불을 끄라고 외쳤던 시민들이 방송국을 아무렇지 않게 불태웠을 리는 절대 없었을 것이라고 생각한다. 나는 시민들과 함께 광주MBC 방송국 앞에 모여 있다가 계엄군들에게 쫓겼고 새벽녘에 집에 들어갔다.

시민군 버스를 타고 장성 남면파출소로

다음 날 시내는 이미 무장된 시민군이 장악을 하고 계엄군들은 전남대와 조선대 운동장에 집결하고 있었다. "광주를 함께 지켜내자."는 확성기 목소리가 또 들려왔다. "도청 앞으로 모여 달라."고 했다.

오전 9시 30분경, 이웃에 살던 김상돈 친구를 만나 어젯밤 있었던 일을 얘기하며 함께 시민군 버스를 탔다. 시민군 버스는 광주를 지키기 위해 집을 나선 시민들을 묶어 주는 발이고 손이었다.

그런데 우리가 탄 버스는 도청이 아니라 전남대 농대 앞에다 우리를 내려줬다. 대학생들과 많은 시민들이 모여 있었고, 모두들 한입으로 "계엄군 철수"를 외치고 있었다. 잠시 뒤 계엄군 1개 중대 정도가 철수하겠다며 집결했다. 그 말에 그 자리에 모였던 시민들도 잠시 맘을 놓았다. 그 순간 계엄군 중대장 정도로 보였던 지휘관이 느닷없이 "최루탄 투척"을 명령했고 시민들 속으로 매캐한 연기가 쉼 없이 날아왔다. 전혀 예상치 못했던 상황에 시민들은 황망하게 흩어졌고, 우리도 인근 골목으로 냅다 내달렸다.

그렇게 달리다가 신안동 어느 골목에서 잠시 쉬고 있는데, 머리 위로 군 헬기가 날아다니며 "집으로 돌아가지 않으면 발포하겠다."는 선무방송을 했다. 정오 즈음이었을 것이다. 겁이 났다. 배가 고팠다. 집으로 돌아가고만 싶었다.

우선 급한 대로 허기부터 해결하고 집으로 돌아갈 생각으로 우리는 처음 마주친 시민군 버스를 행선지도 묻지 않고 올라탔다. 당시 광주는 많은 시민들이 네 것 내 것 구별 없이 주먹밥과 음료수, 물 등 먹을 것을 시민군들에게 아낌없이 나눠 주었다.

배고픔이 가시고 정신을 차리고 보니, 그 버스는 광주를 벗어나고 있었다. 광주시내가 아닌 장성군 남면파출소에 무기를 탈취하러 가고 있었다. 우리가 다시 광주로 돌아가려면 그 버스를 계속 타고 있어야 했다.

시민군과 함께 남면파출소에 도착했다. 그곳에는 아무도 없었다. 시민군들이 파출소 무기고에서 카빈 소총 몇 자루를 꺼내 왔는데, 하나같이 '공이'가 없었다. 공이는 총알의 뇌관을 때리는 장치인데, 이게 없으면 사격을 할 수 없다. 이미 경찰들이 필요한 조치를 취한 뒤에 파출소를 떠난 것이다.

오후 5시경 다시 광주로 되돌아가는 길에 계엄군의 외곽 차단 지역에서 버스가 갑자기 멈추었다. 멀리서 오토바이 한 대가 오고 있었는데 총상을 입은 사람이 위태롭게 타고 있었다. 그 모습을 버스 운전하던 분이 아무 말도 못한 채 멍하니 바라고만 있었다. 이대로 계속해서 광주로 들어가는 것은 너무나 위험해 보였다. 한두 시간 날이 저물기를 기다렸다가 이동할 수밖에 없었다. 다행스럽게 우리가 탄 버스는 무사히 광주로 돌아왔다.

사방의 총소리, 정신을 잃다

버스는 시민군 상황실이 있던 광주공원으로 갔다. 그곳에서 다시 해남경찰서에서 무기를 탈취하라는 지시를 받고 해남으로 간다고 했다. 우리는 버스에서 내릴 수가 없었다. 총을 들고 있는 사람들이 무서웠다.

자정 무렵, 버스가 송암공단 근처(현, 인성고 부근)를 지나고 있었다. 갑자기 사방에서 총소리가 들려왔다. 총격전이었다. 나중에 국회 청문회를 보면서 알게 되었는데, 그날 총격전은 계엄군들끼리 서로 오인해 교전한 것이었다.

나는 버스 안에서 정신을 잃었다. 얼마나 시간이 지났는지도 모르겠다. 꽤 오랜 시간 편안히 잠을 잔 듯한 느낌이었다. 그러나 그 편안함은 아무 걱정이 없는 편안함이 아니었다. 너무 큰 충격을 받은 나머지 온 정신이 블랙 아웃된 이후에 아무 생각이 들지 않는, 말 그대로 백지 상태의 편안함이었던 것 같다. 그리고 우리는 백운동에 있던 버스안내양 기숙사(구, 대동고 건너편)에서 깨어났다. 나머지 시민군들의 행방은 알지 못했다. 그냥 눈물만 나왔다.

새벽 5시경 날이 어슴푸레 밝아올 무렵 우리는 기숙사를 나왔다. 집 방향인 산수동 쪽으로 가는지 물어보고 시민군 버스를 탔다. 버스 안에서 전남고 다니던 얼굴만 알던 친구와 마주쳤다. 그 친구 허리춤에 권총이 있었다. 아는 친구를 만난 반가움보다는 나이를 불문하고 광주를 지키기 위해 시민 모두가 나서야만 했던 현실이 너무나 슬펐고 두려웠다. 그 친구는 버스 안에서 잠깐 만나고 헤어졌지만 이후 어떻게 됐는지는 모른다.

집으로 돌아왔다. 작은아버지와 작은어머니는 내가 죽은 줄로 생각하고 시골 화순에서 유학 온 조카를 책임지지 못했다는 슬픔과 황망함에 밤새 한숨도 못 주무시고 마당에서 우두커니 서 계셨다고 했다.

다시 며칠이 지나 도청 앞 상무관에 갔다. 그곳에서 가족을 잃은 분들이 태극기에 덮인 시신을 부여잡고 한없이 통곡하는 모습을 보았다. 통곡하다가 끝내 정신을 잃고 말았다. 나는 다시 블랙아웃이 되었다.

며칠 뒤에 나는 30km가 넘는 거리를 걸어서 화순 사평에 있는 시골집으로 돌아갔다. 시골집에 가서도 상당한 시간 동안은 그날의 함성과 총소리, 통곡이 귀에서 이명으로 계속 들려왔다. 그것은 상처가 아니었다. 공포였고 끝 모를 슬픔이었다. 온 정신의 마비였다. 그렇게 5월은 지금까지도 아물지 못한 기억으로 각인되어 남아 있다.

광주MBC로 진격

김홍렬

5월 20일 밤, 나는 광주문화방송국(MBC) 앞에 있었다. 시위대 차량을 타고 시내를 돌아다니다가 다른 시위대원들과 함께 그곳으로 향했다. 뉴스에서 제대로 된 참상을 보도하지 않고 왜곡하고 있어서 시민들이 분개한 것이다.

처음에는 방송국 현관을 향해 돌을 던지며 진격했다. 시민들의 분노는 뜨거웠다. 광주MBC 주변 도로는 시민들로 가득했다. 방송국 건너편 전남여고 담장 너머에도 시민들이 모여 있었다. 이미 방송국 주위 경비를 맡고 있던 계엄군들은 철수한 상태였다.

탱크를 피해 담장 밑에 엎드리다

마침내 광주MBC 건물이 불길에 휩싸였다. 언제 시민들이 방송국 건물로 들어갔는지 모르지만 건물 뒤편에서 검은 연기와 함께 불길이 치솟았다. 몰려든 시민들은 환호성을 지르면서 쌓였던 응어리를 푸는 것 같았다.

그런데 성난 시민들에게 밀려 시내에서 퇴각하고 없을 줄 알았던 계엄군의 공격이 시작되었다. 노동청 방면에서 나타난 계엄군 탱크가 광주MBC 앞 제봉로를 가득 메운 시민들을 공격했다. 탱크가 시위대를 향해 무

불에 탄 광주MBC사옥. ⓒ 이창성 촬영, 5·18기념재단 제공

당시 광주MBC사옥의 현재 전경. ⓒ 임영상

서운 속도로 돌진해왔다.

시민들은 자신들을 깔아뭉개버릴 것처럼 달려오는 탱크를 피해 흩어졌다. 나는 건너편 전남여고 붉은 벽돌 담장을 뛰어넘어 잽싸게 몸을 엎드렸다. 다른 시민들도 나처럼 담장을 넘어 전남여고 운동장으로 뛰어내렸다. 어떤 시민은 내 등짝으로 뛰어내렸다. 나중에 그때 다친 허리가 아파 고생했지만, 당시에는 어찌나 긴장했는지 아픈 줄도 몰랐다.

엎드려 있는데 눈앞에 은색의 물체가 보였다. 남자 전자손목시계였다. 나는 목숨이 왔다갔다는 긴급한 상황이었지만, 가만히 주머니에 집어넣었다. 값이 나가는 고가의 시계는 아니었다. 절체절명의 상황에서 만난 의미 있는 시계였기에 한동안 소중하게 보관했다. 지금은 사라졌지만.

동지가 된 선생님

리일천

지난 1980년 5월 광주에 살았던 사람이라면, 남녀노소 불문하고 누구나 5·18항쟁 기간 겪었던 경험이 머릿속에서 지워지지 않고 남아 있을 것이다. 나도 마찬가지이다.

검도선수로서 훈련을 위해 상무관으로

나는 고교시절 검도선수였다. 1학년 때 시작해 3학년 초반에 그만뒀다. 정확히 말하면, 1학년 때 시작한 검도 선수생활을 3학년 5월 항쟁이 끝난 직후인 6월초 접은 것이다.

나는 그해 10월 광주에서 개최될 제61회 전국체전에 대비, 학교 검도부원 15명과 함께 전남도청 앞에 있는 상무관에서 훈련을 하곤 했다. 광주가 분리되기 전인 당시 전남지역 고교에서는, 우리 학교 검도부가 유일했다. 때문에 전남도 대표 선발전이 필요 없이 바로 전남도대표가 되었다. 다만 며칠 후에 있을 〈제61회 전국체육대회 전남예선대회 겸 전남도민 체육대회〉에서 시범경기를 해야 했다.

당초, 1980년 10월 8일부터 엿새간 광주에서 제61회 전국체육대회가 예정돼 있었다. 그런데 5·18항쟁이 일어나 개최지가 전북으로 옮겨졌다.

검도복을 입고 시합하는 장면.

상무관은 유도 등 다른 종목 선수들도 훈련하기 때문에 미리 예약하지 않으면 사용할 수가 없었다. 다른 종목 선수들이 선점하여 연습을 하면 우리는 강당이 있는 서석초등학교나 효동초등학교로 가서 연습을 하곤 했다.

5월 22일로 기억한다. 시민군이 전날 오후 전남도청을 접수하고 이틀째 된 날이었다. 검도연습을 위해 나는 도청 앞 상무관으로 갔다. 도복과 호구, 죽도 등 검도용품은 상무관 창고에 두고 다녔다. 계엄군의 만행으로 시내가 온통 난리가 났는데 연습을 할 수 있을까 의구심이 났지만, 검도사범이었던 강광석 선생님과의 약속을 어길 수는 없었다.

사실 나는 전날 계엄군의 도청 앞 집단발포에 항의하고자 시민들과 함께 버스를 타고 다니면서 광주시민 궐기를 촉구하는 시위에 참여했다. 그래서 누구보다도 시내 상황을 자세히 알고 있었다. 시내버스도 다니지 않아 걸어서 상무관 입구에 어렵사리 도착했다. 다른 부원들도 시간에 늦지 않게 모였다. 도청 앞 분수대 광장은 계엄군의 잔인한 폭력을 성토하는 시민들로 붐볐다. 그 사이를 헤집고 오직 검도연습이라는 일념으로 상무관에 도착한 것이다.

그런데 우리는 상무관으로 들어가다가 깜짝 놀랐다. 더 이상 발걸음을 옮길 수 없었다. 상무관 마룻바닥에 수십여 개의 관이 정렬돼 있었다. 관 주변에서는 가족들이 울부짖고 있었고, 항쟁지도부로 보이는 사람들은 바삐 상무관을 오가고 있었다.

더 이상 바라볼 수 없었다. 계엄군에 대한 분노가 치밀었다. 선생님은 당분간 연습하지 않겠다면서 집으로 돌아가도록 하셨다. 선생님은 학교에 휴교령이 내렸어도 광주 상황이 이렇게 심각하게 전개될 줄 모르고 연습일정에 따라 우리를 모이게 하셨던 것 같았다.

수많은 주검 앞에 총을 들었지만

부원들과도 헤어졌다. 금남로를 걷다가 한국은행 광주지점 근처에서 지나가는 시위대 버스에 올라탔다. 버스는 광주공원으로 갔다. 광주공원 앞 광장에서는 어디에서 가져왔는지 소총과 실탄을 수북이 쌓아놓고 시민들에게 나눠줬다. 나도 카빈소총과 실탄이 든 탄창 2개를 받았다. 카빈소총은 개머리판이 없었다. 덩치가 컸던 나는 다이너마이트도 한 개 받았다. 그런데 다이너마이트에는 뇌관도 없고 도화선도 꽂혀 있지 않았다. 당장 쓸모가 없는 '떡밥'이라고 불렀던 몸체만 수령했다.

시위대 차를 타지 않고 농성동 하숙집까지 걸어가기로 했다. 시위대 버스가 먼저 떠나버린 탓도 있었지만, 무엇보다 한 번도 만져보지도 않았던 소총과 실탄, 심지어 다이너마이트까지 가지고 있다는 두려움이 더 컸다. 나는 겁에 질린 표정으로 소총을 어깨에 걸치고, 탄창 한 개는 총에 꽂고, 또 한 개는 바지주머니에 넣고 걸었다. 기름종이로 포장된 다이너마이트 뭉치는 손으로 들었다.

양동시장을 거쳐 돌고개를 지날 때였다. 가게 문 앞에 있던 아저씨 한 분이 나를 불렀다. "어이 젊은이, 학생으로 보이는데 총과 실탄을 보이게 가지고 다니면 안 된다."면서 "가게 안으로 들어오라."고 했다. 아저씨는 내가 들고 있던 총과 탄창, 다이너마이트를 보자기에 싸줬다.

농성동 하숙집에 도착했다. 내가 들고 있던 보자기를 풀자 하숙집 주인

아저씨와 아주머니, 하숙생들이 깜짝 놀랐다. 고등학생이 총과 탄창, 다이너마이트를 가지고 집에 오니 놀라지 않을 수 없었을 것이다. 특히 하숙생들은 "위험하니 즉시 반납하라."고 했다. 하숙생들은 대부분 군 장교들이었다. 농성동은 상무대와 가까워 전국의 각 군에서 군사교육을 받으러 온 장교들이 하숙을 많이 했다. 우리 하숙집에도 경상도 출신 해군 대위와 경기도 출신 육군 중위가 함께 기거했다.

이들은 5·18때 바깥출입을 삼가고 하숙방에서 숨죽이고 있었다. 곧 5·18이 진정될 것이라고 판단했다. 군사교육을 받으러 상무대로 갈 수도 없고, 밖에 나다니다가 군인이라고 시민들에게 봉변을 당하지 않을까 염려해서였다.

나는 친구 아버지가 경찰인데 총을 반납하겠다고 얘기했다. 보자기를 들고 학교 친구 김순기의 집으로 갔다. 순기 집은 하숙집에서 2백여m 거리에 있었다. 가는 길에 다이너마이트는 개천에 던져버렸다. 마침 순기도 있었고, 순기 아버지도 집에 계셨다. 순기 아버지는 서부경찰서 형사이셨다. 자초지종을 말씀드리고 총을 싸온 보자기를 드렸다. 순기 아버지는 경찰서에 가져가겠다고 하셨다. 며칠 후 순기집에 갔더니 순기 아버지가 경찰서 무기 회수반에 접수시켰다고 말씀하셨다.

시위대 트럭에서 만난 검도사범 선생님

이에 앞서 5월 21일 오후였다. 하숙집과 가까운 농성동 로터리에 나갔다가 시위대 트럭을 탔다. 그런데 거기에 검도사범이신 최성훈 선생님이 앉아 계셨다. 최 선생님은 강광석 선생님과 함께 검도를 가르치셨다. 최 선생님은 우리 학교에 부임하신 지 얼마 되지 않았다.

검도선수로서 검도를 배우며 혼이 났던, 무서웠던 선생님의 모습은 사라지고 색다른 기분이 들었다. 사제지간은 트럭 짐칸에서 구호와 노래로 하나가 되었다. 우리는 "전두환이 물러가라." "김대중을 석방하라."는 등의

무장한 시위대원들이 트럭 짐칸에 타고 있는 모습. ⓒ 이창성, 5·18기념재단 제공

구호와 「투사의 노래」, 「고향의 봄」, 「우리의 소원은 통일」 등 노래를 불렀다. 물론 각목으로는 차체를 두들기며 박자를 맞췄다. 선생님은 목검을 가지고 계셨다. 이때까지 우리들은 총기류를 소지하지 않았다.

외곽도로를 타고 백운동 방향으로 가다가 신우아파트 앞에서 트럭이 멈췄다. 운동기구를 파는 체육사 주인이 트럭을 멈춰 세웠다. 체육사 주인은 시위용품으로 쓸 수 있는 물건이 있으면 가져가라고 호의를 베푸셨다. 검도연습 때 사용하던 목검이 눈에 들어와 집어 들었다. 다른 시민들은 야구방망이를 들었다. 우리 트럭에는 열댓 명 정도 타고 있었는데, 모두 무기 아닌 무기를 소지할 수 있었다. 우연찮게 시위대 트럭에서 만났던 사제지간은, 뜻하지 않게 '5월 동지'가 되어 목검을 들고 광주시내를 함께 누비고 다녔다.

잊을 수 없는 또 하나의 일화가 있다. 아버지와 관련된 것이다. 5월 24

일경이었다. 아버지는 2대 독자인 내가 큰 소용돌이가 일었던 광주에서 무탈하게 잘 있는지 걱정이 되셨던 모양이다. 차도 안 다니고 전화도 두절된 상태였는데, 아버지는 내 초등학교 친구의 아버지(정동철)에게 부탁해 나를 찾아오셨다. 그것도 친구 아버지의 오토바이를 타고서 말이다. 시내에서 시위에 참여한 후 하숙집에서 점심식사를 하고 쉬고 있을 때였다.

아버지는 광주 상황이 전쟁이나 마찬가지라고 여기셨다. 벌교에서 오실 때 자루에다 쌀을 반말 정도 담고, 명태와 김치 등 반찬도 가지고 오셨다. 비상시 사용하라고 가져오셨던 것이다. 지금은 재미있는 추억이 되었지만, 아버지가 오시다가 쌀을 담은 마대자루가 터져버려 절반 이상 쌀이 사라지고 없었다. 그래도 객지, 그것도 계엄군이 시민들에게 총을 쏘는 살벌한 현장에 오직 자식사랑 때문에 생명의 위협을 무릅쓰고 오신 아버지는, "벌교에서 화순을 거쳐 광주까지 오는데 무려 33번이나 검문을 당했다. 니가 잘 있으니까 마음이 놓인다."고 말씀하시고는 바로 오토바이를 타고 벌교로 가셨다.

세월이 흐르고 흘러도

박남진

5월 18일은 일요일이어서 나는 광주 계림동 자취방에서 휴식을 취했다. 전남대 등 대학가에서 연일 시위가 계속되고 있었다. 이 소식은 신문·방송을 통해 알고는 있었으나, 당시만 해도 큰 관심이 없었다.

질풍노도 시절의 난상토론

19일 평소처럼 학교에 등교했다. 시내 상황을 목격한 급우들이 핏대를 세우며 목격담을 하나둘씩 일어서서 이야기했다. 들으면 들을수록 화가 나고 참을 수가 없었다. 수업도 제대로 진행되지 않았다. 그야말로 질풍노도의 시기에, 불난 집에 휘발유를 뿌리는 형국이었다. 우리는 책상을 두드리며 군인들이 어찌 그럴 수가 있느냐고 흥분했다. 곧 교실 밖으로 뛰쳐나갈 분위기였다. 통제가 불가능했다. 여기저기에서 분통을 터뜨리는 소리가 들렸고, 나 같은 친구들이 한둘이 아니었다.

그런데 공부 잘하는 친구들은 꼭 이럴 때 초를 쳤다. "우리만 나가는 것은 개죽음이다." "광주에 있는 고등학교 전체가 연대해 나가야 힘을 발휘한다."면서, 통신시설이 전혀 없는 상황에서 연대를 주장했다. 반면에 다른 친구들은 "우리라도 도청 앞으로 나가서 죽자."고 말했다.

정문에서 촬영한 옛 서석고 전경. 지금은 서석중이 사용 중이다. ⓒ 임영상

이윽고 1교시 수업시작 종이 울렸다. 김일수 국어선생님은 우리 반의 분위기를 알아채신 듯 엄중한 표정을 지으시면서 "학생은 공부로 답변해야 한다."며 칠판에 수업할 내용을 써내려가셨다.

나는 주먹을 불끈 쥐고 "선생님! 질문 있습니다."하고 손을 높이 들었다. 선생님은 아주 냉정한 눈으로 "뭐냐!"고 물으셨다. 이미 계엄군과 싸워 죽기를 각오한 나는 무서울 게 없었다. 약간의 정적이 흘렀을 때, "선생님! 지금은 공부할 분위기가 아니라고 생각합니다."라고 힘주어 말했다. 급우들도 여기저기에서 이구동성으로 동조했다. '호랑이 선생님'으로 소문난 선생님은 일순간 '종이호랑이'로 변해버렸다.

선생님은 화가 나셨는지 교실을 나가셨다. 우리의 기세와 난상토론은 끝날 줄을 몰랐다. 분위가 삽시간에 거칠어졌다. 담임선생님이 오셔서 진정하라고 말씀하셔도 아무 소용이 없었다. 우리들의 난상토론은 불길에 불길이었다.

뜻과는 달랐던 '외출금지'와 공포감

점심때쯤 되었다. 학교에서 전화가 있는 우리들 집에 연락을 했는지 일부 친구들의 어머니들이 학교에 오셨다. 우리는 오전수업을 끝내고 하교했다. 나는 끝까지 외쳤다. 4·19때 중학생과 고등학생이 흘린 피가 4·19혁명이 되었듯이 우리의 거룩한 피가 제단에 뿌려질 때 역사는 정상적으로 앞으로 나아간다고 외쳤다.

교문을 나서면서 나는 "지금 즉시 도청으로 가서 시위에 참여하자."고 외쳤다. 전화를 받고 교문 앞에서 자식을 기다리던 몇 분의 어머니들이 나를 보고 설치지 마라며 나무라셨다.

농성동 로터리에 다다랐을 때, 무안이 고향인 김광열 친구가 "남진아! 그렇게 난상토론을 했던 친구들은 다 떠나가고 너와 나, 그리고 집 방향이 같은 마재용이만 남았다." "다 필요 없으니 우리라도 살아서 증언하자."고 말했다.

농성동 로터리 부근에 있는 김광열의 하숙방으로 갔다. 소주를 사서 마시면서 대학입시와 현 시국을 이야기하다가 오후 늦게 계림동 자취방까지 걸어갔다. 집으로 가는 길에 보니 공수부대원들이 완전군장을 하고 거리에 도열해 있었다. 어떤 공수부대원은 나를 힐끔힐끔 쳐다봤다.

그 후, 나는 형님의 '외출금지' 지시와 군인들의 만행이 무섭기도 해 집 밖 출입을 자제했다. 학교에서 시위에 참여하자고 당당하게 말했던 나였는데, 나도 모르게 변해 있었다.

세월이 흘러 이명박 정권과 박근혜 정권 때, 5·18민주화운동 기념식이 헤드라인 뉴스로 보도돼야 한다고 생각하고 있는데도, 맨 마지막으로 초라하게 보도돼 항상 속이 상했다. 그런데 정권이 바뀌어 지난 2017년 37주년 기념식 때, 광주 무등중 학생이 한 언론과의 인터뷰에서 "아빠를 통해 5·18을 알게 되었다. 다시 그런 일이 광주에서 일어난다면 죽을 각오가 되어 있다."고 말하는 것을 보고 너무나 대견해서 운 적이 있다. 그날의 백미는, 5·18때 아버지가 계엄군의 총에 맞아 사망한 날 태어난 김소영 씨였다. 그녀가 울면서 아빠에 대한 글을 읽고 돌아설 때, 문재인 대통령이 뚜벅뚜벅 걸어가서 안아주었다.

목욕탕에서 이 광경을 TV를 통해 지켜보다가 나도 모르게 큰 소리로 울어버렸다. 그간 5·18때 적극 참여하지 않았다는 죄책감에 사로잡혀 있었는데, 감동적인 장면을 보고 울면서 쌓였던 한이 풀린 것 같았다.

마음속 깊은 울림

박재곤

나는 고향 강진에서 초·중학교를 마치고, 아버지의 권유로 광주로 유학 온 촌뜨기였다. 광주에서는 할머니, 누나와 함께 고모 집에서 자취를 했다. 위치는 증심사 가는 길의 배고픈 다리(현, 홍림교) 근처였다. 할머니는 손주들 밥을 해주셨고, 누나는 직장에 다녔다.

자취방 뒷산의 총격전

1980년 5월은 참으로 무서웠다. 본격적인 5월 항쟁기간(5. 18.~5. 27.) 초반쯤 되는 날이었다. 자취방 뒤의 산, 증심사로 가는 길 초입의 야트막한 산, 지금은 그 산 옆으로 순환도로가 뚫렸고, 한국아델리움 아파트가 산자락에 세워져 있다. 당시 그곳에서는 매일 콩 볶는 듯한 총소리가 요란하여 공포감이 엄습했다. 계엄군이 쏜 것인지 시민군이 쏜 것인지, 아니면 계엄군과 시민군이 교전을 벌이는 소리인지는 알 수 없었다.

얼마 전 금남로에 있는 5·18민주화운동기록관(구, 가톨릭센터)의 관련 자료에서, 그때 배고픈 다리에서 계엄군과 시민군의 교전이 있었다는 것을 확인할 수 있었다. 5월 21일 밤, 시민군이 전남도청 등 시내중심가에서 계엄군을 물리친 후, 조선대 뒤쪽 무등산 방향으로 퇴각했던 계엄군이 광주

학동 배고픈 다리 전경. 오른쪽 다리를 건너 곧장 가면 증심사가 나온다.  임영상

로 재진입하는 것을 막기 위해 시민군들이 매복을 서서 지키고 있었다. 22일 자정 무렵, 인근 숙실마을에서 내려오던 계엄군과 시민군이 30여 분간 총격전을 벌였다고 기록되어 있었다.

그래서 총소리가 요란하게 났던 것이고, 고모님을 비롯한 인근의 동네 아주머니들은 밥을 해서 주고, 담배와 음료수를 가져다주는 등 시민군과 한마음이 되었었다. 그해 6월 중순, 휴교령이 해제되고 다시 등교했을 때, 고모님은 경찰서에 불려가 시민군에게 음식물을 제공했다고 조사를 받으셨다. 누가 제보했는지 모르지만 동네 아주머니들도 경찰조사를 받았다.

몇 개의 산을 넘어 고향으로

집 뒤 산 쪽에서 요란하게 총소리가 났던 다음 날, 5월 23일로 기억한다. 휴교령이 내려진 상태여서 집에 있었다. 누나도 회사가 쉬는 바람에 출근하지 않았다. 누나는 아침에 "광주가 무섭다. 부모님이 계시는 강진으로 가자."고 했다. 집을 나섰다. 연로하신 할머니는 고모님 집에 계시기로 했다. 혹시 계엄군을 만날지 몰라서 광주천변 옆 산길을 택했다. 몇 개의 산을 넘었는지 모르겠으나, 넘고 또 넘어 봉선동을 지나 백운동에 도착했다. 지금은 아파트 단지가 들어선 봉선동 야산을 넘었던 것이다.

백운동 간이시외버스정류소에서 완행 시외버스에 탑승했다. 버스 차장이 강진으로 간다고 했다. 버스는 광주에서 시골로 피난 가는 사람들로 만원이었다. 버스는 출고된 지 오래되었는지 차체가 낡았고, 오래된 차 특유의 냄새와 기름 냄새가 뒤섞여 멀미를 했다. 완행버스는 완만한 오르막길도 힘겹게 올랐다. 가끔 시동이 꺼진 듯하다가 다시 걸려 주행하곤 했다.

영암읍 버스터미널에 도착했다. 일부 손님들이 하차하고 다시 출발하려는데 시동이 또 안 걸렸다. 운전사는 운전석 옆 엔진룸을 열어 점검하는 등 갖은 노력을 했으나, 끝내 시동이 걸리지 않았다. 운전사는 "버스가 고장나 움직일 수 없다. 하차해서 원하는 목적지로 가라. 지금 다른 버스들은 운행하는지 안 하는지 모르겠다."고 말했다.

그래도 버스가 올지 모른다는 생각에 누나와 나는 한 시간 이상을 기다렸다. 버스는 오지 않았다. 가끔 대한통운 트럭이 지나갔는데, 시위대원들이 타고 노래를 불렀다. 경운기도 농사일을 하러 가는지 지나갔다. 같이 버스를 기다리던 사람들이 "강진행 버스가 안 올 것 같으니 걸어가자."고 말했다.

누나와 나, 그리고 목적지가 강진인 사람들과 함께 무작정 강진을 향해 걸었다. 누나를 비롯한 다른 사람들과 대화를 하면서 걸어서인지 지루하지는 않았다. 월출산 자락으로 구불구불 놓여 있는 도로를 타고 풀치재를 넘었다. 지금은 풀치터널이 뚫려 있다.

풀치재를 넘을 때는, 몇 년 전 설날 집에 갈 때의 모습이 떠올랐다. 1월 말인가 그랬는데 눈이 많이 내렸었다. 도로바닥은 쌓인 눈이 굳어져서 미끄러웠다. 내가 탄 강진행 버스는 눈길을 헤쳐 가며 엉금엉금 풀치재를 향했다. 버스는 정상 부근에 이르자 더 이상 가지 못하고 헛바퀴를 돌면서 멈춰버렸다. 모두 내려 뒤에서, 옆에서 버스를 밀어서 어렵사리 풀치재 정상에 이르렀고, 다시 버스에 탑승해 강진으로 갔던 생각이 났다.

성전면 소재지에 도착했다. 면소재지는 활기를 띠었다. 강진 쪽 도로에서 시위대원들이 탄 트럭이 오더니 구호를 외치다가 해남 쪽으로 사라졌다. 이번에는 해남 쪽 도로에서 시위대원들이 탄 버스가 차체를 두드리면서 강진 쪽 도로로 지나가기도 했다. 벌써 광주항쟁이 전남지역으로 확산된 것이다.

누나는 무슨 생각이 들었는지 느닷없이 "서석고 학생들이 광주에서 데모를 많이 한다고 소문이 났다더라. 교복을 입고 있다가 군인들에게 잡혀갈지 모르니 교복을 벗어라."고 말했다. 광주 자취방에서 나올 때는 교복을 입고 있으면 혹시 군인들을 만나도 괜찮겠다고 생각했는데, 지금 상황은 다른 것 같았다. 나는 그럴 수도 있겠다는 생각이 들어, 교복을 벗어 도로변 공터에다 던져버렸다. 5월 중하순이어서 낮 기온은 초여름처럼 제법 더웠다. 교복을 던져버리고 티셔츠만 입었어도 춥지 않았다.

성전면소재지를 막 벗어나던 참이었다. 옆으로 오토바이가 지나갔다. 쳐다봤더니 중학교 친구의 형님이었다. 나는 반가워서 "형님"하고 불렀다. 친구 형님도 나를 쳐다보면서 "웬일이냐?"며 깜짝 놀랐다. 광주에서부터 온 자초지종을 설명하고 누나와 함께 오토바이 뒷좌석에 탔다.

내 삶의 등대가 되어준 5·18

강진읍 시가가 시작되는 강진도립병원(현, 강진의료원) 옆을 지날 때였다. 군인들이 검문을 하고 있었다. 광주에서 고등학교를 다니고 있는데, 휴교령이 내려 시골집에 가는 길이라고 했더니 보내줬다. 친구 형님은 누나와 나를 고향집(도암면 만덕리 해창)에까지 데려다 주었다.

부모님은 우리를 보고 너무 반갑고, 무사했다는 안도감에 우셨다. 누나와 나도 눈물이 났다. 우리 집은 한순간 울음바다가 되었다. 전화도, 서신도 안 되는 상황에서 외아들인 나와 가족의 생사가 서로 확인되지 않을 때라서 극적인 상봉에 눈물이 났던 것이다. 지금도 힘들고 긴 여정을 통해 고향집에 발을 들여놓았던 순간을 잊을 수 없다.

5월을 보낸 경험과 통증은, 훗날 대학시절을 보낼 때 민주화운동에 눈을 뜨게 했다. 1년 6개월여의 야학(희망야학) 교사 생활을 하게 됐고, 세상을 제대로 바라보는 소통의 창구 역할을 해주었다는 생각이 든다.

현직 고등학교 교사로서 〈전교조〉라는 또 하나의 교육민주화운동을 하는 창립멤버로 활동했다. 5·18민중항쟁이 학교 현장에서 교사로서의 소명을 다하고자 노력하는 내 삶의 등대가 되어주었고 내 마음속 깊은 울림으로 자리 잡게 되었다.

저 멀리 총탄 불빛이

방창석

5월 20일, 평소처럼 아침 일찍 학교에 갔다. 반 친구들이 삼삼오오 모여 어제 시내에서 벌어진 계엄군의 만행을 얘기하면서 웅성거렸다. 오전수업을 하는 둥 마는 둥 마치고 점심시간이었다. 박점수 담임선생님이 들어오셨다. 선생님은 "계엄령이 전국으로 확대되고, 대학가 시위가 날로 격화되고 있어서 불가피하게 휴교를 한다."고 말씀하셨다. 이어 "학교에서 등교하라고 연락이 갈 때까지 절대로 밖에 나가지 말고 집에서 공부만 하고 있어라."고 당부하셨다.

휴교와 함께 친구의 시골집으로

오전수업만 하고 파했다. 9반 친구 표학군이 내게 왔다. "창석아, 휴교도 했는데, 시골집에 가서 바람이나 쐬고 오자."고 했다. 친구들과 어울리는 것을 좋아한 나는 곧바로 "좋다"며 학군이와 교문을 나섰다.

광주 풍향동에서 자취하고 있는 학군이의 시골집은 광주 인근인 담양군 고서면에 있었다. 면소재지여서 한 번만 시외버스를 타고 가면 바로 집에 갈 수 있었다. 우리는 열심히 공부해야 할 고3이었지만, 공부보다도 놀기에 호흡이 척척 맞았다.

교문 근처에 선생님들이 나오셔서, "몸조심해라."는 말씀과 함께 우리를 배웅하셨다. 학군이와 나는 가방을 겨드랑이에 끼고 버스가 다니는 광-송간 도로까지 걸어 나왔다. 혹시 부모님이 내가 연락도 없이 집에 안 들어가면 걱정하실지 모른다는 생각이 들었다. 버스정거장 옆 공중전화부스로 가서 집에 전화를 걸었다. 어머니가 받으셨다. 학군이 집에 다녀오겠다고 말씀드렸더니 허락하셨다.

우리는 시내버스를 타고 말바우시장 건너편에 있는 시외버스정류장까지 갔다. 이 정류장은 대인동 버스터미널에서 담양이나 곡성, 순천, 여수 등을 가는 직행과 완행 시외버스가 잠시 멈춰 광주 북부에 거주하는 승객을 태워 가는 중간 정류장이었다.

시외버스정류장에서 담양 고서행 시외버스로 갈아타고 학군이의 시골집에 갔다. 버스는 승객들로 가득 찼다. 시골집에는 학군이 부모님과 남동생이 살았다. 학군이 부모님은 "잘 왔다."고 하시면서 반갑게 맞이해주셨다. 학군이 시골집은 예전에도 여러 번 놀러간 적이 있었다.

고서면 파출소 근처에 있는 학군이 집은 큰 부자는 아니었어도 본채와 사랑채로 구성돼 있었다. 대문 옆에 있는 사랑채가 학군이와 나의 활동무대였다. 사랑방에서 학군이 시골 친구들과 장기를 두거나 잡담을 나누면서 지냈다. 밤에는 몰래 막걸리를 사다가 마시기도 했다.

학군이 시골친구들은 광주 금호고를 다니는 친구, 시골에서 농사를 짓는 친구들도 있었다. TV는 부모님이 계시는 안방에 있어서 볼 수가 없었다. 당연히 대 참상이 벌어지고 있었던 광주소식은 알 수가 없었다.

'장닭'의 다리를 부러뜨리고

이런 일도 있었다. 학군이 시골집에 간 첫째 날 오후였다. 마당에 10여 마리의 닭들이 있었다. 갑자기 닭이 먹고 싶었다. 학군이 부모님께서 자주 놀러온 나를 위해 닭을 잡아주실 것 같지는 않았다. 우리는 일을 저지르기

지원동 탄약고 자리(현, 광주소망병원 위치, 80년 당시는 천변 도로가 좁았다). ⓒ 임영상

로 작정했다. 마침 부모님도 일하러 나가셔서 집에 안 계셨다.

마당 끝 풀밭에서 놀고 있던 닭들 가운데, '장닭'(수탉) 한 마리가 눈에 들어왔다. 2m 길이의 대나무를 들고 조심조심 다가갔다. 장닭의 다리를 정조준, 힘껏 휘갈겼다. "꼬끼오~ 꼬꼬댁!" 장닭이 온 동네가 떠나갈 듯이 요란하게 울어댔다. 다리가 부러졌는지 절뚝거리면서 도망쳤다.

학군이와 나는 학군이 부모님께서 애지중지 키우셨을 장닭의 다리를 부러뜨려놨으니 놀랍기도 하고, 나중에 부모님께 '지천'(지청구)을 들을 게 겁이 나 집에서 허겁지겁 빠져나와 동네로 놀러가 버렸다.

저녁식사 때였다. 배가 고픈데 맛있는 냄새가 났다. 닭볶음탕이 나왔다.

학군이 어머니가 "창석아, 좋게 닭고기가 먹고 싶다고 하면 되지 닭다리를 부러뜨려 놔두면 어떻게 하냐. 맛있게 먹어라"고 하셨다. 어머니는 이미 알고 계셨던 것이다. "어머님, 죄송합니다, 먹고 싶어서 그랬습니다."고 말씀드리고 배가 터져라 먹었다.

다음 날 점심밥을 먹고 밖에 나가 놀기도 지쳐서 방에서 뒹굴고 있었다. "창석아, 전화 받아라. 니 어머니께서 광주에서 전화하셨다." 학군이 어머니가 부르셨다. 전화를 받았다. 어머니는 숨을 헐떡이시면서, "큰일 났다, 창석아! 광주가 지금 난리가 났다. 계엄군들이 시민들을 죽이고 젊은이들을 무작정 차에 싣고 어디론가 가고 있단다. 빨리 집에 들어와라."고 거듭 재촉하셨다.

학군이 어머니도 "내가 보기에는 시골에 있는 것이 더 안전할 것 같은데, 니네 어머니께서 걱정하시니까 빨리 광주 집으로 가는 게 낫겠다."고 말씀하셨다.

집으로 가는 길에 바라본 풍경

고서면소재지 버스정류장에서 광주행 시외버스를 탔다. 광주 말바우시장 근처 시외버스정류장에서 내렸다. 다시 시내버스로 갈아탔다. 지원동을 가는 12번 시내버스였다. 전남여고 옆길을 지나 전남대병원이 있는 학동사거리를 지났다.

집으로 가는 시내버스에서 바라본 광주는 심상치 않았다. 군 트럭과 일반버스, 그리고 회사통근버스에 탄 시위대원들이 차체를 몽둥이로 내리쳐 박자를 맞추면서 "전두환은 물러가라."를 연신 외치면서 지나갔다. 시위대 차량에는 40대로 보이는 중년들, 대학생으로 보이는 청년들, 머리를 짧게 깎은 고교생들, 심지어 초등학생으로 보이는 어린이들도 타고 있었다.

집이 있는 지원동 버스정류장에서 내렸다. 동네 넓은 공터에 시민들이 모여 있었다. 한 시민은 "슈퍼마켓 주인이 시위대원들에게 빵과 음료수를 전달하고 힘내라고 응원했다."고 말했다. 또 다른 시민은 "군 트럭에 탄 시위대원들이 화순으로 가서 화순경찰서에서 총을 가지고 와 무장했다."고 말했다. 시민들은 자신이 아는 시위 진행 상황을 주고받으면서 광주의 미래를 걱정하고 있었다.

마침내 집에 도착했다. 우리 집은 지원동 무등중학교 정문 건너편이었다. 어머니가 대문 앞을 왔다 갔다 하고 계셨다. 아마도 나를 기다리시는 듯했다. 어머니는 나를 보시더니 반가운 표정으로 "금남로에서 시민들이 수십 명이 죽었단다. 절대 밖으로 나다니면 안 된다."고 신신당부하셨다.

엉뚱한 뉴스에 분노하며

저녁밥을 먹고 TV로 뉴스를 봤다. 계엄군이 무고한 시민들을 처참하게 죽이고 있는데도 뉴스는 엉뚱한 소식들만 보도했다. 아니, 이럴 수가 있는가. 대 참극이 벌어지고 있는 광주실정과는 전혀 다른 내용의 뉴스가 보도되고 있어 어리둥절했다. 뭔가를 감추려는 게 분명했다. 분노가 끓어올랐다.

풍향동에서 살고 있는 고교친구 이재근에게 전화를 했다. 며칠간 담양 고서의 학군이의 시골집에 다녀오느라 광주 상황을 모른다면서 물었더니, 동네 주민들로부터 들었던 내용처럼, 계엄군들이 학생들과 시민들을 무참하게 죽였다고 말했다.

다음 날 낮에 다시 재근이에게 전화를 걸었는데, 통화가 되지 않았다. 저녁 무렵, 아버지가 양복을 입은 50대로 보이는 중년신사와 20대로 보이는 젊은 아가씨를 집으로 데리고 오셨다. 아버지는 "화순에서 광주로 일보러 왔는데 시내버스가 다니지 않아 갈 수 없다고 말해 함께 왔다."고 말씀하셨다.

두 남녀는 나이 차이가 제법 있게 보였다. 부녀지간 같기도 하고, 아닌 것 같기도 했으나 물어볼 수 없었다. 이들은 어머니가 차려주신 저녁식사를 맛있게 먹었다. 이들은 작은방에서 하룻밤을 묵고 다음 날 아침 식사까지 한 후 떠났다.

우리 집은, 내가 어린 시절 광주로 이사를 왔었다. 아버지는 당시 지원동 집 근처 화순 가는 길, 당시는 넓은 도로가 아니었지만, 그 길가에서 복덕방을 하고 계셨다. 복덕방은 동네 사랑방이나 마찬가지였다. 항시 동네 주민들과 방을 보러온 사람들로 붐볐다. 아버지는 대인관계가 좋으셔서 이처럼 처음 본 사람들도 집에 데려와 숙식을 해결하도록 하셨을 정도였다.

5월 26일 오후로 기억한다. 동네 주민들이 아버지 복덕방에 모여 "오늘 밤은 밖에 나가지 말고 조심하자."고 서로 당부했다. 한 주민은 "도청 앞 시위에 갔다가 시민군 지휘부로부터 들었다. 계엄군이 지원동 뒷산에 주둔하고 있고, 집에서 가까운 광주천 건너편 탄약고가 있는 야산에도 계엄군들이 진을 치고 있다."고 했다. 그리고 "오늘 밤에 시민군을 진압하기 위해 교전이 있을지 모르니만큼 일찍 소등하고 창밖을 내다보지 말고 두꺼운 이불로 창을 막고 있어라."고 했다.

다음 날 새벽, 저 멀리 학동 쪽에서 총탄 불빛이 보였다. 지원동에서는 도청까지 거리가 멀어서 총소리는 들리지 않았다. 조명탄인지 일반 총탄의 불빛인지 몰라도 한참 동안 어두운 새벽하늘이 밝게 보였다. 아침 TV뉴스에 시민군 지휘부가 있던 전남도청을 계엄군이 진압했다는 보도가 나왔다.

제2부

상무대 영창에 갇혀

지옥 같았던 하루

백종복

5월 15일, 우리 학교는 체육대회를 했다. 오후 4시경 체육대회가 끝나자 3학년이었던 우리는 학급별로 운동장에 모여 앉아 캠프파이어를 열었다. 일부 친구들은 흥에 겨워 교문 밖으로 몰래 나가서 소주를 사가지고 와 나눠 마시기도 했다. 어떤 학급은 단체로 운동장을 돌면서 교가를 비롯한 유행가를 부르면서 놀았다.

교문 밖 행렬과 '휘발유 사건'

이때 어떤 친구가 "지금 대학생 형들이 계엄령 해제와 민주화 이행을 촉구하는 시위를 하고 있다. 우리도 동참하자."고 말했다. 모닥불 주위로 몰려 있던 친구들은 "그래, 시내로 나가자."고 동조했다. 곧바로 대열이 형성돼 교문으로 친구들이 뛰어갔다. 지켜보시던 선생님들이 만류하셨다. 교문을 가로막으셨다. 일부 친구들은 다시 운동장으로 갔다. 그러나 다른 친구들은 교문 밖으로 달려 나갔다.

나도 잠시 멈칫하다가 교문 밖 행렬에 동참했다. 파란색 체육복을 입고 학교 밖 골목길을 손뼉을 치면서, 가끔 대학생 형들이 외치던 구호, "비상계엄 해제하라."고 외쳤다. 농성동 로터리에 도착했다. 한 친구가 "휘발유를 구입해서 캠프파이어를 할 때 하늘 높이 솟아오른 불길을 만들어 신나게 놀아보자. 그리고 화염병도 만들자."고 했다.

우리들은 휘발유 5리터를 구입했다. 친구들은 체육복 바지주머니에 넣고 다닌 소액의 비상금을 '거사'를 위해 투자했다. 내가 휘발유 담긴 플라스틱 통을 들었다. 다시 학교로 들어가기 위해 교문을 들어서는데, 공업을 가르치셨던 김광섭 선생님이 불러 세웠다. 학생부장을 맡으셨던 김 선생님은 플라스틱 통을 확인하시더니, "이놈이 큰일 날 짓거리를 하려고 한다."면서 빼앗으셨다. 학생부실로 끌려갔다.

김 선생님은 우리 집 전화번호를 물으시더니 전화를 하셨다. 잠시 후 큰형님이 오셨다. 선생님은 큰형님이 보는 데서 크게 혼내셨다. 큰형님은 "죄송합니다. 잘 교육시키겠습니다."라고 인사를 한 뒤, 학교 문을 나왔다. 나는 집으로 가면서 큰형님에게 다시 한 번 혼쭐이 났다.

상무관, 태극기에 덮인 수많은 관들

5월 20일, 학교에 휴교령이 내려졌다. 나는 월산동 오거리 2층 전셋집에서 시집간 누님과 매형, 공수부대를 제대한 형과 함께 살고 있었다. 며칠 전, '화염병 제조 미수사건'이란 '전과' 때문인지, 휴교령이 내려진 날부터 가족들로부터 외출금지령이 내려졌다.

5월 21일인지 정확하지 않지만 오후였다. 2층집에서 있는데 광주일고에서 백운동 방향으로 가는 도로 쪽에서 울부짖듯이 외치는 여자의 가두방송 소리가 들려왔다. 그 여자는 "시민들이 계엄군의 총에 맞아 죽었다."면서 "광주시민들이 학생들을 지켜 달라."고 외쳤다. 외출금지령이 내려졌음에도 나는 누님 몰래 도청으로 발길을 향했다. 도청 앞과 금남로 1가에는 시민들이 가득 모여 있었다.

도청 근처에 있는 상무관으로 발길을 돌렸다. 상무관에는 태극기에 덮인 관이 널려 있었고 유가족이 울부짖고 있었다. 피가 거꾸로 솟구치는 것

나주시 남평의 비상활주로. ⓒ 임영상

같았다. 시위대에 합류했다. 대동고에 다니는 함평 고향 친구 김○○, 조○○을 만났다. 우리는 시위트럭에 함께 탔다. "전두환은 물러나라." "계엄령을 해제하라."는 구호를 외치면서 시내 곳곳을 다녔다.

시내를 돌다가 광주공원에 도착했다. 많은 시민들이 주먹밥을 나눠주면서 박수를 치며 환호해 주었다. 한 시민이 "총상을 입은 시민들이 병원에 입원해 있다. 수혈을 해야 하는데 피가 부족하다."면서 헌혈을 당부했다. 내가 탄 트럭은 양림동 광주기독병원으로 갔다. 병원에 들어갔더니 많은 시민들이 부상을 당해 치료를 받고 있었다. 헌혈을 하고 다시 트럭을 타고 시내를 돌아다녔다.

밤늦게 시위를 마치고 집에 도착했다. 매형과 누님이 나를 부르셨다. 매형은 "내가 아는 사람이 시위대 트럭을 타고 다닌 너를 봤다고 연락이 왔다. 당장 시골로 내려가라."고 야단을 치셨다.

시골로 가는 길에 계엄군에 붙잡혀

다음 날 아침, 친구 조○○와 함평 시골로 내려갔다. 많은 사람들이 줄지어 광주를 빠져나가는 모습이 마치 전쟁이 일어나 피난 가는 행렬로 착각할 정도였다. 백운동과 송암공단을 지나 나주 남평에 이르렀다. 남평 임시비행장 근처 농로를 걸어가고 있는데, 계엄군들이 매복하며 검문을 하고 있었다. 넓은 비행장 활주로는 위험하다고 판단해 인근 농로를 따라 걷고 있었는데 걸린 것이다.

계엄군이 "학생이냐?"고 물어 "고등학생"이라고 하니까, 이유도 없이 야산으로 끌고 갔다. 거기에는 대학생으로 보이는 사람들이 이미 붙잡혀 묶여 있었다.

나와 친구도 포승줄로 두 손이 뒤로 묶였다. 계엄군은 그것도 부족해 뒤로 묶인 포승줄을 목으로 휘감았다. 우리는 무릎을 꿇고 머리는 땅에 박고 있었다. 고개를 들면 바로 가차 없이 폭력을 행사했다. 속절없이 다른 사람들과 함께 머리를 박고 있는데 헬리콥터 소리가 들렸다. 활주로 끝부분에 헬기가 착륙한 듯했다. 고개를 숙이게 하는 바람에 처음에는 헬기 착륙과 이륙을 몰랐다. 심한 바람과 시끄러운 기계음 소리, 옆에 앉아 있던 대학생들이 보이지 않아서 헬기가 이륙하고 사라진 후에야 알았다.

서너 시간이 지났을까? 해가 질 무렵이 되어서 친구와 나는 군인들에게서 풀려났다. 함평 집을 향해 걸었다. 늦은 밤이 되어 학다리고를 지나 학교사거리에 도착했다. 이번에는 경찰이 검문을 했다. 마침 아는 형이 인근에 거주하고 있어서 그 형이 신원보증을 해주었다. 집에는 자정이 되어서 도착했다. 주무시던 부모님은 갑작스럽게 아들이 나타나자 깜짝 놀라셨다.

그 후, 나는 시골집에서 한참을 지냈다. 부모님 농사일도 돕고, 가끔 공부도 하고 놀기도 하면서 시간을 보냈다. 5월 27일 계엄군이 전남도청에 재진입한 날 저녁때 방송뉴스에서 광주가 정상화되었다고 보도했다. 그 다음 날 다시 시외버스로 광주로 갔다. 그러나 5월 20일 내려진 휴교령은 6월 중순이 되어서야 해제됐다. 그때까지 나는 20여 일을 집에서 지냈다.

지옥 같았던 당시의 기억은 다시 생각하기도 싫었다. 많은 사람이 다치고 죽었지만 혼자 살아남은 죄책감으로 그 이후에는 입을 닫고 살았다. 5·18 체험담을 남긴다는 동창회장의 여러 차례 권유에 마음이 움직여 몇 자 적어 본다.

세월이 약이라 했지만

변길석

세월이 약이라고 했지만, 모진 기억이라고 내쫓을 수만은 없지 않은가. 엊그제 같기만 한데 벌써 39년의 세월이 흘렀다. 우리의 국군, 계엄군이 광주·전남을 공포의 도가니로 몰아넣었던 5·18광주민중항쟁의 기억이 이미 밝혀진 사건들과 뒤섞여 헷갈린다. 몇 년 전까지만 해도 5월이 되고, 5·18을 생각하면 머리카락이 쭈뼛쭈뼛해지면서 전율이 일었는데, 내 감정도 조금은 무뎌진 것 같다.

총소리에 놀라 주인 없는 가게로

학교에서 휴교령이 내린 후인 5월 21일이었다. 이른 점심식사를 하고 전남도청이 있는 금남로로 갔다. 무안이 고향인 나는 농성동 학교 근처에서 자취를 하고 있었다. 자취방에 있기가 무료하기도 하고, 전남도청 앞 시위 상황이 궁금하기도 했다.

금남로에는 계엄군의 만행을 규탄하는 시민들로 가득했다. 시민들이 타고 온 버스와 트럭들이 시민들과 함께 움직였다. 전일빌딩 근처까지 갔다. 도청 분수대 앞에는 계엄군들이 진을 치고 있었다.

시민들은 "계엄군은 물러가라." "김대중을 석방하라."는 등 구호를 외쳤

ⓒ 임영상

광주동부경찰서 앞 사거리 2층에 '캐나다'라고 쓰인 건물이 하룻밤을 지새운 슈퍼 옆 가게가 있던 자리이다.

다. 나도 시위대열에 합류해 구호를 외쳤다. 옆에 있던 한 시민은 "어젯밤 도청과 노동청 사이 도로에서 난리가 났었다. 광주MBC가 불에 탔고, 시민들과 투석전을 벌였던 경찰들이 여러 명 죽었다."고 말했다.

나는 전일빌딩 옆, 학원가로 들어가는 초입에 있었다. 느닷없이 총소리가 요란하게 들렸다. 금남로에 가득 모인 시민들이 계엄군의 사격을 피하느라 이리저리 뛰어갔다. 나도 다급하게 피해야 했으므로 전일빌딩 옆 골목길로 내달렸다.

광주YWCA 건물을 지나 광주경찰서(현, 동부경찰서) 사거리에서 궁동 방향의 조그마한 슈퍼 옆 가게로 뛰어 들어갔다. 주인이 다른 데로 피난을 갔는지 가게에는 아무도 없었다. 나는 즉시 출입문을 걸어 잠갔다. 밖을 보니 시민들이 총알을 피해 도망가느라 정신없이 뛰고 있었다.

저녁때가 되었어도 나는 가게 밖으로 나갈 생각을 하지 못했다. 아직도 계엄군이 있을 것만 같았다. 배고픈 줄도 모르고 꼬박 밤을 새웠다.

꼬박 밤을 새고 시위대 버스에 올라

다음 날 아침이 되자 밖을 내다봤다. 시민들이 다녔다. 오가는 시민들의 표정이 밝았다. 나도 조심스럽게 나갔다. 전일빌딩 앞 금남로에 갔다. 한 시민이 어젯밤 군인들이 도청에서 나갔다고 말했다. 금남로는 온통 시민들 세상 같았다. 금남로에서 시위대 버스를 탔다. 광주공원으로 갔다. 광주공원 광장에서는 시위대가 무기도 나눠주고 식사도 제공했다. 주먹밥으로 아침 식사를 해결했다. 고등학생이라고 했더니 어리게 봤는지 총을 주지 않았다.

광장에 함께 있던 한 청년이 "광천동 아시아자동차공장에 가서 차를 가져오자."고 말했다. 이들과 함께 시위대 버스에 탑승했다. 아시아자동차공장까지 가는 길에 구호와 노래를 불렀다. 공장에서 차를 갈아탔다. 갓 출고된 장갑차에 옮겨 탔다. 내부는 5명 정도가 탈 수 있었는데, 4명이 탔다. 두 명은 카빈 소총을 가지고 있었다.

장갑차를 타고 '의기양양하게' 농성동 로터리를 지날 때였다. 장갑차가 멈췄다. 함께 있던 20대 후반쯤으로 보이는 청년이 "야, 너는 아직 어리고 장갑차를 타고 돌아다니기 위험하니까 여기서 내려라."고 말했다. 나는 장갑차를 더 타고 싶었지만 어쩔 수 없이 차에서 내렸다.

그리고 6월 중순경이었다. 휴교령이 해제되고 학교에 나갔다. 3학년 6반 담임이셨던 전육일 선생님의 말씀이 지금도 생생하다. 선생님은 "다른 반은 총상을 입고 병원에 입원한 학생들도 있는데, 우리 반은 모두 무사히 다시 얼굴을 보게 돼 다행이다. 너희들 학교에 나오지 않을 때 밖에서 했던 행동을 모두 말해라."고 말씀하셨다.

친구들은 한 명도 말하지 않았다. 괜히 말했다가 나중에 어떤 일이 일어날지 모른다고 생각했기 때문이었으리라.

죽음이 헛되지 않도록

서구원

아! 5·18! 벌써 39년의 세월이 흘렀다. 나는 그때 고등학교 3학년이었다. 대학을 가기 위해 사회와 단절하고 새벽부터 밤늦게까지 학교에서 공부에 열중했다. 그러던 5월, 5·18민주화운동이 일어났다. 5월 20일 휴교령이 내렸다. 학교에 오지 말라는 것이다. 그때 나는 농성동 학교 후문 앞에서 친구와 같이 자취를 하고 있었다.

호기심에 걸어간 도청 앞

5월 20일 오후였다. 계엄군이 쳐들어와 광주시내가 난장판이 되었다고 했다. 그래서 호기심에 도청 앞까지 걸어갔다. 금남로에는 계엄군이 총으로 무장하고 있었고, 시위대는 돌멩이를 던지며 물러가라고 외치고 있었다. 나도 시위대에 합류해 계엄군들에게 돌멩이를 던졌다.

군인들은 최루탄을 쏘고 진압봉을 휘두르며 시위대를 해산시켰다. 그러면 코를 막고 광주천까지 도망갔다. 콧물과 눈물이 뒤범벅이 되어 만지면 더 따가워 눈물로 씻어냈다. 광주천 물로 눈을 씻기도 했다. 몇 번 이러고 나니 증오심이 생겼다. 선량한 시민들을 이렇게 마구잡이로 공격하다니. 우리의 군인이 아니라 적으로 생각이 되었다. 그래서 더 적극적으로 시위

ⓒ 나경택 촬영, 5·18기념재단 제공

금남로 시위-가스차 옆에서 시민을 곤봉으로 내리치는 공수부대원.

에 참가했다.

5월 21일 밤, 도청에 있던 계엄군들이 외곽으로 물러났다. 시내 곳곳에 있던 계엄군들도 시 외곽으로 철수했다. 광주는 시민군이 질서유지를 했다.

도청 앞에 상무관이 있었다. 그곳에는 계엄군의 총칼에 죽어간 시민들의 시신 50여 구가 입관되어 있었다. 관 위에는 태극기가 덮여 있었다. 분향하러 갔더니 유가족들의 울음소리로 숙연해졌다. 나도 눈물이 났다. 군인들은 어린아이부터 고등학생, 그리고 어른까지 무참하게 살해했다. 주검 앞에 소문하고 돌아서는 발걸음은 무거웠다. 이들의 죽음이 헛되지 않도록 우리는 꼭 기억해야 하겠다. 5·18 민주화운동을.

저 멀리서 들려오는 총소리

서재창

5·18 당시, 나는 월산동 로터리 부근 친척 할아버지 집에서 자취를 하고 있었다. 나의 고향은 나주 봉황이었다. 친척 할아버지는 월산동 로터리 근처에서 한약방을 하고 계셨다. 한약방 안집에는 나 말고도 그 한약방에서 일하는 직원 1명과 군대에서 막 제대한 할아버지의 늦둥이 아들 등 3명의 젊은이가 있었다. 그 늦둥이 아들을 나는 '아재'라고 불렀다.

할아버지의 감시로 집 안에 갇혀

5·18민주화운동이 시작되면서부터 친척 할아버지는 우리 세 사람을 바깥으로 나가지 못하게 감시했다. 이미 광주시내에는 군인들이 들어와 마구잡이로 젊은 사람들을 두들겨 패고 군용차에 실어서 잡아가고 있었고, 시내는 치안불능의 상태가 되고 있었다.

할아버지는 아예 한약방 옆 대문 앞에 의자를 가져다 놓고, 하루 종일 앉아서 우리들을 지키고 계셨다. 나는 밖의 상황이 궁금해서 나가려고 했지만, 총소리가 무섭기도 하고 할아버지 때문에 나가지 못하고 집에만 있었다.

어느 날 오후였다. 전남도청이 있는 저 멀리서부터 가까운 곳까지 총소

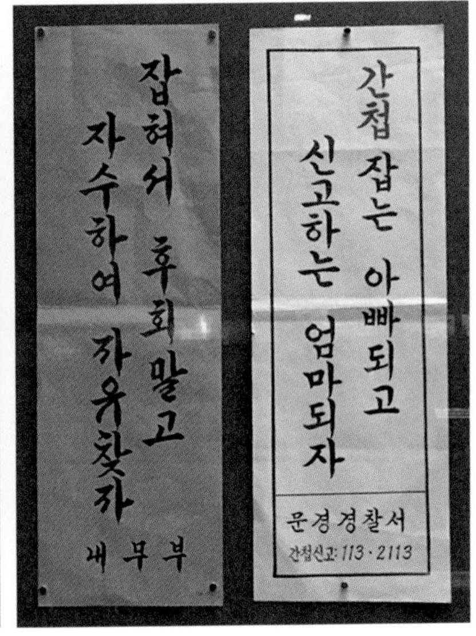

ⓒ 인터넷 자료

간첩 자수 포스터와 표어.

ⓒ 인터넷 자료

간첩 자수 플래카드.

리가 나고 사람들 고함소리가 여기저기서 희미하게 들려왔다. 며칠이 지나고 군인들이 시내에서 철수했다는 이야기를 듣고, 대문 밖으로 나가봤다. 한약방 간판과 기둥 등에 총탄 자국이 여러 발씩 숭숭 구멍이 나 있었다.

이런 일도 목격했다. 계엄군이 물러나고 시민군이 광주시내 치안을 맡으면서 월산동 근교에서 시민군이 한 사람을 붙잡고, '고정간첩'이라면서 끌고 가는 것을 목격했다. 당시 시내에는 고정간첩이 많이 활개치고 다닌다는 유언비어가 돌아다녔다. 그래서 시민들과 시민군들은 결백하다는 것을 보여주기 위해 수상해 보이면 무조건 붙잡고 심문을 했다. 신상파악이 제대로 되면 풀어주었다.

나중에 자료를 봤더니, 5·18 기간에 '간첩' 혐의로 구속된 사람은 한 명도 없었다.

선생님 결혼식 날의 아비규환

설동엽

1980년 5월의 하늘은 유난히 슬퍼 보였다. 초록이 넘치는 아름다운 햇살과 뜨거운 함성으로 대한민국이 고통스런 성장통을 앓았던 때였다.

5월 18일 일요일, 이날은 아주 친한 은사님 결혼식이 있던 날이었다. 바로 김상기 선생님이셨다. 담임선생님은 아니셨지만, 3학년 이과반 영어를 가르치셨다. 사모님이 되실 분은 송원여자실업고 선생님이셨다. 굳이 '아주 친한 은사님'이라고 한 것은, 당시 이 선생님으로부터 영어 과외수업을 받았고, 휴일에는 같이 탁구를 치고 전자오락도 할 정도로 친했기 때문이다.

예식장 가는 길에 시위에 휩쓸려

우리 집은 북동 수창초등학교 후문 쪽이었다. 골목길로 들어가면 나오는 아담한 한옥이었다. 선생님의 결혼식이 열릴 예식장은 계림동 광주고 근처였다. 당시에는 지금처럼 수창초교 후문 쪽에 도로가 없어서 결혼식장으로 가려면 금남로를 지나가야 했다.

그런데 금남로에는 시내버스가 제대로 다닐 수 없었다. 오전에 전남대 정문에서 공수부대원들이 대학생들을 무자비하게 진압했다는 소식이 순식간에 시내로 전파되면서, 일반 광주시민들도 시위에 가세했기 때문이다.

중앙로 공사 중이었던 한국은행 사거리. ⓒ 나경택 촬영, 5·18기념재단 제공

수창초교 앞 금남로에서 도청 방향으로 걸어갔다. 금남로 5가 한국자동차보험빌딩(자보빌딩, 현, DB손해보험빌딩) 앞에 도착했다.

저 멀리 보이는 가톨릭센터(현, 5·18민주화운동기록관) 앞 도로에서 많은 시민들이 시위를 하고 있었다. "계엄군은 물러가라."는 등의 구호를 외치면서, 민주화 일정을 밝힐 것을 촉구하고 있었다. 한국은행 사거리는 버스가 다니지 않았다.

나는 금남로를 더 걸어간 후 공사 중이었던 중앙로를 거쳐서 예식장으로 가야 했다. 그런데 시위상황이 궁금하기도 하고, 결혼식까지는 조금 시간이 남아 곧장 시위현장으로 갔다. 그러다가 얼떨결에 가톨릭센터 앞 시위에 합류해버렸다. 결국 존경하고 형처럼 따랐던 선생님의 결혼식에는 참석하지 못했다. 나중에 휴교령이 해제돼 학교에 갔을 때, 선생님은 결혼식을 잘 마쳤다고 말씀하셨다.

오후 2시쯤이었다. 공수부대원들이 본격적인 진압작전을 펼친 모양이었다. 일반인들까지 합류한 시위대와 군인들 간의 공방전이 치열하게 전개됐다. 나는 시위대열에서 벗어나 금남로 5가 자보빌딩 근처까지 왔다. 현 삼성생명빌딩 사거리, 광주일고 쪽에서 군 트럭들이 금남로로 우회전을 하더니 멈춰 섰다. 군 트럭은 10대가 넘었다. 진압봉을 든 공수부대원들이 우르르 내렸다. 그리고 사방으로 흩어져 구경하고 있는 시민들을 무차별로 구타했다.

금남로를 타고 오고 있는 공수부대원들이 너무 무서웠다. 도망가는 게 상책이었다. 자보빌딩 건너편, 충장로 가는 길목에 있는 '무등제과점'으로 들어갔다. 이 제과점은 평소에 친구들과 자주 다녔다. 다른 사람들도 공수부대원들을 피해 들어왔다. 문을 걸어 잠갔다.

제과점 2층으로 올라갔다. 창밖으로 바깥 상황을 지켜봤다. 공수부대원들은 진압봉으로 시민들의 머리를, 등짝을, 다리를 마구 두들겨 팼고, 심지어 사타구니를 군홧발로 걷어차기도 했다. 곳곳에 피투성이가 된 시민들이 고통을 호소해도 무차별로 내리쳤다. 그리고 피투성이가 된 시민들을 군 트럭에 태웠다.

인근에 있는 시외버스터미널을 이용한 도민들과 시민들도 날벼락을 맞았다. 공수부대원들은 대인동 시외버스터미널에서 목적지를 향해 떠나고 있던 버스나 종점인 터미널로 들어오는 버스들도 정차시키고, 승객들을 내리도록 하여 진압봉을 휘둘렀다. 지나가던 택시도 버스와 마찬가지였다. 금남로는 그야말로 아비규환, 그 자체였다.

나는 제과점 2층에서 다른 시민들과 잔인한 현장을 지켜봤다. 우리들은 "나라를 지키는 군인들이 국민들에게 이럴 수가 있는 것이냐?"고 이구동성으로 성토하면서도, 군인들이 무서워 항의할 생각은 엄두도 내지 못했다. 나는 이 지옥 같은 현장을 숨어서 4시간 동안이나 지켜봤다. 공수부대원들에게 붙잡혀 폭행을 당하지는 않았지만, 진압봉으로 맞고 피 흘리는 사람들을 구하지 못했다는 부끄러움은 지금까지도 깊은 상처로 남아 있다.

그날 공수부대원의 잔인한 폭행을 피해 주택가로 피했던 시민들은, 인근 주민들이 쫓아온 공수부대원들에게 "숨겨준 사람은 없다. 여기 있는 사람은 우리 가족"이라고 말하면서 숨겨주곤 했다. 어떤 시민은 공수부대원의 진압봉에 귀를 찢기고 도망갔다가 주택가로 숨었는데, 집주인 아주머니가 치료해줬다고 말하기도 했다.

그날 오후, 그곳에서 집까지 거리는 10분 거리였지만, 무려 6시간이나 걸려서 집에 갈 수 있었다.

금남로 4가에서 시위대 트럭에 올라

5월 21일(수), 잔인하게 진압했던 공수부대원들이 도청 앞에 집결해 있다는 이야기를 듣고, 우리는 그 지시의 가운데에 '전두환 일당들'이 있다고 확신했다.

학교친구 양경식이 집에 왔다. 울분을 참을 수 없어 도청 쪽으로 함께 걸어갔다. 가는 길에 시민들이 아시아자동차공장의 트럭을 포함한 자동차들이 풀렸다는 얘기를 했다. 그때 눈앞에 트럭과 함께 함성이 들렸다. 경식이와 나는 금남로 4가에서 그 트럭을 탔다.

트럭에는 15명 정도 타고 있었다. 우리는 힘껏 목청 높여 "전두환은 물러가라!" "비상계엄 철폐하라!" "김대중 선생을 석방하라!" 이런 구호들과 함께, 「우리의 소원은 통일」, 「늙은 군인의 노래」, 「애국가」 등을 목청껏 불렀다.

금남로 한국은행 사거리에서 하차했다. 도청 앞 금남로에서 계엄군과 시민들이 대치하고 있어서 트럭은 더 이상 갈 수 없었다. 나는 경식이와 함

금남로 자동차보험빌딩(현, DB손해보험빌딩) 근처 전경.

ⓒ 임영상

께 충장로를 통해 계엄군 등 뒤쪽, 도청 정문 앞길로 갔다. 이때만 해도 인도로 일반 시민들이 통행할 수 있었다. 도청 앞에는 최루가스 냄새가 진동해 숨을 못 쉴 지경이었다.

도청 앞 분수대 광장에는 '전국체육대회'를 알리는 홍보탑과 '부처님 오신 날'을 알리는 홍보탑이 세워져 있었다. 경식이는 도청 주변에 운집해 있는 계엄군들이 무섭다고 얼른 다른 곳으로 가자고 말했다. 우리는 도청 앞을 지나 계림동 오거리 쪽으로 갔다.

다시 지나가는 시위대 트럭을 탔다. 광고 앞을 지날 때 트럭이 멈췄다. 몇 사람은 트럭에서 내렸고, 몇 사람은 트럭에 올라탔다. 트럭은 계엄군의 만행에 울분을 참지 못하는 사람들로 가득했다. 양동시장 부근을 돌 때는 아주머니들이 주먹밥과 음료수, 찐 계란 등 먹을거리를 차에 실어줬다.

농성광장 부근에서 송정리 쪽으로 가려고 했다. 그러나 화정동 잿등에 계엄군이 있어 위험할 수 있다고 해서 다시 금남로 쪽으로 방향을 돌렸다. 한국은행 사거리에 다다랐을 때, 트럭에서 내렸다. 중앙로에는 지하상가를 조성 중이어서 도로가 엉망이었다. 가톨릭센터 앞으로 이동했다. 한두 시간 전 때와는 느낌이 달랐다. 최루탄가스 냄새 때문에 눈물이 났다. 계엄군들도 보이지 않았다.

잠시 후, 시민들이 리어카를 끌고 바쁜 걸음으로 이동했다. 리어카에는 태극기에 덮인 시신 한 구가 있었다. 얼마 전에 도청 앞에서 계엄군들이 집단 발포를 했다고 옆에 있던 시민이 말했다. 불도저가 지하상가 공사현장 웅덩이에 거꾸로 처박혀 있었다.

아직도 밝히지 못한 부끄러운 진실

5월 22일(목), 인근 파출소 또는 지방에서 총기류가 풀렸다는 얘기를 듣고, 금남로 전일빌딩 건너편에 있는 광주관광호텔(현, 무등빌딩) 앞으로 나갔다. 이미 시위대원들은 시민군이 되어 총기로 무장했다. 나도 생각 같아서는 총을 받아 '해방 광주'를 지키고 싶었으나, 그러지 못했다.

그리고 시간이 흘러 5월 27(화), 그날 새벽 광주를 울리던 여자음성의 방송은 가슴을 정말 아프게 했다. "광주시민 여러분 오늘 밤 계엄군이 들어옵니다. 우리 모두 힘을 모아 광주를 지킵시다." 그날 새벽하늘은 온통 예광탄으로 빛났다. 도청에 남아 있던 광주를 지키는 시민군들이 어떻게 될까 무척이나 걱정되었다. 전날 밤 나는, 집에서 가까운 곳에 있는 초등학교 동창 집에서 잤다.

아침 일찍, 우리 집으로 가기 위해 친구 집을 나섰다. 수창초등학교 운동장에 군 트럭이 십수 대 세워져 있었고, 계엄군들이 삼삼오오 모여 있었다. 교문 밖 금남로에도 군인들이 서 있었다. 지나갈 때는 다리가 후들후들 떨렸다. 괜히 일찍 친구 집에서 나온 게 아닌가 하는 후회도 되었다. 계엄군들은 다행히도 나를 검문하지 않았다. 당시 내 옷차림이 추리닝 차림이었는데, 형님이 군대에서 입었던 추리닝이었다. 상의 등짝에 '보병 ○○연대'라고 쓰여 있어 군인이라고 생각했는지 모르겠다.

이런 일도 있었다. 5·18 기간이었는데, 아마 19일 오후로 기억된다. 시내에서 공수부대원들이 시위에 참여한 시민들을 체포하기 위해 가가호호 수색하고 다닐 때였다. 한옥이었던 우리 집에도 계엄군이 들이닥쳤다. 철제 대문이 닫혀 있자 계엄군들은 군홧발로 차서 문짝을 부숴버렸다. 그리고 "학생들 살고 있지?"라면서 집을 수색하고 간 적이 있었다.

시민군 지휘부가 있었던 전남도청이 계엄군에 의해 무참히 진압된 며칠 후, 군대에 계셨던 큰형님에게서 전화가 왔다. 가족의 안부를 묻고, 광주상황도 궁금하다는 것이었다. 나보다 5살 연상인 큰형님은 중사로 근무 중이었는데, 영외에서 출·퇴근했다. 5월 중순경 정기휴가를 나올 예정이었는데, 5·18이 일어나 휴가가 무기한 연기됐다고 했다. 전화로 자초지종을 얘기하지 못하고 편지를 보내 구체적으로 광주상황을 설명해드렸다.

39년이 지난 지금, 살아 있는 우리는 한없이 부끄러울 따름이다. 누가 이런 잔인한 군 작전을 지시했는지, 시민을 향해 자위권 발동이라는 미명 아래 총질을 해대고 기총소사를 하고 잔인하기 이를 데 없는 폭력진압을 지시했는지, 아직도 우리는 밝혀내지 못하고 있다.

나의 5·18은 초라하지만

손도식

1980년 5월, 고등학교 3학년이었던 나는 성적이 오르지 않아 대입학력고사 부담으로 방황하고 있었다. 나는 광주공원 뒤 월산동 달동네에 있는 큰누님의 전세방에서 얹혀 살고 있었다.

5·18민주화운동이 본격화되고 휴교령이 내려진 뒤에야 광주의 참상을 알 수 있었다. 큰누님은 "시내에 거주하는 친구로부터 들었다."면서 "군인들이 광주시민들을 무자비하게 진압하고 있다."고 말했다. "절대 집 밖으로 나가면 안 된다."고 당부했다. 나는 그때서야 광주의 심각성을 파악할 수 있었다.

무안에서 자전거로 광주까지 오신 부모님

물론 그전에 TV를 통해 전두환 보안사령관을 중심으로 한 신군부의 움직임에서 불길한 징조 정도는 느낄 수 있었다. 전남 무안군 일로면이 고향인 시골 친구들과도 연락이 잘 안 되었고, 몇몇 친구들은 이미 시골로 가버리고 없었다.

5월 23~24일쯤 된 것 같다. 급한 마음에 큰누님하고 시골 차편을 알아봤다. 이미 교통이 통제된 뒤여서 갈 수가 없었다. 큰누님은 몇 번이고 시내 쪽을 다녀와서 전남도청 앞 금남로 일대에서 일어난 계엄군의 만행을 전해주었다. 아울러, 절대 대문 밖으로 나가지 마라고 했다.

군인들이 광주시민을 다 죽인다는 소문이 나돌자, 시골에 계신 아버지께서 독자인 나를 데리러 광주에 오셨다. 시외전화도 불통이어서 내 생사가 더욱 궁금하셨던 모양이다. 아버지께서는 무안 일로에서부터 자전거에 어머니를 태우고, 큰집이 있는 영산포에 도착하셨다. 영산포까지 오시는 길에 두 번이나 바퀴에 펑크가 나서 때우셨다고 했다.

부모님은 영산포에서 다른 자전거로 바꿔 타시고 간신히 송정리에 도착해 큰누님과 어렵게 통화를 하셨다. 부모님은 광주시내로는 들어오지 못하셨다. 큰누님은 "도식이는 집 밖으로 못 나가게 잘 감시하고 있다. 광주가 위험하니 걱정하지 마시고 집에 가시라."고 말했다. 부모님은 다시 자전거를 타고 시골로 가셨다.

세월이 흘러 부모님 마음을 조금이나마 헤아릴 듯하다. 하루 종일 나를 감시하라는 부모님의 말씀을 큰누님은 성실히 수행했다. 내가 화장실에 가서 빨리 안 나와도 찾았고, 잠시만 안 보여도 나를 불렀다. 언제 개학할 지도 모르는 상황에서 시위대 차량에서는 하루 종일 함성이 들렸다. 집 옥상에 올라가 내다보니, 넓은 도로에 시위대 버스들이 왔다 갔다 하는 것이 보였다.

나는 당황했다. "독재타도" "신군부는 물러가라."며 외치는 함성이 귓전에 맴돌 때는, 나도 나가서 같이 시위를 해야 되는 거 아닌가 하는 자책감이 들기도 했다. 그래도 감히 대로변까지는 못 나가고 골목만 여러 번 왔다 갔다 하다가 들어왔다. 가두 방송하는 여자가 간첩이네 하는 혼란한 소식만 큰누님에게 들을 수 있었다.

헬기소리와 요란한 총소리

정확한 기억은 없는데, 5월 항쟁 초반으로 기억된다. 하루는 헬리콥터

헬기에서 살포하는 유인물을 줍고 있는 어린이들. ⓒ 나경택 촬영, 5·18기념재단 제공

소리에 놀라 하늘을 쳐다보니 선무방송과 함께 '삐라'(전단)가 막 떨어졌다. 마당에도 서너 장이 떨어졌다. 읽어보니, '소수의 폭도들이 광주에서 폭동을 일으켜 국가가 위기에 처해 있다. 자제하고 모두 귀가하기 바란다.'는 요지의 내용이었다.

광주 상황과는 다른 내용이어서 나는 당장이라도 시위에 참여하고 싶었다. 신군부가 광주시민들의 마음을 이간질하고 있다는 생각이 들었다.

어느 날 이른 아침이었다. 헬기소리와 요란한 총소리가 들렸다. 지금 생각해보니, 그때가 계엄군들이 시민군 지휘부가 있던 전남도청을 진압한 때였던 것 같았다. 나는 직접 시위에 참여하지 못했고, 총에 맞고 먼저 간 영령들을 본 적도 없다. 잔인했던 군인들의 얘기를 큰누님에게 듣고서 공포에 휩싸였다. 밤에는 내방 옆 골목에서 지나가는 군인들의 군홧발 소리에 더 놀라곤 했다.

집주인 아들이 서석고 후배여서 함께 바둑을 두거나 TV를 보면서, 때론 공부도 하면서 시간을 때우다가 6월 중순, 다시 학교에 나갔다. 첫째 날에는 수업이 제대로 되지 않았다. 몇 반 누가 시위 도중 얼굴에 총을 맞아 병원에 있다고도 하고, 누구는 총을 옆구리에 맞았다고 했다. 너도 나도 서로의 경험담을 얘기하느라 시간가는 줄 몰랐다.

나의 5·18 체험담은 초라하다. 살아남은 게 더 중요하지만, 혈기왕성하고 사리판단을 할 수 있었던 고등학교 3학년이었음에도 시위에 동참하지 못했다.

대학교 때 친구와 함께 양동상가 근처에서 전경들과 대치하다 최루탄이 발 옆에 터져서 콧물 눈물 흘리며 혼비백산해서 도망 다녔던 게 엊그제 같은데, 80년 5월에 있었던 5·18 체험담을 쓰다 보니 감회가 너무 새롭다. 다시 한 번 먼저 간 영령들에게 묵념을 해본다.

쓰레기장에 버린 '국난극복기장'

손영배

1980년 당시 우리 집은 광주시 외곽인 화정동에 있었다. 2층 양옥집이었고 여러 개의 방이 있었다. 내가 다니던 서석고와는 불과 2백여 미터 거리에 있었다. 지금의 광주광역시교육청 뒤쪽이다.

집 주위에는 군 관련 시설들이 많았다. 집 옆에는 상무대의 군 장교 숙소인 BOQ(Bachelor Officer Quarters)가 있었다. 지금은 중앙교회가 들어서 있다. 집에서 조금 밑, 그러니까 광-송 간 넓은 도로 쪽으로 100미터만 내려가면 국군통합병원이 있고, 중앙정보부 광주지부가 있었다. 그 뒤편, 잿등에는 전경부대와 505보안부대가 있었다.

군인들이 하숙하던 우리 집

지금은 광주의 중심지가 되었지만, 당시만 해도 여러 군 시설들이 있어서 접근성이 좋지 않았다. 주위에 야트막한 산이 있었고, 집들도 간헐적으로 있었던 외진 곳이었다.

우리 집은 하숙집이었다. 아버지께서 직장에 다니셨는데도, 부지런하고 일 욕심이 많으신 어머니가 부업으로 하숙을 치신 것이다. 동네에서는 우리 집뿐 아니라 여러 집들이 하숙을 치고 있었다.

국난극복기장.

하숙생은 일반인들이 아니었다. 군사학교가 있는 상무대에 교육을 받으러 온 고군반(고급군사교육반) 장교 4명이었다. 이들은 모두 공수부대 대위들이었다. 1인당 방 1개씩을 사용했다.

5월 19일(월), 학교 분위기가 계속 어수선해 단축수업을 했다. 곧바로 집에 왔다. 잠시 후 하숙생 장교 한 명이 긴장한 표정으로 집에 왔다. 그는 "사정상 당분간 하숙집에 올 수 없다."고 어머니께 얘기하더니, 군사교육 교재와 개인 옷가지 등을 챙겨서 바삐 나갔다. 나머지 3명 하숙생 장교들의 소지품도 모두 가지고 갔다.

그가 나간 지 1시간쯤 지났을 때, 예닐곱 명의 무리들이 손에 쇠파이프와 몽둥이를 들고 동네를 돌아다녔다. 이들은 "군바리 새끼들, 한 놈도 빼지 말고 다 찾아라."고 소리를 질렀다. 광주시내 일원에서 벌어졌던 공수부대원들의 만행에 잔뜩 화가 난 시민들이 보복하기 위해 군인들을 찾고 있었던 것이다.

날이 어두워지자, 우리 집 골목어귀에 검정색 계통의 양복을 입은 청년 2명이 서성거리고 있었다. 나는 슈퍼에 물건을 사러 가기 위해 대문을 나

ⓒ 마동욱

화정동 사거리 상공에서 바라본 광주서석고와 시교육청 일대.

서려고 했다. 그들은 내 어깨를 잡으며 "절대 집 밖을 나가면 안 된다."면서 막아섰다. 이유도 말하지 않았다. 나는 무섭기도 해서 다시 방으로 들어와 버렸다.

두 청년이 집 밖 출입을 저지한 이유를 알 수 없었다. 그들은 우리 집을 경계하고 있는 것이 분명했다. 고군반 교육생 장교들의 하숙집이어서 아직도 장교들이 집에 있다고 판단, 그들을 보호하기 위해 지키고 있었을까? 아니면, 1년 전 미문화원 도서관장에서 퇴직하신 아버지를 보호하기 위해 미국 당국 관계자들이 지키고 있었던 것은 아니었을까? 도무지 이해할 수가 없었다. 이 글을 쓰는 지금도 수수께끼로 남아 있다.

아버지(손동만, 2010년 4월 별세)는 광주미국문화원에서 도서관장으로 근무하다 5·18민중항쟁이 일어나기 1년 전인 1979년 퇴직하셨다. 1947년 개원한 광주 미국문화원은 1989년 폐쇄되었다. 폐쇄 후 미국 직원들은 본국으로 돌아갔다. 한국 직원들은 혜택이 많아 이민을 갔다. 미국은 아버지에게도 이민을 권유했으나, 자식들을 낳고 키운 고향에서 살겠다고 거절하셨다.

계엄군에 쫓기다 실탄을 버린 시민군

5월 23일(금), 늦은 밤 우리 집 동네 입구에서 군기가 바싹 들어간 군인들의 함성이 들렸다. 2층 방에서 밖을 내다보니 계엄군들이 어설프게 무장한 시민군들을 쫓고 있었다. 시민군들은 지형지물에 밝아서인지 계엄군이 가까이 가기도 전에 멀찌감치 도망쳐버렸다.

잠시 후 집 앞 공터에서 "따따따따–닥" "펑–펑"하는 소리가 들렸다. 공터는 동네 주민들이 쓰레기를 버리고 이를 태워버리는 장소였다. 이날도 쓰레기더미에 모닥불이 피워져 있었다. 시민군들이 도망가면서 실탄을 몽땅 버린 것 같았다. 폭죽놀이 하듯이 요란한 소리가 나면서 불빛이 번쩍거리고, 탄피가 사방으로 튀었다.

곧이어 도착한 군인들은 모닥불을 헤집어 탄피를 찾았고, 밖으로 튄 탄피를 수습해갔다. 나는 한동안, 집 앞 공터 모닥불에서 시끄럽게 소리 내며 사방으로 튀었던 탄피가 자꾸 머릿속에 떠올라 공부에 집중할 수 없었다. 일종의 트라우마였다. 아이러니하게도 군에서 사격훈련을 받을 때는 총소리가 별로 생소하지 않아서인지 특급의 점수를 받았다.

시위대에게 교회 앰프시설을 빌려준 윤창신 목사

5월 24일(토), 평소처럼 교회에 예배드리러 갔다. 광–송 간 도로변 화정동 서부시장 입구에 있는 주택은행 건물 3층 서부교회였다. 지금은 고인이 되신 윤창신 목사님이 웬일인지 마이크를 사용하지 않고 육성으로 설교를 하셨다.

윤창신 목사님은, "시위대가 와서 시내를 다니면서 계엄군의 만행을 적극 알려야 한다며 교회 앰프시설을 빌려달라고 해서 줬다."고 말했다. 6월

초 교회에 갔더니 앰프가 있었다. 윤 목사는 "우리 앰프는 5월 광주항쟁이 끝나고 돌아오지 않았다. 그 대신, 노회에서 새로 앰프를 사줬다."고 했다.

이밖에 여러 일들이 아직까지도 조각조각 뚜렷하게 기억이 난다. 아마도 광주시내에서 퇴각한 계엄군이 화정동 잿등에서 진을 치고 시위대의 외곽 진출을 저지하고 있을 때였다. 우리 동네 아주머니들이 농성동 로터리에서 시위하던 시민들에게 주먹밥과 과일, 음료수 등을 제공하는 자원봉사를 했다.

우리 동네는 군인들을 상대로 하숙을 하는 집들도 많았지만, 고군반 교육을 받으러 온 남편과 함께 광주에 와서 방 한 칸을 얻어 생활하던 군인 부부들이 많았다. 이들은 광주민중항쟁을 유발시킨 군인들의 만행을 대신 사죄하는 마음으로 자원봉사를 했다고 말하기도 했다.

그리고 몇몇 학교 친구들은 잿등 인근에 있는 전경대 기동대에서 파란색 훈련용 세열수류탄을 한 발 가져왔다. 친구들이 전경대 기동대 건물에 어떻게 출입해서 수류탄을 가져왔는지는 기억에 없다. 이 친구들은 수류탄이 잘 터지는지 실험해본다면서 서석고 운동장으로 가져가 던졌다. 그런데 터지지 않았다. 친구들은 불발탄이 터질지 몰라 서로 가지러 가지 않았다.

수류탄을 가지러 갈 친구를 가위바위보로 결정했다. 정○ 친구로 결정됐다. 그 친구는 숨도 쉬지 않고 엉금엉금 기어가서 조심스럽게 수류탄을 가져왔다. 수류탄을 하얀색 면장갑에 담았다. 지문을 남겼다가 나중에 혹시 생길지도 모르는 후환거리를 없애기 위해서였다.

국난극복기장을 쓰레기통에 던져버린 누님

5·18민주항쟁이 끝나고 1년 후인 1981년 봄 어느 날이었다. 서울에 있는 공군본부에서 군무원으로 근무하던 작은누님이 휴가를 받아 집에 왔다. "공군본부에서 5·18광주민중항쟁 때 국난극복에 기여했다고 '국난극복기장'*을 줬다."며 가족들에게 보여줬다. 그리고 서울에서는 언론보도가 제대로 안

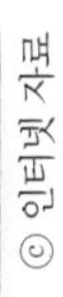

계엄군 총에 맞아 사망한 최미애 임산부.
누님의 여고 동창이었다.

되어서인지, "임산부가 총에 맞아 죽었다."는 등 광주항쟁과 관련한 많은 사실들을 "모두 유언비어라고 여기고 있다."고 서울의 분위기를 전했다.

다음 날 오후, 작은누님이 외출하고 돌아온 뒤 방에서 나오지도 않고 울기만 했다. 작은누님은 여고 친구(중앙여고)가 결혼 후 임신했다고 해서 축하하기 위해 만나러 갔다가 그만 충격적인 소식을 들은 것이다.

작은누님 친구는, "5·18 민중항쟁 때, 임신 중인 최미애[**]가 남편(전남고 영어교사)을 마중하기 위해 전남대 앞 중흥동 집 밖에 나갔다가 계엄군의 총탄에 맞아 사망했다."고 말했다는 것이다. 작은누님은 집에 가져왔던 '국난극복기장'을 집 밖 공터 쓰레기장으로 던져버렸다.

---

* **국난극복기장** 전두환 정권이 1980년 전후를 '국난기간'으로 규정하고, 당시 복무한 군인·군무원·공무원·주한 외국군인 등 모두 79만9천693명에게 수여했다. 일종의 기념장이어서 부가혜택은 없었다. 대통령령인 국난극복기장령은 1981년 3월 3일부터 시행됐으나, 국난기간에 12·12 및 5·18민주화운동 등이 포함돼 있어 기장 명칭에 역사적 오류가 있다고 지적, 2018년 8월 7일 국무총리 주재로 열린 국무회의에서 근거법령 폐지를 의결했다.

** **최미애** 5월 21일 정오 무렵, 임산부였던 최미애(23세) 씨는 고등학교 교사인 남편이 돌아오지 않자 걱정이 돼 골목에 나가 기다리던 중 공수대원의 총에 맞아 쓰러졌다. 식구들이 뛰어나갔을 때 그녀는 피를 흘리며 이미 숨이 끊긴 상태였다. 식구들이 그녀를 집으로 옮긴 후에도 배 속의 태아는 한참 동안 격렬하게 움직였다. 태아라도 살리려고 인근 병원에 연락했으나, 전화를 받지 않았다. 오후 4시경 남편이 집에 돌아왔을 때 태아는 더 이상 움직이지 않았다. "여보, 당신은 천사였오. 천국에서 다시 만납시다."최미애 씨의 묘비명이다.

계엄군이 끊어버린 내 '밥줄'

손하진

나는 5·18 때 고3이었다. 당시 광주·전남 시·도민들은 그때를 회상할 때면, 계엄군이 무자비하게 시·도민들을 살상하고 이에 저항했던 일들이 떠오를 것이다. 나도 그렇다. 하지만 한 가지가 더 있다. 5·18 당시 어떻게 하면 굶지 않고 밥을 먹을 것인가라는, 지극히 현실적인 문제로 고민했다는 것이다.

광주의 고립으로 바닥난 식량

고향이 보성군 노동면인 나는, 농성동에서 이종사촌 동생과 자취를 하고 있었다. 격렬한 시위가 빈번하게 있었던 농성동 로터리와 가까운 거리였다. 나는 매주 토요일 오전수업이 끝나면 특별한 일이 없는 한 시골집에 갔다. 이 같은 생활패턴은 3년 내내 계속됐다. 시골을 오갔던 차편도 마찬가지. 매번 광주역으로 가서 완행열차인 비둘기호를 타고 시골에 갔다.

주말마다 시골집에 간 것은 시골에서 농사를 짓고 계시는 부모님의 일손을 덜어드려야 했고, 1주일간 먹을 쌀과 반찬을 가져와야 했기 때문이다. 그런데 5·18이 본격화 된 후 모든 교통수단이 끊겨 버렸다. 보성 집에 갈 수도 없게 됐다. 1주일에 한 번씩 갖다 먹었던 식량이 바닥났다. 더 이상 식량

불에 전소돼 차체만 남은 차량들이 있는 광주역 광장. ⓒ 이창성 촬영, 5·18기념재단 제공

현재의 광주역 전경. ⓒ 임영상

을 조달받지 못하면 어쩔 수 없이 굶을 수밖에 없었다. '삼 일 굶으면 공자님도 남의 집 담을 넘는다.'는 말이 있듯이, 하루를 굶었더니 별의별 생각이 다 들었다.

집주인은 자취집에서 살지 않았다. 집이 크지 않아서 자취방으로만 세를 놓고 있었다. 옆방에 다른 자취생도 있었는데, 일찌감치 고향집으로 갔는지 없어서 남아 있는 식량을 빌릴 수도 없었다.

휴교령이 내려진 이틀 후 오전, 학교 친구가 자취방에 왔다. 심심한데 시위구경을 가자고 했다. 그 친구는 시위대의 활약상을 설명한 후, 시내를 돌아다녔더니 곳곳에서 힘내라고 시민들이 주먹밥이나 빵, 우유 음료수 등 먹을거리를 푸짐하게 주더라는 말도 덧붙였다.

나는 주저 없이 집을 나섰다. 의식주 가운데 '식' 문제를 해결해야겠다는 생각이 들었던 것이다. 자취방에서 걸어서 농성동 로터리로 나갔다. 많은 시민들이 모여 있었고, 시위대원들을 태운 버스와 트럭 등 각종 차량들이 오갔다.

시위대 버스에 올라 고픈 배를 채우고

친구와 나는 버스에 올라탔다. 외곽도로를 타고 백운동, 방림동, 지산동 등을 한 바퀴 돌았다. 다시 방향을 바꿔서 시내로 들어갔다가 다시 농성동 로터리로 오곤 했다. 버스 안 통로에는 종이박스에 주먹밥, 빵, 음료수가 가득 있었다. "계엄군은 물러가라."고 목소리를 높이면서도, 틈나는 대로 허기진 배를 채웠다. 밤에 집으로 돌아가면 굶는다는 생각에 주머니에 빵을 담아 자취방으로 가져갔다. 며칠간 이런 상황이 계속되었다.

이런 일화도 있었다. 5·18이 한창이던 5월 24일쯤으로 기억된다. 자취방에서 나와 농성동 로터리로 나가다가 학교 선생님을 만났다. 영어를 가르치셨던 전육일 선생님이었다. 선생님은 안부를 묻고 돈을 주시면서 가게에 가서 '거북선' 담배 한 보루를 사오라고 시키셨다. 담배를 사다 드렸다.

선생님은 "저기 시위대원들이 고생하니까 담배를 나눠드려라."고 하시면서 다시 담배를 주셨다. 예상 밖 지시에 깜짝 놀랐다. 담배를 나눠주기 위해 걸어가면서, 내가 피울 요량으로 한 갑을 몰래 빼돌렸다. 그리고 시위대원들이 모여 있던 곳으로 가서, "여러분이 고생한다고 우리 선생님이 보내셨다."며 담배를 나눠준 적이 있었다.

도청이 함락되자 다시 끊긴 '밥줄'

5월 27일, 계엄군이 전남도청으로 다시 진입했고, 관공서가 정상 출근했다. 반대로 내 '밥줄'은 끊겼다. 도청에 지휘부를 두었던 시민군이 계엄군에 의해 무참히 진압되면서, 더 이상 밥을 먹을 수 없게 된 것이다. 아직도 휴교령은 계속되고 있어서 친구들의 도시락을 나눠 먹을 수도 없었다.

자취방으로 놀러온 친구들이 집에서 도시락을 갖다 줘서 임시방편이나마 식사를 해결했다. 내 사정을 안 다른 친구는 집에서 쌀과 반찬을 가져오기도 했다. 이런 일도 교통이 정상화된 6월 초, 시골집에 내려가면서 해결됐다.

지금 생각하면 요즘 말로 '웃-프지도' 않은 일화이지만, 불과 39년 전 내가 몸소 체험했던 실화다.

부끄럽고 안타까운 기억

송재천

5년 전쯤, 5월 어느 날이었다. 네트워크 병원 워크숍이 대전에서 있었고 15명의 원장들이 저녁식사 후 숙소에서 대화를 이어가고 있었다. 그때가 5월 18일 즈음으로 기억된다. 당연히 대화의 주제에서 5·18광주민주화운동이 빠질 리 없었다. 왜냐하면 "내가 당시에 광주에서 고3이었다."라고 여러 번 말을 해두었으니까.

우리 중에는 광주 출신이 나 말고도 두 명이 더 있었다. 두 사람은 당시 초등학생이었다고 했다. 어느 후배 원장이 불쑥 "아니 형님, 5·18은 왜 일어난 거랍니까?"라고 물었을 때 나는 선뜻 대답을 못하고 얼버무렸던 기억이 난다.

지금 돌이켜봐도 부끄럽고 안타까운 생각에 얼굴이 붉혀진다. 당시 이름도 들은 적 없는 신군부의 전두환이 정권을 찬탈하려고 비상계엄을 발동했고, 이에 민주주의를 지키려는 광주시민들의 의로운 행동이었다라고 말해야 했는데. 그렇게 하지 못했다. 서울, 대전, 대구, 전주 출신의 동료원장들은 당시를 회상하며 광주에서 폭도들이 무기를 탈취해서 군경과 치열한 전투를 했다고 기억하고 있었는데도, 나는 그들을 바로잡아주지 못했다.

광천동에서 4시간을 걸어 시골집으로

당시 나는 고3이었다. 광천동에서 두 살 위 누나와 고1인 남동생과 함께 자취를 하고 있었다. 그때는 자취하는 학생들이 꽤 많았던 것 같다. 학급에서 절반 이상이 자취생이었다.

고3이었지만 요즘 고3과는 좀 달랐다고 기억한다. 당시에는 과외도 불법이었고 학원도 다니지 못하게 했던 것 같다. 5월 17일(토요일)은 학교에서 오전수업을 끝내고 일찍 집으로 갔다. 나는 풍향동에 사는 학교 친구 장수와 관영이에게 갔다. 거기는 전남대와 가까운 곳이어서 시위하는 소리와 최루가스가 날리는 게 느낌이 좋지 않았다. 해 질 녘 버스를 타고 집에 가려는데 정류장의 사람들이 평소와 달리 너무 많았다. 물어보니 시위 때문에 버스가 다니지 않는다고 했다. 뭔가 크게 잘못 되어가는 것을 직감하고 무거운 책가방을 들쳐 메고 빠른 걸음으로 광천동 자취방으로 향했다.

며칠 후 학교에는 휴교령이 내렸다. 다음 날엔 어제 보이지 않던 시위대 버스가 보이기 시작했다. 유리창이 깨지고 그 안에는 태극기를 들고 머리에 띠를 두른 대학생들과 아저씨들이 구호를 외쳤다. 그들이 반복적으로 외친 구호는 "전두환이 물러가라, 물러가라."였다.

우리 자취방은 광천동 파출소 바로 뒷집이었고 2층에 내 방이 있었다. 파출소는 그날 이후 불이 꺼져 있었다. 문이 닫혀 있고, 경찰들이 근무하지 않았다. 상황이 심각하다는 것을 어렴풋이 알게 되었다. 점점 시민군의 숫자가 늘어나고 확성기에서 나오는 어느 여자의 카랑카랑한 목소리가 가슴에 그대로 꽂혀 들어왔다.

도로에는 시민군이 무장한 버스와 트럭이 질주하고, 하늘에서는 헬기의 굉음과 함께 "시민 여러분 자제하라."는 소리가 들리는 동안 또 며칠이 지나갔다. 도로가 막히고 전화도 되지 않아 부모님께 안부를 전하지 못했다. 더 시급한 것은 쌀과 반찬이 떨어졌다는 것이다.

누나는 여자라서 집에 있게 하고 동생과 내가 길을 나섰다. 광천동에서

운암동 고가도로 입구가 대형 주철관으로 막혀 있다. ⓒ 한국일보, 5·18기념재단 제공

운암동을 지나 외곽으로 빠져나가면 시골집까지는 걸어서 4시간 정도 거리였다. 행정구역은 장성이었지만, 그래도 다른 친구들보다는 가까운 곳이어서 다행이었다. 외곽에서 바리케이드를 치고 검문하는 군인들을 만나기는 했는데 통과는 어렵지 않았다. 시골집에 도착해서 부모님과 살아 있음을 확인한 것도 잠시, 아버지께서는 누나 걱정이 크셨는지 곧바로 오토바이로 태우고 오겠다며 서둘러 가셨다.

대검에 허벅지를 찔린 옆집 아저씨

마침내 저녁이 되었을 때 온가족이 다 모일 수 있었다. 비록 고3이었지만 집에 내려오니 할 일이 한두 가지가 아니었다. 젖소가 8마리였는데 우유 회사도 문을 닫는 바람에 젖은 짜서 동네 분들과 나눠먹고 남은 젖은 개를 주었다. 또 우유로 목욕도 했다. 2주 동안 동네 강아지들이 우유 덕분에 살이 포동포동 올랐다는 후문이다.

시골에 며칠 있으니 걱정이 됐다. 부모님은 나와 누나가 광주로 들어가기를 원하셔서 결국 자취방으로 돌아왔다. 광주에 와서 보니 상황은 더 심각해져 있었다. 내 옆방 아저씨는 건설노동을 하시는 분인데 허벅지를 대검에 찔렸다고 주인집 아주머니가 전해주셨다. 낮이고 밤이고 총알이 빗발치니 2층 유리창은 두꺼운 솜이불로 가림막을 치고 공부하라고 했다. 더운데 문도 못 열게 하니 공부가 될 리 있겠는가.

날짜는 정확히 기억할 수 없지만 도청 앞 집회에도 참가했다. 그때 상무관에 관(시신)이 놓여 있었던 것을 보았다. 희생자 중에서는 교복을 입은 여고생도 있었다. 그 옆에 할머니인지 엄마인지 아주머니가 흐느끼던 모습이 지금도 생생하다. 그리고 5월 27일 새벽, 도청에서 요란한 총소리와 났고 더 많은 희생자가 발생했다는 사실도 알게 되었다.

잘못된 한 사람의 군인이 제 개인의 영달을 위해 무고한 시민들의 가슴에 총부리를 겨누었던 일은 천부당만부당하며 다시는 되풀이되지 말아야 할 것이다. 요즘 일부 정치인들의 5·18 망언은 반드시 바로잡아야 할 것이고, 5·18민주화운동은 독재에 항거하는 시민 민주주의의 표본으로 남기를 기대한다.

경찰의 가택수색

신재현

5월 27일, 시민군이 계엄군에 의해 잔인하게 진압당하고 몇 개월 후인 8월경이었다. 남구 진월동 우리 집으로 경찰관 두 명이 찾아왔다. 이들은 동부경찰서 소속이라고 했다. 경찰관은 "이 집이 신○○ 집이죠?"라고 물었다. 아버지는 "네, 맞습니다. 신○○은 우리 아들입니다."

중3 동생이 권총을 습득하다니

신○○은 내 바로 밑 남동생이었는데, 당시 중학교 3학년이었다.

경찰관은 다짜고짜 "광주사태 때 아들이 권총을 습득하여 모처에 숨겨 놓았다고 학교에서 친구들한테 자랑을 하고 다녔다는 정보를 입수하고 찾아왔다."고 말했다. 경찰관은 말이 끝나자마자 내 동생이 무슨 큰 죄라도 지은 듯이 집안 곳곳을 수색했다. 한참을 수색해도 자기들이 원하는 권총이 발견되지 않자 그냥 돌아갔다.

나는 동생이 5·18 당시 권총을 가지고 다녔는지도 모르거니와, 그런 사실을 들은 적도 없었다. 불행히도 내 동생은 경찰관이 집에 오기 며칠 전, 불의의 사고로 세상을 떠난 상태였다. 그렇지 않아도 동생의 죽음을 마주하고 말할 수 없는 고통으로 마음 아파하고 있는데 경찰의 가택수색이라는

전남대 정문을 경찰들이 가스차 등으로 막고 있다. 복개되기 전 하천이 보인다. ⓒ 나경택 촬영, 5·18기념재단 제공

어처구니없는 일을 당하고 보니 그 슬픔이 몇 배로 가중되었다. 형인 나도 그랬는데, 아들을 잃은 부모님의 심정이야 더 말해 무엇 할까.

이런 일도 있었다. 5월 17일이 토요일이었다. 친한 동네친구 몇 명과 목포에 1박 2일로 놀러갔다. 광주상황은 고3 학생인 나에게는 관심 밖이었고, 대학생 형들의 일이라고 생각했다. 목포에서 신나게 놀고 온 우리는 완행열차인 비둘기호를 타고 18일 오후 4시경 신역(광주역, 당시 광주역을 신역이라고 더 많이 불렀음)에 도착했다.

그런데 어쩐 일인지 신역 앞에 차들이 보이지 않았다. 충장로 〈궁전제과〉에서 다른 친구들을 만나기로 했기 때문에 우리는 걸어서 〈궁전제과〉로 갔다. 시내버스가 다니지 않았다. 금남로로 가보니 계엄군과 시민들이 일전을 벌였는지 난리판이었다. 도청 쪽에서는 자욱한 연기가 치솟고 메케한 최루탄 냄새가 코를 찔렀다. 우리는 〈궁전제과〉에 가는 것을 포기하고 각자 집으로 갔다.

총 맞아 죽을 뻔한 전남대 정문

한번은, 전남대 교정에 놀러가려고 친구와 전남대 담장 옆 천변 길을 타고 정문을 향해가고 있었다. 갑자기 전남대 안에서 총소리가 요란하게 울렸다. 너무 놀라 개천으로 뛰어내렸다. 혹시나 총에 맞을까봐 죽을힘을 다해 뛰었다. 어찌나 놀랐던지 친구가 내 옆에서 함께 도망가는지도 몰랐다. 옷이 흙탕물에 흠뻑 젖은 채 도로에 올라왔다. 그때 비로소 친구가 보였다.

나중에 알고 보니 교정에 공수부대원들이 진을 치고 있었는데 모르고 갔던 것이다. 지금 돌이켜 보면 전남대 교정에 놀러갔다가 총에 맞아 죽을 뻔한 상황이었다.

잃어버린 기억의 소환

양선태

고등학교 3학년 봄, 까마득하게 잊혔던 5·18민주화운동에 대한 기억을 소환하기란 쉬운 일만은 아니다. 하지만 다시 한 번 그 시절로 돌아가 멀어져 가는 기억을 끄집어 내본다.

휴가 나온 군인들은 군복을 벗고

5월 16일은 체육대회를 했던 날로 기억된다. 무슨 일이 있었는지 세상이 시끌시끌하고 여기저기 웅성거리기만 해 난리가 난 듯했다. 우리는 두발과 교복 자율화를 외치면서, 대학생 형들이 주장하는 안개정국 속 민주화 일정을 밝히라는 구호도 외쳤다. 하지만 구호의 비중은 고등학생답게 두발과 교복자율화를 더 많이 외쳤던 것 같다. 스크럼을 짜고 운동장을 돌면서 구호를 외친 기억이 지금도 생생하다.

피가 끓고 분에 못 이긴 우리는 결국 교문을 빠져나가 학교 주변을 돌아다니기도 했다. 그로부터 며칠 후 광주시내 전체 학교에 휴교령이 내려지고 각자 집으로 돌아가게 되었다.

집 안에 있던 나는 답답해서 동네 어귀로 나갔다. 거리에는 시민들이 시위를 하고 있었다. 그 당시 광천동에 살았던 나는, 광주천 다리를 건너고

금남로를 오가면서 시위하고 있는 시위대의 버스와 트럭들. ⓒ 이창성 촬영, 5·18기념재단 제공

아시아자동차공장 주변을 통해 농성동 학교까지 걸어 다녔던 기억이 어렴풋이 생각난다. 지금은 기아자동차로 바뀌었지만 그 당시에는 아시아자동차공장이라고 불렀다.

어느 날인가 아시아자동차공장이 털려서 시민들이 차량을 운전하고 시내 전역을 돌아다니며 데모하고 다닌다는 이야기를 들었다. 나도 시위대 차에 타고 싶어 집을 나섰다. 광주천을 건너려고 천변도로에 서 있었다. 버스와 트럭 등 시위대 차량에 탄 시민들이 머리에 수건을 두르고 각목을 두드리며 구호를 외쳤다.

그때 트럭이 한 대 다가왔다. 나도 타겠다고 손을 들었다. 트럭이 멈췄고 나는 짐칸에 올라탔다. 먼저 탄 시민들이 반갑게 맞아주었다. 그들과 함께 구호를 따라 외치며 시내를 누비고 다녔다. 지금도 잊을 수 없는 것은, 내가 탑승한 트럭이 동네 앞을 지나가면 아주머니들이 기다리고 있다가 김밥과 음료수 등을 주면서 힘내라고 격려했던 모습이다.

그렇게 시내 이곳저곳을 다니다가 저녁 무렵 집에 들어갔는데 아버지가 "난리통에 죽으려고 환장을 했냐?"고 꾸지람을 하셨던 기억도 난다.

어느 날 늦은 오후였다. 동네를 어슬렁거리고 있었는데, 마침 군복을 입은 군인을 만났다. 휴가를 나왔는데 오갈 데가 없다고 했다. 그 군인은 고향이 영암이라고 했다. 교통이 두절된 탓에 시외로 가기가 어려웠다. 자기가 원하는 곳으로 가기 위해서는 시위대 차를 타고 가는 수도 있었지만, 현역 군인 신분으로 시위대 차에 탑승할 수는 없었다. 그랬다가 군 당국에 적발되어 '똑같은 폭도'로 지목된다면 뒷일을 상상할 수가 없었다. 그렇다고 해서 계속 군인복장을 하고 있다가는 악랄한 행동을 보여줬던 계엄군으로 오해를 받아 시민들에게 죽도록 두들겨 맞을 수도 있었다. 그래서 휴가 나온 군인들은 군복을 벗고 다녔다.

저녁때가 되어서 그 군인을 집에서 하룻밤 재워주려고 데리고 갔다. 아버지가 크게 호통을 치시면서 당장 데리고 나가라고 하셨다. 당시 아버지 마음을 이해하지 못한 것은 아니지만, 한편으로 서운하기도 했다. 지금 생각해보면 아버지 입장에서는 충분히 그러고도 남으셨다고 생각된다.

헌혈하지 못했다는 자책감

5월 21일 점심때로 기억된다. 전남도청 앞에 계엄군이 진을 치고 있다는 소문이 돌았다. 나는 친구들과 함께 도청 상황이 궁금해 한국은행 광주지점 사거리까지 갔다. 그러다가 조금 더 도청 방향으로 가기 위해 가톨릭센터 앞까지 갔다. 도청 앞 광장과 금남로 일대에서는 수천 명의 시민들이 모여서 계엄군과 맞서고 있었다. 시민들은 계엄군 물러가라면서 돌멩이와 화염병을 던지며 투석전을 전개했다.

공방전을 벌인 후 어느 정도 시간이 흘렀다. 느닷없는 총소리가 울렸다. 그것도 한꺼번에 수십여 명이 사격을 하는지 총소리가 요란했다. 시민들이 도로에 픽픽 쓰러졌다. 이리 도망가고 저리 도망가면서 부상자가 속출했다. 일순간 금남로는 아비규환의 현장이었고, 아수라장으로 변했다.

갑작스런 총소리에 혼비백산하여 금남로를 벗어나기 위해 상업은행 옆길로 냅다 뛰었다. 충장로로 들어가는 길이었다. 골목길을 통해 광주천 방향으로 뛰었다. 세상이 전쟁터로 변해 버린 듯, 한순간도 버티기가 어려웠다.

그렇게 얼마나 달렸을까. 적십자병원 근처였다. 병원은 안전할까 싶어 무작정 적십자병원으로 들어갔다. 병원 복도에는 이미 수많은 환자들이 치료를 받고 있고, 치료를 기다리고 있었다. 한쪽에서는 헌혈을 하고 있었다. 총상을 당한 시민들은 고통을 호소하면서 치료순서를 기다리고 있었다.

나도 헌혈을 할까 생각했다. 그런데 많은 시민들이 줄을 서서 기다리고 있어서, 다음번에 하겠다고 다짐하고 그냥 집으로 가버렸다. 39년이 흐른 지금도 그때 헌혈하지 못했다는 자책감 때문에 아직도 마음이 무겁다.

세상을 보는 나의 눈

양회철

누구나 인생을 살면서 자신의 가치관이나 행동 또는 삶의 방향을 변화시키는 어떤 사건을 맞닥뜨리게 되는 경험을 한다. 그런 경험은 지극히 사적일 수도 있고 사회적이거나 역사적일 수도 있다.

1980년 5월의 그날은, 평범한 고등학생의 삶을 살아가던 나에게 평생 느껴보지 못했고, 평생 지워지지 않을 충격과 공포, 그리고 분노로 다가왔다. 그 이후 내 삶의 방향성이 자리를 잡게 되었고 세상을 보는 눈은 확연히 달라졌다.

회상하자면, 1979년과 1980년을 거치며 대한민국의 역사가 크게 회오리치고 있었다. 독재자 박정희의 시대가 끝나고 새로운 민주정부가 탄생할 것이라는 희망이 넘치던 시기였다. 그러나 박정희가 사망하고서도 그가 독버섯처럼 잉태시키고 음습하게 키워온 군부사생아집단은 죽지 않고 살아났다. 그들은 역사 발전을 뒤집고 자국민을 대량으로 학살하는 등 무자비한 공포와 살육을 자행하며 무너져가는 '박정희 체제'를 연장시킨 것이다.

자전거를 몰고 광주시내로

입시를 앞둔 평범한 고교생이 사회문제에 얼마나 큰 관심이 있었으랴.

그저 시험에서 1점이라도 더 맞아 좋은 대학에 가는 것이 중요했을 것이다.

운명의 그날, 오전수업을 하다 말고 한참을 교무실에 다녀오신 선생님이 칠판에 도청과 충장로 금남로 일대를 쓱쓱 그리셨다.

"이 안에 집이 있는 학생은 손들어봐라."

"아무도 없네. 그러면 지금 시내에선 난리가 났는데, 데모하는 대학생과 시민들을 군인들이 엄청나게 두들겨 패서 극히 위험하니, 혹시라도 이 근처엔 얼씬도 말고 버스를 타면 집에 갈 때까지 절대 내리지 말고 바로 집으로 가도록 해라. 이 시간부로 수업을 마치니 전부 귀가토록 해라."하셨다.

하지 마라면 더하고 싶고, 궁금해지는 것이 사람의 심리인 법이다. 당시 나는 학동에 살았다. 학동에서 농성동 학교까지 자전거로 통학했다. 금남로에 가서 어떤 상황인지 직접 보고 싶었다. 책가방을 자전거 짐칸에 동여매고 자전거로 돌고개를 넘고 양동시장을 지나서 광주일고 사거리로 갔다. 평소에 차량과 인파로 북적여야 할 금남로가 휑하니 비어 있었다. 저만치 군 장갑차와 소총을 메고 한 손엔 곤봉을 든 군인 무리만 텅 빈 거리를 배회하고 있었다.

자세히 보니 큰길 옆 골목길 어귀에 몇 십 명씩 사람들이 모여서 "저 천하의 나쁜 공수부대 놈들이 선량한 학생들과 시민들을 개 패듯이 무자비하게 두들겨 패서 끌고 갔다."고 분하다고 씩씩거리고 있었다.

담벼락을 넘어 옆집 옥상으로 피신

한참을 지나도 상황에 변화가 없어 나는 자전거를 돌려 충장로 5가 광주극장을 지나 광주공원입구 광장 쪽으로 갔다. 거기엔 수백 명의 시민들이 모여서 "공수부대 물러가라, 민주화를 보장하라, 전두환은 물러나라." 등의 구호를 외치고 있었다.

갑자기 광장 입구를 둘러싼 모든 방향에서 군인들이 나타나더니 시민들을 포위하고 곤봉으로 무자비하게 구타한 후에 무릎을 꿇게 했다. 잠시 후

금남로 시위하는 버스와 시민들. 버스 지붕에 시민들이 올라가 있다. ⓒ 이창성 촬영, 5·18기념재단 제공

체포한 시민들을 60트럭으로 연행하기 시작했다.

당시 공원광장 양옆에는 돼지머리 수육 등을 삶아서 소주 막걸리 국수 등을 파는 음식점이 많았다. 미처 피신하지 못한 시민들은 가게 안으로 몰려들어 함석으로 된 문을 닫아버렸다. 군인들이 그냥 지나칠 리 만무했다. 군홧발로 문을 차고 부순 후에 그 안에 있던 시민들까지 폭행하면서 잇따라 연행했다.

나도 그 가게 중 한 곳에 피신하였다가 가게 옆 담벼락을 넘어서 옆집 옥상으로 도망가 간신히 위기를 모면했다. 1시간 정도 지났을까? 광장을 장악했던 군인들이 어디론가 떠난 듯 조용했다. 밖에 나가 보니 세워두었던 자전거가 그대로 있었다. 자전거를 타고 바로 집으로 돌아왔다. 집에 가는 길 내내 엄청난 분노와 공포심이 일어나 쉽게 맘이 진정되지 않았다.

'도대체 적으로부터 나라를 지키라는 사명을 부여받은 군인들이 어떻게 평화적으로 민주화를 외치는 시민들을 이렇게 가혹하게 구타하고 진압할 수 있단 말인가?'

더욱이 그들은 집회를 해산하라든가 하는 아무런 사전경고도 없이 그야말로 가혹한 폭력으로 시민들을 해산하고 체포하여 공포심을 조장하려는 것으로밖에 보이지 않았다.

그날 이후, 공수부대원들이 상상을 초월하는 엽기적인 방법으로 폭력을 자행하고 총기로 시민들을 살상하기 시작하자, 의분에 찬 시민들이 예비군 무기고 등을 접수하여 자발적으로 무장하고 계엄군의 폭력에 맞대응하게 된 것이다.

인상적인 것은, 전남도청에 주둔하고 있던 공수부대원들이 전남대병원 옥상에 시민군이 설치한 기관총 세례를 받았다는 것이다. "퉁 투투퉁 투투 투퉁~~"하는 둔탁한 총소리와 함께 전남대병원 옥상에서 도청을 향해 날아가는 것을 학동 우리 집 옥상에서 보면서 정말 통쾌하다고 느꼈었다.

다음 날 당시 상황을 직접 보았던 시민군에 따르면, 군 장갑차가 도청-

학동–지원동–화순으로 이어지는 도로를 수차례 왕복하면서 길옆에 매복해 있을지 모르는 시민군에게 위협사격을 실시한 후, 트럭에 탄 병력들이 빠져나갔다고 했다. 전남대병원 건물 옆에는 여러 발의 총탄 자국이 나 있었다. 학동과 소태동을 잇는 원지교 위에는 탈출하던 공수부대 60트럭이 한쪽에 처박혀 있었다. 운전석엔 선혈이 낭자했다. 트럭 짐칸엔 군인들이 황급히 도망친 듯 배낭이나 수통 따위의 군장구가 어지럽게 널려 있었다.

역사의식 갖게 해준 그해 오월

광주시민들은 오랜 세월 동안 '빨갱이'나 '폭도'로 누명을 써왔다. 광주시민들의 집단기억은 트라우마가 되어 아직도 치유되지 못하고 있다. 나 또한 군부독재의 악랄한 모습을 보았기에, 우리 역사와 세계사에 대한 비판적 인식을 갖게 되었다. 군부독재의 폭압을 어떻게 극복하고 민주사회를 이룰 수 있을까 고민하게 되었다. 대학에 진학해서도 '운동'을 주도하지는 못했지만, 학내외 시위에 적극적으로 참여했다.

수많은 이들의 집단행동과 집단지성이 마침내 6·10항쟁, 촛불혁명으로 이어져 오늘날 우리는 다시 민주정부를 세울 수 있게 되었다. 박근혜, 이명박 정권의 실정과 추악한 민낯을 지켜본 지금, 우리에게는 역사가 암울했던 과거로 회귀하지 않도록 할 책임과 의무가 있다.

꽃다운 젊은 시절을 미처 피워보지도 못하고 비명에 가신 5월 민주영령들의 명복을 다시 한 번 빌어본다.

상무대 영창에 갇혀

오일교

내 고향은 광산군 본량면(현, 광산구 본량동)이다. 초등학교 때 광주로 전학해 농성동 큰형님 댁에서 초·중·고교를 다녔다.

그날이 며칠인지는 정확하지 않지만, 학교에서 친구들에게 들었던 대학가와 전남도청 앞 등지의 시위상황이 궁금해 가보고 싶었다. 집에서 점심식사를 한 후 혼자 걸어서 금남로 4가까지 갔다. 금남로는 온통 시민들과 시위대 차량들로 뒤엉켜 혼잡했다. 계엄군과 시위대 간 일전이 벌어졌는지 도로에는 돌멩이와 벽돌 조각, 각목 등이 어지럽게 널려 있었다. 벗겨진 운동화와 흰 고무신도 보였다.

전남대 정문, 계엄군이 총을 쏘다

시위대 버스에 올라탔다. 전남대로 간다고 했다. 어제 전남대에서 대학생들이 공수부대원들에게 죽도록 얻어맞고 아직도 교내 밖으로 나가지 못하고 갇혀 있다고 했다. 광주역 부근을 갈 때 시위대원들이 타고 있는 장갑차가 지나갔다. 살레시오고를 지나 전남대 정문 앞에 다다랐다. 정문 앞은 지금은 복개되었으나 그때는 좌우로 개천이 흐르고 있었다. 계엄군들이 학교 정문 뒤에서 지키고 있었다. 닫혀 있는 철문을 버스로 밀어버리자고 누

서창다리 앞 검문소 위치. 80년 5월 당시 왼쪽 붉은 기와집 옆에 검문소가 있었다. ⓒ 임영상

군가 말했다.

그 순간, 총소리가 났다. 차바퀴 쪽 아스팔트에 총알이 맞으면서 파편이 튀었다. 우리는 너무 놀라서 버스에서 내려 좌우로 흩어져 도망치기 시작했다. 나는 총을 피할 요량으로 도로보다 지대가 낮은 개천으로 뛰어내렸다. 개천에는 시궁창 물이 흐르고 있었다. 겨우 도망쳐 신역(광주역)까지 갔다. 바지와 신발에서 나는 냄새 때문에 다닐 수가 없었다. 농성동 집으로 걸어가서 신발과 옷을 갈아입었다.

그 다음 날 오전, 화정동 광-송 간 도로변 서부시장 앞에서 시위대원들이 탄 관광버스에 탑승했다. 잠바를 입고 스포츠형 머리를 한 30대로 보이는 청년이 얼굴을 가리라고 말했다. "헬기에서 여러분을 사진촬영을 해서 시위가 잠잠해지면 잡아갈 것"이라면서 "얼굴을 안 보이게 하라."고 했다. 그리고 좌석 위쪽에 하얀색 커버를 벗겨 모자처럼 머리에 쓰도록 했다. 자신이 시범을 보였다. 군대를 다녀와서 이런 상황을 잘 안다고 했다.

차창에 걸려 있던 파란색 커튼도 뜯었다. 그것을 수건 크기로 찢어 얼굴을 가렸다. 시위대원들은 모두 얼굴을 가렸다. 눈만 내놓고 얼굴을 가린 모습은, 누가 누군지 모를 정도로 완벽했다. 서로의 모습을 보고 우스워서 손뼉을 치며 크게 웃었다.

시내로 이동했다. 금남로 3가에서 시위에 참여하다 일반 트럭으로 바꿔 탔다. 우리 차에는 아침부터 함께 행동한 6명이 또 타고 있었다. 우리는 광주시내를 돌아다니느라 밤을 지새웠다.

30대 청년, 그는 시위대원으로 위장한 '편의대원'

그 다음 날 오전, 우리 시위대는 나주 영산포로 가기 위해 농성동 로터리를 지나 화정동 잿등 방향으로 이동했다. 그러나 잿등 화정동사거리(구, 중앙정보부 광주지부 근처) 도로 한가운데에 계엄군들이 잠복하고 있었다. 아스팔트 도로를 횡단해 깊게 파서 참호를 만들어 경계를 서고 있었다.

우리 차는 후진해 서부시장 근처에 멈춰 있었다. 그때였다. "일교야, 뭣하고 있냐? 어서 차에서 내려라!" 큰형님이셨다. 언제 오셨는지 나를 알아보고 차에서 내리게 했다. "위험하니까 돌아다니지 말고 시골에 가 있어라." 그리고 용돈도 몇 만 원을 쥐여주시면서 내 손목을 잡고 계엄군이 지키고 있는 잿등으로 끌고 가셨다.

그 당시, 시위대원들이 아닌 일반인들은 도로 좌우 인도를 통해 목적지를 다닐 수 있게 했다. 큰형님은 인도를 통해 계엄군의 임시초소까지 데리고 가서, "조심해서 잘 가라."고 말씀하시곤 되돌아가셨다. 어제부터 함께 다녔던 스포츠형 머리의 30대 청년이 같이 가자면서 따라왔다.

그 청년과 대화를 나누면서 걸으니 심심하지 않았다. 상무대를 지나 서창다리에 이르렀다. 다리 앞에 검문소가 있었다. 근무 중이던 4명의 군인이 우리에게 왔다. 그때였다. 함께 갔던 30대 청년이 권총을 꺼내 내 옆구리를 찔렀다. 나는 깜짝 놀라 쳐다봤다. 그 청년은 검문중인 군인들에게 신분증을 보이더니 나를 인계하고 어디론가 사라졌다.

그 청년은 시위대원이 아니었다. 신분을 속이고 시위대의 정보를 획득하기 위해 시위대에 합류한 계엄군이었다. 최근에 밝혀진 자료에 따르면, 그 '위장 시위대원'은 군특수부대의 비밀 공작팀이었던 '편의대*' 대원이었다. 이런 내용도 모른 나는, 그 청년을 믿고 형처럼 따르면서 함께 활동하고 다녔다니, 기가 막혔다.

수갑에 포승줄, 끌려간 상무대

"이 새끼, 금땅콩 맛을 봐야겠구만."

"다리 밑에 데려가서 죽여 버린다."

계엄군이 거친 말로 나를 위협하면서, 대검이 꽂힌 M16 소총으로 내 배를 쑤셨다. 나는 반사적으로 고개를 숙이는 바람에 옷이 찢어졌다. 다행히도 대검은 배꼽 근처를 지나쳐 큰 상처가 나지 않고 긁히기만 했다. 바싹 긴장했다. '금땅콩'은 총알을 의미했다. 이번에는 다른 계엄군이 M16 소총으로 왼쪽 어깨를 내리찍었다. 이번에도 피했지만, 완벽하게 피할 수 없었

---

* **편의대** 1980년 5월 당시, 전두환 신군부는 임시 군 특수공작부대인 '편의대'를 공식 운영했다. 편의대는 사복차림으로 첩보·정보 수집, 선동 등 특수임무를 수행하는 부대를 말한다.
계엄군의 편의대 활동은, 그간 시민군의 목격담과 군 기록 등을 통해 실체규명을 요구하는 목소리가 꾸준히 제기돼 왔다. 그러나 이 체험담을 쓴 오일교 친구처럼 시위대원으로 위장한 군 편의대원에게 붙잡혀 상무대 영창에 구속된 사례는 처음으로 밝혀졌다.
지난 3월 14일 〈5·18 민주화운동기록관〉은 「5·18 편의대 정밀투시」라는 보도자료를 통해 5·18 당시 계엄군의 편의대 활동 내용을 공개했다. 전교사가 작성한 「광주소요사태 분석」에는, '2군사령관–바둑판식 분할 점령, 과감한 타격, 다수 편의대 운용 등 지시'라고 기록돼 있다. 보안사가 발간한 「5공화국 전사」에서도, '5월 27일 도청 재진입작전 수립 시 계엄군 편의대가 파악한 각종 정보들이 중요한 참고자료로 활용됐다'고 평가해 놓았다.
편의대는 광주시민을 폭도로, 광주를 폭동의 도시로 날조하는 임무를 수행했고, 편의대 성공으로 전두환이 권력을 찬탈할 수 있었던 것이다. 편의대 소속 요원들의 정확한 숫자는 확인되지 않고 있다. 하지만 정보사령부, 전교사, 505보안부대, 20사단·31사단 장교·병사, 3·7·11공수여단 보안대원·심리전 요원, 경찰 정보팀 등으로 광범위하게 꾸려졌음이 확인됐다.
이들은 첩보·정보 수집, 주동자 색출·체포, 시위대 위치·무장 상황 파악 보고, 시위대의 모략·교란, 선무공작, 지역감정 조장, 무장 필요성 조장, 시민과 시위대의 분리공작 등의 특수임무를 맡았다.

ⓒ 임영상

옛 상무대 정문 도로 중앙분리대에 있던 상무대 표지석과 5·18사적지 표지석(2005년 7월 촬영). 지금은 상무대 표지석(2019년 4월 촬영)만 서 있다.

상무대는 광주시민에게는 아픈 역사를 간직한 장소이다. 5·18민주화운동 당시 상무대 안에 계엄군의 지휘소와 군 법정·감옥이 있었다. 신군부는 이곳에 시민 3,000여 명을 붙잡아와 고문과 구타를 자행했다. 당시 군사법정에선 민주화운동에 참여한 시민에게 사형과 무기 등 중형을 선고하기도 했다. 상무대 옛터가 1998년 1월 5·18사적지 제17호로 지정된 것은 이런 역사적 의미를 인정받아서다.

다. 어린 시절 맞았던 수두예방주사 흉터자국 바로 밑, 왼쪽 어깨의 옷이 찢어지고 살도 찢어져 피가 질질 흘렀다. 군인들은 다친 어깨를 치료해주기는커녕 무관심이었고 무표정이었다. 나도 너무 긴장해 피가 흘러도 아픈 줄을 몰랐다.

계엄군이 무전을 치더니 잠시 후 상무대 쪽에서 군 지프가 왔다. 수갑을 채우고 차 뒷좌석에 나를 태웠다. 군인 두 명이 좌우로 앉아 팔짱을 끼었다. 상무대 정문을 들어가자 검정색 계통의 천으로 된 안대로 눈을 가렸다. 차에서 내렸다. 어디인지도 몰랐다. 인기척으로 봐서 많은 사람들이 있는 것 같았다. 여기저기서 군인들에게 두들겨 맞느라 신음소리가 들려왔다. 이미 수갑을 차고 있는데도 포승줄로 또 묶었다. 내가 중죄인도 아닌데 꽁꽁 묶은 것이다.

잡혀온 다른 사람들은 등 뒤로 포승줄만 묶여 있었다. 그들은 나와 달리 수갑은 채워지지 않았다. 안대를 하고 고개를 들지 못하게 해서 이곳이 어디인지, 몇 명이나 모였는지 몰랐다. 그렇지만 내가 이런 장면을 보게 된 것은, 어쩌다 안대가 내려갈 때였다.

나는 가끔 잔꾀를 부렸다. 수갑을 앞으로 차고 있어서 일부러 몸을 앞으로 숙여 안대를 내려가게 하고 얼른 주위 상황을 살폈다. 그리고 손을 번쩍 들고, "질문 있습니다!"라고 말했다. 계엄군이 "뭐야!"라고 말하면, "안대가 내려갔습니다."라고 힘주어 말했다. 그러면 계엄군은 다가와 안대를 올려줬다. 계엄군이 안대를 올려준 것은 폭행 장소를 모르게 할 뿐 아니라, 자신들의 얼굴이 노출되지 않게 하려는 이유 때문인 것 같았다.

소변이 마려울 때는, "용무 있습니다!"라고 말했다. 그러면 계엄군 한 명이 화장실로 데려갔다. 나는 그대로 있고, 계엄군이 내 바지 '자크'(지퍼)를 내려 내 성기를 꺼내주고, 내가 용무를 마치면 다시 성기를 팬티 속으로 넣고 바지 자크를 올려줬다.

오전에 잡혀왔는데, 하루 내내 지겹도록 맞았다. 24시간 불이 켜져 있어서 밤낮을 구분할 수 없었다. 스테인리스 식판에 밥이 나왔다. 배식하는 군인들이 아침밥이라고 해서 아침인 줄 알았다. 아침밥 메뉴는 꽁보리밥에 김치 두 가닥, 멸치 두 마리, 소금국이 전부였다.

꽁보리밥은 냄새까지 심하게 풍겨 도저히 먹을 수가 없었다. 밥맛도 없거니와 입맛이 없었다. 옆 사람은 맛있는지 내 밥까지도 맛있게 먹어치웠다. 나는 처음 1주일간은 밥을 먹지 않았다. 꽁보리밥을 말았던 물을 밥처럼 마셨다. 그래서인지 대변도 1주일 만에 봤다.

조사가 끝나고 군 트럭으로 이동

몇 시인지는 모르지만, 아침밥이라고 나온 이후 한참 지나서 나를 불렀다. 한 명 한 명씩 불려가 조사를 받았다. 조사실에 갔더니 '노란색 밥테기'(준위 계급장) 한 개의 계급장을 단 군인이 앉아 있었다. 그는 "배고프지?" 하면서, 군대건빵 1봉지와 물 주전자를 줬다. "편하게 먹으라."는 말도 덧붙였다.

그 군인은 건빵을 먹고 있는 내게 이것저것 물었다. "니가 광주MBC건물에 불 질렀지?" "경찰들도 죽였지?" "총을 들고 다녔지?" 등등을 연달아 물었다. 이름과 주소 직업 등도 물었다. 나는 "시골집에 가는 중에 잡혔다. 절대 시위에 참여하지 않았다."고 시치미를 뗐다. 내 조사는 10분도 걸리지 않았다. 조사도 부드럽게 했다.

나중에 상무대 영창에서 풀려났을 때, 큰형님한테 들었다. 내가 서창다리에서 계엄군에게 잡힌 후 상무대 영창에 들어왔을 때, 나를 조사했던 준위가 큰형님 친구의 친한 친구였다. 내가 준위의 친구 고향과 같고, 성씨도 같아 준위가 그 친구에게 물었다. 그 친구는 내가 집안 동생이고 친구 동생이라고 말했단다. 큰형님은 그날 밤늦게 친구로부터 전화를 받고 내가 상무대에 잡혀 있다는 사실을 알게 되었다.

캄캄한 밤이었다. 조사가 끝나고 대기하다가 밖으로 나갔다. 군 트럭이 대기하고 있었다. 트럭 뒤쪽 짐칸의 문을 열어 사다리를 걸쳐놓고 탑승하게 했다. 군 트럭 짐칸은 좌우로 나무의자가 펼쳐져 있었다. 나를 조사했던 준위는 나를 맨 먼저 트럭에 타라고 했다. 운전석 바로 뒤편 긴 나무의자의 맨 앞쪽에 앉으라고 했다.

나는 포승줄로 묶여 있지는 않았지만, 수갑을 차고 있었다. 다른 사람들은 손을 등 뒤로 하고 포승줄로 묶여 있었다. 잡혀온 시민들은 계속 짐칸으로 올라왔다. 몇 겹으로 쌓였는지 몰랐다. 의자에 앉아 있는 내 무릎 위로도 사람들이 탔다. 마치 시골에서 벼 수확 후 트럭에 나락가마니를 차곡차곡 쌓아놓은 것 같았다. 밑에 있는 시민들은 아우성을 치면서 죽겠다고 난리였다. 내 다리뿐 아니라, 이젠 내 머리 위로도 사람들이 올라갔다. 나도 죽을 지경이었다. 눈을 가린 안대는 여전히 그대로였다.

한참을 이동한 것 같았다. 트럭이 멈췄다. 내려야 하는데 사다리가 없었다. 계엄군은 그냥 뛰어내리라고 했다. 위에서부터 뛰어내렸다. 트럭에서 내린 우리는 모두 고개를 숙이고 앞사람 허리를 잡고 이동했다. "고개를 들면 총을 쏴버린다." 계엄군의 엄포에 더 고개를 숙였다.

철문을 열고 들어갔다. 연병장이 나왔다. 바닥은 모래밭이었다. 모두 땅에 머리를 박으라고 지시했다. 소위 말하는 '원산폭격'이란 얼차려를 시킨 것이다. 동서남북으로 돌렸다. 머리가 너무 아팠다. 계엄군들은 얼차려를 주다가 군홧발로 차고, 박달나무 곤봉으로 우리를 사정없이 휘갈겼다. 여기저기서 신음소리가 나고 아우성이었다. 이번에는 특별한 이유도 대지 않고 그냥 두들겨 패고 얼차려를 주었다. 도청 앞과 금남로 등에서 시위대원들에게 당한 분풀이를 우리한테 한 것 같았다.

밤새도록 원 없이 얼차려를 받다 보니, 날이 환하게 밝아왔다. 포승줄을 풀어줬다. 수갑도 풀어줬다. 그리고 안대도 풀어줬다. 두 줄로 서게 한 후, 앞사람 '꼴마리'(허리춤)를 잡으라고 했다. 고개를 숙이고 이동했다. 연병장 끄트머리쯤 가서 문을 열고 나갔다. 앞에는 철문을 만들어놓은 건물이 나왔다. 큰 철문에 만들어놓은 개구멍 같은 좁은 문으로 고개를 숙이고 들어갔다. 그 건물은 타원형으로 된 여러 개의 방이 있었다. 나중에 알았는데, 이곳이 상무대 영창이었다.

상무대 영창에서 만난 수학선생님

우리는 1소대, 2소대, 3소대 등 군대편제로 편성돼 방을 배정받았다. 나는 2소대였다. 인원은 80여 명. 방에 앉아 있으면 꽉 들어차 움직일 여유도 없었다. 그런데 방에 들어갔다가 깜짝 놀랐다. 우리 학교 수학선생님이신 임항식 선생님이 잡혀 오신 것이었다. 그리고 또 한 번 놀랐다. 옆에 학교 친구 임대원이 있었다. 임 선생님은 시위와는 무관하게 잡혀 오셨다.

당시 선생님은 화정동 잿등 근처 학교 이사장님의 건설회사에서 지은 남화맨션에서 사셨다. 임신하신 사모님이 입덧이 심해 신 김치를 먹으면 좋아진다고 해서 처가에서 묵은지를 얻어 김치통을 들고 오다가 잡혀 오셨다는 것이다. 임대원 친구는 시내에서 시위대에 합류, 적극적으로 계엄군과 싸우다가 붙잡혀 왔다고 했다.

임 선생님은 우리 방, 우리 2소대의 소대장이셨는데, 우리가 '감빵장님'이라고 불렀다. 임 선생님은 노래를 잘 부르셨다. 특히 가곡을 잘 부르셔서 갖은 얼차려와 폭행에 지쳐 있는 감방 안의 시민들에게 위안이 되었다. 가곡 중에서도 「기다리는 마음」이라는 노래를 잘 부르셨고, 소대원들이 요청하면 18번으로 그 노래를 부르셨다.

> 일출봉에 해 뜨거든 날 불러주오/월출봉에 달 뜨거든 날 불러주오
>
> 기다려도 기다려도 님 오지 않고/빨래 소리 물레 소리에 눈물 흘렸네
>
> 봉덕사에 종 울리면 날 불러주오/저 바다에 바람 불면 날 불러주오
>
> 기다려도 기다려도 님 오지 않고/파도 소리 물새 소리에 눈물 흘렸네

상무대 영창 2소대 당시 위치에 앉아 있는 오일교. ⓒ 임영상

영창에 갇힌 시민들은 너무 많이 '원산폭격'이란 얼차려를 받아서 머리에 물집이 생기고, 그 물집이 굳어서 딱지가 되었다. 우리는 감방 안에 앉아서 대기하고 있을 때, 서로의 머리에 붙어 있는 딱지를 떼어주곤 했었다. 나는 임 선생님의 머리에서 딱지를 떼어드리고, 친구 대원이의 머리에서도 딱지를 떼어주었다. 그러면 대원이는 내 머리의 딱지를 떼어주고 상처를 어루만져줬다.

상무대 영창에 입소하면서 소대별로 방 배정을 받을 때, 우리의 등급도 매겨졌다. 그전에 조사받았던 자료를 기초로 등급이 매겨졌다. 군인들은 우리가 입고 있던 옷, 앞뒤에다가 검정색 매직으로 특A, A, B, C, D라고

영창을 관리하던 모형 군인을 바라보면서 당시를 회상 중인 오일교. ⓒ 임영상

영창 안에 갇힌 시민들이 고개를 숙이고 양반자세로 앉아 있는 모습을 연출해 놓았다. ⓒ 임영상

크게 썼다. 임 선생님과 나, 그리고 대원이는 D등급을 받았다. 총을 들지 않았다고 판정된 사람들은 D등급을 받았다.

등급에 따라 방 안에서의 위치도 달랐다. 특A등급과 A, B등급은 맨 앞쪽 쇠창살 근처에 앉도록 했다. B등급자 뒤에 C등급자와 D등급자가 순서대로 앉았다. 우리는 D등급이어서 맨 뒤에 앉았다.

앞줄 특A등급과 A등급, B등급을 받은 시민들은 수시로 불려나가 두들겨 맞고 얼차려를 받고 오곤 했다. D등급인 우리는 비교적 편했다. 하루 종일 앉아 있었다. 그러다가 깜박 졸면 철문 밖으로 나오라고 해서 두들겨 팼다.

그래도 상무대영창은 전날 심하게 맞고 얼차려를 받았던 곳과는 천양지차였다. 전날 장소가 지옥이었다면, 이곳은 호텔이나 마찬가지처럼 느껴졌다. 밤 10시면 무조건 취침했고, 아침 6시가 되면 무조건 일어났다.

포승줄은 풀렸지만 기절하다

5월 27일 늦은 밤, 피곤하여 깊은 잠에 빠졌다. 우리는 이날 새벽에 시민군 지휘부가 있던 전남도청이 계엄군에 의해 진압되었는지도 모르고 있었다. "기상!" 갑자기 들리는 기상 소리에 놀라 잠에서 깼다. 계엄군은 "1차 석방대상자 명단을 부르겠다." "오일교!" 나도 모르게 대답은 하지 않고 손뼉을 치면서, "아싸!"라고 기쁨을 나타냈다. 계엄군이 철창 밖으로 나오라고 했다. 군홧발로 정강이를 걷어차면서 철창에 다리를 올리고 물구나무를 서라고 했다. 그리고 몽둥이로 때리기 시작했다. 20대를 맞았다. 기뻐서 아픈지도 몰랐다. D등급인 임항식 선생님과 임대원 친구도 1차 석방대상자로 불렀다.

1차 석방대상자들은 철창 밖으로 나갔다. 군인들은 다시 등 뒤로 손을 하게 하고 포승줄을 묶었다. 우리는 눈에 안대도 다시 했다. 연병장에 모였다. 또 때렸다. 등짝은 물론 엉덩이와 머리 등 가리지 않고 되는대로 팼다. '석방시킨다면서 왜 때리는 거지?' 이해가 안 됐지만, 항변할 처지가 아니어서 시키는 대로 했다.

다시 차를 타고 한참을 이동했다. 우리들은 여전히 포승줄에 묶여 있었다. 어떤 건물로 들어갔다. 나중에 확인해보니 상무대 안의 교회였다. 시멘트바닥에 짚으로 만든 가마니가 겹겹이 깔려 있었다. 한 명씩 엎드리라고 했다. 몽둥이로 또 때렸다. "나가면 절대 시위에 참가하지 마라는 의미에서 10대씩만 때리겠다, 불만 있는가?"라고 했다. 모두가 "없습니다!"라고 큰 소리로 말했다. 이런 분위기에서 어느 누가 감히 불만이 있다고 말하겠는가?

10대씩 맞다가 아파서 "아야"한다던가, "흐흠"하고 신음 소리를 내면, 다시 한 대부터 맞았다. 그래서 몇십 대를 더 맞을지 몰라서 아파도 참으면서 이를 악물고 10대를 맞았다. 지옥을 빠져나오는 통과의례가 이렇게도 힘이 든단 말인가? 별의별 생각이 다 들었다.

포승줄을 풀어줬다. 안대도 풀어줬다. 식판을 나눠줬다. 밥을 먹일 예정이었다. 그러나 나는 식판을 들고 있다가 그만 탈진해 기절해버렸다. 하기야 상무대에 잡혀온 이후로 19끼를 먹지 않고 굶었으니, 내 몸이 제대로 될 리가 없었다.

더욱이 심한 얼차려와 몽둥이찜질을 당했으니 몸이 정상인 게 더 이상했다. 굶은 것은 항의 차원이 아니었다. 밥맛도 없고 긴장해서인지 밥이 목에 넘어가지 않았다. 그래서 1주일 동안 꽁보리밥을 물에 말아 숭늉처럼 만들어 물만 마셨다.

군의무대에서 보름, 그리고 풀려나다

기절해 깨어나 보니 상무대 안에 있는 군의무대였다. 내 양팔에는 수액주사가 꽂혀 있었다. 수십 명이 병실에 있었는데, 민간인은 나를 포함 3명뿐이었다. 두 사람은 시위하다가 붙잡혀, 광주교도소에 수감돼 있다가 치료차 왔다고 했다. 한 사람은 허벅지를 대검으로 찔렸는데 염증이 생겨 왔고, 또 한 사람은 시위하다 계엄군에 쫓기다 종아리를 다쳤다고 했다.

수액주사 덕분인지, 식사메뉴가 좋아서인지 밥을 먹기 시작했다. 의무대

식사메뉴는 장교들이 먹는 밥이었다. 환자들이라서 빨리 낫도록 장교가 먹는 메뉴를 제공한다고 했다. 쌀밥은 물론이고 돼지고기 볶음, 가지나물, 두부 된장국, 생선조림, 고추장, 생멸치, 계란 프라이 등 매끼마다 메뉴가 달라졌다. 의무대에서는 군인들이 야참으로 라면을 끓여먹기도 했다. 기타를 치면서 노래도 불렀다. 군의무대 병실은 혼란스러웠던 밖의 상황과는 전혀 달랐다.

군의무대에서 15일 정도 있었던 것 같다. 아팠던 몸도 좋아졌다. 의무대에서 퇴원했다. 곧바로 연병장에 집합하라고 했다. 갔더니 많은 시민들이 모여 있었다. 연병장 맨땅에는 잡혀왔던 시민들이 앉아 있었다. 그 주위로는 이들을 데리러 온 가족들이 서 있었다. 모두 500여 명은 된 것 같았다.

별 두 개를 모자에 단 군인이 연단에 올랐다. 전교사 사령관 소준열 소장이었다. 중간계급의 군인이 "석방자는 모두 207명이고 남자는 203명, 여자는 4명"이라는 취지로 인원보고를 했다. 연단의 장군은 "만약 다시 잡혀 들어오면 여러분은 10년 이상 감옥에 있어야 한다. 그리고 부대 안에서 있었던 일들은 절대 누설하면 안 된다. 누설하다 걸리면 군법에 회부되니 각별히 조심하기를 바란다."면서 군법 관련 조항을 들먹이며 조목조목 설명했다.

그래서인지 나는, 석방 후 친구들이 상무대에 잡혀간 얘기를 물으면 말하지 않고 입을 꼭 다물었다. 그러다가 노태우 정권이 끝나고, 김영삼 정권이 들어섰을 때 비로소 상무대 영창 얘기를 했다.

대기하고 있던 10여 대의 버스에 탑승했다. 이 버스들은 지원동, 문화동, 백운동, 산수동 등 광주의 주요 방향별로 시민들을 태우고 가기 위해 버스 앞 유리창에 일련번호와 함께 안내판이 붙어 있었다.

큰형님이 데리러 오셨다. 그전에 형님은 나를 석방시키는 절차에 따라 보증인 각서를 쓰셨다. 큰형님은 "고생했다. 내가 시골집에 가라고 보낸 것이 잘못되었구나."라고 자책하면서 위로해 주셨다. 큰형님과 버스를 타고 상무대를 벗어나니, 온통 내 세상인 것 같았다. 그동안 수십여 일을 갇혀 있으면서 자유란 게 이렇게 소중한 줄 미처 몰랐다.

우리 집은 전남도청 뒤 여인숙

왕철호

지난 80년 5월, 나는 5·18민중항쟁의 한복판에 있었다. 내가 시위를 주도하고 시민군을 이끌었다는 의미의 한복판이 아니라, 시민군과 계엄군이 빼앗고 빼앗겼던 격전의 한복판, 전남도청 바로 옆에 살고 있었다는 의미이다.

'황금동' 누나들의 항쟁 참여

우리 집은 전남도청 바로 뒤에 있었다. 도청 뒤쪽 담벼락을 타고 현 동구청 쪽으로 나가는 골목길에 있었다. 부모님은 이곳에서 여인숙을 하고 계셨다. 방이 15개 정도 되는 제법 큰 여인숙이었다. 나는 여기서 농성동 학교까지 시내버스를 타고 통학했다. 그렇기 때문에 휴교령이 내려지기 전까지는 아침에 학교에 갈 때도, 수업이 끝나고 집에 올 때도, 5·18 전후 상황을 누구보다도 잘 알 수 있었다.

5·18 당시 도청과 금남로 일대에서 일어났던 계엄군의 만행과, 이에 맞서는 시민들의 눈물겨운 저항을 가까이서 직접 목격했다는 말이다. 하지만 여러 상황들은 선명하게 기억하지만, 날짜는 이 날 같기도 하고 저 날 같기도 하여 정확하지 않을 수도 있다. 그럼에도 분명하게 기억하고 있는 것은,

전일빌딩 상공에서 바라본 전남도청(2005년 10월). ⓒ 전남도청

일요일이어서 학교에 가지 않고 집에 쉬고 있었던 5월 18일부터, 계엄군이 다시 도청을 장악했던 5월 27일 사이에 발생했던 장면들이다.

그 당시에는 술집이 많았던 '황금동'의 누나들도 항쟁에 동참했다. 전남도청 앞에서 연일 시위하느라 지친 시위대원들, 나중에는 시민군들에게 식사를 제공하면서 사기를 북돋아줬다. 나는 가까운 집에서 걸어 나와 시위에 참여했다가 끼니를 때우곤 했었다. 도청 주변에서 식당을 하거나 다른 자영업을 하고 있던 아주머니들도 성금을 모금해 빵과 우유를 몇 박스씩 가져와 시위대원들에게 나눠주는 모습을 볼 수 있었다. 말 그대로 광주시민은 모두가 한마음 한뜻이 되어 '대동 세상'을 만들었다.

복부 총상 시민을 들것에 싣고

5월 21일 오후로 기억되는데, 이날 저녁 때 계엄군이 전남도청에서 철수하기 전, 도청 앞 광장과 노동청 오거리 등지의 도로에서 격렬하게 시민들과 싸울 때였다. 나도 집에서 나와 양영학원 앞길에서 시위에 참여하고 있었다. 시민들은 계엄군의 살벌한 무력진압을 피해 이 골목 저 골목으로 흩어져 피했다.

나는 광주여고 뒷길 사거리를 지나 친구 집이 있는 동명동 방향으로 냅다 달렸다. 함께 도망치던 시민 한 명이 복부에 총을 맞고 쓰러졌다. 너무 놀라 잠시 도로 옆 건물 벽에 바싹 붙어 있다가, 계엄군이 보이지 않자 다른 시민들과 구조에 나섰다. 쓰러진 시민은 엎드린 채 몸을 굴려 도로 가장자리로 스스로 이동했다. 우리는 총 맞은 시민을 주저앉혀 살펴봤다. 다행히도 총알이 복부 한가운데는 뚫고 가지 않았고, 옆구리를 관통했다. 그 시민이 입고 있던 봄 잠바로 지혈을 하도록 했다.

마침 옆에 연탄창고가 있었다. 연탄창고의 문짝을 발고 차고 뜯었더니, 쓸 만한 들것이 되었다. 총 맞은 시민을 문짝 들것에 태우고 장동 로터리에서 있던 시민군 차에 데려다 줬다. 그 후 시민의 생사는 모르겠다. 아마 심한 중상은 아니었기 때문에 살았을 것으로 추정된다.

또 어느 날이었다. 도청 앞 전일빌딩 앞에서는 아들의 주검을 리어카에 안치하고 태극기를 덮고 군인과 시민들 사이에서 마이크를 들고 아들의 주검에 대한 억울함과 부당함을 울부짖던 어느 어머니의 모습도 기억난다. 27일 계엄군이 도청에 재진입하기 전날이었던 것 같다. 도청 앞에는 시민군들이 자발적으로 반납한 총기들이 수북이 쌓여 있기도 했다.

시민군이 도청을 접수하고, 계엄군의 재진입을 막기 위해 전일빌딩 옥상에 LMG기관총을 설치했다. 26일 도청 앞 분수대 광장에서 집회를 할 때, 시민군 지도부가 "이젠 계엄군이 함부로 들어올 수 없다. 금남로에 들어오면 기관총을 갈겨버릴 것이다."고 말한 적이 있었다. 실제, 전일빌딩에 기관총이 설치되기 전에는 헬리콥터가 시민들을 향해 선무방송을 하고 다녔다. 그런데 기관총이 설치된 후에는 금남로와 도청 상공을 헬리콥터가 다니는 것을 보지 못했다.

계엄군이 한 짓을 폭도의 짓으로

5월 20일 밤에는 광주MBC가 시민들에 의해 불탔다. 계엄군들의 무자비한 살상이 계속되고 있는데도, 뉴스에는 광주에서 폭도들이 폭동을 일으키고 있다는 식으로 보도했다. 사실과 다른 뉴스를 본 시민들이 그냥 있을 리 만무했다. 성난 시민들이 불을 질러버린 것이다. 불타고 있는 장면을 우리 집 여인숙 옥상에 올라가서 보았다.

또한 계엄군들이 도청과 노동청 오거리 도로변에 있던 여러 대의 차량을 바리케이드 삼아 도로 중앙에 세워놓고 불을 질렀다. 시위대가 더 이상 도청으로 진입하지 못하도록 하기 위해서였다. 이것도 방송뉴스에서는 "폭도들이 불을 질렀다."고 보도했다. 시민들의 분노가 자연스럽게 방송국 방화로 이어질 수밖에 없었다.

외국기자들은 도청 옆 여관에서 숙박하면서 5·18을 취재했다. 나는 도청 앞에서 외국기자가 어깨에 카메라를 들쳐 메고 영상촬영을 하는 것을 보고 따라다니기도 했다. 시민들은 외국기자들에게 광주의 참상을 세계에 알려달라고 적극적으로 협조했다. 우리나라 기자들에게는 시민을 폭도로 보도하고 있다고 촬영을 방해하기도 했다.

항쟁 초기에는 이틀 정도 집에 들어가지 못했다. 계엄군이 도청 주변을 에워싸다시피 경계를 서면서, 일반인들의 통행을 막았기 때문이다. 나는 "바로 앞이 우리 집"이라면서 보내달라고 해도 보내주지 않았다. 어쩔 수 없이 시내에서 멀리 떨어져 있는 농성동에서 자취를 하던 강성권 친구에게 가서 시간을 보내기도 했다.

5월 26일, 전날 도청 앞 분수대 광장에서 열린 집회에 참석하고 그간 여기저기 돌아다니느라 집으로 와서 일찍 자고 있었다. 전날 오후 집회 때 계엄군이 도청을 빼앗기 위해 공격해온다는 얘기는 들었지만 설마 했다.

27일 새벽, 총소리를 녹음하다

27일 새벽이었다. 난데없이 총소리가 들렸다. 욕을 하는 소리, 악을 쓰는 소리가 들렸다. 유리창이 깨지는지 와장창 부서지는 소리가 들렸다. 꿈인 줄 알았다. 눈을 떴다. 현실이었다. 집 옆 도로에서는 발자국 소리가 요란하게 들렸다. 시민군 지휘부가 있는 도청을 계엄군이 공격해온 것이다.

옆방에서 주무시던 아버지와 어머니, 또 그 옆방에서 자고 있던 여동생도 놀라서 문밖으로 조심스럽게 나왔다. 동생과 나는 부모님 방으로 들어가 방문을 걸어 잠갔다. 이불을 뒤집어쓰고 방바닥에 납작 엎드렸다. 그래도 무서워서 벽에 세워둔 밥상으로 방문을 막았다. 나는 그 순간에도 방 안에 있는 녹음기로 총소리를 녹음했다. 아쉽게도 그 녹음 테이프는 몇 년 후 잃어버렸다.

그렇게 아침이 밝았고, 5·18항쟁은 종료되었다.

마음에 상처로 남아 있는

윤순철

5·18광주민주화운동이 일어난 지 올해로 39년이 흘렀지만 지금도 생생하게 머릿속에 남아 있는 것들이 있다. 당시 고등학교 3학년이었던 내가 체험한 5·18. 표현의 기술이 없는 나로서는 체험기를 쓴다는 것이 부담스럽지만, 내 평생 처음으로 경험한 잊지 못할 기억이기에 생각나는 대로 적어보려 한다.

그 당시 나는 화정동에 있는 학교와는 거리가 먼 풍향동의 큰형님 댁에서 6번 시내버스를 타고 통학을 했다. 해남이 고향인 나는 4남 1녀 중 막내였다. 큰형님은 전남여고 근처에 있는 전신전화국에 근무하고 계셨다.

하굣길 버스 안에서 본 계엄군의 만행

5월 19일 월요일. 전국적으로는 대학생 시위가 소강상태에 접어들었지만, 광주지역에서는 시위가 오히려 격화되고 있었다. 도청 앞 금남로와 전남대, 조선대 등 대학가의 시위는 시민들이 합세하면서 격렬해져갔다. 공수부대원들의 과격한 시위진압은 성난 시민들의 거센 반발을 잠재울 수 없었다.

학교에 갔지만 수업이 제대로 진행되지 않았다. 오전수업 후 김광섭 담

군 트럭 짐칸에 탑승한 총을 든 시위대원들. ⓒ 이창성 촬영, 5·18기념재단 제공

임선생님께서 “오후수업은 없다.”면서 조기 귀가조치를 하셨다. 지금은 고인이 되신 선생님은 “군인들이 대학생 시위를 진압하면서 많은 사상자가 발생하여 일찍 집으로 귀가해야 한다. 너희들이 시위에 참여하고 안 하고는 본인 판단에 맡기겠다. 그러나 가급적이면 집 밖에 나가지 마라.”고 하셨다.

광–송 간 도로에서 6번 버스를 타고 귀가 중이었다. 시내버스가 돌고개를 지나 양동시장에 이르렀다. 천변길로 가기 위해 시장 사잇길로 가려는데 막혀 있었다. 시내버스는 우회했다. 유동삼거리쯤 도달했을 때였다. 시내버스는 금남로도 들어갈 수 없었다. 버스 안에서 금남로 방향을 바라보다가 깜짝 놀랐다. 금남로 끝자락에 있는 수창초등학교 근처에서 벌어지고 있는 군인들의 만행을 목격한 것이다.

시위대원을 진압하고 있는 군인들의 행동은 충격 그 자체였다. 총에는 대검을 꽂고, 곤봉으로 무자비하게 시위대원들을 때렸다. 필사적으로 도망가는 시위대원들의 모습을 보니 두려워졌다. 시내버스는 제 코스대로 가지 못하고 광주역 쪽으로 코스를 변경했다.

시위대 차량에 올라 구호를 외치고

5월 20일, 학교는 휴교령이 내려졌다. 나는 함께 통학하던 절친 김재선과 지나가던 시위대 차량에 탑승했다. 시위대 차량은 버스였는데, 고속버스인 광주고속(현, 금호고속)이었다. 버스는 출고된 지 얼마 되지 않은 새 차였다. 그러나 시위대원들이 유리창을 박살내고 각목을 북채 삼아 차체를 치고 다녀 헌 차나 마찬가지였다.

"전두환이 물러가라. 물러가라." "김대중을 석방하라, 석방하라."

하루 종일 시위대 버스를 타고 다녔다. 광주시내 곳곳을 돌아다닐 때는 중간 중간에 시민들이 버스 창으로 주먹밥과 삶은 계란, 음료수 등을 주면서 힘내라고 응원했다.

5월 21일, 전날과 똑같이 시위를 이어갔다. 그날도 재선이와 함께 시위대 차량에 탑승해 광주시내를 돌아다녔다. 전날과 달리 군의 60트럭을 타고 다녔다. 이젠 학생과 일반 시민이 따로 없이 모두가 함께 시민봉기를 하지 않았나 싶다.

광주MBC가 어젯밤 불타고, 광주에 있는 모든 방송과 전화가 두절되었다. 우리 시위대 차량이 전남지역 시·군으로 가서 광주참상을 알리려고 해도 쉽게 나갈 수가 없었다. 계엄군이 광주로 오가는 사방의 진출입로(교도소 방향, 송암공단 방향, 화정동 잿등 방향, 지원동 방향 등)를 막고 있었기 때문이다.

시위대 차량들은 광주로 오가는 사방의 진출입로까지 가서, 차에서 내려 계엄군에게 길을 터달라고 요구했다가 다시 차에 탑승, 시내로 돌아오곤 했다. 일부러 계엄군과 대치하면서 광주에서의 과잉진압을 항의하는 시위를 했다. 재선이와 나는, 5월 23일까지 광주에 있으면서 이처럼 시위에 계속 참여했다.

그날 오후였다. 60트럭을 타고 전남대병원 오거리 쪽에서 양영학원과 노동청 옆을 지나 대인동 한미쇼핑 쪽으로 가고 있었다. 갑자기 총성이 들렸다. 우리 옆을 지나는 차량에 사망자가 실려 갔다. 사망자는 태극기로 덮여 있었다. 아마도 시위대가 긴급하게 병원으로 데리고 간 듯했다.

60트럭에 탑승한 우리의 긴장감은 최고조에 달했다. 시위대원들이 하나 둘씩 차에서 뛰어내렸다. 재선이와 나도 차에서 뛰어내렸다. 냅다 뛰기 시작했다. 혹시 계엄군의 총에 맞아 죽을지도 모르겠다는 생각이 엄습했다. 재선이와 나의 발걸음은, 달리기 선수보다 더 빨랐던 것 같았다. 금세 집 근처인 서방사거리까지 가버렸다.

다음 날, 재선이는 산수동에 살고 있던 큰형님 가족과 조카 등 모두 15명과 함께 화순까지 걸어간 후, 화순에서 버스를 타고 고향인 보성군 겸백면으로 내려갔다. 나는 시골집이 해남이었지만, 귀향하다 많이 죽었다는 소문도 있고, 내려갈 차편도 없어서 풍향동 큰형님 집에서 지내기로 하였다.

풍향동 집에서 도청으로 나가다

5월 24일 이후부터는 재선이도 시골에 가고 없었다. 혼자 시위대 차량을 타고 돌아다닐 자신도 없었다. 더욱이 시위대나 계엄군이나 모두 총을 소지한 상태라서 시위대 차량에 탑승하기가 두렵기도 했다. 그래서 시위대 차량에 탑승하지 않고 혼자 시위에 참여하거나 구경했다.

풍향동 집에서 걸어서 시민군 본부가 있는 도청 앞으로 갔다. 분수대 광장에서 열렸던 집회에 참석한 후, 인근에 있는 상무관으로 갔다. 상무관 마루에는 계엄군에 의해 죽은 수십 명의 시신이 안치된 관들이 놓여 있었다. 대인동 쪽 상무관 벽에는 벽보가 붙어 있었다. 벽보에는 행방불명된 자식이나 형제 친인척들을 찾는 내용들이 빼곡히 쓰여 있었다. 사망자 명단도

붙어 있었다.

많은 시민들이 상무관에 들어가 분향하고 벽보를 보느라 인산인해를 이뤘다. 어떤 부모는 연락이 되지 않던 자식의 이름을 발견하고 울부짖었다. 그 모습을 보다가 나도 눈물을 흘렸던 기억들이 지금도 가슴 아프다.

전남도청에서 계엄군이 물러나고 시민군이 활동했던 5월 25일이었다. 오늘도 어김없이 집에서 나왔다. 서방시장 삼거리 주변에서 시민들이 웅성거려 무슨 일인가 궁금해 가봤다. 나이 많으신 어르신들이 중무장하고 있는 시위대 차량을 향해 말하고 있었다.

"젊은이들, 군인들도 광주 외곽으로 퇴각했으니, 이제는 총기를 반납하고 평화로운 시위를 하라."고 설득했다. 그러자 차량에 선탑하고 있는 청년이 "계엄군들이 광주시민을 잔인하게 죽였는데, 평화시위를 하라니 말이 되는 소리냐."라며 강하게 반발했다.

이어 그 청년은 총에 탄창을 삽입하고 그 어르신을 향해 총구를 겨누자 모여 있던 시민들이 혼비백산 흩어졌다. 그 청년은 우리 집 옆집에 사는 아는 사람이었다. 나보다 2~3살 더 나이를 먹었고, 평소에는 점잖았던 사람이었는데, 이렇게 흥분한 모습을 처음 봤다.

5월 27일 새벽, 계엄군의 강제 진압이 시작된 모양이다. 우리 집은 풍향동 광주교육대학 언덕배기의 개인주택이었다. 새벽에 잠을 깼다. 옥상으로 올라갔다. 전남도청 방향에서 총소리가 요란하게 들렸다. 날이 밝아오면서 헬기소리도 들렸다. 영화에서나 보고 들을 수 있었던 총소리와 헬기소리는, 전쟁터를 상상하기에 충분했던 것 같다.

하늘에는 헬기가 여러 대 떠 있고 콩 볶는다는 표현이 맞을 정도로 한동안 총소리가 그치지 않았다. 집 옥상에서 바라볼 때, 도청 방향에 있는 5층짜리 아파트 옥상에도 벌써 무장한 계엄군이 움직이고 있었다. 도청 주변뿐 아니라 광주교대 근처인 풍향동에도 계엄군이 배치되어 있었다.

그날 새벽 시민군 지휘부가 있었던 전남도청이 계엄군에 의해 진압되고 며칠 후, 큰형님은 “27일 새벽에 전남도청 근처 거리에 나왔던 시민들은 시위대원이나 민간인 여부를 가리지 않고, 무차별적으로 총으로 쐈다. 심지어 대인시장에서 새벽에 짐발이 자전거에 짐을 싣고 가는 사람까지 죽였다고 회사 직원이 말했다.”고 전했다.

군인들의 만행을 다른 지역에선 몰라

이렇듯 5·18은 광주시민 모두의 마음에 상처로 남아 있는 민주화운동이었는데, 다른 지역에서는 군인들의 만행을 전혀 모르고 있었다는 것이 나를 놀라게 했다.

계엄군이 도청을 재접수한 5월 27일이 지난 5월 말쯤이었다. 나는 학교 친구 이상배와 둘이서 고속버스를 타고 무작정 상경했다. 서울에 사는 상배의 큰형 집에서 신세를 지면서 인근 도시들을 놀러 다녔다. 부천에 갔을 때였다. 저녁때 포장마차에서 음식을 주문하고 옆자리의 손님들은 물론 포장마차 주인과도 대화를 나눴다.

나는 그들에게 5·18 광주참상을 가감 없이 얘기했다. 그러나 아무도 우리의 말을 믿지 않았다. “어떻게 군인이 민간인들을 죽일 수 있느냐”고 말했다. 놀랍게도 한 나라에서 잔인한 살인 만행이 자행되었는데, 언론 매체가 모두 봉쇄되니 광주의 진실이 알려지지 않고 있다는 사실이 나를 슬프게 했다. 상배와 나는, 서울 경기 등 수도권에서 1주일 정도 있다가 광주로 되돌아왔다.

39년이 지난 오늘, 다행히 민주정부가 들어서면서 하나둘 밝혀지고 있는 5·18 그때의 진실은, 오늘날 우리 사회가 정의로운 국가로 거듭나게 하는 밑거름이 되었다. 피 흘린 민주화 영령들에겐 작으나마 위안이 되지 않을까 생각한다.

장갑차 위의 그 사람

윤인호

나는 금남로 일대에서 시위를 하다가 충격적인 장면을 목격했다. 그날은 5월 21일 오후였다. 도청을 향해 가던 수만 명의 시위대에 합류하여 가톨릭센터 근처까지 진격했으나, 더 이상 가지 못하고 계엄군의 무자비한 진압작전에 밀려 다시 금남로 4가, 5가까지 후퇴했다.

불과 30~40분 전, 도청 앞 광장에 진을 치고 있던 계엄군들이 금남로에 운집한 시민들에게 집단발포를 했었다. 무장을 하지 않았던 시민들은 계엄군의 갑작스런 집단발포에 너무 놀라 순식간에 도로변 건물이나 골목길로 흩어졌다. 시민들은 10여 분 간격으로 계엄군의 총탄 세례를 피해 흩어졌다가 총소리가 잠잠해지면 다시 금남로로 모여들었다. 뻔히 도로에 나가면 계엄군의 총구가 자신들을 향한다는 것을 알면서도, 시민들은 계엄군 철수를 주장하며 끈질기게 모였다가 흩어지기를 반복했다.

죽어서도 태극기를 쥐고 있던 손

이런 일도 있었다. 금남로 4가였다. 모여 있는 시민들 사이로 한 청년이 바퀴가 달린 포클레인을 몰고 나타났다. 그 청년은 포클레인을 몰고 도청 앞 계엄군들을 깔아뭉개버리겠다고 소리치며 이동했다. 시민들은 박수와

윤인호가 보초를 섰던 농성동 로터리 전경. 광주상공회의소 건물 옥상에서 촬영했다. ⓒ 임영상

함성으로 격려했다. 30여m를 이동했을까. 그런데 더 이상 가지 않았다. 아니 갈 수 없었다.

도로 가장자리 맨홀 구덩이에 포클레인 앞바퀴가 빠져버린 것이다. 맨홀 바로 옆은 지하상가 공사장이어서 옮길 수도 없었다. 시민들은 그러면 그렇지 하는 표정으로 잠시나마 웃음을 지었다.

시민들은 또다시 도청으로 진격하기 위해 금남로에 모였다. 나는 인도를 따라 도청을 향해 광주은행 본점 사거리까지 갔다. 갑자기 시민들이 모여 있는 도로 한복판에서 APC 장갑차 한 대가 계엄군들이 있는 도청을 향해 달렸다.

청년으로 보이는 시민 한 명이 장갑차 위쪽의 뚜껑을 열고 상반신을 드러낸 채 태극기를 좌우로 흔들고 있었다. 도로의 시민들은 장갑차가 도청으로 갈 수 있도록 길을 터줬다. 장갑차가 가톨릭센터 앞을 지나 충장로 입구인 광주관광호텔 앞을 지날 때였다.

"탕! 탕! 탕!"

계엄군이 쏜 총소리가 들렸다. 여러 명의 계엄군이 조준사격을 하는지 산발적으로 총소리가 들렸다. 장갑차 위에서 태극기를 흔들던 시민은 힘없이 머리가 뒤로 젖혀졌다. 계엄군이 쏜 총알이 그 사람의 목을 정통으로 관통한 것이다. 총에 맞아 상체가 뒤로 벌렁 자빠져 있는 시민은, 목 주위에서 붉은 피가 흥건하게 흘러내리고 있었다. 축 처진 오른손에는 여전히 태극기를 쥐고 있었다.

장갑차는 도청 옆으로 쏜살같이 달려 광주천변 방향으로 사라졌다. 곧이어 콩을 볶는 듯 계엄군들의 총소리가 금남로에 진동했다. 시민들은 혼비백산하여 흩어졌다. 여기저기에서 시민들이 총에 맞아 쓰러졌고, 비명소리로 아수라장이 되었다. 나도 가까운 곳에서 그 장면을 목격하고 너무 놀라 도로변 건물 쪽으로 뛰었다.

총을 들고 밤새 보초를 서다

시민들과 함께 건물 사이 골목길을 통해 금남로가 끝나는 유동삼거리(현재는 사거리) 근처 수창국민학교(초등학교)까지 갔다. 그리고 1백여 명의 시민들과 함께 임동에 있는 전남방직(전방)으로 갔다. 예비군 중대가 총기류를 보관하고 있던 무기고를 열고 카빈 소총과 M1 소총을 갖고 나왔다. 그러나 실탄은 없었다. 전남방직 직원들이 실탄을 숨겼는지, 아니면 먼저 다녀간 시민들이 실탄을 몽땅 가져갔는지 모르지만, 실탄은 없었다. 그래도 시민들은 계엄군과 맞서기 위해 절반은 무장을 한 것이었다.

총을 들고 전남방직을 걸어 나오다 지나가는 미니버스에 탑승했다. 이

버스는 아시아자동차공장을 간다고 했다. 아시아자동차공장에 도착했다. 철문이 굳게 닫혀 있었다. 경비실에서 경비원이 나왔다. 우리는 문을 열어달라고 말했다. 경비원은 열어줄 수 없다고 버텼다. 우리들 중 한 명이 카빈 소총을 겨눴다. 사실 실탄이 없는 빈총이었는데도 경비원은 놀라서 문을 열어줬다.

공장으로 들어갔는데 차가 안 보였다. 부품공장으로 잘못 온 것이다. 인근의 다른 공장으로 갔다. 군 트럭과 군 지프가 오와 열을 맞춰 수십여 대 주차되어 있었다. 운전할 줄 아는 시민들은 새 차에 탑승해 시동을 걸고 나갔다. 나는 군 트럭을 탔다. 당연히 뒤쪽 짐칸이었다.

농성동 로터리에 도착했다. 많은 시민들이 모여 있었다. 우리 차에 시민들을 추가로 탑승시켰다. 우리 차는 돌고개를 거쳐 닭전머리 쪽으로 가서 월산동을 지나 백운동을 돌아 다시 농성동 로터리로 왔다. 물론 구호를 외치면서 다녔다. 월산동 사거리 근처 주유소에서는 우리 차에 기름을 가득 넣어주기도 했다.

어느덧 밤이 되었다. 저녁식사도 하는 둥 마는 둥 했다. 농성동 로터리에 모여 있던 시민들이 밤에 계엄군들이 다시 시내로 들어올지 모른다며 그 일대에서 경계를 서자고 했다. 자원자들이 많았다. 나는 20대 후반으로 보이는 청년과 함께 현 광주상공회의소 건물 앞쪽에서 보초를 섰다. 초소는 폐타이어와 인근 목재소에서 가져온 통나무, 벽돌 등으로 만들었다. 우리와 같은 초소는 로터리에만 네 군데가 있었다. 광천동 공단 들어가는 길 초입과 전남도농촌진흥원 앞, 광–송 간 도로 왼편, 그리고 내가 있는 초소 등이었다.

나는 이때 실탄을 받았다. 지도부에서 야간 경계를 서라고 할 때, 총은 있으나 총알이 없다고 말했더니 실탄이 든 탄창 2개를 줬다. 우리는 착실하게 밤을 새우며 자리를 지켰다. 아침에 5백여m 거리에 있는 자취방으로 가서 오전 내내 잠을 잤다. 오후에는 다시 시내를 나갔다. 이런 생활을 5월

자전거를 타고 다니는 시민들. ⓒ 한국일보, 5·18기념재단 제공

24일까지 계속했다.

아버지와 교대로 자전거를 몰고

5월 25일 아침, 자취방에 아버지가 오셨다. 나주 다시면에 있는 시골집에서 내가 걱정돼 오신 것이다. 차가 다니지 않아 자전거를 타고 오셨다. 아버지는 대뜸 "집에 갈 준비를 해라. 계엄군들이 광주시내 수돗물에 약을 풀어서 시민들을 몰살시킨다는 소문이 시골까지 들리더라. 위험하니까 얼른 집에 가자."고 하셨다. 아버지는 평소에 신중하신 분인데, 계엄군의 총칼이 무서웠던 게 아니라 '수돗물 독약 살포설'이 두려워 오신 것이다.

아버지의 자전거 뒤에 탔다. 백운동을 지나 광주대 뒤편(지금의 효천지구) 산 밑 샛길을 따라 갔다. 아버지가 지치신 것 같으면 내가 자전거를 운전했다. 다시면 집까지 교대로 아버지와 내가 자전거 운전을 했다.

남평부터는 정상적인 도로를 타고 갔다. 훨씬 자전거 타기가 쉬웠다. 점심식사도 못하고 오후 4시경 집에 도착했다. 집에는 전남대 사대에 다니던 형님이 친구들과 있었다. 형님과 형님 친구들은 5·18 이후 시골로 피신해 있었다. 형님 친구들은 광주상황이 무척 궁금했나 보다. 나에게 이것저것 물었다. 나는 신이 나서 광주상황을 자세하게 설명했다.

학교가 휴교할 때인 6월 초로 기억된다. 김현 친구가 "광주기독병원에 학교 친구 박경주가 총상을 당해 입원해 있는데 가보자."고 했다. 광주기독병원은 총상 환자들로 북적거렸다. 복도는 물론이고 병실도 대만원이었다.

박경주는 총상 환자답지 않게 멀쩡했다. 우리가 병실에 들어가자 밖으로 걸어 나왔다. 계엄군이 쏜 총이 왼쪽 코밑을 뚫고 오른쪽 귀밑 턱을 관통해버린 큰 총상이었다. 총상 흔적은 아물었는데, 동그란 흉터가 채 1cm도 안된 크기였다. 얼핏 봐서는 잘 보이지 않을 정도였다. 천만다행이었다.

이 친구는 5월 22일 농성동 로터리 근처에서 계엄군의 총에 맞았다고 했다. 그날은 자기 생일날이었다. 계엄군들이 화정동 잿등 근처에 있는 국군통합병원을 지키려고 진지를 구축하고 광-송 간 도로는 물론이고 주변 주택가까지 무차별 사격을 가한 적이 있었다.

앞서서 나가니 산자여 따르라!

이기원

5월 22일 목요일 아침이었던 듯하다. 우리 집은 북구 두암동 운전면허 시험장 가는 길 근처에 있었다. 집에 있었는데, 말바우시장 쪽에서 함성이 들려왔다. 나는 마치 무엇에 홀리기라도 한 듯 소리를 쫓아 정신없이 골목을 빠져나와 빠른 걸음으로 큰 도로까지 뛰어갔다.

나도 모르게 동참한 시위

그곳에는 지금까지 경험해보지 못했던 놀랍고 신기한 광경들이 펼쳐지고 있었다. 시민들을 태운 버스와 트럭 등 차량들이 행렬을 이루고 있었다. 이른 아침부터 다들 어디서 나왔는지 인도를 가득 메운 사람들은 박수를 치고 환호하며 함성을 지르고 있었다. 종교의식을 치르듯 그들을 한데 묶은 어떤 보이지 않는 영적인 힘이 작용하고 있는 듯했다.

나도 모르게 시위에 동참하고 있었다. 시민들과 함께 말바우시장 앞에서부터 도로를 따라 동신고와 서방사거리를 지나 계림초등학교 사거리에 이르렀다. 빈 트럭 한 대가 멈춰 섰다. 운전석에 앉은 사람이 우리들에게 트럭에 올라타라고 했다. 트럭에 탑승했다.

우리를 태운 트럭은 계림동 오거리를 지나 금남로까지 갔다. 금남로에

5·18묘지 분향소 오른쪽에 있는 무장항쟁 군상. ⓒ 임영상

무장항쟁 군상 중 작가 이기원 친구의 얼굴이 조각된 총을 든 시민군.

5·18국립묘지 상징조형물

5·18국립묘지에는 묘역 바로 앞 민주화운동 추모탑 좌우에 상징조형물이 세워져 있다. 정면에서 묘역을 바라볼 때 왼쪽이 「대동세상군상」, 오른쪽은 「무장항쟁군상」이다.

「대동세상군상」은 슬픔을 딛고 승리를 노래하며 질서와 치안유지를 위해 노력하는 1980년 5월 당시의 '대동세상' 모습을 형상화 한 것이고, 「무장항쟁군상」은 1980년 5월 불법·불의에 저항해 총을 들고 항쟁에 나섰던 시민군을 형상화 한 것이다.

지난 1996년 전국 작품공모를 통해 세워진 이 조형물들은, 광주에서 활동중인 '오월조각패'가 제작했다. 중견조각가로 활동중인 이기원 친구는 이 조각패의 일원이어서 작품제작에 참여했다. 이 친구는 "조형물 작업을 위해 담양군 무정면 오봉리에 천장이 높은 조립식 패널로 된 작업실을 마련, 10여 명의 회원들이 숙식을 하면서 1년 동안 제작에 참여하여 완성해 망월동 5·18국립묘지에 세워지게 됐다."고 제작과정을 술회했다.

모여 있던 시민들의 표정은 밝았다. 전날 도청에 진주해 있던 계엄군을 물러나게 하고 시민군이 도청을 장악해서인지 활기에 차 있었다. 내가 탄 트럭은 월산동과 백운동을 지나 외곽도로를 타고 농성동 로터리를 지나는 등 시내를 헤집고 다녔다.

시위대 차에는 시내 주요 도로 곳곳에서 실어준 김밥과 음료수가 넘쳐났다. 물품들이 쌓일수록 전리품을 획득한 듯 우리의 사기는 충천되었다. 손에 든 각목으로 차 옆면을 세게 두드리며 목청이 떠나가도록 구호를 외쳐댔다. 우리는 마치 승전보를 안고 파리 개선문을 통과하는 개선장군처럼 기세등등하였다.

트럭을 타고 쉬지 않고 시내전역을 종횡으로 누비다가 서방사거리에 왔을 때였다. 기름이 떨어졌다. 자칫하다가는 트럭이 멈출 수도 있었다. 사거리 근처에 있는 서방주유소에 가서 기름을 넣었다. 나는 그 틈을 이용해 잠시 화장실을 다녀왔다. 그때였다. 내 이름을 누가 부른 것 같아 뒤를 돌아봤다. 어머니가 서 계셨다. 어머니는 아침에 나간 내가 오후가 되어도 집에 오지 않자 나를 찾아 나서신 것이었다. 나는 어머니에게 붙잡혀 트럭을 타지 못하고 집으로 왔다.

다음 날에도, 부모님 몰래 도청 앞에 가서 시위에 참석했다. 상무관에 안치되어 있던 수십 구의 시신들을 보고 분향도 했다. 부모님은 밖으로 나다니는 내가 불안하셨던가 보았다. 집에서 가까운 곳에 있는 부모님 친구의 집으로 데려갔다. 그곳에서 숙식을 하면서 당분간 지내라고 말씀하셨다. 당시 아버지는 광주교도소 교도관으로 근무하고 계셨다.

아버지는 "헬리콥터에서 사진 촬영해 나중에 가담자를 색출한다. 집으로 잡으러 올지도 모르니까 내 친구 집에서 지내고 있어라."고 말씀하셨다. 침묵은 고문보다 더 가혹했다. 나는 아버지 친구 집에서 며칠간 가택구금 상태로 지내다 집에 돌아왔다. 그렇게 나의 5월은 저물어 갔다.

국립5·18민주묘역. ⓒ 임영상

오월의 기억

80년 5월, 고3이었던 나는 각목을 들고 트럭에 올라탔고 도청 앞 분수대 궐기대회의 수많은 군중들 속에 서 있었다. 지금도 나의 기억 속에 생생하게 남아 있는 충격의 한 장면이 있다. 도청 앞 상무관, 군홧발에 짓이겨져 으깨어지고 총에 맞아 산화한 시민들의 수많은 주검이 관 속에서 가족의 연고를 찾기 위해 진열되어 있었던 모습이다.

"앞서서 나가니 산자여 따르라!"

그 이후로 살아남은 자로서 오월 영령들에 대한 빚진 자의 마음으로 지금까지 5월을 주제로 한 작업을 계속하고 있다.

쓸모가 없던 카빈 소총

이석우

1980년 5월, 대학생들은 불분명한 안개정국이 계속되자 정치일정 공개와 민주화를 외쳤다. 반면 고3인 우리는 대학입시 외에 교복과 두발자유화에도 관심을 가지고 있었다.

체육대회 끝 무렵의 집단행동

5월 16일, 전날에 이어 이틀째 학교체육대회가 열렸다. 15일에는 개교기념식과 종목별 예선전을 했었다. 체육대회가 끝나갈 무렵, 파란색 체육복을 입은 채 이열종대로 운동장을 돌다가 갑자기 선두가 교문을 빠져나갔다. 우리는 「진짜사나이」 등을 부르며 학교에서 1km 정도 떨어져 있는 농성동 로터리까지 구보를 하고 교내로 돌아왔다. 금방이라도 금남로까지 가버릴 듯한 기세였는데, 일부 친구들의 '회군' 주장에 학교로 복귀했던 것이다.

교문 밖으로 나가는 집단행동을 한 것은, 그동안 광주시내 이곳저곳에서 사는 친구들로부터 전남대와 조선대 등 대학가의 시위소식을 전해 듣고 영향을 받았기 때문이었다.

이런 와중에도 일요일인 5월 18일, 나는 시국을 고민하기보다는 당장 놀기를 좋아했던 '고등학생답게' 광주천변 부근에 있는 현대극장으로 영화를 보러 갔다. 이날까지만 해도 대학가와 금남로 외에는 시내가 비교적 평온했다.

5월 20일, 어제와 마찬가지로 첫 시간부터 수업이 이루어지지 않았다. 친구들은 몇 명씩 모여 어제 자신들이 목격했던 시내 상황을 얘기하면서 웅성거렸다. 일부 친구들은 장난을 치며 놀기도 했다. 담임선생님이 들어오셨다.

선생님은 "광주에 있는 학교 전체에 휴교령이 내렸다. 내일부터 당장 학교에 나오지 말고, 밖에도 나다니지 말고 집에만 있어라. 나중에 학교에서 연락이 가면 등교하라."고 말씀하셨다.

5월 21일, 집에서 놀고 있다가 너무 시내 상황이 궁금하고 답답하기도 해서 화정동 국군통합병원 쪽으로 갔다. 나는 화정동 피정센터 부근에 있는 버드나무집에서 살고 있었다. 집주인은 김재호 교감선생님의 친구 분이었다.

시민들에게 붙잡힌 군 지프와 트럭

광-송 간 도로에는 통나무로 바리케이드가 쳐 있어 차들이 오갈 수 없었다. 도로변의 통나무들은 여러 군데에 있는 목재소에서 가져온 것 같았다. 농성동 로터리와 인근 도로에는 수백여 명의 시민들이 모여 있었다.

잠시 후 군 지프와 트럭이 광천동에서 농성동 로터리를 지나 바리케이드 사이를 지그재그로 운전하며 잿등 쪽으로 이동하다 시민들에게 붙잡혔다. 이들은 상무대(지금의 상무지역-치평동)에 가려던 군인들이었다.

시민들은 이들 중 최고참인 육군중령을 붙잡아 권총과 군 지프를 빼앗으려 했다. 중령은 총은 절대로 줄 수 없다고 했다. 그 대신 지프와 트럭은 놓고 가겠다고 했다. 중령과 다른 군인들은 차에서 내려 걸어갔다. 시민들은 군 트럭을 도로변에 주차해 놓고, 군 지프를 거꾸로 뒤집어엎은 뒤 불을 질러버렸다.

ⓒ 한국일보, 5·18기념재단 제공

광-송 간 도로 화정동 잿등에 철조망을 치는 계엄군, 멀리 농성동 로터리가 보인다.

다음 날, 농성동 로터리에 갔다. 마침 구호를 외치며 백운동 쪽에서 오고 있던 시위대 버스에 탑승했다. 이 버스는 아시아자동차공장으로 갔다. 버스에 탑승한 시위대원들은 갓 출고해 놓은 버스와 트럭 3대를 가지고 나왔다.

우리는 다시 농성동 로터리로 왔다. 시민들과 시위대원이 계엄군과 대항하려면 총기가 필요하다면서 나주로 가자고 했다. 즉시 이행하여 나주경찰서로 갔다. 하지만 무기고에 총이 없었다. 이미 시위대원들에게 털렸는지, 아니면 다른 곳에 숨겨놨는지는 알 수 없었다.

광주로 와서 구호를 외치면서 광주시내를 돌아다녔다. 유동삼거리를 지날 때였다. 한국노총 건물 건너편 공터에서 시민들에게 총기를 나눠줬다. 나도 총을 받았다. 카빈 소총이었다. 실탄은 없다고 주지 않았다. 실탄이 없으니 아무 쓸모가 없었다. 그래도 총은 총이었다. 총을 집에 가지고 갈까도 생각해봤다. 한 번도 만져보지 않았던 총을 가지고 있는 것 자체가 위험하다는 생각이 들었다. 결국 총은 시위대 버스 안에 놔두고 집으로 돌아갔다.

목숨을 건 여수행 대장정

이순영

고3시절, 나는 주월동에 살고 있었다. 5월 20일, 휴교령으로 쉬게 되자, 시내에서 벌어지고 있는 시위 상황이 궁금했다. 광주은행 본점 건너편에 있는 원각사로 갔다. 나는 불교신자학생회 활동을 하고 있어서 그전부터 원각사에 자주 갔었다.

원각사를 기점으로 한 시위 참여

5·18 때 원각사를 자주 드나들었던 것은, 거기 기거하면서 시위에 참여하기 위해서였다. 원각사 경내에 있다가 가까운 거리에 있는 전남도청 앞과 금남로 일대에서 벌어졌던 시위에 참가한 후 다시 원각사로 돌아오고는 했다. 하루는 주지 스님께서 우리를 불렀다.

"전남·북 계엄분소장 소준열 사령관은 독실한 불교 신자다. 광주에 온 공수부대원들에게 원각사와 관음사에는 절대 침입하지 말라고 당부했으니, 위험하면 무조건 두 절로 피신해라."

원각사에 기거한 지 이틀째였다. 시민들이 금남로 1가부터 한국은행 광주지점 사거리 일대까지 꽉 메울 정도로 많이 참석했다. 나도 시위 현장에 합류했다. 계엄군들은 도청에 바리케이드를 치고 시민들과 공방전을 벌이

위쪽에서 바라본 원각사 전경. ⓒ 임영상

다가 잠시 대치하고 있었다. 이때 금남로에서 시위 중인 시민들 사이로 3대의 버스가 계엄군의 바리케이드를 뚫기 위해 돌진했다.

계엄군은 버스 기사들을 조준 사격했고 3명이 즉사했다. 바리케이드 앞에 멈춰 선 버스들도 대부분 불에 탔다. 시민들은 시신을 '구르마'에 싣고 병원으로 수송하기도 했다.

시민들은 계엄군의 사격을 피해 도로변 건물 사이로 피했다가 다시 도로에 나타나기를 반복했다. 잠시 소강상태였다가 다시 금남로 한복판에 모여 본격적인 시위가 시작될 즈음이었다. 옆에 있던 시민이 갑자기 쓰러졌다. 어디에서 날아왔는지 모르지만 총에 맞은 것이다. 도청 앞에 있는 계엄군들은 총을 쏘지 않고 있었다.

시민 한 사람이 "저기 위에 군인이 있다!"라고 소리쳤다. 그 시민이 가리키는 건물은 광주은행 본점이었다. 옥상을 쳐다보니 군인들이 내려다보다가 몸을 숨겼다. 이젠 계엄군들이 금남로의 주요 건물에 배치돼 조준사격을 하는 것이었다. 성난 시민들은 광주은행을 불질러버리자고 했다. 시민들이 건물 안으로 진입하려고 입구로 갔다. 철문은 굳게 닫혀 있었다. 어떤 시민이 말했다.

"여러분, 광주은행은 지역민들이 돈을 모아 설립했습니다. 소중한 우리의 자산입니다. 불 지르면 안 됩니다. 계엄군의 사격은 광주은행과는 아무 관련이 없습니다."

결국 한 시민의 설득으로 다른 시민들은 불을 지르지 않았다. 옥상의 계엄군도 다른 곳으로 이동했는지 총을 쏘지 않았다.

주월동 '대창운수' 차고지에서

시민들은 계엄군과 맞서기 위해서는 무기는 물론이고 기동력이 있어야 한다고 말했다. 한 시민은 "광천동 아시아자동차공장에 가면, 출고를 앞둔 수십여 대의 군 트럭과 지프, 버스 등이 세워져 있고, 주월동에 가면 시내버스 1백여 대가 차고지에 주차되어 있다."면서 분위기를 잡았다. 또 다른 시민이 소리쳤다. "그래, 갑시다! 운전할 수 있는 시민들은 모두 차에 타십시오."

시민들은 시내버스와 트럭 등 대기하고 있던 차량에 올라탔다. 일부는 아시아자동차공장행, 일부는 주월동 시내버스 차고지행이었다. 나는 주월동차고지행 버스에 올라탔다. 차고지행 버스는 모두 3대였다.

백운동 로터리 근처 주월동에 있던 〈대창운수〉 차고지를 방문했다. 이 회사는 광주시내버스 회사였다. 사장은 없고 회사 전무가 우리를 맞았다. 우리는 전무에게 금남로에서 벌어진 계엄군의 만행을 설명하고 시내버스를 사용하게 해달라고 말했다.

전무는 처음에 넘겨줄 수 없다고 버텼다. 그러나 100여 명의 시민들이 찾아와서 요구를 하는데다, 우리들의 완강한 기세에 눌려서인지 결국 시내버스를 몰고 나가도록 버스 열쇠를 넘겨줬다. 차고지에는 시내 운행이 중지된 바람에 60여 대의 시내버스가 주차돼 있었다. 전무는 모두 30대를 내줬다. 전무는 "부탁 하나 하겠습니다. 시내버스는 저희의 소중한 재산입니다. 버스 하체만은 어긋 내지 말고 나중에 꼭 돌려주십시오."라고 했다.

시민들은 차고지에서 시내버스를 시위대 버스로 '개조작업'을 했다. 차량 앞쪽과 뒤쪽 유리창을 제외한 전체 유리창을 쇠파이프와 몽둥이로 내리쳐서 깨버렸다. 구호를 외치거나 노래를 부를 때, 버스 차체를 두드려야 하는데, 창문을 열면 절반은 사용할 수 없어서 불편했다. 차고지는 때 아닌 버스 유리창 부수는 소리로 난리 아닌 난리가 나버렸다.

버스를 타고 시내를 돌아다녔다. 얼마 전 벌어진 도청 앞 상황을 시민들에게 알리고 시민궐기를 외쳤다. 대인시장을 지날 때는 상인들이 주먹밥을 만들어 시위대 버스에 실어줬다. 안경점 주인은 운전하는 시민에게 선글라스를 주기도 했다. 어떤 시민은 경운기로 빵과 음료수를 싣고 와서 나눠줘 끼니를 해결할 수 있었다.

며칠 후, 원각사 주지 스님이 우리를 불렀다. "소준열 계엄분소장으로부터 연락이 왔다. 광주상황이 심각해져서 자신의 권한으로는 원각사를 지킬 수 없고 군인들이 원각사로 들어가도 막을 수 없다고 했다. 안전보장을 할 수 없으니까 피난을 갔으면 좋겠다고 했다." 그러면서 주지 스님은 우리에게 집으로 돌아가라고 했다. 우리는 원각사에서 나왔다.

두암동 뒷산을 넘어 곡성으로

주지 스님의 말씀도 있었고, 부모님도 뵙고 싶었다. 부모님이 계신 여수 집으로 가기로 했다. 학교 친구 민경숙, 그리고 불교학생회 후배 4명과 함

ⓒ 임영상

대창운수 시내버스 차고지.

께 광주를 출발했다. 광주시 외곽에 있는 문화동 광주교도소 앞에는 군인들이 바리케이드를 치고 기관총을 설치해 놓고 지키고 있었다.

우리는 광주교도소 앞길을 포기하고 두암동 뒷산을 타기 시작했다. 한참을 걷다보니 헬리콥터가 우리를 뒤따른 듯 주변 상공을 선회했다. 우리는 혹시 총을 쏘지 않을까 하는 불안감에 지그재그로 걷고 간격을 벌려서 걷다가 나무 뒤로 숨었다. 10여 분간 우리를 따라오던 헬리콥터가 사라졌다. 우리는 조심스럽게 다시 산길을 걸어 나갔다.

무등산 자락의 담양지역을 지날 때였다. 10여 명의 청년들을 우연히 만났다. 이들도 광주를 탈출해 곡성으로 가는 중이라고 했다. 생각지도 않게 초행길 동반자가 되었다.

벌써 해 질 녘이었다. 논에서 일을 하고 계신 동네 할아버지를 만났다. 그 할아버지는 열댓 명이 우르르 몰려가는 우리를 보고 어디를 가느냐고

ⓒ 나경택 촬영, 5·18기념재단 제공

금남로-시위대 버스로 개조된 대창운수 버스들은 계엄군을 막는 바리케이드 역할도 했다.

물으셨다. 여수를 가고 있다고 했더니, 승주 주암에 군인들이 주둔하고 있어 위험하다면서 하룻밤을 자고 가라고 하셨다. 우리는 지치기도 하고, 오늘 중으로 여수까지 갈 수 없다는 것을 잘 알기 때문에 할아버지 말씀을 들었다. 할아버지 집은 방이 3개가 있었다. 할아버지 부부와 50대 아들이 살고 있었다. 우리는 방을 나눠서 잤다. 방이 좁아도 어쩔 수 없었다.

다음 날 우리는 아침식사까지 마치고 할아버지 내외분에게 감사 인사를 드린 뒤, 여수행 대장정을 또 시작했다. 전날 우연히 길에서 만났던 10여 명의 청년들과도 헤어졌다. 한 명은 전남대 의대를 다니는데, 안과 전공자라면서 광주가 진정되면 보자고 약속했다.

우리는 먼저 보성으로 가려고 화순을 향해 산길을 타고 있었다. 1차 목표는 보성 득량면에 사시는 큰아버지 집이었다. 그곳에 간 후 여수로 이동할 참이었다. 우리는 여수행 대장정의 행로를 다시 바꿔야 했다. 도로변에서 만난 아저씨 한 분이 보성 쪽에도 군인들의 검문이 심하다고 했다. 우리는 다시 곡성 쪽으로 가기로 했다. 곡성에서 차편을 알아봐서 여수로 가려고 했다.

시외버스정류장까지 경찰차를 타고

여수로 가려면 남쪽으로 가야 하는데, 우리는 여수와는 거리가 멀어지는 북쪽으로 가고 있었다. 운 좋게 옥과 초입 호남고속도로 입구에서 경찰 순찰차를 만났다. 우리는 경찰에게 고등학생인데 여수 집에 가려고 한다면서 버스 타는 곳까지만 데려다 주라고 부탁했다. 경찰은 데려다주겠다면서 순찰차에 타라고 했다.

승용차인 순찰차에 경찰 2명과 우리 일행 6명이 탄다는 게 쉬운 일이 아니었다. 그래도 올라탔다. 앞좌석에는 경찰 두 명과 내가 탑승했다. 뒷좌석에는 경숙이와 후배 4명 등 모두 5명이 몸을 포개가면서 겨우 탑승했다.

경찰 순찰차는 1km 정도를 가다가 국도변에 있는 시외버스정류장에 내려줬다. 우리는 고맙다고 경찰에게 연신 인사를 했다. 정류장에서 30여 분 기다리니 순천으로 가는 시외버스가 도착했다. 순천행 버스에 탑승했다. 시외버스는 고속도로를 가지 않고 일반 국도를 타고 순천으로 갔다. 가는 길에 세 번이나 검문검색을 당했다. 그러나 우리들의 옷차림이 고교생처럼 보였는지 무사통과했다.

이제는 진짜 집에 갈 수 있겠다고 생각했다. 순천시내 초입, 순천교도소 입구에 못 미처 버스가 정지했다. 버스기사는 "서순천 입구에 군인들이 검문검색을 하고 있다. 이번만큼은 학생들이 잘 통과할지 두렵다. 여기에서 내려 순천시내로 걸어가는 게 낫겠다."고 했다.

우리는 차에서 내렸다. 그리고 작전을 짰다. 서순천 입구 검문소를 통과할 때 한 명씩 가기로 했다. 한 명씩 가다가 검문을 당하면 다른 일행은 모두 도망가기로 계획을 세웠다. 맨 먼저 내가 검문소를 지났다. 기본적인 것만 묻고 통과시켰다. 두 번째는 민경숙 친구였는데, 역시 통과했다. 뒤이어 후배들도 모두 통과했다.

우리는 다시 만나 순천시내로 들어가는 팔마로를 걷다가 지나가는 택시를 잡아타고 시외버스터미널에 도착했다. 다행히 여수로 가는 버스가 있어서, 집에 무사히 갈 수 있었다.

집에 도착하니 아버지가 깜짝 놀라셨다. 나뿐 아니라 5명의 학생들이 예고도 없이 불쑥 나타나니 놀라지 않을 수 없으셨을 것이다. 아버지에게 큰절을 드렸다. 무뚝뚝하신 아버지는 눈물을 흘리셨다. 함께 간 민경숙 친구와 후배들도 큰절을 드렸다. 아버지는 광주에 있는 내가 너무 걱정이 되어 데려오기 위해 곡성까지 가셨으나 광주 입구에서 군인들이 외지인들의 광주 진입을 막고 있다는 말을 듣고, 다시 여수로 돌아올 수밖에 없었다고 말씀하셨다.

민경숙 친구와 후배들은 우리 집에서 이틀을 더 보냈다. 그 후, 민경숙 친구는 고향인 해남으로 버스를 타고 갔다. 다른 후배들도 자신의 고향집으로 각각 흩어졌다. 물론 아버지는 이들에게 차비를 넉넉히 주셨다.

5월 27일 광주항쟁이 종료되고, 방송에서 학생과 시민들은 일상생활로 돌아가라는 방송을 듣고 다시 광주로 올라갔다. 10여 일 만에 광주에 갔으나 휴교령은 해제되지 않고 계속되고 있었다.

소총과 실탄의 행방

이승진

당시 나는 광주에 투입된 계엄군의 만행을 일부는 직접 목격하고 일부는 전해 들었다. 화가 나 참을 수가 없었다. 무조건 시내로 나가 시위대 차를 타고 다니면서 계엄군의 만행을 규탄하고 광주시민들의 단결을 외치고 다녔다. 5월 21일 오후 계엄군의 도청 앞 집단발포 이후에는 온종일 시위차량에 탑승해 광주시내와 인근 화순지역 등을 돌아다니거나, 집회에 참석했다.

광주공원에서 받은 소총과 실탄

시민들이 본격적인 무장투쟁을 벌이던 5월 22일 오전, 시위대 트럭을 타고 광주시내를 돌아다니다 광주공원 앞에서 총을 나눠주고 있다는 소식을 들었다. 우리 차는 광주공원으로 갔다.

광주공원 계단 앞에는 카빈 소총이 수북이 쌓여 있었다. 무장한 시위대원들이 어디에서 가져왔는지 모르지만, 찾아온 시민들에게 총과 실탄을 나눠주고 있었다. 나도 카빈 소총과 실탄이 든 탄창을 받았다. 처음으로 실제 총을 소지하게 되었다는 것이 가슴을 뛰게 했다. 그러나 일부러 크게 내색하지는 않았다.

어쨌든 나는 시민들에게 만행을 저지른 계엄군과 맞서 싸울 '시민군'이

학교 옆 야산이 있던 곳에는 주공아파트가 들어섰다가 지금은 현대힐스테이트가 자리해 있다. 가운데 녹색 운동장이 서석고 운동장이다.

되었다. 다시 시위대 트럭을 타고 광주시내를 돌아다녔다. 이번에는 농성동 로터리는 물론이고 광주대 입구, 화순 가는 길목인 지원동 등 시민군의 경계초소를 다니면서 서로 격려하기도 했다.

5월 27일, 오후 늦게 농성동 학교 앞 윤인호 자취방에 갔다. 이날 아침에 항쟁지도부가 있는 전남도청이 계엄군에 '함락된' 후였다. 한광희와 이종언이 있었다. 학교는 휴교 상태였다. 정작 자취방 주인인 윤인호는 나주 시골집에 내려가고 없었다.

자취방에는 우리들이 전날 보관해둔 소총과 실탄이 있었다. 더 이상 총을 소지하고 다닐 수 없었다. 며칠 전부터 항쟁지도부에서 총기를 회수하고 다녔다. 이종언은 그제 오후 시위대 차를 타고 시내를 다니다가 항쟁지도부의 총기 회수반에게 소총을 반납한 상태였다. 그러나 한광희와 나는 계엄군이 시 외곽에 버젓이 지키면서 언제 시내에 진입할지 모르는데 총기를 반납할 수 없다는 입장이었다. 그래서 윤인호의 자취방에 보관하고 있었다.

친구들과 그간 겪었던 얘기를 나누고 있었다. 하늘에서 헬리콥터가 날면서 방송을 했다. 총기류 등 무기를 불법으로 소지하고 있는 사람들은 집 밖 도로에 놔두면 수거해간다고 했다. 무기를 경찰서나 파출소에 반납해도 된다고도 했다. 특히 불법 무기소지에 대해 책임을 묻지 않겠다고 방송했다.

겁이 덜컥 났다. 그전에도 라디오나 텔레비전을 통해 총을 반납하면 책임을 묻지 않겠다는 방송을 여러 번 들은 적이 있었는데, 헬리콥터 방송까지 들으니 불안해서 그냥 있을 수 없었다. 자취집 주인도 우리가 총을 소지하고 있는 것을 알고 빨리 총을 반납하라고 했다.

자취방의 애물단지를 야산에 파묻고

사실 우리는, 5월 27일 새벽에 계엄군이 도청의 항쟁지도부를 진압하자, 그날 오후 곧바로 소총과 실탄을 반납하려고 했었다. 그러나 반납과정에서 혹시 '불법 무기소지'라는 죄명으로 잡아가지 않을까 두려워 기회를 놓치고 말았다.

점점 소총이 애물단지가 되고 있었다. 광희와 나는 소총과 실탄을 버리기로 했다. 처음에는 윤인호의 자취방 근처 하수구에 버릴까도 생각했다. 그런데 이종언이 "하수구는 물이 있어 총이 녹슬어 사용할 수 없게 된다. 차라리 잘 포장해서 땅에 파묻는 게 낫겠다."고 했다. 총기소지가 들통 났을 때도 녹슬어 못쓰게 하는 것보다는 회수하면 사용할 수 있도록 하는 게 정상참작이 될 것이라는 얄팍한 생각도 들었다.

결국 우리는 학교(서석고) 옆 야산에 총과 실탄을 파묻기로 했다. 우리는 윤인호 자취방에서 하룻밤을 묵었다. 다음 날 아침, 이슬비가 추적추적 내렸다. 우리는 총을 분해했다. 그리고 깨끗이 기름칠을 하여 닦았다. 신문과 수건으로 단단하게 싸고 다시 비닐로 포장했다. 땅에 묻어둬도 물기가 스며들 수 없을 것 같았다. 나는 한광희, 이종언과 함께 서석고 옆 야산으로 올라가 묘지 부근 소나무 밑에 파묻었다.

그 후 세월이 흐르자 소총의 행방이 궁금했다. 1986년 말 군대를 전역하고 소총과 실탄을 파묻은 현장을 가봤다. 학교 옆 야산은 이미 사라지고 그 자리에는 화정동 주공아파트 단지(현, 현대 힐스테이트 아파트 단지)가 들어서 있었다. 결국 소총과 실탄의 행방은 더 이상 확인할 수 없었다. 당시 카빈 소총 2정과 실탄 198발, 탄창 7개를 땅에 파묻었던 기억이 지금도 생생하게 남아 있다.

부끄러운 봄날

이은준

고3 봄이었다. 우리 집은 학교와 가까운 농성동에 있었다. 그래서인지 전남도청과 금남로 등 광주시내와 전남대, 조선대 등 대학가에서 일어났던 5·18 전후 상황을 제대로 알지 못했다. 다른 친구들처럼 시민군이 되어 계엄군과 맞서 싸웠다든가 시위대 차를 타고 다니면서 '전두환 물러가라.'는 구호도 외치지 않았다.

소극적이었던 고3 시절

그때 당시는 박정희 사망 후 혼란스러운 와중에 군부세력 전두환의 등장으로 매일 뉴스에는 민주화 일정을 앞당기라는 대학가 시위가 심화되고 있었다. 특히, 전남대와 조선대 등 대학생들의 시위 소식은, 우리와 같은 고교생들도 술렁거리게 만들었다.

우리가 나서서 바꿔야 한다는 친구들의 혈기왕성한 외침이 있었으나, 고3으로 입시준비 중인 나는 정치에 대해 소극적이고 그럴 만한 정보도 없었던 터라, 주로 친구들 이야기를 듣는 입장이었다.

5월 15일, 우리 학교는 개교기념일 및 체육대회를 개최했다. 우리는 가장행렬은 물론 씨름대회, 달리기, 줄다리기 등을 하면서 체육대회를 즐겼

ⓒ 임영상

서석고 체육대회-씨름 장면.

ⓒ 임영상

서석고 체육대회-단체사진(3-2).

ⓒ 장식

전날 모든 종목에서 예선 탈락한 4반 친구들이 16일 백운동 로터리까지 달리기를 하고 있다.

다. 체육대회가 끝나고 저녁때가 되자 운동장에서 뒤풀이로 캠프파이어를 했다. 우리는 교가 등의 노래를 부르며 스크럼을 짜고 운동장을 돌면서 놀았다.

얼마 후, 우리들은 대학생들이 시위하면서 부르던 노래들을 불렀다. 캠프파이어 분위기가 사뭇 달라졌다. 김용률 친구였던 것으로 기억한다. "우리도 교문 밖으로 나가서 시위에 참여하자."고 외쳤다. 그 친구의 말에 우리 반(3-8) 친구들은 스크럼을 짜고 교문 쪽으로 돌진하려 했다.

그런 낌새를 알아차린 선생님들이 교문 앞에서 진을 치고 계셨다. "너희들이 교문 밖으로 나가면 안전에 문제가 생긴다. 절대 나가면 안 된다."고 진출을 만류하셨다. 그런데도 다른 반 친구들은 교문 밖으로 나갔다. 우리 반은 운동장을 몇 바퀴 돌다가 해산했다.

그 다음 날부터는 등교하면 시내에서 시위를 어떻게 했다네, 전남대에서 어쨌다네 하는 등 뒤숭숭한 소식만 들렸다. 5월 19일(월), 그날 아침도 평소처럼 등교했다. 교실 분위기가 유난히도 어수선했다.

나는 학교에서 가까운 농성동 한전 앞에서 걸어서 등교를 했다. 버스를 타고 등하교를 하던 친구들을 통해 소식을 들을 수밖에 없었다. 친구들은, "공수부대가 와서 광주시민을 모두 때려잡고 있다." "대인동 시외버스터미널에서 공수부대가 임산부를 죽였다." "임산부를 대검으로 찔러 죽여 애기가 배 밖으로 나왔다." "대학생은 모조리 잡아 갔다." "여학생을 개처럼 줄로 묶어 놓고 막대기로 때렸다." 등등의 얘기들을 전해줬다.

나라를 지키라고 국민의 세금으로 존재하는 군인이 설마 그 정도까지 하겠는가 하는 생각이었다. 나중에 집에 와서 옆집 아줌마가 시내에서 봤는데 무서워서 돌아다닐 수가 없다고 말했다. 그 말까지 들으니 사실일 수도 있겠다 싶은 생각이 들었다.

'여순사건' 경험한 아버지의 단속

아무튼 그날은 수업을 진행했지만, 2교시부터 부모님들이 학교에 와서 학생들을 한 명씩 한 명씩 데리고 집으로 갔다. 수업이 정상적으로 진행될 리 없었다. 이래서 더욱더 뒤숭숭해서 학교 측에서는 오전수업 후에는 더 이상 수업이 힘드니 모두 집으로 가라고 하면서 공수부대가 고등학생도 붙잡아간다고도 하니 집에 갈 때는 큰길을 피해서 가라고 당부했다.

교실에 남아 있는 애들과 함께 교문을 나서면서, "우리는 집에서 포기한 자식들이라 데리러 안 오는 것 같다."고 농담 반 진담 반 얘기를 하면서 심각성을 모르고 집으로 걸어갔다.

집에 갔더니 아버지는 대학교 다니던 형을 데리러 가셨다. 형을 데려온 아버지는 곧이어 중학생 동생도 집으로 데리고 오셨다. 그때서야 상황의 심각성을 알게 되었다. 당시 TV 등 뉴스에서는 폭도와 불순분자가 선동해서 광주에서 소요사태가 생긴 것이라고 했다. 광주 현지에서 벌어졌던 계엄군의 만행은 전혀 방송되지 않고 있었다.

5월 20일 휴교령이 내려졌다. 오후에 금남로 등 시내에 가볼까도 생각했는데, 아버지의 엄포에 집 밖으로 나갈 수 없었다. 당시 아버지는 장갑제조공장을 경영하셨다. 아버지는 고등학교 때 '여순사건'이 일어났다고 하셨다. 아버지는 당시 순천 매산고를 다니셨는데, 진압군들이 전교생을 운동장에 모이게 했다고 한다. 모두 무릎 꿇고 앉게 하고 여순사건에 연루된 학생이 일일이 동료 학생들을 보면서 "얼굴을 봤다."고 한 명씩 지목하면, 바로 끌려 나가 총살을 시켰다고 했다. 그래서 아버지는 얼굴도 보여서는 안 된다고 집 밖에 나가지 못하게 하셨다.

아버지는 두 살 위 대학생 형과 나를 유독 챙기셨다. 우리 집은 1층 슬라브 집이었다. 부엌 위에 벽장이 있었다. 아버지는 시위가 격화되자 대학생 형을 벽장에 들어가도록 하고 나오지 못하게 하셨다. 식사 때가 되면 벽장 안으로 밥과 반찬을 올려주고 먹게 하셨다. 벽장 안은 이불로 입구를 막아

도로에 서 있는 수십여 대의 계엄군 탱크들(5. 27). ⓒ 이창성 촬영, 5·18기념재단 제공

놔 마치 벽장 안에 물건이 가득 차 있는 것처럼 만들어 놨다.

나는 고3이었지만 학교도 가지 못하는 상황이고 집 밖에 나갈 수도 없었다. 공부라도 해야 한다고 하는데 될 리가 없었다. 머릿속은 온 나라가 난리통이니 아마도 올해는 학력고사를 안 볼 것이다 하는 생각도 들었지만, 지내고보니 광주지역 이외에는 아무 일이 없었던 것처럼 모든 것이 진행되고 있었다.

쌀이 떨어져 수제비죽 먹기도

집이 중앙정보부 전남지부와 가까워 총소리가 자주 들려왔다. 낮이건 밤이건 상관없이 총소리가 났다. 간혹 집 옆 골목에서 학생들이 후다닥 뛰어가고, 곧이어 호루라기 소리와 함께 군인들의 군홧발 소리가 들렸다. 이러한 소리는 나의 공포감을 더욱 크게 만들어 집 밖으로 나갈 수 없게 했다.

한번은 교련복을 입고 쫓기던 대학생이 담을 넘어 집에 들어왔다가 화장실에 숨은 뒤 밖이 조용해지자 나갔다. 아버지는 그 학생에게 "우리 집에 들렀다는 걸 말하지 말라."고 당부하셨다. 아마도 당신의 학생시절 기억(여순사건) 때문에 그러셨던 것 같았다.

며칠 후에는 집에 쌀이 떨어졌다고 아버지가 밖에 나가서 밀가루를 구해 오셔서 수제비죽을 먹기도 했다. 화정동사거리 근처 정보부 쪽에서 간간이 총소리가 들렸다. 며칠이나 지났을까. 공중에서 헬기가 날아다니더니 도지사와 시장 명의의 전단지가 뿌려지기도 했다.

광주시민들에게 "폭도들이 날뛰고 있으니 집 밖으로 나오지 말고 집으로 들어가라."는 TV방송이 나온 후, 그날 저녁에 멀리서나마 애절하게 "우리 대학생들이, 광주시민들이 다 죽어가고 있습니다. 시민 여러분, 모두 나와서 살려 주십시오."라는 확성기 방송이 들렸다.

아마도 5월 26일 밤 12시 전후해서 조용한 가운데 장갑차나 탱크 같은 차량이 시내 쪽으로 지나가는 소리가 들렸는데, 그때가 도청진압 당시의 상황이었던 걸로 생각된다. 상황이 종료되고, 그 후로도 한참 있다가 학교에 갔다.

그 후 대학(전남대) 다닐 때, 서울에 사시는 고모님 집에 할머니와 함께 간 적이 있었다. 고모님 가족이 '광주사태'에 대해 물으셨다. 나는 시위에 참여한 친구들 이야기랑 광주에서 일어난 일들을 자세히 말씀드렸다. 고모님 가족은 설마 그런 일이 일어났겠냐고 믿질 않아서 내가 마치 투사가 된 것처럼 열변을 토한 적이 있었다. 그 당시 불의를 방관했던 내 자신이 한동안 부끄러워 더욱더 그랬던 것 같다.

아이러니한 세상

이종언

5월 21일, 전날에 이어 윤인호 등 학교 친구들과 함께 농성동 로터리 부근에서 시위대 버스에 올라탔다. 시내를 돌아다니다가 전남도청 앞 금남로에서 계엄군과 시민들 간에 치열한 투석전이 벌어지고 있다는 소식을 듣고 금남로에 갔다. 그곳은 계엄군의 천인공노할 만행이 벌어진, 첫 집중사격을 했던 금남로 시위현장이었다.

집단발포 후 아시아자동자공장으로

우리는 계엄군이 집중사격을 했던 금남로 1가 전일빌딩 앞에 있지 않았다. 거기에서 조금 떨어진 한국은행 광주지점 사거리(현, 금남로 공원) 근처에 있었다. 다행히도 계엄군의 표적이 되지 않아 금남로를 빠져나갈 수 있었다. 계엄군의 총격을 피하려고 흩어지면서 윤인호 등 학교 친구들과도 헤어졌다.

함께 총격을 피한 시민들은 "계엄군이 어떻게 시민들한테 총을 쏠 수가 있느냐."고 분개하면서, "우리도 무장하자."고 외쳤다. 어떤 시민은 "기동력이 있어야 하니 광천동 아시아자동차공장에 가서 차를 가져오자."고 했다. 시민들은 이곳저곳으로 흩어졌다. 나도 근처에 있던 미니버스에 탑승

아시아자동차(현, 기아자동차) 공장 정문 전경. ⓒ 기아자동차 제공

했다.

미니버스는 광천동 아시아자동차공장으로 갔다. 다른 시위대가 다녀갔는지 철문이 열려 있었다. 공장 옆 광장에는 갓 출고된 군 트럭과 지프가 주차돼 있었다. 미니버스에서 내린 한 청년이 군 트럭에 올라타 시동을 걸자 트럭이 움직였다. 나는 버스에서 내려 군 트럭 짐칸으로 옮겨 탔다. 다른 사람 네댓 명도 옮겨 탔다. 우리와 함께 온 다른 시위대 차량도 시민들이 하차 후 군 트럭과 지프에 탑승해 시내로 나갔다.

세상은 참 아이러니하다. 내가 고3 당시 5·18항쟁 때, 시위대에 합류하여 차를 가지러 갔던 곳이 아시아자동차공장이었다. 그런데 나는 지금 아시아자동차를 합병한 기아자동차(주) 광주공장에 근무하고 있다.

광주공원으로 갔다. 공원 광장에는 소총과 총알이 든 탄창이 수북이 쌓여 있었다. 총과 실탄을 관리하는 사람들이 찾아오는 시민들에게 소총과 탄창을 나눠줬다. 나는 카빈 소총을 받았다. 실탄도 두 탄창을 받았다. 탄창에는 실탄이 장전돼 있었다. 총을 나눠주던 청년은 내가 교련복을 입어서인지 총 쏘는 방법을 가르쳐줬다. 총기 오발사고에 유의하라는 당부와 함께였다. 그리고 계엄군 진입에 대비해 경계 조를 편성했다.

사직공원에서 경계를 서고

내가 속한 경계 조는 모두 10여 명이었고 경계지역은 사직공원이었다. 우리는 군 트럭을 타고 사직공원으로 갔다. 우리를 지휘한 청년은 군대를 갔다 왔다고 했다. 우리는 그를 소대장이라고 불렀다. 군대편제상 분대 단위 인원인데도 우리는 분대장이라고 부르지 않고 소대장이라고 불렀다.

우리 중에서 일부는 팔각정에 올라가서 경계를 섰고, 일부는 밑에서 경계를 섰다. 밤이 깊었다. 12시가 넘은 것 같았다. 소대장이 군 트럭 옆으로 우리를 집합시켰다. 그는 "내일 활동하려면 피곤하니까 오늘 경계근무는 이것으로 마친다."고 했다. 우리는 군 트럭에 탑승했다.

공원을 내려와 광주천변을 따라서 이동했다. 20여 분 이동하더니 멈췄다. 임동에 있는 전남방직(현, 전방)이었다. 정문 옆쪽에는 교회가 있었다. 소대장은 경비실에 들어가 근무자에게 무엇인가를 얘기하더니 우리에게 하차하라고 했다. 우리는 경비실 옆 작은방으로 들어갔다. 그리고 피곤해서인지 기상 소리에 눈떠보니 아침이었다. 아침식사는 군 트럭에 싣고 다닌 김밥과 주먹밥으로 해결했다.

다시 광주천변 도로를 타고 양동시장 쪽으로 이동했다. 아침인데도 광주천변의 수양버들나무에서 솜털 같은 하얀 꽃가루가 날렸다. 우리는 백운동을 거쳐 외곽도로를 통해 시내를 돌면서, "전두환은 물러가라." "계엄군은 물러가라." "김대중을 석방하라."는 구호를 외쳤다.

5월 항쟁기간에 이런 일도 있었다. 5월 24일경이었다. 친한 친구들의 아지트 역할을 했던 학교 앞 윤인호의 자취방에 갔다. 한광희 친구가 함께 있었다. 그는 농성동 로터리에서 새 자전거를 주웠다고 했다. 그런데 타고 오다보니 바퀴에 바람이 빠졌다고 했다. 나는 전남도농촌진흥원 옆에 자전거 수리점이 있다면서 데리고 갔다.

자전거 수리점 사장은 "이 자전거는 한 달 전에 내가 신문배달원에게 팔았던 것"이라면서 "며칠 전 신문배달원이 찾아와서 자전거를 잃어버렸다고 말했다."고 했다. 사장은 자전거를 놔두고 가라고 했다. 한광희는 "도로에 방치돼 있어서 주웠다. 주인이 나타났으니 다행"이라면서 자전거를 놔두고 그냥 온 적이 있었다.

‘가택 연금’ 된 오월

이판희

“5·18광주민주화운동 당시 나는 가택연금 상태였다. 그래서 미안하다.”

나는 새벽이면 중국에서 닭이 우는 소리가 들린다고 하는 우리나라의 최서남단 흑산도라는 섬에서 태어났다. 그곳에서 초등학교, 중학교를 마친 뒤 광주에 있는 고등학교로 유학을 오게 되었다. 형님께서 광주에서 초등학교 선생님을 하고 있어서 함께 지낼 거처가 있었기 때문이다. 나는 형님과 자취를 했다.

한 대학생의 흐느낌

광주에는 아는 친구들이 없어서 비교적 학교생활은 조용한 편이었다. 고등학교에 다니면서 알게 된 친구들이 광주에서 아는 친구들의 전부였다. 고등학교 2학년 때까지는 타향살이의 적적함을 달랠 겸 태권도 도장에 다니면서 열심히 수련하기도 했다. 고교 2학년 때에는 제60회 전국체전 전라남도 대표 선발전에 나가기도 했으나, 전남도 대표 선발전에서 탈락하는 좌절의 아픔을 겪기도 했다.

그때 생각했던 것은, 운동의 세계는 오직 1등만이 도 대표가 될 수 있지만, 공부의 세계는 2등도 3등도 10등도 괜찮다는 것을 깨닫고 열심히 공부를 해야겠다고 마음먹기도 했다.

큰마음을 먹고 열심히 공부를 하고 있던 5월 16일, 학교에서는 체육대회가 있었다. 그 당시에는 밖에서 이상한 소리들이 들려오는 때였다.

"전두환은 물러가라."

"군부독재 타도!"

이런 구호와 함께 시내에서는 대학생들의 시위가 있다고 소문만 들었다. 고3인 나와는 상관이 없는 일로만 생각했다. 그런데 체육대회 때 운동장에서 학생들이 함께 모여 단체로 거리로 나가기로 해 나는 영문도 모르고 함께 따라갔던 기억이 난다. 그 당시 선생님들께서는 거리에 나가면 안된다고 말렸다.

그러던 차에 학교에서 하교하는 길에 길옆 집에서 젊은 사람이 흐느끼는 소리가 들렸다. 한 대학생이 친구가 어떻게 되었다고 하면서 부모님을 설득하는 것 같았다. 자기도 시위하러 가야 한다고.

며칠 뒤 학교에 휴교령이 내려졌다. 큰형님은 나에게 절대 밖에 나가면 안 된다고 하였다. 또 작은형님도 함께 있었는데, 금남로에 일 때문에 나갔다가 시위대로 오인 받아서 도망가다가 골목으로 탈출하여 겨우 집에 올 수 있었다고 했다. 그래서 그때부터 형님들의 권유로 나는 상황이 끝날 때까지 집 밖으로 나가보지도 못하고 가택연금이나 다름없는 생활을 하게 되었다.

광천동 집과 동산에서 겪은 오월

그때 내가 살았던 곳은 광천동이었다. 저녁때면 무등경기장에서 수많은 택시들이 모여 시위하는 소리를 들을 수 있었다. 수많은 불빛들을 볼 수가 있었다. 가끔 총소리가 들리기도 했다. 집 근처에서 총소리도 들었다. 화정동 잿등 쪽에서 계엄군들이 시민들에게 쏜 총소리였다. 밤에 잠을 잘 때는 유탄이 날아올 수도 있어서, 창가에서 멀리, 머리는 반대편으로 하고 잠을

금남로—수십여 대의 차량시위. ⓒ 한국일보, 5·18기념재단 제공

잤다.

어느 날에는 비교적 조용한 것 같아서 잠깐 동안 밖에 나가서 근처의 동산에 올라가보니 멀리 보이는 주변의 시내는 조용했지만 차량이나 트럭들이 시내를 돌아다니고 있었다. 어떤 트럭은 시민들이 타고 있었는데, 옆에는 하얀 천이나 태극기로 무엇인가를 덮은 채 돌아다녔다. 계엄군의 총에 맞은 시민들의 시신을 옮기고 있었던 것 같았다.

그리고 어느 날에는 헬리콥터가 비행하며 유인물을 뿌리면서, "폭도들은 무기를 버리고 투항하라."는 방송을 반복했다. 이렇게 나는 집 안과 집 주변에서만 가택연금이나 다름없는 상태로 광주민주화운동을 겪게 되었다. 아니 겪은 것이 아니라 지켜만 보고 있었다. 그래서일 것이다. 지금도 마음속 한 부분에 미안한 마음이 자리 잡고 있는 것은.

39년이 지난 지금에 와서 돌아보면 나는 광주에서 어떤 일이 있었는지 솔직히 기억하고 싶지 않다. 기억하면 마음이 아프고 속상하고 미안하기 때문이다. 광주 그리고 이 땅에 살아 있는 모든 사람들은 미안한 마음을 가지고 살아갈 수밖에 없다. 매년 5월이 되면 나의 미안한 마음은 5월의 녹음보다 더욱 짙게 느껴진다.

철없는 고3 시절에

이현주

그해 오월! 휴교령으로 등교를 하지 못하게 되면서 처음 며칠은 고3의 자세를 잃지 않으려 나름대로 애를 썼다. 그러나 한 이틀쯤 지나면서부터는 친구들과 어울려 이 집 저 집 혹은 뒷동산을 오가며 시간을 보냈다.

계엄군과 '도꾸 모퉁이' 분뇨수거장

당시 내가 살던 곳은 광주 도심의 최남단 효천역 부근에 자리한 40가구 남짓의 자연마을이었다. 국도 1호선(광주–목포 간 도로)이 인접해 있고 마을 앞 들판 너머로는 지금의 송암산단 조성을 위한 대규모 터 닦기 공사가 진행 중이었다.

정확히 5월 며칠인지 모르겠다. 어느 날 2~3대의 헬리콥터가 마을 건너편 공사현장에 자욱한 흙먼지를 일으키며 몇 차례 이착륙하는 것을 보았다. 그로부터 얼마 지나지 않아 국도 1호선 도로에서는 단 한 대의 자동차도 볼 수 없었다. 나중에 알게 된 사실인데, 이는 광주의 남쪽 관문을 차단하기 위한 공수부대의 헬기 수송 작전이었다고 한다. 이때부터 공식적인 통신은 단절되고 이른바 '카더라' 통신을 통해 몇 가지 소문을 들을 수 있었다.

첫 번째는, 어느 마을의 할머니가 광주에 있는 아들집에 갔다 걸어서 돌

송암공단 주변 전경. 계엄군 간 교전으로 10여 명의 군인들이 죽기도 했다. ⓒ 임영상

아오는 길에 총에 맞아 참변을 당했다는 소문이었다. 두 번째는, 계엄군들이 '도꾸 모퉁이'라고 부르는 곳에 있던 분뇨수거장에 죽은 사람들을 마구 던져 넣더라는 얘기였다. 어린 시절 효덕초등학교를 다닐 때 집에서 학교까지 약 4km를 걸어 다녔는데, 가는 길 중간에 '도꾸 모퉁이'라고 부르는 으슥한 곳에 제법 큰 규모의 분뇨수거장이 있었다.

솔직히 나는 80년 5월, 그 시절에 부끄럽지만 어떠한 시대의식도 가지지 못했던 덩치만 큰 철없는 고3 학생이었음을 고백한다. 휴교령이 내려져 학교에 가지 않았을 때는, 날마다 친구들과 어울려 동네 주변의 산과 들로 몰려다니며 소일했다. 이때 시작한 담배는 휴교령이 끝나고 6월 중순에 다시 등교할 때까지도 이어졌다. 나의 친구 중 이○○, 노○○은 자기들을 흡연자로 인도한 나쁜 놈이라며 옛 이야기를 하곤 했다.

5월이 되면 조용히 망월동에 가서 5·18묘지를 참배하고 묘역을 둘러본 지 벌써 10여 년이 되어간다. 5·18이 이상한 세력들에 의해 폄훼되거나 숭고한 5·18정신이 훼손되지 않도록 지켜나가고 싶다.

장흥 유치에서 걸어오신 어머니

임오중

나는 5·18 당시, 농성동 전남도농촌진흥원(현, SK뷰 센트럴아파트) 옆에서 우체국에 다니는 형님과 고1 여동생, 이렇게 셋이서 자취를 하고 있었다.

이불을 뒤집어쓰고 숨죽이던 밤

일요일인 5월 18일 오후에는 집에서 쉬고 있다가 전남도청 앞으로 갔다. 학생과 시민들이 금남로에 모여서 계엄군과 대치하고 있었다. 계엄군들은 시위대를 해산시키려고 진압봉을 휘두르며 폭력을 행사했다. 학생들과 시민들은 계엄군의 폭력을 피해 흩어졌다가 다시 금남로로 모이기를 반복했다. 저녁이 되자 나는 집으로 돌아왔다.

오전수업만 했던 19일 오후와 휴교령이 내려진 20일 오후에도 금남로에 가서 시위에 참여했다. 도청 앞 YMCA건물 앞 도로 등 금남로 일대와 대인동 시외버스터미널 근처, 계림동 일대서 시위대원들과 함께 행동했다. 때로는 시위대 차를 타고, 때로는 걸어다니면서 "김대중을 석방하라!" "전두환은 물러가라!"를 외치고 다녔다.

5월 21일 오후 2시경, 시민들이 농성동 로터리에서 화정동 서부시장 입구 광-송 간 도로에 길이 5m, 지름 80cm 정도 되는 원목을 대형트럭에서

ⓒ 마동욱

농성동 로터리. 당시 군 지프는 광천동 쪽(사진 오른쪽)에서 우회전하여 송정리 쪽(사진 위쪽)으로 가고 있었다.

내려 도로를 차단하고 있었다. 상무대 군인들이 시내로 들어오는 것을 막기 위해 바리케이드를 친 것이다.

그런데 군 지프 한 대가 광천동 공단 쪽에서 농성동 로터리를 지나 송정리 방향으로 오고 있었다. 군 지프에는 2명의 군인이 타고 있었다. 광주시내에서 계엄군 활동을 하다가 상무대로 복귀하려고 했던 것 같았다. 군 지프는 도로가 원목으로 차단돼 있어 더 이상 갈 수 없자, 차를 돌려 다시 농성동 로터리 쪽으로 나왔다. 시민들이 탄 트럭이 군 지프를 잡기 위해서 뒤쫓았다. 군 지프는 농성동 로터리를 몇 바퀴 돌고 도는 긴박한 상황이 전개되었다. 그러다가 군인들은 원목 바리케이드 앞에서 지프를 버리고 상무대

벚꽃이 만개한 구 전남도농촌진흥원 터(현, SK뷰 센트럴아파트). ⓒ 인터넷 자료

쪽으로 도망가 버렸다.

5월 27일 새벽 3시경, 농성동 전남도농촌진흥원 건물 옥상에서 엄청난 총소리가 울려 퍼졌다. 누가 쏘고 있는지는 알 수 없었다. 너무나 무서워서 자취방에서 이불을 뒤집어쓰고 공포에 질려 숨죽이면서 아침을 맞이했다.

70km를 혼자 걸어오신 어머니

도청에 계엄군이 재진입한 다음 날인 5월 28일 저녁때쯤 되었을 때, 장흥 유치에서 어머니가 집에 오셨다. 어머니는 광주에서 학생들이 다 죽는다는 소문을 들으시고 큰일나겠다싶어 오셨다고 했다. 어머니는 차가 다니지 않아서 장흥 유치 집에서 광주까지 걸어오신 것이다. 더욱 놀라운 것은, 가까운 거리도 아니고 무려 70km정도 되는 거리를 혼자 걸어오신 것이다.

어머니는 아침 일찍 집을 출발하셨다고 했다. 영암 금정과 나주 세지를 거쳐 진월동 인성고 입구(현, 광주대 입구, 지금의 인성고는 송하동 효천역 근처로 옮겼음) 도로를 타고 내 자취집까지 오셨다. 무서움과 두려움을 이겨내시고 광주에 있는 자식들을 보시러 그 먼 거리를 걸어오신 것이다.

다음 날 아침, 고향으로 가기 위해 어머니와 함께 자취방을 나섰다. 전날 만났던 학교 친구 박형진과 길종일도 장흥에 함께 간다고 아침 일찍 자취방에 왔다. 직장 다니는 형님과 여동생은 광주에 남았다.

외곽도로를 타고 진월동 인성고 옆 도로를 지나는데, 도로에 손가락만 한 총알 탄피가 엄청나게 떨어져 있었다. 주워갈까도 생각했는데 군인들에게 들키면 죽을 수도 있겠다는 생각이 들어 그냥 지나쳤다.

어머니와 우리 일행은 송암공단 옆을 지나다가 고향 유치면소재지에서 올라온 택시를 만났다. 그 택시기사는 큰형님 친구였다. 어머니와 나는 반가워서 "웬일로 여기에 있냐?"고 했더니, "유치면소재지에서 한 손님을 광주에 태워주고, 다시 유치로 가기 위해 있다."고 말했다. 너무 반가웠다. 우연도 이런 우연이 없었다. 우리는 고향에서 온 택시를 타고 힘들지 않고 시골집에 가는 행운을 얻었다.

친구들은 유치 우리 집에서 하룻밤을 지냈다. 그리고 다음 날 오전, 박형진은 시골집이 있는 용산면으로 버스를 타고 갔다. 영암 시종이 고향인 길종일 친구도 버스를 타고 갔다. 나는 1주일 정도 시골집에서 지내다 광주 자취방으로 돌아왔다.

1980년 5월 16일 전남도청 앞 광장에서 열린 '민족민주화대성회'. ⓒ 이재권

5·18민주화운동을 기록한 사진들은 대부분 5월 20일 이후의 것들이다. 당시 조선대 4학년이었던 이재권 씨의 사진은 항쟁 그 이전의 모습을 보여준다는 점에서 의미가 크다. 이 사진은 전남도청에서 찍은 것으로 이 집회 이후 많은 대학생들이 당국의 수배를 받았다.

제3부

내 몸에 박혀 있는 계엄군의 총탄

일기장에 기록된 나의 오월

장 식

고등학교 동창회 집행부가 교체되고 새로이 회장이 된 친구가 무거운 제안을 하였다. 1980년 고등학교 3학년 시절, 5·18민주화운동이 일어났을 때 각자 경험한 이야기를 모아 책으로 발간하자는 의견이었다. 그 말을 듣자 그동안 펼쳐보지 못하고 책장 깊숙이 간직하고 있던 나의 일기장이 생각났다.

이제 빛을 볼 시간이 된 것인가? 집에 돌아가 일기장을 펼쳐보니 나의 상상을 뛰어넘는 글들이 나를 기다리고 있었다. 내가 직접 본 내용도 있고 친구들과 주변 사람들에게 들은 이야기도 많았다.

5·18민주화운동 기간 동안 일기장에 기록된 내용을 공개한다. 일기 첫 부분은 그때 상황을 외부로 알리고자 썼지만 실행에 옮기지 못하고 혼자만 간직하고 있던 편지이고, 뒷부분은 일기장에 기록된 내용들이다.

부치지 못한 편지-1

전국에 계신 대한민국 국민 여러분 안녕하십니까?

저는 전라남도 광주시 고등학교에 재학 중인 대한민국 학생입니다. 1980년 5월 18일 0시 정부에서는 계엄령을 발표하였습니다. 평화롭게 빨

ⓒ 장식

Month
Date

전국에 계신 대한민국 국민 여러분 안녕하십니까?
저는 전라남도 광주시 고등학교에 재학중인 대한민국 학생입니다.
1980년 5월 18일 0시 전국에서는 계엄령을 또 다시 발표하였습니다.
민주화 물결에 빨리 정권이 교체되기를 고대했던 우리 전남학생들은
계엄령에 분개하지 않을 수 없었습니다. 그래서 전대, 조대 선배님들은
가두시위를 하기 시작했습니다. 아무런 공격무기도 없이 행진하고
있는 대학생들에게 전경대원들은 최루탄을 쏘고, 페퍼포그를
뿌리기 시작했습니다. 그것도 모자라서 공수부대를 광주시에 투입
시킨것입니다. 이들은 북괴군에게 해야 할 행위를 대학생들에게
하기 시작했습니다. 제가 보고, 저의 친구들이 목격한 장면을
묘사해 보겠습니다.
광주시 중심부에 투입된 공수부대들은 여고생들의 옷을 찢고
브래지어를 벗기고 단도로 여고생들을 갈기갈기 찢어죽인 것입니다.
이를 본 남학생들이 대항하자 학생들을 칼로 찌르고 데모
진압용 총을 발사하기 시작했습니다. 또, [illegible]에서는
여대생 30여명이 알몸으로 걸어가는 것을 보았는데, 그 뒤에는
20여명의 공수부대원이 뒤따라 가고 있었습니다. 외국인도
[illegible] 지나가다가 M16총에 뒤통수를 개머리판으로 맞고
쓰러졌는데, 발로 짓밟혀 신음을 하고 있는것입니다.

PAGE

고등학교 3학년 때 기록하여 8번을 이사하면서도 지금까지 39년째 보관하고 있는 일기장. 표지가 많이 상한 상태이다.

리 정권이 교체되기를 고대했던 우리 전남학생들은 계엄령에 분개하지 않을 수 없었습니다. 그래서 전남대, 조선대 선배님들은 가두시위를 시작했습니다.

아무런 공격 무기도 없이 행진하고 있는 대학생들에게 전경대원들은 최루탄을 쏘고 페퍼포그(최루가스)를 뿌리기 시작했습니다. 그것도 모자라서 공수부대를 광주시에 투입시킨 것입니다.

이들은 북괴군에게 해야 할 행위를 대학생들에게 하기 시작했습니다. 제가 직접 보고, 저의 친구들이 목격하여 저에게 들려준 장면들을 묘사해 보겠습니다.

광주시 중심부에 투입된 공수부대들은 학생들의 옷을 찢고 곤봉으로 때리기 시작했습니다. 이를 본 학생들이 대항하자 학생들을 칼로 찌르고 데

모방지용 최루탄을 발사하기 시작했습니다.

이날 광주시에는 군 트럭과 군인들이 투입되었으며 트럭으로 대학생들을 실어가고 있었습니다. 이러한 사태가 발발하고 있는데도 18일, 19일 신문이나 방송에서는 일언반구도 보도를 하지 않았습니다. 보도라는 것이 희생자가 한 명도 없다는 것입니다.

이날 통행금지는 밤 9시로 연장되었으며 사상자는 점점 더 늘어나기 시작했습니다. 부산, 마산사태가 일어났을 때 여기 광주시에서는 그 사태에 대해 거의 모르고 있었던 것과 마찬가지로 다른 도시에서는 광주사태를 전혀 모르고 있는 것입니다. 지금의 광주시는 시내의 건물이 부서지는 등 매우 혼란한 상태입니다.

5월 20일 화요일, 학교 휴교령이 내린 이날은 고등학생들도 참가하여 공수부대원들과 투석전을 하기 시작했습니다. 북괴군과 싸우기 위해 훈련해온 군인들과 저희 고등학생들이 싸움을 하고 있는 것입니다.

정부에서 어찌 이럴 수가 있는 것입니까? 죽어가고 있는 저희 학생들은 무슨 죄가 있는 것입니까? 전날의 희생을 목격하여 흥분한 시민들이 학생들과 합세하여 공수부대원들과 투석전을 벌였습니다. 인명피해는 점점 늘어났습니다. 금남로 3가에 있는 가톨릭센터 건물이 일부 파손되었습니다.

학생과 시민들, 무수한 숫자가 잡혀 갔습니다. 계엄군은 광주시의 통행금지 시간을 18일에 밤 9시로 연장하였고, 19일에는 밤 8시로 연장하였습니다.

5월 21일 수요일, 오늘은 이 땅에 부처님이 오신 날입니다. 부처님의 자비 아래 온 광주시민이 거리거리로 쏟아져 나왔습니다. 광주시의 주요 도로는 시민들로 가득 찼고 도청만 계엄군이 방어하고 있었습니다. 오후에 마침내 시내에서 총소리가 나기 시작했습니다. 이 얼마나 무서운 비극입니까?

나의 울분의 편지를 받는 분들이여, 그대가 진정한 민주화를 원한다면 광주사태를 쓴 나의 이 보도를 방송시간에 방송해주기 바랍니다. 당신들의 이름은 한민족사에 길이 남을 것입니다.

1980. 5. 21. 광주에서 서석고등학교, 장 ○

5·18 당시 썼던 일기

1980. 5. 21. 수요일

오후에 시내로 나갔다. 전남매일신문 광주천 쪽에서 도청 앞을 보니 군인들이 분주히 움직이고 있었다. 더 깊숙이 들어가 충장로 3가로 접어들었다. 광주은행 본점 앞으로 오니 총성이 나고 있었다.

한 대학생이 마이크를 들고 대열 앞에 서 있었고 많은 학생들이 도청을 향해 앉아 있었다. 마이크를 든 학생은 도청을 향해 "제발 총 쏘지 말고 대화 좀 나눕시다."라고 말을 하였다. 그때 총소리가 나면서 그 대학생은 왼팔에 총을 맞고 쓰러졌다. 바로 몇 미터 전방에 서 있던 사람이 쓰러진 것이었다. 목에서 피가 난 사람도 있었다. 군인들이 총을 쏜 것이다. 주변의 사람들이 부상자들을 등에 업고 병원으로 옮기기 시작했다. 동시에 주변에서 있던 수많은 사람들이 골목으로 도망치기 시작하였다.

1980. 5. 27. 화요일

갑자기 구두 발자국 소리가 창밖에서 들렸다. 나는 누운 채로 눈을 떴다. 아버지께서 창밖을 보고 계셨다. 나를 깨우시더니 군인이 왔다고 하셨다. 나는 조용히 일어나서 창밖을 보았다. 군인들이 집 뒤에 있는 작은 산에서 내려오고 있었다.

총을 들고 있었다. 숫자로 보아 1개 소대는 될 것 같았다. 시간은 밤 12시 30분이었다.

ⓒ 장식

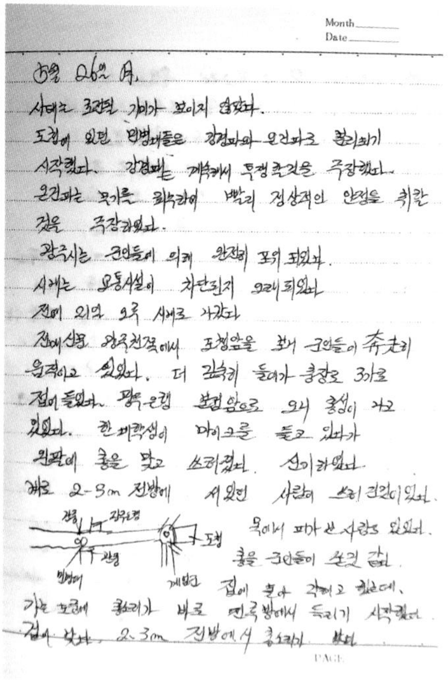

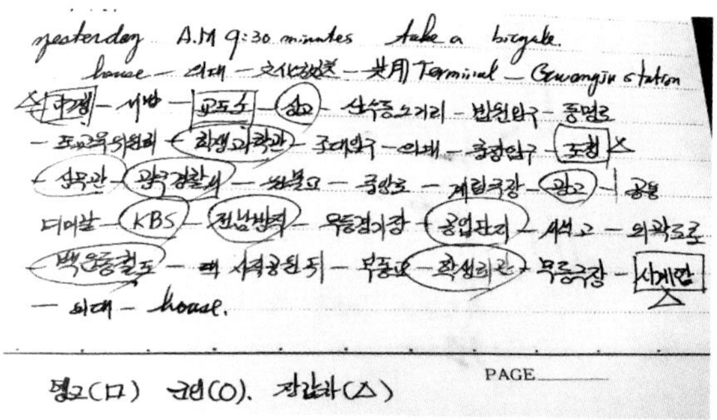

지나가면서 탱크가 있던 곳은 사각형, 군인이 주둔하고 있던 곳은 동그라미, 그리고 장갑차가 있던 곳은 삼각형으로 표시한 것을 알 수 있다. 일기장에 기록된 내용 원본이나.

1980. 5. 28. 수요일

광주사태는 완전히 마무리되었다. 어쩐지 모든 것이 끝난 것 같은 느낌이다. 광주의 통신은 시내전화만이 남아 있고 모든 것이 두절되었다.

그래서 암흑 속에 묻혀 있었던 광주시민들은 KBS 라디오방송을 듣기 시작했다. 긴급히 복구된 광주KBS가 방송을 시작한 것이다. TV도 방송되기 시작했다. 그러나 모든 방송이 실제로 현지 광주에 있는 사람들이 듣기에는 너무나 피상적이고 형식적인 보도만 하고 있었다. 도무지 믿을 수 없는 방송이었다. 현 상태를 정반대로 방송하고 있는 보도를 들을수록 시민들은 분개하고 있었다.

그러나 우리가 여기서 생각해보고 넘어가야 할 것은 '왜 이러한 사태가 일어났는가?'하는 것이다. 왜 학생들은 가두시위를 하고 경찰과 군에게 돌

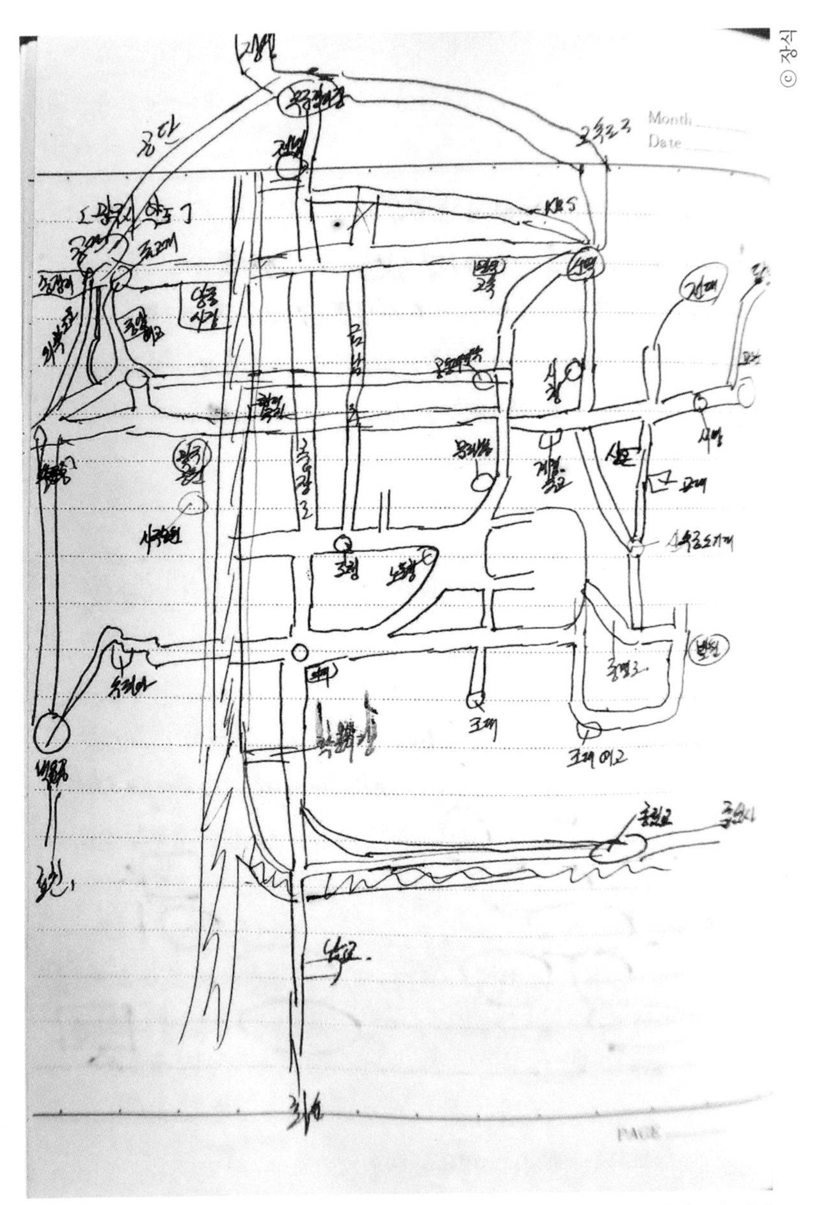

일기장 원본에 있는 광주시 지도 그림. 당시 자전거를 타고 다니면서 그날에 지나갔던 곳을 생각하며 직접 그린 것이다.

을 던져야만 했는가? 지성인이라 할 수 있는 대학생들이 한 일을 무턱대고 잘못된 일이라 할 수는 없다. 학생들은 자기 나름대로 사고하고 판단해서 내린 결정이 아니겠는가?

이것은 훗날에 진정한 역사가들이 옳게 서술할 것으로 믿는다. 또 지금 광주사태를 마무리하며 보도하는 방송을 들어보면 가장 핵심이 되는 것을 빼놓고 방송하고 있는 것이다. 즉, '언론인의 양심'에 부끄러운 보도를 하고 있는 것이다. 계엄하의 방송들은 광주시에 불리한 것만 물고 늘어지고 있었다.

1980. 5. 31. 토요일

어제 아침 9시 30분에 자전거를 탔다. 그동안 나가지 못했던 시내를 다녀볼 생각으로 출발한 코스는 다음과 같다. 아직도 여러 곳에는 탱크와 장갑차 그리고 군인들이 지키고 있었다. 지원동을 출발하여 남광주 근처에 있는 학동 전남대의대를 지나 불에 탄 문화방송, 그리고 대인동 공용버스 터미날과 광주역도 가보았다.

하루 종일 자전거를 타고 돌아다닌 나머지 코스는 다음과 같다.

광주시청(탱크, 장갑차) → 서방시장 → 광주교도소(탱크) → 광주상고(군인) → 산수동오거리 → 법원입구 → 동명로 → 전라남도교육위원회 → 학생과학관(군인) → 조선대입구 → 전남대의대 → 충장로입구 → 전라남도청(탱크, 장갑차) → 상무관(군인) → 광주동부경찰서(군인) → 원불교광주교당 → 중앙로 → 계림극장 → 광주고(군인) → 공용버스터미널 → 광주KBS(군인) → 전남방직(군인) → 무등경기장 → 공업단지(군인) → 광주서석고 → 외곽순환도로 → 백운동철도(군인) → 사직공원뒤 → 광주천 부동교 → 학생회관(군인) → 무등극장 → 전남도청시계탑(탱크, 장갑차) → 전남대의대 → 지원동.

개인 사물을 챙겨 기숙사에서 집으로

휴교령이 내려진 다음 날, 학교에 갔다. 언제 등교할지 몰라서 학교 기숙사에 있는 이불과 책 등 개인 사물을 가지러 간 것이다. 다른 친구도 와 있었다.

신생학교였던 우리 학교에서는 명문대 진학 반을 편성, 교실 한 칸을 기숙사로 사용하고 있었다. 수용인원은 모두 30명이었는데, 나도 그 인원에 포함돼 있었다.

그런데 기숙사 입구가 잠겨 있었다.

함께 있던 친구가 천장 가까이에 있는 좁은 창문을 열어 안으로 들어갔다. 나도 창문을 넘어 들어갔다. 문으로 나갈 수 없어 이불과 책 등을 큰 보자기에 싸서 복도로 던졌다. 나도 창문을 타고 올라 복도로 뛰어내렸다. 먼저 아래로 던진 이불 위로 뛰어내려 몸은 다친 곳이 없었다. 그러나 이불 속에 고이 간직했던, 그 당시는 매우 귀했던 하프 사진기의 렌즈 부분이 찌그러져 사용할 수 없게 되었다. 2학년 수학여행을 갔을 때와 3학년 체육대회 때 여러 친구들과의 추억을 담았던 소중한 사진기였는데, 지금도 생각하면 무척 아쉽기만 하다.

5월 28일 이후 우리는 다시 학교에 등교하라는 방송이 나올 때까지 계속 집에서 대기했다. 아마도 6월 14일 전후로 등교하지 않았나 생각된다. 거의 한 달 정도를 학교에 가지 못했고, 생사의 갈림길에서 공부할 마음의 여유도 없이 보낸 것이다. 그럼에도 그해 11월 5일 경에 어김없이 대입학력고사는 치러졌고, 우리는 받은 성적표에 맞춰서 전국의 고3학생들과 경쟁하여 대학 진학을 해야만 했다.

7월 초, 뒤늦게 학교에 등교한 학생이 있었다. 그 친구는 양 손목에 하얀 자국이 있었다. 아마도 상무대 영창에 잡혀 있으면서 계속 수갑을 차고 있었던 모양이다. 그 학생은 지금 생각하면 등교하여 아무것도 말하지 말라는 지시를 받았는지 학교에 와서도 주변 학생들과 거의 말을 하지 않고 공부만 했던 것으로 기억된다.

1981년 3월 전남대학교 학생이 된 나는 4월 중순에 광주에 있는 31사단에 병영집체훈련을 받으러 갔다. 당시에 모든 남학생들은 대학에서 교련수업을 받았고 그것의 일부로 5박 6일 군부대로 훈련을 받으러 갔다.

그러나 군에서는 우리를 폭도로 알고 있는지 거의 사람 취급을 하지 않았다. 식사 시간은 3분만 주어졌고 3분이 지나면 남은 음식을 모두 버리라고 했다. 거부하는 학생들은 무차별 구타를 당했다. 지시 사항을 깜박하고 지키지 못한 대표 학생의 배를 소대장이 군홧발로 차는 것을 여러 번 목격했다.

하루는 오전에 유격훈련을 담양 대치로 가는 비포장도로에서 실시하였는데, 구보를 하다가 구호가 틀리면 전체 학생들을 도로에 눕혀 놓고 두 발을 90도, 45도로 올리라는 얼차려를 주었다. 힘들어서 발을 내리면 무차별 발차기가 시작되어 계속 발을 올리고 있어야만 했다.

그러다가 담양군으로 가는 시외버스가 먼지를 일으키며 다가오면 그때야 길옆으로 서면서 휴식을 취했던 기억이 난다. 계속 구보를 하고 얼차려를 받다 보니 땀이 나고 목이 말랐다. 정식으로 조교가 10분간 휴식을 외치자 물을 먹기 위해서 상당수의 훈련 학생들이 가까운 논두렁으로 가서 고여 있는 물을 마셨다. 살기 위해서 마신 그 물맛을 지금도 잊을 수 없다.

80년대 초 대학시절 교정에는 학생이 절반, 경찰이 절반이라는 말이 나올 정도로 경찰들의 감시가 매우 심했다. 그리고 해마다 5월이 되면 가두시위가 시작되었고, 전남대학교 도서관 앞에까지 진출한 전경부대원들이 도서관 앞에 모여 있던 학생들을 향해 최루탄을 쏘기 시작하면 바로 머리 위에서 터진 최루탄을 피해 도망갔던 기억들이 지금도 생생하기만 하다.

믿기지 않던 집단발포의 현장

장종택

1980년, 그해 5월은 여수 유학생 장종택에게는 롤러코스터를 타는 것 같았다. 지난겨울, 어쭙잖은 첫사랑의 쓰라림으로 대각성한 뒤, '열공'이라는 지대하고도 매우 당연한 목표를 세우고 매진한 결과, 5개월 만의 중간고사에서 전교 10등 이내로 점프하는 쾌거를 올렸다. 3학년으로 진급한 이후 옆자리 친구의 이름도 모를 정도로 '열공닥공'했던 나였다. 이런 상황이었는데, 전두환 신군부가 권력찬탈을 위해 5월 광주에서 저지른 만행으로 인해 내 인생도 달라졌다.

'탕' 아닌 '쾅', 본능적으로 뛰었지만

5월 21일 수요일 오전, 금남로 시위에 참가했다. 평상복처럼 입었던 교련복 차림이었다. 전남도청 앞에는 천여 명의 공수부대원들이 이중삼중으로 열을 지어 금남로를 바라보고 있었다. 금남로에는 오전인데도 수많은 시민들이 모여들어 공수부대원들과 대치하면서 시위를 하고 있었다.

공수부대원들은 최루탄을 쏘고 곤봉을 휘두르면서 시위를 진압하려고 했다. 시민들은 돌멩이와 각목으로 맞서면서 무자비한 공수부대의 만행을 규탄했다. 공수부대원들과 시민들 간의 공방전은 격렬했다. 이때만 해도

교복과 교련복을 입고 도로에서 시위하는 고등학생들.

ⓒ 나경택 촬영, 5·18기념재단 제공

공수부대의 총격은 없었다.

점심때가 되자 나는 머리띠를 두른 대학생들과 함께 충장로 쪽으로 들어갔다. 시민들이 이쪽저쪽에서 갖다준 주먹밥과 사이다로 허기진 배를 채웠다. 잠시 후의 참상을 꿈에도 예상 못한 채 허겁지겁 챙겨 먹었다.

오후 1시쯤이었다. "자, 이제 다시 붙어봅시다!"하는 소리에 주섬주섬 왼손에 각목, 오른손에 돌멩이를 챙겼다. 다시 도청으로 가기 위해 금남로로 향했다. 금남로에 접어들었을 때, 오전 내내 마셨던 독한 최루탄 때문에 목과 눈이 쓰리고 아팠다. 저 멀리 바라보니, 공수부대의 진용은 여전히 3대형으로 길게 도사리고 있다. 100m 50m 30m. 약간 겁을 '상실한' 고3 까까머리는 선두 그룹에 끼어 마침내 20여m까지 다가갔다.

"쾅"

나는 지금도 그 소리로 기억한다. M16 소총 소리는 "탕"이 아니라, "쾅"이었다. 곧이어 쾅쾅쾅쾅쾅쾅쾅쾅–. 총소리가 이어졌다. 공수부대원들이 엎드려쏴, 무릎쏴, 서서쏴 자세로 시민들을 향해 사격을 했다.

엄청난 굉음을 처음으로 가까이에서 접한 나는, 본능적으로 뒤돌아 뛰었다. 같이 주먹밥을 먹었던 조선대생인지 전남대생인지 몰라도, 이마에 흰 띠를 두른 대학생의 목에 빨간 점이 보였다. 그리고 도로에 쓰러졌다. 금남로는 아수라장으로 변했다. 사람들이 불 붙은 들판의 메뚜기처럼 사방으로 흩어지며 쓰러지고 엎어지고 고꾸라졌다. 어디선가 날선 고함이 들렸다.

"헬기에서 쏜다."

금남로에서 충장로 방향으로 뛰었다. 앞선 몇몇 시민들과 나는 엎어져 있는 부상자를 운반하려고 그 사람을 붙잡았다. 그러고는 알았다. M16 소총이 칼도 된다는 것을. 뒤에서 총을 맞은 그 사람의 오른쪽 손목은 날카로운 칼에 절단된 것처럼 떨어졌다. 부둥켜안고 일으켜 세우자 '6조 우선의 M16'이 만들어낸 엄청난 크기의 복부 총상으로 장기가 흘러내렸다.

억지로 그것을 배 속에 욱여넣고 우리는 그를 전일학원 사이 골목에까지 옮겨놓고 그대로 뛰었다. 죽어라 내달렸다. 눈물도 나지 않고 무섭지도 않았다. 공포도 자각할 정신이 있을 때나 생기는 것이다.

죽음이 이렇게 허망한 것인가

문득 정말 우연처럼 문득, 바로 앞에서 옆에서 사람 소리가 들렸다. 정신이 들었다. 충장로 몇 가이던가. 중앙교회로 기억된다. 골목에는 수십여 명의 시민들로 가득했다. 옹기종기 또는 제각각. 정신이 돌아온 것과 동시에 공포가 몸 깊은 곳에서 확연히 피어났다.

벽에 기대어 앉아 있었나 보다. 불현듯 수년 전인지 수초 전인지 아득한 상황이 몸서리치게 기억이 났다. 고개를 억지로 들고 생각을 흔들었다. 아니지, 역시 현실이 아니지. 죽음이라는 게 이런 것이야? 이렇게 허망한 것이야!

그랬다! 눈앞의 시신은 먼 곳의 전쟁에서 죽은 수천수만 사람들의 주검보다도 더 무서운 몸서리치는 현실이었던 것이다.

무상의 시간이 흐른 듯 안 흐른 듯, 앞에 있는 아저씨가 "학생, 입에 피 난다."고 말했다. 만져보았다. 불에 덴 것처럼 따갑고 쓰리고 화끈거렸다. 약간의 피가 났다. 그러나 아무리 곰곰이 생각해도 이런 화상 같은 게 생길 이유가 없었다.

며칠 후, 난 억지 추론을 했다. 도청 첫 발포 때, 총소리에 반사적으로 고개를 돌린 나의 입술 부분을 총알이 스치고, 옆에 같이 주먹밥 먹었던 그 대학생의 목을 관통한 것은 아니었는지. 아니었는지…

물론 그때 조준사격의 대상은 고교생인 내가 아닌 흰 띠를 맨 대학생이었으리라. 중흥동 하숙집으로 어떻게 찾아갔는지 모르겠다. 집에 도착한 후 내리 잤다.

극적으로 이루어진 어머니와의 통화

5월 26일 월요일, 광주는 고립무원의 세계였다. 통신이 끊긴 현대사회는 무인도나 다름없다. 5·18 때 며칠간 광주가 그랬었다. 하숙집에 있는데 "따르릉— 따르릉" 전화벨이 울렸다. 불통이던 전화가 울리니 화들짝 놀란 건 당연지사. 도대체 며칠 만에 울리는 전화소리인지 반갑기도 했지만 놀랄 수밖에 없었다. 깜짝 놀란 건 하숙집 아주머니(당시 서구 교통경찰 반장 부인)도 마찬가지였다. 방 안에서 귀를 기울였다. 조심스레 전화를 받는 아주머니의 목소리는 사뭇 떨렸다.

"아이고 종택이 어머니, 네네 살아 있습니다. 아무 탈 없어요. 잠시만요. 종택아! 종택아! 빨리 와봐라. 여수 엄마다. 전화 받아라, 어서!"

그랬다. 철도 국가비상전화망으로 여수에서 온 어머니 전화였다. 눈물의 통화내용은 생략한다.

어머니가 나에게 전화한 과정이 극적이었다. 어머니는 소복을 입고 여수역으로 찾아가 역장한테 눈물콧물로 애원하셨다. 어머니는 형제가 넷인 나를 졸지에 5대 독자로 둔갑시키고, 할아버지가 광주에 있는 나 때문에 충격을 받아 엊그제 돌아가셨다고 말씀을 하시고 전화통화를 부탁하셨던 것이었다. 극성스러우신 어머니 덕분에 일반전화가 불통이던 때에 극적으로 모자지간 통화를 했었다. 실제로 할아버지는 나 때문이 아니고 노환으로 5월 21일 돌아가셨다.

내 몸에 박혀 있는 계엄군의 총탄

전형문

올해는 5·18민중항쟁이 일어난 지 39주년이 되는 해이다. 고3시절, 그 해 봄날 5·18민중항쟁이 일어났는데 벌써 이렇게 많은 세월이 흘러버렸다. 새삼 세월이 유수와 같다는 말이 실감난다. 80년 5월을 경험했던 내 또래 친구들도 누구나 그랬겠지만, 나는 그해 봄날을 잊을 수 없다.

인생을 송두리째 바꿔버린 그날

5·18은 내 인생을 송두리째 바꿔버렸다. 내 인생만 바꿔놓은 게 아니라, 우리나라의 현대사를 뒤흔들어 놓았다. 5·18은 우리나라 민주주의 여정에서 중요한 전환점이 된 역사적인 사건임에 틀림없다.

하지만 나에게서 5·18은 또 다른 기억으로 다가오기 때문에 괴롭기만 했다. 그때 겪었던 '악몽의 편린들'이 여전히 내 머릿속 곳곳에 꽉 들어차 있기 때문이다. 어떤 날은 분을 이기지 못해 주먹을 불끈 쥐기도 하고, 치가 떨려서 잠을 이루지 못하기 일쑤였다. 아주 친한 지인이나 가족들과 대화를 하다가도 5·18이 화제로 떠오르면 말문이 막힐 때도 있었다. 기억을 돌이키기 힘들어 의도적으로 피하기도 했다.

그러다가 최근 집에서 TV 뉴스를 보다가 서울 광화문 일대에서 버젓이 활보하고 있는 '태극기 부대'의 5·18 폄훼발언을 접하고, 도저히 분을 삭이지 못해 집 밖으로 뛰쳐나간 적이 있었다. 자유한국당 의원들의 5·18 망언과, 자칭 보수세력들이라는 수구꼴통세력들의 역사퇴행적인 행동들을 보고 들으면서, 제2의 5·18항쟁이 반드시 일어나야겠다는 생각이 들었다.

내 머릿속에 각인된 5·18 당시의 여러 기억을 살리려 한다. 지금도 나를 짓누르고 있는, 생사를 넘나들게 했던 일생일대의 사건 하나를 끄집어 내본다.

5월 21일(수), 휴교령 다음 날이었다. 아침 9시경, 지난밤에 내 자취방에서 함께 잠을 자고 집으로 갔던 친구 양승국이가 다시 돌아왔다.

"형문아, 집에 가다보니까 송정리 가는 잿등 광-송 간 도로 위에 군인들이 바리케이드를 치고 지키고 있는데, 앞쪽에는 수백여 명의 시민들이 모여 있더라. 가보자."

"뭐야! 시민들이 아침부터 계엄군과 대치하고 있다고?"

학교에서 수업을 마치고 집에 오면 일상복처럼 입었던 교련복 상하의 차림으로 승국이를 따라 광-송 간 넓은 도로로 갔다. 내가 자취하던 집은 학교 정문에서 좌측 도로를 타고 광-송 간 도로 쪽으로 150여m 가서 골목에 있었다. 고향인 장성에서 광주로 진학해, 여고 1학년에 다니던 여동생과 자취를 하고 있었다. 광주가 고향이었던 승국이는 서부시장 근처에 집이 있었다.

광-송 간 도로 오르막길인 잿등에 계엄군들이 도로를 막고 있었다. 시민들이 길을 터줄 것을 요구하며 시위를 하고 있었다. 계엄군이 순순히 도로를 터줄 리 없었다. 승국이는 집에 다녀오겠다고 가버렸다. 나는 시민들과 도로 한가운데에서 시위를 하다가 농성동 로터리 근처로 이동했다. 로터리에도 많은 시민들이 모여 있었다. 곳곳에 학교 친구들이 보였다. 학교와 가까워 부근에는 하숙과 자취하는 학생들이 많았다.

시위대 버스와 트럭들이 광천동 공단 쪽(지금의 광주종합터미널 쪽)에서 나타나 백운동 방향 순환도로로 달렸다. 차에는 시민들이 타고 있었고, 각목으로 차체를 두드리고 노래와 구호를 외치며 지나갔다.

군 트럭과 지프에 얽힌 일화

이런 일도 있었다. 광천동 공단 방향에서 군 지프가 나타났다. 뒤이어 60트럭이라고 불렀던 군 트럭 3대가 뒤따랐다. 군 트럭 짐칸에는 군인들이 앉아 있었다. 이들은 농성동 로터리에서 우회전, 상무대 방향으로 향했다. 시민들이 그냥 보낼 리가 없었다. 지프와 군 트럭을 가로막고 더 이상 진행할 수 없게 만들었다.

지프에 탄 중령 계급장이 붙은 철모를 쓴 장교가 차에서 내렸다.

"시민 여러분, 우리는 상무대에서 교육중인 군인들입니다. 광주시위 진압과는 무관한 군사훈련을 하고 귀환 중입니다. 길을 열어주십시오."

시민들은 처음에는 "거짓말하지 마라."면서 길을 터주지 않았다. 시민들과 군인들은 "길을 열어달라." "열어줄 수 없다."를 반복하며 대치하고 있었다. 30여 분이 흘렀을까. 시민들은 "차를 놔두고 걸어서 상무대로 복귀하라."고 수습책을 제시했다. 군인들은 어쩔 수 없었는지 이를 수용하고 차에서 내린 뒤 걸어서 잿등 방향으로 갔다.

군 트럭과 지프는 시민들이 차지했다. 시민들은 환호성을 질렀다. 순식간에 군인들이 남기고 간 지프와 군 트럭은 시민들로 만원이 됐다. 나도 군 트럭 짐칸에 올라탔다. 짐칸 바닥에 M16 소총과 일병 계급장이 붙은 철모가 있었다. 병사 한 명이 겁에 질려 군인에게는 목숨과 같이 소중하게 보관해야 할 소총과 철모를 놔두고 간 것이다. 30대 초반으로 보이는 아저씨가 군인에게 갖다 주고 온다면서 소총과 철모를 들고 차에서 내렸다. 군인들은 벌써 100m 정도 저 멀리 걸어가고 있었다. 아저씨는 군인들을 향해 소리치면서 달려갔다. 그는 마침내 소총과 철모를 전달하고 왔다.

다시 트럭에 탄 그 아저씨는 "군대에서는 지급 물품을 분실하면 난리가 난다. 그것도 총을 잃어버리면 영창감이다. 소총을 잃어버린 일병 군인이 불쌍해 갖다준 것"이라고 말했다.

계엄군의 총탄에 맞아 쓰러지다

군 트럭을 타고 백운동 방향 외곽순환도로를 달렸다. 백운동 로터리에서 유턴해 다시 농성동 로터리로 왔다. 이번에는 전남도농촌진흥원 앞을 지나 돌고개를 거쳐 양동시장을 지났다. 양동시장을 지날 때는 인근 상인들이 주먹밥과 빵, 우유 등을 먹으라고 줘 허기진 배를 채울 수 있었다.

군 트럭은 유동 삼거리(지금은 사거리)에서 금남로로 우회전했다. 우리를 태운 군 트럭은 수창초교를 지나 금남로 5가 사거리(현, 삼성생명빌딩 사거리)에서 멈췄다. 시민들과 차에서 내렸다. 왼쪽으로 가면 대인동 시외버스공용터미널(현, 롯데백화점)이고, 우측으로 가면 광주일고가 있었다. 금남로는 온통 시민들로 북적였다. 저 멀리 보이는 금남로 1가 전남도청 방향에는 시민들의 함성과 함께 검은 연기가 치솟고 있었다.

지하상가 공사를 하던 한국은행 사거리(현, 금남로공원)를 지나 가톨릭센터(현, 5·18민주화운동기록관) 앞을 지날 때 학교 친구 박상석과 김동률을 만났다. 이 친구들은 언제 시위에 합류했는지 빠르기도 했다. 우리는 함께 시위에 참여했다.

도로에는 시민들로 가득 찬 여러 대의 버스와 트럭이 있었다. 이들은 도로를 가득 메운 시민들과 함께 손뼉을 치거나 팔을 흔들며 구호를 외쳤다. 금남로를 가득 메운 시민들은 전남도청 앞 광장에서 무장한 채 배치돼 있는 계엄군들에게 광주를 떠나라고, 광주시민들이 죽었다고 항의하면서 대치하고 있었다.

그러나 계엄군들은 꿈쩍도 않고 있었다. 어림잡아 1천여 명이 넘은 것 같은 계엄군들은, 도청 앞을 이중삼중으로 에워싸고 있어 마치 단단한 성을 쌓아 놓은 듯했다.

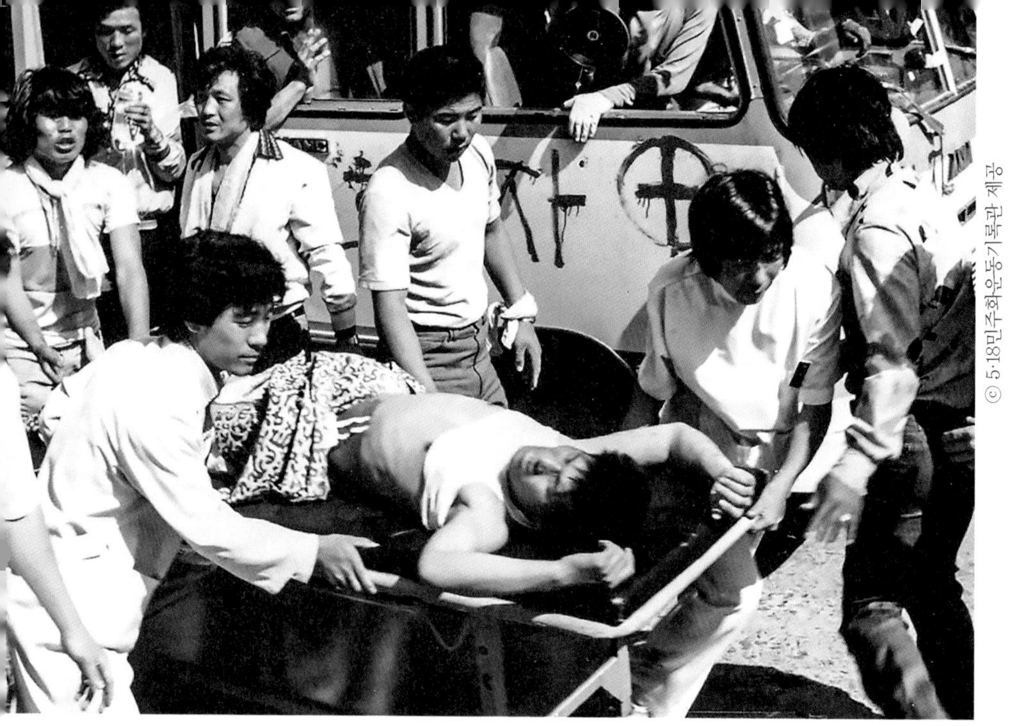

ⓒ 5·18민주화운동기록관 제공

총상을 입은 전형문이 병원 시트에 누운 채 이동 중이고, 왼쪽 손목에 수건을 묶은 김동률이 걱정스러운 눈으로 바라보고 있다.

우리들은 어느새 계엄군과 대치하고 있는 최전선에 있었다. 친구들과 함께 시위를 해서인지 두려움도 잊은 채 맨 앞부분 대열까지 갔다. 정확한 우리의 위치를 말하자면, 시위대열의 맨 앞 열은 전일빌딩과 전일빌딩 건너편 광주YMCA 건물 앞쪽이었다. 시위대열 앞에는 버스 2대가 시위대를 이끌었다. 우리들의 맞은편, 도청 앞 분수대 광장에는 계엄군들이 있었다.

나는 친구들과 함께 시위대열 앞쪽에서 열 번째 줄 정도에 있었다. 성난 시민들은 도청 앞을 가로막고 있는 계엄군들을 향해 구호를 외치면서 대치하고 있었다. 시민들이 타고 있던 버스 2대가 갑자기 계엄군을 향해 달렸다. 계엄군들은 잠시 도청 안쪽으로 후퇴했다가 다시 분수대 앞 광장으로 돌아왔다. 시민들이 탄 버스 2대가 다시 계엄군을 향해 돌진했다. 버스 한 대는 상무관 방향으로 사라졌다.

그러나 또 다른 버스 한 대는 분수대 옆에 멈춰 섰다. 곧바로 총소리가 났다. 곧이어 총성이 연발로 이어졌다. 금남로를 가득 메운 시민들은 깜짝 놀라 혼비백산 흩어졌다. 계엄군들은 '무릎쏴' 자세로 시민들에게 총격을 가했다. 나는 인근의 YMCA 옆 인도를 타고 뛰었다. 광주관광호텔 옆 충장로 입구 쪽으로 몸을 피했다. 상석이와 동률이도 함께 뛰었다. 다행히 우리는 무사했다.

총소리가 잠잠해지자, 곳곳에 피신해 있던 시민들은 다시 금남로로 한두 명씩 나가기 시작했다. 시민들은 어느덧 도로를 가득 메웠다. 시민들은 계엄군이 시민들에게 무차별 총격을 했다는데 대한 분노 때문인지 독이 오를 대로 오른 표정들이었다. 다시금 시민들은 "계엄군은 물러가라." "전두환이 물러가라."는 등의 구호를 외쳐댔다. 우리도 역시 마찬가지로 손뼉을 치면서 구호를 외쳤다.

또다시 총소리가 들렸다. 이제는 연발이 아니라 간헐적으로 총소리가 났다. 계엄군들이 금남로 주요건물에 자리 잡고 조준사격을 했다는 사실을 나중에 알았다. 시민들은 다시 총을 피해 쏜살같이 뛰기 시작했다. 나도 총을 피하기 위해 막 뛰려던 참이었다. 왼쪽 옆구리 아래 배꼽 밑부분이 이상했다. 처음에는 따끔한 느낌이 들었다가 잠시 후 통증이 밀려왔다. 쳐다보니 피가 흐르고 있었다. 그리고는 곧바로 쓰러져버렸다. 정신도 잃어버렸다.

트럭에 실려 김정형외과의원으로

(이 부분부터는 함께 있었던 박상석과 김동률 친구의 증언을 바탕으로 기억을 재구성했다.)

내가 총을 맞고 쓰러지자 옆에 있던 상석이가 "동률아, 형문이가 총에 맞았다."고 외쳤다. 동률이도 계엄군의 총을 피해 도망치다가 발길을 멈췄다. 두 친구는 쓰러져 있던 나를 부둥켜안아 일으켜 세운 후 자신들의 한쪽 어깨에 걸쳤다. 나는 옆구리에 총을 맞아 걸을 수가 없었다.

두 친구는 자신들의 목숨이 위태로운 상황에서도 꿋꿋하게 나를 부축해 전일빌딩 옆 골목으로 데리고 갔다. 그곳, 광주YWCA 앞에는 마침 시위대가 몰고 온 1톤 트럭이 있었다. 상석이는 시민들에게 "총 맞은 시민이 있습니다. 빨리 병원으로 후송해야 합니다. 도와주십시오!"라고 소리치면서, 나를 트럭 짐칸에 태웠다. 동률이는 피가 흐르고 있는 내 옆구리를 옷으로 막아 더 이상 피가 흐르지 않게 응급조치를 하고 있었다. 다른 시민들도 짐칸에 올라탔다.

나를 태운 트럭은 경적을 울리면서 금남로 2가 동구청(현, 고려조삼계탕 입주 건물) 뒷길을 지나 원각사 앞길, 중앙로에 들어섰다. 현대예식장을 지나자 길 건너편에 병원이 보였다. 〈김정형외과의원〉이었다. 트럭을 병원 앞에 돌려세웠다. 상석이는 짐칸에서 뛰어내려 병원으로 달렸다.

병원 문이 닫혀 있었다. 인근 금남로의 시위 때문에 일찍 문을 닫은 모양이었다. 소리를 치며 병원 문을 두드려도 열리지 않았다. 이번에는 병원 문을 발로 차면서 "총상을 당한 긴급환자가 있다."고 외쳤다. 병원 문이 열렸다.

동률이와 상석이, 그리고 함께 온 시민들이 나를 부둥켜안고 차에서 내려 병원 응급실 시트에 눕혔다. 의사는 내 총상 부위를 확인했다. 엑스레이를 찍었다. 그런데 몸속에 총알이 없다고 했다. 총알을 맞은 옆구리는 손가락 두개가 들어갈 정도로 큰 상처가 있는데, 반대편 몸을 뚫고 나간 흔적이 안 보인다는 것이었다.

의사는 "좋은 수술 장비가 있는 큰 병원으로 가보라."면서 광주기독병원을 추천했다. 더 이상 피가 흐르지 않게 응급조치를 받은 후 트럭에 다시 탔다. 물론 상석이와 동률이가 부축해 트럭짐칸에 탄 것이다.

트럭은 전남여고 옆길을 통해 동명동 조선대 앞쪽으로 해서 양림동 광주기독병원으로 갔다. 더 가까운 곳에 전남대병원이 있었지만, 총상 환자들과 사망한 시민들의 시신들로 넘쳐나 긴급치료를 받을 수가 없었다.

ⓒ 임영상

광주 중앙로에 있는 김정형외과병원 전경.

광주기독병원 응급 수술을 받고

광주기독병원에 들어서자 입구부터 붐볐다. 두 친구에 의해 응급실로 들어갔다. 처음에는 기다리라고 했다. 그런데 상석이가 "복부에 총을 맞아 위급하다."면서 "얼른 치료를 해야 할 중상자"라고 협박 반, 사정 반으로 말하자 곧바로 응급실로 갈 수 있도록 했다. 복도에는 병실이 부족해 총상 부상자들이 누워 있어 제대로 지나갈 수가 없을 지경이었다. 병원 마당에는 태극기에 덮여 있는 사람들이 많았다. 아마 죽은 사람들이었을 것이다.

의료진은 응급실이 비좁다면서 나를 데리고 온 상석이와 동률이를 밖으로 나가도록 했다. 이 친구들은 나를 광주기독병원에 데려다주고 의료진이 밖으로 나가달라고 하자 병원 마당에서 한참을 기다렸다. 그러나 해 질 녘이 될 때까지도 응급실에 들어갈 수 없게 되자, 어둡기 전에 집으로 가기 위해 병원을 나섰다.

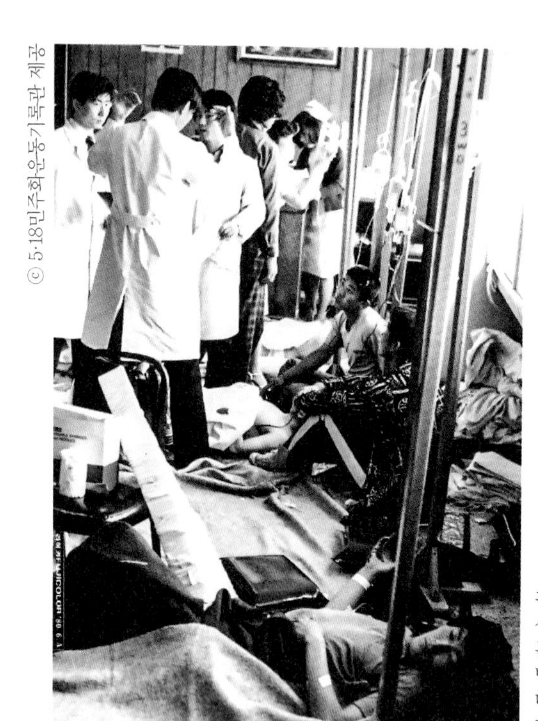

ⓒ 5·18민주화운동기록관 제공

광주기독병원에 도착했으나 응급실이 부상자로 가득 차 병실복도에 기다리고 있는 김동률과 박상석(현재 해남군청 근무). 박상석은 파란색 추리닝 바지를 입고 있다. 머리가 길게 보이는 것은, 곱슬머리인데다 이발을 하지 않아서 그랬다고 한다.

병원 앞을 지날 때, 한옥 집 대문 앞에 서 있던 한 아주머니께서 "지금 조선대 방향에서 총소리가 나고 난리다. 시내로 가면 큰일 난다."고 말했다. "내 아들이 너희들과 같은 고3(조선대부고)인데 집에 안 들어와 걱정이다."며 "집에서 자고 내일 아침에 가라."고 신신당부하셨다.

상석이와 동률이는 그 아주머니 집 작은방에서 하룻밤을 묵고 아침식사까지 하고 집으로 갔다. 이런 사실은 나중에 내가 병원에서 퇴원하고 학교에 등교한 후 그 친구들이 말해서 알게 됐다.

나는 곧바로 수술대 위에 눕혀졌고, 수술이 시작됐다. 총상 부위를 엑스레이 촬영을 했다. 김정형외과에서 찾지 못했던 총탄도 발견했다. 총탄은 허리 옆을 지나 골반 뼈 사이에 박혀 있었다.

총탄이 배 속을 온통 헤집어 놨다. 끊어지고 찢어진 소장과 대장, 혈관 등은 정밀수술로 이어 놨다. 몇 시간에 걸친 대수술은 성공적이었다. 그러나 내 골반 뼈에 박혀 있는 계엄군의 총탄은 제거하지 못했다. 의사는 "뼛속의 총탄을 잘못 제거하다가 허리를 다칠 수 있어서 빼내지 않았다."면서 "몸에 큰 지장이 없는 만큼 그대로 놔두어도 된다."고 말했다.

후유증과 충격으로 학교를 자퇴하다

2019년 5월, 계엄군으로부터 M16 총탄을 '억지 선물' 받은 지 어언 39년. 세월이 흘렀어도 5·18은 결코 잊을 수 없지만, 그 총탄은 내 몸의 일부가 되어 잘 적응하고 있다. 아마도 '적과의 동침'은 내 삶의 여정과 함께할 것 같다.

총상을 당하고도 죽지 않고 기적적으로 살아났던 것은, 교련복 요대 때문이었다. 교련복 상하복을 입으면 허리에 요대를 걸쳤다. 그런데 요대에는 양철판이 몇 군데 있었다. 요대 버클이 양철판이었고, 버클 좌우측 10~15cm 위치에 1cm 넓이의 양철판이 두 개씩 있었다. 나는 불행 중 다행으로 왼쪽 요대 양철판을 총탄이 뚫고 지나가는 바람에 충격이 크지 않았던 것이다.

병원에 입원하고 며칠이 지났을 때였다. 학교 친구 이제국과 최윤곤이 병문안을 왔다. 이 친구들로부터 같은 병원에 박경주란 친구도 계엄군으로부터 총상을 당해 입원해 있다는 사실을 알았다. 며칠 뒤 박경주 친구에게 가봤다. 이 친구는 얼굴에 총상을 당했다. 왼쪽 코 바로 밑으로 총탄이 뚫고 지나간 중상을 당했다. "빨리 나아 학교에 가자."고 서로를 위로하기도 했다.

병원에 입원한 지 1개월. 통원치료를 해도 된다는 의사의 소견에 따라 6월 21일 퇴원했다. 정확히 말하면 '의사의 소견'이 아니었다. 병원에 입원해 있을 때 국보위에서 나처럼 5·18로 총상을 입은 환자들을 찾아와 어디서,

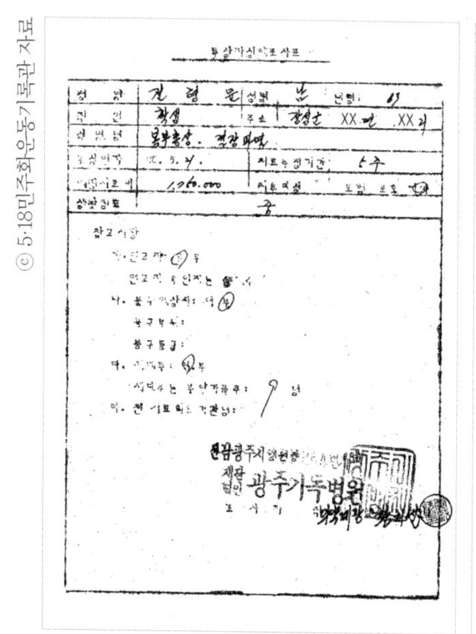

부상자실태조사표

성명	전형문	성별 남	연령 17
직업	학생	주소	장성군 XX면 XX리
상병명	복부총상, 결장파열		
부상일자	80. 5. 4.	치료소요기간	6주
치료비총액	1,260,000		
상해정도	중		

참고사항

재단법인 광주기독병원

순번	이름	생년월일	주소	상병명	부상부위	부상원인	부상일자	치료기간	◈후유증 ▲수술명 ♤특기사항
36	이세영	610627	광주	척추 손상	척추, 하지	총상	5.21	5. 21~11. 20	◈좌 하지 마비
37	이태원	650721	함평	우측 상완부 총상	우 상지	〃	〃	5. 21~5. 22	
38	임승만	310124	나주	좌측 견관절 관통상 좌측 액와신경 손상	좌 상지	〃	〃	5. 21~6. 17	▲동맥 결찰술 ▲근육봉합술
39	정봉성	611218							
40	강선호	571111	광주	혈흉	좌 흉부	총상	5.21	5. 21~ 6. 6	
41	장종렬	620309	광주	혈흉	좌 흉부	〃	〃	5. 21~7. 14	▲폐 부분절제
42	정병석	601110	광주	좌측 서혜부 총상	좌 하지	〃	5.22	5. 22~5. 23	
43	전성준	611122	광산	좌측 대퇴 골절	좌 하지	[illegible]	5.21		♤결핵 치료중
44	정재회	430810	광주	다발성 회장 천공 및 복막염	우 하복부	총상	5.21	5. 21~6. 9	◈우하지 신경증세
45	전형문	630829	장성	회장 천공 및 복강내 출혈 좌측 느관 절단	복부	〃	〃	5. 21~6. 21	
46	최기영	600310	광주	간, 우측 신장, 대장 파열	우 상복부	〃	〃	5. 21~6. 21	
47	최동락	660421	〃	좌측 중족골 골절	좌 하지	〃	5.22	5. 21~6. 4	
48	최광일	610107	보성	우측 혈흉	우 흉부	〃	5.22	5. 22~6. 3	
49	한천석	621019	광주	우측 상완골 골절	우 상지	〃	5.21	5. 22~6. 9	
50	홍두표	671207	함평	비장, 좌측신장 파열, 혈복강	좌 복부	〃	〃	5. 21~6. 6	
51	황인식		광주	흉부 관통상 좌측 상완신경총 손상	흉부	〃	〃	5. 21~6. 9	◈좌상지 신경마비

-130-

전형문 입원기록. 광주기독병원 부상자 실태조사표와 입원자 명단.

무엇을 하다가 맞았는지 등 이런저런 조사를 하면서 완치도 안 되었는데 반강제로 퇴원을 시켰다.

나는 완치가 안 된 몸을 이끌고 학교에 등교했다. 오랜만에 친구들 얼굴을 보니 반가웠다. 나를 광주기독병원에 데려다줬던 박상석과 김동률 친구도 만나 고맙다는 말을 뒤늦게 했다.

다시 등교한 지 한 달쯤 되었을까. 그간 꾸준히 통원치료를 했는데도 다리가 퉁퉁 부어서 걸을 수가 없었다. 복부 총상 때 혈관을 다쳤던 게 문제가 됐다. 또한 정신적으로도 충격이 컸기 때문인지 만사가 귀찮아졌다. 김광섭 담임선생님에게 "도저히 학교에 다닐 수 없다."면서 자퇴서를 제출했다. 선생님은 만류하셨지만 나는 듣지 않았다. 다음 해 학기 초가 되자 학교에서 복학을 권유했다. 복학을 할까도 생각해봤지만, 않기로 했다. 뒤늦게 5·18 총상의 충격이 내 마음속에 깊게 자리 잡고 있었던 것 같다.

'5월청년동지회' 활동, 민주화운동을 하다

모든 것을 잊고 돈을 벌어야겠다는 생각으로 서울로 갔다. 건축 일부터 건설현장 잡부, 실내인테리어 등 온갖 일을 했다. 5·18을 잊기 위해 서울로 갔는데, 5월만 되면 몸 둘 바를 몰랐다. 5·18이 되면 하던 일을 멈추고 광주로 왔다. 나처럼 계엄군에 의해 총상을 당한 5월 동지들이 뭉쳤다. 5·18 3단체의 등장으로 활동이 뜸한 〈5월청년동지회〉였다.

광주시내 여관에 숙박하면서, 동지들 집에 며칠씩 기숙하면서 집회에 참석하곤 했다. 어떤 날은 최루탄을 온몸에 맞아가면서, 어떤 날은 경찰에게 붙잡혀 동부경찰서 유치장으로 끌려가 며칠을 지내기도 했다. 90년대 중반, 서울에서 광주로 생활근거지를 옮겼다.

그 후 5·18은 정부로부터 '민주화운동'으로 평가받고 국가기념일로 지정되었고, 동지들이 묻혀 있는 망월동 묘지는 국립묘지로 승격되는 등 뒤늦게나마 정당한 평가를 받았다.

최근에 일부 자유한국당 의원과 지만원, 태극기부대 등 전두환 일당들이 역사퇴행적인 행동을 아무 부끄러움 없이 당당하게 노골적으로 서울 한복판을 활보하는 꼬락서니를 보노라면 다시 피가 끓어오른다.

어두운 기억의 저편

정강철

군대를 제대하고 나서 한참을 지난 뒤에도, 호남고속도로를 달릴 때마다 그랬다. 논산 부근을 지나면서 습관처럼 탄성을 내질렀다. 맞아, 저기다. 시야에 들어오는 육교 때문이었다. 논산훈련소를 가로지르는 고속도로 위로 가설된 육교, 그곳을 지나갈 때마다 묵은 고들빼기김치같이 시큼한 훈련병 시절이 떠올랐다. 지금은 달라졌을지 모르지만 그 시절 논산훈련소는 그랬었다. 훈련병 대열이 각개전투나 경계 교장으로 이동하려면 반드시 그 육교를 거쳐야 했다. 그때마다 조교들은 구보를 지시했다. 천천히 걸어 지나가는 순간, 행여 훈련병들의 지친 심신에 엉겨 붙을지도 모를 '사회 생각'을 미리 차단시키고자 하는 조치였는지 모르겠다.

80년 오월, 그때 나는 무엇을 했나

경계 교장이었다. 통과의례처럼 아무런 이유도 없이 가해지는 얼차려를 한 따까리씩 받고 나서 '좌에서 우로, 우에서 좌로', '50미터씩 중첩되게' 따위의 경계 요령을 복창한 뒤였다. 10분간 휴식 시간이 주어졌고, 담배 한 발을 장전한 뒤 논산벌의 야산과 들판을 흐릿한 눈으로 바라보았을 때였다. 가까운 산자락에 세워져 있는 관촉사 '은진미륵' 광고판 옆 고속도로를

금남로-'구르마'에 실려 있는 태극기 덮인 시신과 시위군중. ⓒ 이창성 촬영, 5·18기념재단 제공

'광주고속' 버스 한 대가 달려가고 있었다.

아아, 광주. 저 광주고속 버스를 타면 고향에 갈 수 있겠지. 뽀얀 담배 연기를 내뱉으며 살며시 눈을 감았는데 속절없이 콧날이 시큰해졌다. 남자다운 군인이 되라고 군사훈련을 받고 있는 시간이었는데, '광주'라는 고유명사 앞에서 군인이고 뭐고 할 것 없이 한순간에 무너졌다. 밤새도록 막걸리를 마시며 최백호의 「입영전야」를 불러주었던 친구들은 전망을 알 수 없는 미래에 자신을 던져놓았을 테고, 고향집 안방에서 마지막 큰절을 올리던 순간 눈물을 감추지 못하시던 부모님은 소포로 배달되어온 아들의 옷가지를 부둥켜안고 다시금 눈시울이 붉어지셨을 것이다.

그때 장난기 많던 동기 녀석이 앞으로 나서더니 큰 소리로 물었다. 지금이 순간, 뭐가 제일 먹고 싶냐? 야윈 훈련병들은 신이 난 표정으로 한 마디씩 보탰다. 짜장면 곱빼기라면 두 그릇도 먹을 수 있겠다. 에이 씨, 통닭에다 시원한 맥주나 한 잔 걸쳤으면 좋겠고만. 삼봉이나 치고 놀다가 낮잠이나 한숨 때린다면 소원이 없겠네. 부질없는 가정법에 다들 키득거렸고 나도 따라 웃었는데 상상만으로도 배가 불렀다. 광주고속이 달려가는 고속도로를 보며 가만 중얼거렸다. 무등극장 옆 수련다방에 앉아 얼음 탄 냉커피 한 잔만 마실 수 있다면.

경기도 파주 임진강으로 자대 배치를 받고 졸병생활을 시작했는데 '광주'라는 고유명사는 더 이상 안온한 고향의 품이 아니었다. '광주'라는 이름은 밑도 끝도 없는 구타의 태생적 유발 요인일 뿐이었다. '광주 출신'이라는 이유 하나만으로 두들겨 맞았다. 광주사태 때 뭐했어? 이물스러운 타지방 억양으로 묻던 고참병은 대답을 기다리지 않았다. '폭도의 도시, 빨갱이 새끼들' 미리 정해진 레퍼토리가 쌍욕과 더불어 쏟아졌다. 계급이 바뀌고 군복 물이 어느 정도 빠질 무렵까지 그랬다. 지금 돌이켜 봐도 5공화국은 끔찍한 야만과 폭력의 시대였다. 광주사태 때 뭐했어? 고참병의 군홧발을 견디며 침상 끝선에 머리를 처박고 눈을 감은 채 고요히 되뇌었을 물음, 세월이 흐른 지금도 끝없는 의문부호로 떠올라 사라지지 않는 질문, '80년 오월, 그때 나는 무얼 했었나?'

체육대회와 '패륜의 제자들'

그해 오월의 기억을 소환하기가 괴롭다. 벚꽃 이파리 날리던 봄날, 우린 고3이었다. 공부해서 좋은 대학을 가겠다고 아득바득 몸부림치는 요즘 고3 교실과는 사뭇 달랐다. 쉬는 시간마다 복도 끝 화장실에서는 담배 연기가 자욱했고 일찍 까먹은 도시락 쪼가리에서 시디신 깍두기 냄새가 진동했다. 그 언젠가 나를 위해 꽃다발을 전해주던 그 소녀. 콧노래를 불러 젖히던 우리는 상고머리에 검정 교복 차림이었다. 신설학교였음에도 아이들의 어깨에 애교심만은 차고 넘쳤다.

미숙한 나이였지만 세상이 뒤숭숭한 건 알고 있었다. 지난가을, 영원할 줄만 알았던 대통령이 자신의 심복에게 총 맞아 죽은 뒤로 그렇게 됐다는 것도 알았다. 나도 역시 공부에 대한 집중력이 풀린 나머지 소설책 나부랭이나 책가방에 쑤셔 넣은 채 싸돌아다녔다. 세상 돌아가는 추이를 제대로 꿰지는 못했겠지만, 역마살을 이기지 못하고 틈만 나면 시내로 나갔다. 학교 앞에서 6번 버스를 타고 광주천변 현대극장에서 내려야 우리 집으로 갈 수 있었는데 방향을 바꿔 금남로로 나갔다. 대학생들 데모는 보는 것만 해도 가슴이 뛰었다.

운동을 좋아했기 때문에 개교기념 행사로 열리는 체육대회를 기다렸다. 가장행렬은 처음 시도하는 것인지 계획을 짜는 우리도 즐거웠고 선생님들께서도 흥미로워하셨다. 단상으로 난입해 물인지 모래인지를 뿌린 학급은 몇 반이었는지 모르겠다. 나는 우리 반 농구 대표선수로 뛰었다. 경종이가 덩치만큼이나 와일드하게 농구를 잘 했으나 막판을 넘기지 못했다. 심판을 보시던 키 큰 김행문 선생님이 '파울'이라며 휘슬을 불었다. 그러더니, 동네 농구와는 어울리지 않게 자유투를 선언했다. 그걸로 우리 반이 졌다. 이럴 수가? 아이들 체육대회에서 웬 자유투? 패배의 쓰라림이 과장되기 시작했다. 속상하니, 술이나 한 잔 하자.

농구 선수로 함께 뛰었던 짝꿍 근하와, 순진한 효승이를 꼬드겨 후문 구멍가게로 나가서 막걸리를 마셨다. 운동장으로 돌아와 보니 체육대회 폐회식이 끝나 있었다. 캠프파이어를 한다고 소란을 피우던 아이들이 느닷없이 스크럼을 짜고 교문 밖 진출을 시도했다. 대학생들을 흉내 낸 구호소리가 들렸고 선생님들이 교문을 막아섰다. 누군가 돌멩이를 던지자 환호성이 터져 나왔다. 선생님들께서 교문을 막고 크게 화를 내시며 육탄으로 저지했다. 그 위세에 눌렸는지 더는 움직이지 못했고 날이 어두워지면서 마침내 흐지부지 해산하고 말았다. 훗날 사석에서 한 은사님으로부터, '스승에게 돌을 던진 너희 5회는, 패륜의 제자들'라는 꾸지람을 듣기도 했다.

흉흉한 소문 속 학교에는 휴교령이

5월 18일은 일요일이었다. 무슨 바람이 불었는지 근하와 함께 시외버스를 타고 정읍 내장산을 놀러갔다. 해 질 무렵 광주로 돌아와 대인동 공용터미널에서 내려 금남로 5가로 나오는데 근처 상가의 유리창이 박살나 주인 아저씨가 화를 내고 있었다. 그런데 가만 보니 평상시와 완전히 달랐다. 상가 유리창이 깨진 정도는 아무것도 아니었다. 서둘러 근하와 헤어진 후 집으로 가는 발걸음을 재촉했다. 한일은행 사거리를 지나가는데 멀리 금남로 쪽에서 군 트럭과 군인들이 보였다. 심상치 않은 분위기 탓에 나는 금남로 쪽으로 가지 못하고 광주공원 쪽으로 빠졌다. 국밥집이 즐비했던 공원 광장에 세워진 군 트럭에 대학생들을 강제로 태우는 것을 보고 바삐 자리를 피했다. 서동 골목길을 걸어 집으로 갔다.

저녁 식사를 하며 텔레비전으로 프로권투 박찬희의 세계 타이틀전을 시청했다. 믿었던 박찬희가 오쿠마 쇼지라는 일본 복서에게 어이없는 KO패를 당했을 때 회사에 다니던 누나들과 대학생 형이 차례로 귀가했다. 금남로에서 오는 길인데 대학생들이 팬티 차림으로 벗겨져 트럭에 실려 갔다고 누나가 말했다. 전해 듣는 것만으로도 무서운 얘기였다. 마침 집에 놀러 오셨다가 오래도록 광주에 고립되셨던 외할아버지께서 손주들을 단속하기 시작했다. 어지러운 세상이니 밖에 나가지 말라 하셨다. 생업에 종사하고 있고 학교에 다니고 있던 식구들은 저마다 내일이 두려웠다.

그날 아침, 여느 때처럼 시내버스를 타고 학교에 갔으나 평소와 달랐다. 한 시간의 수업도 하지 못하고 선생님들 회의가 소집되었는지 교실에는 우리들만 있었다. 흉흉한 소문들이, 날을 세우고 교실 구석구석을 돌아다녔다. 아이들에게 주워들은 얘기만으로도 간이 벌렁벌렁했다. 그때 용기를 낸 선호가 교탁 앞으로 나갔다. 여러분! 우리가 이렇게 가만 있어야 되겠습니까? 우리 모두 금남로로 나갑시다! 선호의 외침에 아이들이 옳소! 금남로로 갑시다! 하고 화답했다.

그 순간 교실 뒷문이 열리더니 우리 반 담임이셨던 박점수 선생님께서 들어오셔서 굵은 남저음 목청으로 선호부터 진정시켰다. "조선호, 들어가!" 교탁에 서신 담임선생님께서 도무지 믿을 수 없는 말씀을 하셨다. "당장 집으로 돌아가라. 지금 금남로에 시체가 나뒹군다고 하니 시내 쪽으로 들어가지 말고 외곽으로 돌아서 가라. 반드시 살아서 다시 만나자." 침울한 종례였다. 교문에는 아들을 데리러 온 학부모님들이 웅성거렸다. 방학이라도 된 듯 갑작스런 귀가였지만 아무도 즐거워하지 않았다. 서로의 눈망울에 가득 차오른 충격과 두려움만을 확인할 뿐이었다.

나도 교사가 되어 30년을 지내보니, 이제 짐작할 수 있겠다. 당시 은사님들의 심정을 낱낱이 헤아릴 수 없겠지만, 미쳐 돌아가는 야만적인 정국을 마주하고서 얼마나 놀라고 걱정이 되셨을까. 혈기 넘치는 치기 어린 제자들을 다독이기 만만치 않으셨을 테고 예기치 않은 휴교령에 근심이 가득했으리라. 선생님들도 젊은 피가 들끓었을 청춘이셨을 텐데, 민주주의에 대한 신념과 유신 시대의 획일적 군사 교육 사이에서 갈등하셨을 그분들의 고뇌가 떠올라 새삼 숙연해진다.

월산동에 사는 시형이, 철현이와 함께 학교에서 벗어나 돌고개를 거쳐 집으로 걸어갔다. 동네에는 소문이 무성했다. 종국에는 광주시민 모두가 죽을 수도 있겠다는 공포가 어른들의 표정과 입을 통해 돌아다녔다. 교사이셨던 아버지도 휴교령 탓에 일찍 집에 돌아오셨다. 가족들을 수배하고 귀가 여부를 확인하며 단속에 들어갔다. 절대 집 밖으로 나가지 마라. 아버지 말씀에 식솔들 누구도 토를 달지 않았다.

아버지와 함께 나간 도청 앞

며칠인지는 모르겠으나, 대성교회 부근 주택가에 우리 집이 있었는데 2층

ⓒ 이창성 촬영, 5·18기념재단 제공

금남로에 시위군중들이 꽉 들어차 있고, 상공에는 헬기가 날고 있다.

에 올라가 창문을 여니 길거리마다 창문이 박살난 버스들이 지나갔다. 시민들이 각목으로 버스의 표면을 두들기고 다녔다. 자세히 보니 어른들만 있는 게 아니라 교련복을 입은 고등학생도 있었고 나보다 어려 보이는 아이들도 있었다.

집을 빠져나와 월산동 시형이네 집에 가면서 시위대를 보았다. 재술이의 전남대생 형이 귀가하지 않았다고 찾으러 가자고 해서 이리저리 돌아다녔다. 그러는 동안 총기로 무장한 시위대 차량의 모습이 이제는 편안하고 자연스러웠다. 전두환을 찢어죽이자, 허름한 플래카드에 살인마의 이름이 나풀거렸다. 하루는 늦은 밤 집에 돌아왔더니 나를 찾느라 난리가 나 있었다. 나를 본 순간 어머니께서 눈물을 왈칵 쏟으셨고 외할아버지께서는 인공 때도 이러지 않았노라 말씀하셨다.

정 그렇게 바깥에 나가고 싶거든 나랑 함께 가자. 다음 날, 아버지와 함께 집을 나섰다. 월산동 대창석유 앞을 지나 대인동으로 계림동 오거리로 전남여고를 거쳐 도청 앞으로 갔다. 운집해 있던 사람들 중에 누군가 돌아가면서 한마디씩 했다. 가슴속이 쿵쾅거리며 불처럼 뜨거워졌다. 불로동 다리를 건너 집으로 돌아오는 동안 별의별 얘기를 다 들었다. 광주는 소문으로 감금된 도시였다. 온갖 얘기들이 나돌아 다니던 중에 가장 절박했던 것은, 곧 군인들이 시가지에 투입되어 시민군을 진압할 것이며 광주시내 전역에 가택수색을 실시하여 학생들을 연행해 갈 것이라는 소문이었다. 아버지께서는 일단 유사시 장롱을 열고 이불 속으로 숨으라 하셨고, 나는 수차례 예행연습까지 했다.

5월 27일 새벽, 계엄군이 투입되었다. 밤새 귀청을 후벼 파는 단말마의 여자 목소리가 동네를 돌아다녔다. 광주시민 여러분, 지금 계엄군이 쳐들어오고 있습니다. 가두방송의 목소리는 지금까지도 그랬지만 앞으로도 죽을 때까지 잊히지 않을 것 같은 절규의 음성이었다. 집 근처였던 광주공원과 사직공원에서 콩 볶는 듯한 총소리가 밤새도록 귓바퀴를 들쑤셨다. 부모님은 유탄이 날아들지 모른다며 이불을 뒤집어쓰라 하셨는데 나는 잠들지 못한 채 날이 새기만 기다렸다. 여명이 밝아오는 시각에 이층으로 올라가 창문을 열었다. 집 건너 아스라이, 대규모 군대 병력이 월산동 수박등을 넘어오고 있었다. 아침이 되어 총소리는 멎었으나 저공비행하는 헬리콥터 소리만은 끊이지 않았다.

무용담은 무성했으나 결말은 씁쓸해

말할 수 없는 침묵의 시간들, 공포로 숨죽였던 나날들이 지나가고 마침내 개학을 했다. 여름이 깊어지면서 학교도 평상으로 돌아갔다. 이런 세상에 대학이 뭐냐며, 올해는 입시가 없어질 것이라던 뜬소문이 무색해졌다. 평상으로 돌아갔다지만 평소와는 달랐다. 보이지 않은 친구들이 있었다. 총에 맞았다는 형문이, 시민군으로 잡혀 가서 풀려나오지 않은 석봉이가 자리에 없었고 싱숭생숭한 마음은 계절이 바뀌었어도 좀체 가라앉지 않았다.

개학 후 만난 친구들은 여전했다. 무용담은 무성했으나 결말은 씁쓸했다. 시민군 전우를 이끌고 농성동 친구네 집에 찾아가 하룻밤 묵고 나왔다는 한 친구는 두고두고 그날 밤과 새벽 이야기를 했다. 당시 도청의 고위공직자이셨던 친구 아버님은 총을 들고 찾아온 아들의 친구를 보시고 얼마나 놀라셨을까. 아들은 이웃집으로 피신시키고 아들 친구를 아들 방에 재워주셨다. 사람 좋은 웃음이 트레이드마크였던 형문이도 잊을 수 없다. 신혼시절에, 하남 금호아파트 앞에서 사진관을 운영하던 형문이를 자주 만났다. 그랬어도 그가 총에 맞았던 오월 이야기는 한 번도 꺼내지 않았다. 상처가 아물기를 기다리는 쪽은 나보다 그가 더 절실했을 터.

청춘은 고립되었고 꿈은 유폐된 채, 그렇게 고3 시절이 지나갔다. 죽어버리면 몰라도, 살아 있는 한 잊을 수 없는 기억, 우리 모두 그랬으리라. 살아선 믿을 수 없는 현실을 목도하고 그 후의 삶이 통째로 제한되어버렸다. 피할 수 없는 숙명이었다. 죽음을 피해 구차하게 살아남은 자들이므로 남아 있는 날들은 막 살아서는 안 될 일이었다. 87년 6월, 대구에서 왔다는 경북대 연극패 친구들을 망월묘역에서 만났을 때 그들은 무당의 열기처럼 들떠 있었다. 혁명의 도시, 광주가 신앙이라는 그들의 들뜬 말들이 망월동 하늘에 공허하게 흩어졌다.

오월 광주로부터 자유로운 자 누구랴. 스물을 앞둔 고3시절, 미욱한 나이에 겪었던 오월의 경험이 평생을 이끌었다. 어두운 기억의 저편에서 음울한 음각으로 새겨져 있다가 시도 때도 없이 살아나는 오월. 그로부터 40여 년 세월이 흘렀다. 그러는 동안, 우리 모두 그랬다. 저마다 직장이나 일터에서 불의와 타협하지 않고 불편부당함을 거부하며 악의 세력과 맞서 싸웠을 것이다. 모르긴 해도, 뒤처지지 않고 앞장섰으리라. 편안한 길은 외면하고 험지를 전전하며, 손해도 보고 불이익도 당하면서 나이는 먹어갔다. 그렇게 살았다. 그랬어도 후회하지 않았을 삶을, 그해 오월이 가르쳐주었다. 오월은 스승이었다. 그래, 그렇게 살아왔으니, 앞으로도 그렇게 살아가거라. 오월은 등불이었고 우리 삶의 방향타였다. 오월이 가르쳐준 그대로, 우리는 또 그렇게 살아갈 것이다.

그때 그 여고생은 잘 살고 있는지

정인식

1980년 5월 16일 금요일 오후였다. 나는 집이 있는 송정리 방향이 아니라 시내방향 쪽 버스승강장에서 5번 버스를 타고 시내로 향했다. 송정리 고향 친구이자 고교 친구인 김선재와 함께였다. 전남도청 앞 분수대광장에서 대학생들이 집회를 한다는 말을 듣고 이를 구경하기 위해 간 것이다.

민족민주화를 위한 횃불대성회

시내버스는 한국은행 사거리(현, 금남로공원)에 이르자, 더 이상 가지 못하고 원각사 쪽으로 방향을 틀었다. 도청 앞 광장에서 집회가 열리고 있어서였다. 선재와 나는 원각사 건너편 현대예식장 앞 버스승강장에서 하차하여 금남로 1가 쪽으로 이동했다.

분수대광장은 대학생들과 시민들로 발 디딜 틈도 없었다. 여러 시민·학생들이 임시로 마련된 분수대 연단에 올라가 '안개정국'을 비판하며 민주화일정을 조속히 진행하라고 열변을 토했다. 우리도 집회에 합류해 박수를 치면서 함께 구호를 외쳤다. 나중에 자료를 찾아봤더니, 그날의 집회가 〈민족민주화를 위한 횃불대성회〉였다.

날이 어두워지자 집회 열기가 더욱 고조되었다. 수백 개의 횃불에 불을

도청 앞 분수대광장 집회에서 연설하는 시민. ⓒ 한국일보, 5·18기념재단 제공

붙이고 2개 코스로 나눠 행진을 했다. 우리는 금남로 1가부터 유동삼거리까지 다녀오는 횃불시위 행렬에 참여했다. 어두운 밤 도로를 횃불이 밝게 비추면서 행진하는 모습은 너무 멋있게 보였다. 횃불행진은 누가 보더라도 질서정연했다. 인도에서 구경하던 일반 시민들도 박수를 치고 환호하면서 시위에 동참하고 있었다.

횃불시위 행렬은 다시 도청 앞 분수대광장으로 모였다. 횃불을 모두 한 곳으로 모으고, 어떤 글씨가 써진 허수아비 같은 모양의 물체를 활활 타오르고 있는 불구덩이에 던져 화형식을 가졌다. 이것으로 집회는 끝났다. 선재와 나는, 다시 금남로 3가 쪽으로 가서 5번 시내버스를 타고 집으로 갔다.

양주를 마신 군인들에 쫓기다

5월 20일 화요일이었다. 휴교령으로 오후에 수업이 없자 나는 집으로 가지 않았다. 혼자 버스를 타고 시내로 향했다. 며칠 전, 도청 앞 집회에 참석했던 여운이 남아서인지 상황이 궁금했다.

시내버스가 유동삼거리에 도착했다. 우회전해야 되는데 멈춰 섰다. 군인들이 금남로 방향으로는 차량 진입을 통제하고 있었다. 승객들은 모두 차에서 내렸다. 수창초교 앞에 군인들이 모여 있었고, 도청 방향에는 없었다. 수창초교를 지나 광주일고 입구(현, 교보생명빌딩 옆길)까지 걸었다. 일고 정문으로 들어가는 도로에 군인들이 모여 있었다. 나는 군인들 옆을 조심조심 걸어갔다.

그런데 이게 웬일인가. 군인들이 서 있는 곳에 캡틴Q라는 양주병이 길바닥 여기저기에 버려져 있었다. 캡틴Q는 대충 세어 봐도 10병은 넘어 보였다. 일부 군인들의 얼굴은 빨갛게 달아올라 있었다. 군인들이 양주를 마시고 빈 병을 길바닥에 던진 게 분명했다. 그 모습을 보자 괜히 겁이 났다. 갑작스레 찾아든 두려움 때문에 발걸음을 빨리 재촉하여 그곳을 빠져나가고 싶었다.

그때였다. 갑자기 군인들이 진압봉을 들고 금남로를 걷고 있던 우리를 향해 쫓아오기 시작했다. 미처 도망가지 못하고 군인들의 사정권에 있던 시민들은 막무가내로 두들겨 맞았다.

나는 반사적으로 뒤를 돌아봤다. 군인들이 진압봉을 휘두르면서 시민들을 패고 있었다. 붙잡히면 안 되겠다는 생각이 들어 냅다 뛰었다. 군인은 서라고 외치며 나를 쫓아왔다. 죽을힘을 다해 수기동 골목길로 도망쳤다.

어느 공구를 파는 가게를 지나는데, 주인아줌마가 가게로 들어오게 했다. 나를 포함해 세 사람이 가게로 뛰어들었다. 30대 아저씨와 여고생이었다. 주인아줌마는 철제 셔터를 내리고 문을 잠갔다. 군인들은 다른 사람을 쫓느라 가게 앞길을 "쿵쿵쿵쿵" 둔탁한 군홧발소리를 내며 뛰어갔다.

두 시간 정도 흘렀다. 주인아줌마가 셔터를 조심스럽게 올렸다. 밖으로 나가 골목길을 다녀온 아줌마는 밖에 군인들이 없다면서 나가도 된다고 말했다. 우리는 주인아줌마에게 감사 인사를 하고, 우리끼리도 조심히 잘 가라고 인사를 한 뒤 흩어졌다.

돌고개를 거쳐 농성동 로터리까지 갔다. 조금 더 걸어가 항상 집에 갈 때 타던 서부시장 입구 버스승강장에서 시내버스를 타고 집으로 갔다.

그때 군인들을 피해 가게로 들어갔던 아저씨, 그때 그 여고생은 잘 살고 있는지 궁금하다. 우리를 숨겨주었던 공구가게 주인아줌마도 건강하게 잘 계시는지 궁금하다. 지금껏 39년이 흘렀어도 고맙다는 인사를 하지 못했다.

오월 그날의 장면들

조선호

고등학교 2학년 때인 1979년 10월, 박정희의 피살 소식이 있던 아침은 내 인생에서 청명이란 단어가 어떤 것인지 진심으로 느꼈던 날이었다. 실제로 그날 광주의 가을 하늘은 손을 담그면 쨍하고 금이 갈 것 같다는 시구절과 같이 맑고 높았다.

희망. 새로운 희망이 솟아올랐다. 드디어 민주주의가 이루어진다는 희망으로 세상이 역동치기 시작했다. 내 마음도 요동쳤다. 고2 청춘의 봄이 오고 있었다. 그런데 그 봄의 좌절을 맛보는 데는 많은 시간이 걸리지 않았다. 12·12 군사반란, 그리고 불안한 정국, 전두환의 등장, 온갖 추측과 유언비어가 혼재되었다.

시국을 걱정하던 뜨거운 밤

그러고는 1980년을 맞았다. 5월 들어 전남도청(현, 국립아시아문화전당) 앞 광장에서는 매일같이 시국대회가 열린다는 소식이 들렸다. 5월 15일 서석고 체육대회가 끝나갈 무렵, 우리 학급 총무와 회계 담당자인 고전 친구와 신용호 친구에게 요구했다. 반 친구들이 음료수 한 모금씩이라도 마실 수 있게 모아 놓은 학급비를 쓰자고.

도청에서 바라본 분수대광장 집회 장면. ⓒ 이창성 촬영, 5·18기념재단 제공

나는 체육대회 후 소위 친구들과 부담 없이 놀 수 있는 '뒤풀이'가 필요하다고 느꼈다. 학급 총무는 처음엔 "학급비를 줄 수 없다."고 버텼다. 그러나 내가 "문제가 발생할 경우 내가 책임지겠다."고 거듭 요구했다. 총무는 어쩔 수 없었는지 학교 밖으로 나가 학급비로 음료수와 튀김을 사왔다. 다른 반 친구들도 우리와 비슷하게 학급비로 먹을거리를 사와서 운동장에 군데군데 모여 앉아 놀았다.

어쨌거나 그날은 체육대회 뒤풀이라기보다는 어수선한 시국을 걱정하는 학생들의 뜨거운 밤이 되었다. 체육대회 후 의기투합한 우리들은 의기양양 무서울 게 없는 기세가 되었고, 시국에 대한 울분으로 고함과 노래로 어둠을 맞이하고 있었다. 우리가 부른 노래는 교가와 애국가, 훌라송이었다.

우리의 노랫소리가 드높아가던 즈음, 어느 반에서 누가 외쳤는지 기억나지 않지만, "나가자!" "교문 밖으로 나가자!"라는 외침이 크게 들렸다. 잠시 후, 누구랄 것도 없이 "으샤 으샤" 외치면서 스크럼을 짜고 교문 밖으로 나갔다. 순간적으로 현장에 있던 3학년 대부분이 스크럼을 짜고 교문 밖 진출을 감행한 것이다.

나는 대열 앞에서 신이나 "전두환 물러가라."고 고래고래 외치면서 나갔다. 파란색 상하의 체육복을 입은 대열이 학교 앞 주택가 골목길을 지나 어느새 농성동 로터리와 가까운 외곽도로변에 들어섰다. 날이 어두워지고 있었다.

우리 대열은 외곽도로에 들어서자 좌회전했다. 외곽도로 우측은 백운동 가는 방향이었고, 좌측은 농성동 로터리 방향이었다. 농성동 로터리 광장에 도착했다. 일반 시민들도 많았다. 시민들은 어둠 속에서 체육복을 입은 우리를 지켜보고 박수를 보냈다. 나는 덜컥 겁이 났다.

어떤 친구가 "가자 서부경찰서로, 가자 시내로~"라고 외쳤다. 당시만 해도 계엄이 발동되지 않을 때여서 시위진압을 했던 경찰들이 표적이 되었다. 서부경찰서는 돌고개에 있었는데, 농성동 로터리에서 1km 정도 떨어져 있었다. 어두운 밤에 경찰서를 쳐들어갔다간 사태가 어디로 흐를 줄 모르는 일촉즉발의 상황이었다.

최악의 경우, 경찰에게 붙잡혀 감옥에 가거나 총에 맞아 죽을 수도 있다는 생각이 들어 등골이 오싹했다. 순간적으로 대열의 앞자리에 있는 친구들에게 "야야, 학교로 돌려라~, 학교로~!"하며 외쳤다. 그러나 이미 흥분한 젊음을 막기엔 역부족이었다.

나는 수차례 외치고, 잡아 끌기도 하면서 몸으로 선두 대열을 옆 골목 방향으로 밀어 보았다. 그렇게 한참 실랑이를 벌이며 전진하다가 다행스럽게 대열은 학교 방향 옆길로 접어들었다. 한숨을 내쉬며 대열 뒤를 따라가는데 진땀이 흘렀다. 학교로 돌아온 우리는 가쁜 숨을 내쉬면서도 무언가 해낸 사람들처럼 상기되어 있었다. 80년 5월은 그렇게 우리에게 다가왔다.

경찰의 곤봉에 어깨를 맞고

5월 19일, 점심시간이 지나고 오후 수업시간이 돌아왔다. 수업은 제대로 진행되지 않았다. 결국 수업은 중단되고 우리는 집으로 돌아가야 했다. 농성동 서석고에서 백운동 집까지는 상당한 거리였다. 버스가 운행되지 않아 걷고 있었다. 다른 시민들도 함께 걸었다.

외곽도로 월산동 사거리(현, 농협 월산동지점) 근처를 지날 때였다. 마침 경운기가 지나가고 있었다. 경운기를 운전하는 아저씨가 타라고 했다. 잽싸게 경운기에 올라탔다. 함께 걷던 사람들도 탔다. 경운기 짐칸은 사람들로 만원을 이뤘다.

신우아파트 앞에서 내렸다. 즉시 집으로 갔다. 장롱에서 검정색 겨울 교복을 꺼내 입었다. 동복이 질겨서 입고 돌아다니기에는 교련복보다 나을 것 같다는 순진한 생각이었다.

말로만 들었던 시내 상황이 궁금해 직접 보기로 했다. 집에서 걸어서 충장로가 있는 충파(충장로 파출소) 쪽으로 걸음을 옮겼다. 그곳 충파를 사이에 두고 시위대와 계엄군이 밀리고 밀리는 투석전이 벌어지고 있었다. 난 충장로 4가 골목으로 가서 시위대에 합류했다.

투석전이 벌어지고 있는 도로에는 지하상가를 건축 중이었는데, 시위 때문이었는지 모르지만 깊은 파인 웅덩이에 포클레인이 나뒹굴고 있었다. 검정 옷을 입은 경찰들이 시위대를 진압하기 위해 밀고 들어오면 우리는 골목 안으로 피했다가 다시 나가 구호를 외치는 등 일진일퇴를 거듭했다. “김대중을 석방하라.”와 “전두환은 물러가라, 전두환을 찢어 죽이자!”라는 구호가 외쳐졌다.

한번은 경찰들에게 밀리다가 경찰이 내려친 곤봉에 어깨를 맞았다. 당시엔 많이 아프지 않았지만, 나중에 보니 벌겋게 부어올랐고 쑥쑥 아프더니 며칠 후 검은색으로 변했다. 병원에 가면 신원이 밝혀지고 나중에 불이익을 당할 수 있다고 해서 갈 수 없었다.

5월 20일 아침에 비가 내렸다. 오전에 집에서 나와 다시 충장로 파출소 앞으로 갔다. 이날은 광주시내 중·고교에 휴교령이 내렸는데, 내 기억에는 없다. 곰곰이 생각해보니, 아마도 학교에 가봐야 어차피 수업도 못할 것이라고 판단, 나는 학교에 가지 않았던 것 같다.

전남도청 방향 금남로에는 판초우의를 입고 있는 군인들이 서 있었다. 정규군이란 걸 쉽게 알 수 있었다. 공수부대가 2선으로 물러나 시민들의 사기가 조금 올라간 듯 보였다. 시민들은 어제와 똑같은 공방을 계속했다. 금남로는 공수부대가 지키고 있다는 이야기를 들었다.

그날 밤 시내에 있는 일부 상점의 입간판들이 불에 탔다. 난 충장로 파출소를 습격하는 데 함께했다. 경찰들이 이미 피해버려서 빈 파출소에 유리를 깨고 들어갔다. 무기가 될 만한 것은 없었다. 책상 위에 있는 곤봉 하나만 들고 나왔다. 밤늦도록 시위대와 계엄군의 싸움은 계속되었다. 시민들의 숫자도 몰라보게 많이 늘었다. 훌라송 등 노래를 부르며 시민들은 투쟁 의지를 불태웠다.

드디어 금남로 3가 가톨릭센터(현, 5·18민주화운동기록관) 앞까지 진출한 시민들은 불탄 차량들이 빼곡히 들어선 곳에서 시위를 계속했다. 그날 밤은 시민들이 이렇게 많이 참여하니 승리할 수 있겠다는 생각이 들 정도였다.

계엄군 소령을 훈계한 용감한 어머니

5월 21일 오전 11시경, 금남로에서 시위대와 계엄군이 대치하고 있었다. 가톨릭센터와 한국은행 사거리 주변에는 시위대원들이 가득했다. 전남도청 앞 광장에는 계엄군이 '앞에 총' 자세를 하고 금남로에 운집해 있는 시위대를 향해 서 있었다.

도청 앞 분수대광장과 도청 사이, 계엄군의 뒤편으로는 시민들이 통행하고 있었다. 나도 충장로를 거쳐 도청 정문 앞, 그러니까 계엄군의 뒤편으로 갔다. 어떤 아줌마가 계엄군에게 큰 소리로 따지고 있었다. 가까이 다가가서 보니 어머니가 소령 계급장을 단 계엄군 장교에게 항의하고 계셨다.

어머니는 아무 대답도 안 하는 군인에게 "광주에서 물러가야 한다." "사과해야 한다."고 힘주어 말씀하고 계셨다. 나는 깜짝 놀라서 "어머니!"하고 불렀다. 어머니도 나를 보시더니 마찬가지로 깜짝 놀라신 표정이었다. 군인과 싸우시는 어머니를 계엄군이 어떻게 할지도 모르겠다는 무서운 생각이 들었다. "어머니, 갑시다!"하고 어머니 손을 잡아끌었다. 어머니는 못 이기는 척하시면서 물러서셨다.

올해 82세이신 어머니는 정의파이셨다. 평소에도 불의를 보시면 그냥 지나치지 않으셨다. 어머니는 도청에서 그리 멀지 않은 전남대병원 로터리에서 가게를 하셨다. 그래서 시내에서 학생들이 시위를 하면 늘 지켜보셨다.

그리고 한두 시간이 흘렀을까? 전남도청 앞에서 계엄군이 시민을 향해 집단발포를 했다. 나는 도청 앞 집단 발포 현장 지척에 있었지만, 기억이 없다. 무슨 일이 있었는지 모르겠다. 내 형은 뚜렷이 기억하는데 나는 없다.

도청 안에서 시민군들이 총기수선을 하고 있다. 앞에는 LMG기관총. ⓒ 이창성 촬영, 5·18기념재단 제공

다이너마이트를 나눠주다

점심때로 기억된다. 어머니를 전남대병원 오거리 근처 가게에 모셔드리고 밖으로 나왔다. 지나다니는 시위대 버스에 무조건 탑승했다. 화순 가는 시위대 버스였다. 화순 읍내를 지나다니면서 광주의 참상을 전파했다.

다시 광주로 왔다. 시민들의 얼굴이 경색되어 있었다. 우리 버스에 합류한 시민이 "조금 전, 계엄군들이 도청 앞 광장에서 집단발포를 했다."고 상황을 전했다. 버스는 도청 방향으로 가지 않고 외곽도로를 타고 백운동로터리로 갔고 나는 근처에서 내렸다.

집에 들렀다 나왔다. 이번에는 시위대 군 트럭을 탔다. 짐칸에는 10여명이 타고 있었다. 시위대원들은 카빈 소총을 들고 있었다. 중학생도 소총을 가지고 있었다. 나는 중학생에게 "총 쏠 줄도 모르는데 가지고 있으면 위험하다."면서 빼앗다시피 해서 내가 가지고 있었다. 이제 나도 무장한 시위대원이었다. 아니 시민군이었다.

그러나 그것도 잠시였다. 30대로 보이는 덥수룩한 아저씨가 "군대를 안 갔으면 총 다루는 것이 위험하다."며 총을 빼앗아갔다. 소총을 어깨에 메고 고작 10분 정도 있다가 빼앗긴 것이다. '3일 천하'가 아니라 '10분 천하'였다.

우리 트럭은 매캐한 연기가 나는 농성동 로터리에서 멈추었다. 로터리에 모여 있던 시위대원들은 "저 멀리 보이는 잿등 근처 중앙정보부에서 기관총을 쏘니 가지 말라."고 했다. 우리 트럭은 시내 사직동에 있는 광주공원으로 향했다. 광주공원에는 시위대원들이 타고 있는 군 지프, 장갑차, 트럭 등이 분주하게 움직였다.

시위대 리더로 보이는 사람이 "군대에 갔다 온 사람은 모이라."고 말하자, 70~80여 명이 모였다. 소대 편성을 했다. 리더는 "고교생은 총을 쏠 줄 모르니까 소대편성에서 제외한다."고 했다.

나는 할 일이 없어졌다. 그 대신 리더는 나에게 임무를 부여했다. 광주공원 광장을 지나가는 시위대 차량들을 대상으로 "시내 고층 빌딩에 저격수가 있다. 시위대 차량들은 시내 진입을 하지 마라."고 전하라고 했다.

그때 시위대 군 트럭 한 대가 왔다. 짐칸에서 나무박스를 내렸다. 나무박스에는 다름 아닌 다이너마이트가 들어 있었다. 모두 15박스였다. 모여 있던 시위대 차량에 배분했다. 일부 시위대 차량은 그걸 받아 싣고 어디론가 사라졌다. 다이너마이트를 나눠주고 다시 전남대병원 오거리로 돌아왔다.

트럭에 싣고 온 2개의 기관총

5월 21일 오후 광주공원에서 천변을 따라 전남대병원 오거리까지 걸어갔다. 시위대 트럭이 왔다. 시위대원들은 트럭에 싣고 온 몇 정 안 되는 총을 시민들에게 나눠줬다. 그중 기관총 같은 것이 2개 보였다. LMG(경기관총)라고 했다. 줄로 끼워진 총알이 영화에서 보던 모습이었다.

20대 후반으로 보이는 건장한 사람이 "군대에서 LMG 사수였다."며 총을 능숙하게 만졌다. 마침 4대의 군 헬기가 근처로 날아갔다. 시위대원들이 "저 하늘에 낮게 나는 헬리콥터를 맞혀봐라."고 요청했다. 어깨에 총을 멘 그 사람은 알았다고 한 후, 헬기를 향해 기관총을 쐈다.

내 기억으로는 헬기 4대 중 마지막 한 대가 맞은 듯했다. 검은 연기를 뿜으며 비틀거린 것 같았다. 헬기는 수피아여고 근처 호남신학교 뒷산 너머로 사라졌다. 나머지 3대의 헬기는 아주 높이 올라가 버렸다. 광장에선 환호성이 울려 퍼졌다. 이젠 이 학살을 멈출 수 있겠다는 자신에 찬 눈빛들을 보았다. 나중에 확인했더니, 당시 군 헬리콥터가 추락한 경우는 없었다.

어떤 시위대원은 기관총을 계엄군이 지키고 있는 전남도청을 향해 쏴야 한다고 하며 전남대병원 건물 옥상으로 가지고 갔다. 그곳에서는 도청 뒷부분이 잘 보인다. 잠시 후 불을 뿜는 기관총과 불꽃이 날아가는 것이 보였다.

헬기 소리만 들으면 분노가 치솟는다

그 후, 나는 헬기 소리만 들으면 분노가 치솟았다. 그 증상은 오래 계속되었고, 매년 5월이 다가오면 몸에 변화가 일어났다. 머리가 아프고 무기력증 같은 증상을 보이다 5월이 지나면 약해졌다. 특히 헬기 소리는 피가 거꾸로 치솟는 느낌이 들 정도였다. 30대까지도 그 증상이 계속되어 병원에 가야 하나 고민도 많았으나 이후 증상이 완화되었다. 그러나 지금도 헬기 소리만 들으면 화들짝 반응한다.

5월 27일 새벽, 도청에서 최후의 항전을 했던 시민군의 방송은 듣지 못했다. 그러나 5월 26일 오후, 계엄군이 도청으로 쳐들어온다는 이야기를 들었다. 어린 학생들은 도청에서 나가야 한다는 이야기도 들었다. 어머니는 혹시 내가 도청으로 갈까봐 "절대 집 밖으로 나가지 마라."고 몇 번이고 당부하셨다. 그리고 나의 일거수일투족을 지켜보시면서 나를 감시하셨다.

백운동 집에서 밤을 지내고 새벽쯤 헬기 소리에 잠을 깼다. 지붕 위로 올라가 도청 방향을 쳐다봤다. 여명의 어둠 속에 헬기들이 하나둘 늘어나더니 광주시내 상공은 헬리콥터로 뒤덮였다. 세어보니 어림잡아 20대가 넘어 보였고, 24대까지는 세어본 것 같다. 군인들이 헬기에서 줄을 타고 지상으로 내려오고 있었다. 헬기가 시계 방향으로 상공을 선회하다 아래쪽으로 내려오면 총소리가 크게 나기도 했다.

집 앞에서 시내 방향과 백운동 방향은 수피아여고 뒷산에 가려 정확히 어느 쪽인지 알 순 없었지만 헬기들이 내려갔다 올라오는 듯하였다. 연신 총소리가 들렸다. 무등산 쪽에서도 총소리가 들려왔다. 반사된 소리인지 그곳에서 총을 쏘는지는 알 수 없었다. 분노의 눈물인지 아픔의 눈물인지 눈물이 자꾸만 흘렀다. 날이 밝을 때까지 그 자리를 떠날 수 없었다.

9일간의 병원 신세

최대식

1980년 5월, 그때 나는 광주 서석고 3학년이었다. 가정 형편을 핑계로 일찍부터 대학 진학은 포기하고 있었다. 화순에서 가난한 농부의 아들로 태어나, 어렸을 때부터 연로하신 부모님의 농사일을 도왔고, 소·돼지 등 가축을 길렀다.

7남매 중 여섯째인 나는, 큰형님의 사업실패로, 초등학교를 졸업했으나 곧바로 중학교 진학을 못하고 부모님 농사일을 돕다가 2년 늦게 중학교에 진학했다. 광주로 고등학교를 진학해서는 둘째·셋째 형님이 번갈아가며 학비를 대주셨다. 1, 2학년 때는 화순에서 통학을 했고, 3학년 때는 매형과 누님의 도움으로 운암동 누님 집에서 학교를 다닐 수 있었다. 하지만 매주 토요일과 일요일은 무조건 화순 집에 가서 부모님 일손을 도와야 했다. 그래야 마음도 편했다.

최루탄 가루 마시고 쓰러지다

5월 19일 월요일 오후였다. 늘 그래왔듯이 이날도 대인동 시외버스터미널에서 화순을 가기 위해 대성약국에서 버스터미널 쪽으로 걸어가고 있었다. 대성약국에는 매형이 약사로 근무하고 계셨다.

그때였다. 부근에서 시위를 한 것 같지도 않았는데, 갑자기 최루탄이 날아와 바로 눈앞에서 터졌다. 나는 최루탄 가루를 뒤집어썼다. 눈에 최루탄 가루가 들어갔는지 쓰리고 눈물이 나면서 미칠 지경이었다. 숨을 제대로 쉴 수도 없었다. 나는 결국 그 자리에서 쓰러졌다. 극심한 가슴 통증과 기침으로 정신이 혼미해졌다.

마침 약국에서 그 광경을 목격하신 매형이 나오셔서 나를 등에 업고 약국 안으로 데리고 가셨다. 매형은 수돗물로 얼굴을 씻겨주셨다. 그리고 간단한 처방을 해주신 후 택시를 태워 큰형님이 수기동에서 운영하시던 식당 근처의 병원으로 데려다 주었다.

진단결과는 급성폐렴. 최루탄 가루를 한꺼번에 많이 들이마셔서 급성폐렴에 걸린 것이다. 졸지에 병원 신세를 지게 됐다. 병원에는 5월 19일 저녁

최루탄에 휩싸인 금남로 시위장면. ⓒ 한국일보, 5·18기념재단 제공

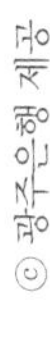

대인동 시외버스공용터미널 자리에 지금은 광주은행과 롯데백화점이 들어서 있다.

부터 5월 27일 오전까지 꼬박 8박 9일을 누워 있었다. 병원에 입원한 관계로 5월 상황을 직접 겪지 못했다. 공교롭게도 시민군의 지휘부가 있던 전남도청이 계엄군에 의해 진압된 27일 오전에 퇴원했다.

병원에 누워 있을 때, 병원을 오가는 가족들과 주위 사람들에게 시내의 상황을 종종 들을 수 있었다. 그럴 때마다 나는 "전두환, 찢어 죽여도 분이 풀리지 않을 놈!"이라고 울분을 토로한 적이 있었다.

그리고 5월 27일 새벽, 병원에 누워 있다가 방송 소리에 잠을 깼다. 날카롭고 처절한 여성 목소리였는데, 아직도 내 귓가에 맴돌고 있다.

"광주시민 여러분, 지금 계엄군이 쳐들어오고 있습니다. 도청으로 나오셔서 계엄군의 총칼에 죽어가는 우리 형제, 자매들을 살려 주십시오."

나는 그 당시 5월 민중항쟁의 한복판에 있었으면서도, 주위에서 5·18 얘기만 나오면 침묵으로 일관하고 있었다. 이 땅의 민주주의를 위해 기꺼이 목숨을 바친 5월의 영령들에게 '부끄러운 방관자'였기 때문이다.

그날 그곳을 생각하며

최윤곤

2017년 1월 23일 월요일. 차가운 새벽공기를 마시며 나는 KTX에 몸을 실었다. 직장생활 30년을 지나는 시점에 광주지원장으로 발령을 받은 것이다. 청운의 꿈을 키웠고 한편으론 아픔이 서려 있는 광주로 향했다. 정읍을 지나면서 산천은 그야말로 순백이었다. 만감이 교차했다. 직장인으로서뿐만 아니라 호남인의 한 사람으로서.

사람들이 시체처럼 즐비하던 시내

39년 전, 우리는 고3 수험생으로 대학입시를 앞두고 막바지 힘을 쏟고 있었다. 완연한 봄날, 계절의 여왕이라는 5월 광주에서는 민주주의를 외치는 시민과 학생들에 대한 학살이 자행되었다. 그때 나는 우리 반(3-1) 반장이면서 전교 학생회장이던 이제국 친구 집에서 하숙을 하고 있었다. 하숙집은 학교 근처에 있었다. 나는 고향이 완도였다. 이제국 친구는 고향이 고흥이었는데, 농성동에 집을 얻어 누나가 밥을 해주고 있었다.

5월 18일 일요일, 공수부대가 잔인하게 진압했다는 소식이 들려왔다. 5월 19일 월요일 오후, 제국이와 나는 시내에서 어떤 일이 벌어졌는지 알아보려고 버스를 타고 시내로 나갔다. 양동시장을 지나 유동삼거리에 이르렀다. 금남로는 차가 다니지 않았고 시민들로 가득했다. 도로변 인도에는 여러 사람들이 시체처럼 쭉 늘어져 바닥에 뉘어져 있었다. 군 트럭 짐칸 바닥에는 사람들이 실려 있기도 했다.

이들의 사망여부는 알 수 없었다. 그러나 이미 죽은 사람, 거의 죽은 사람, 심하게 부상당한 사람이 섞여 있었을 것이다. 정말 소름이 끼쳤고 한편으론 무서운 마음에 우리는 집으로 돌아왔다.

다음 날인 5월 20일 화요일, 학교는 어제 시내에서 친구들이 보거나 들었던 여러 잔학한 얘기들로 오싹하고 어수선했다. 당연히 수업은 되지 않았다. 휴교령이 내려졌다. 선생님들은 시내 학생들은 집으로 가지 말고 가까운 친구 집으로 가라고 했다.

광풍이 지나간 다음 날엔가 제국이와 음선필 친구랑 셋이서 학교에 모여, 하얀 천 조각에 태극기를 그려 머리띠를 만들었다. 당시 시위를 하던 광주시민들이 빨갱이나 간첩으로 몰릴 수 있다는 말을 듣고, '빨갱이'가 아니라는 것을 보여주기 위해서였다. 우리는 30여 개의 태극기 머리띠를 만들어서 나눠줬다. 우리도 태극기 머리띠를 두르고 다녔다.

태극기 머리띠를 만들어 두르고

대형버스, 각종 트럭들이 시내를 돌면서 저항운동이 본격적으로 시작되었다. 소위 평범한 시민들이 들고일어난 것이다. 민주주의와 계엄철폐를 외치던 무고한 시민들, 학생들이 곤봉과 개머리판에 속절없이 나가떨어지고 죽어가자 시민들이 분연히 들고 일어난 것이다.

우리도 유리창이 떨어져나간 대형버스를 타고 몽둥이로 차체를 두들기면서 "전두환은 물러가라." "비상계엄 철폐하라." 그런 구호를 외치고 노래를 불렀다. 양동을 지나 금남로로 향했다. 시민들이 모두 길가로 나와 응원했고, 주먹밥과 음료들을 나눠줬다.

도청 앞에 이르렀을 때 바리케이드에 막혔고, 사격자세를 취한 군인들을 보고 소름이 끼쳤다. 버스는 되돌아서 다시 시내를 돌았고 우리는 목이 터져라 소리 질렀다. 또 며칠 후엔가 농성동 로터리에서 큰 소요가 있었다. 군인들과 시민들이 대판 붙었는데, 쫓고 쫓기는 가운데 최루탄이 발사되고 그야말로 아수라장이었다.

우리는 눈물 콧물로 뒤범벅되어 하숙집으로 되돌아왔다. 밤에는 가끔 북한 라디오방송을 들었다. 그 당시에는 이리저리 돌리다가 북한방송이 나오면 놀래서 빨리 다른 데로 돌리던 때였다. 그런데도 TV에서 보도하는 내용이 사실과 너무 달라 오히려 북한방송이 더 정확하다는 생각이 들어서였다.

5월 26일 오후였다. 계엄군이 시민군을 진압하기 위해 탱크를 몰고 쌍촌동을 넘어 국군통합병원으로 진격해오고 있다는 소리가 들렸다. 우리 서석고를 사이에 두고 대치하는 상황이 벌어졌다. 학교 뒤편에 있는 국군통합병원을 접수하려는 시민군과, 이를 저지하고 진압하려는 계엄군 간에 대치전선이 형성된 것이다.

1주일 전, 계엄군이 시민들을 향해 발포한 이후 시민들도 이미 총을 든 상태여서 정말 그날 밤은 전쟁과 같은 공포가 엄습했다. 저녁 무렵, 제국이와 나는 학교를 둘러보러 갔다. 그런데 학교담장에 일정한 간격으로 시민군들이 배치되어 있었다.

그때 총을 들고 있는 김기배(구명, 김영선) 친구를 봤다. "영선아, 제발 안전핀 좀 걸고 다녀라. 잘못하다 총알 나간다."하고 웃으면서 얘기했던 기억이 난다. 나중에 알았는데, 김기배 친구의 집이 학교 정문 앞에 있었다.

밤새도록 총알이 날던 하숙집 하늘

어쨌든 그날 밤은 밤새도록 총알이 하숙집 위로 날아다녔다. 그 총소리에 밤잠을 설쳤다. 아마 여러 사람이 죽었을 것이다. 처참한 그날 밤이 지나고 다음 날 아침에는 어둠이 지배했다. 계엄군이 광주를 장악한 것이다. 골목에는 바리케이드가 쳐졌고, 지나가는 사람을 일일이 체크했다.

광주기독병원 전경. ⓒ 임영상

암흑이 몰려왔고 침묵의 시간이 시작되었다. 나는 그 무렵 쌍촌동에 사는 우리 반 친구 박길남과 시내에 있는 어느 성당에 갔다. 아마도 임동성당이었던 것 같다. 길남이는 천주교 신자였다. 성당 입구 게시판에 광주항쟁에 희생된 사망자 수 등 잔학상이 낱낱이 적혀 있었다. TV에서 보도한 것과는 완전히 다른 충격적인 내용이었다. 그날 나는 성당이 처음이었고 또 미사 참례도 처음이었다. 기억이 정확히 나지는 않지만 신부님은 희생자의 영혼을 위해 기도하고 광주항쟁에 대한 여러 말씀을 하셨다.

또 며칠이 지난 후, 제국이와 나는 부상당한 친구들을 위해 광주기독병원에 갔다. 총에 맞아 쓰러진 사람들, 부상당한 사람들로 아비규환이었다. 우리는 기적적으로 살아남은 우리 학교 두 친구를 보았다.

한 친구(전형문)는 복부에 총을 맞았는데, 그 누나가 병간호하면서 오줌을 받아내고 있었다. 또 다른 친구(박경주)는 얼굴에 총을 맞았는데, 가까스로 뼈를 스치며 지나가 정말 기적적으로 살아났다고 했다. 눈물이 났다. 그리고 억압된 시간이 계속되고 우리는 거의 한 달 만에 다시 학교로 돌아왔다. 고3 수험생으로 체육관에서 합반수업 또 방송수업으로 정신없이 돌아갔다. 그리고 어언 39년이라는 세월이 흘렀다.

다시 온 광주에서 1년을 지내다

지난해 나는 광주에 근무하면서 반가운 친구들과 여러 사람을 만나고 고향산천을 탐방했다. 정말 보람된 생활이었고 소중한 경험을 했다. 그 잔혹함 속에서 민주주의와 평화를 갈망하는 광주시민과 호남을 묵묵히 바라보며 지켜온 국립공원 무등산도 열 차례나 등반했다. 서울에서 온 회사 후배들과, 사랑하는 반려자와, 친구와, 때로는 혼자서. 사무실 창가로 항상 바라본 평온하고 듬직한 무등산. 하루하루 또 계절 따라 바뀌는 그 모습을 핸드폰에 담아보면서 1년이 그렇게 흘러갔다.

옛날 도청 광장과 금남로에서 5·18민주항쟁 37주년 전야제에도 참여하고, 여러 행사를 지켜보면서 이런저런 감상에 젖어 들었다. 전야제에서 어느 행위예술가가 30여m 되는 기중기에 길게 매달아 놓은 천을 잡고 오르내리면서 여러 몸부림으로 뿜어내던 광주의 한과 평화의 외침이 아직도 생생하다.

나는 1년 만에 그곳 근무를 마치고 다시 서울로 돌아왔다. 그 시절, 그곳의 희생을 자양분으로 삼아 발전한 민주주의와 대한민국을 생각해 본다. 소심했던 학생시절 또 그 이후의 나의 여정도 반추해 본다. 우리 살아 있는 사람들이 더 열심히 살아야겠다고 다시 한 번 다짐해 본다.

지금은 말할 수 있다

최인근

나는 그동안 무고한 광주시민들을 살육하고 폭도로 만들었던 5·18광주민주화운동을 직접 겪었으면서도 지금까지 말하지 못했고, 말할 자격도 없다고 생각했다. 그러나 다행히도 고교동창회에서 추진하는 체험담 편찬 작업에 참여하면서 친구들로부터 자료를 수집하는 동안, 세월이 많이 흘렀지만 아직도 선명하게 남아 있는 나의 기억들을 다시 정리해볼 수 있는 기회를 갖게 되었다.

광주시민 모두가 피해자

나는 5·18광주민주화운동의 직접적인 피해자는 아니다. 그러나 가까운 주변에는 아픔을 안고 살아가는 피해자 가족이나 부상자가 여럿 있다. 이들의 아픔이나 고통을 완전히 해소해 줄 수는 없지만, 더 이상 이들에게 불필요한 논란으로 아픔을 주어서는 안 된다고 생각한다.

5·18광주민주화운동 당시를 돌이켜보면, 그때 우리는 고3 수험생으로서 대학입시나 취업 등의 문제로 매우 중요한 시기였다. 5·18광주민주화운동 기간에 계엄군의 총칼 아래 공포의 시간을 경험한 광주시민들은 모두가 피해자였다고 할 수 있다.

금남로 시위—불타는 차량들. ⓒ 한국일보, 5·18기념재단 제공

이런 피해자들에게 사죄하고 용서를 빌어도 부족할 텐데, 지금도 망언을 일삼는 무책임한 사람들 때문에 5·18정신과 광주시민의 명예가 아직도 회복되지 못하고 있다는 사실에 새삼 안타까움과 분노를 참을 수 없다. 그래서 잊혀가는 기억을 되살려 기록해야 한다는 〈서석고5회동창회 5·18체험담출판위원회〉의 깊은 뜻을 이해할 수 있었고, 늦게나마 미력한 힘을 보태 동참하게 되었다.

광산군 비아에서 학교까지 통학하다

1980년 5월은 여느 5월과 별반 다르지 않았다. 5·18 이전까지는 그랬다. 들판에는 보리가 더 푸르게 익어가고 있었고 봄기운이 따사로워 춘곤증을 느끼게 하는 시기였다.

내 고향은 광산군 비아면(지금은 광주광역시 광산구 비아동)이었다. 집에서 광주 농성동에 있는 학교까지 버스로 통학했다. 아침 일찍 집에서 20분을 걸어 나가 비스를 탔다. 이 버스는 한 시간에 한두 번 다녔다. 광주에 진입해 광주 시내버스로 갈아타고 통학을 하던 때였다.

5월 17일 오전수업을 하고 집으로 돌아갈 때부터 뭔가 심상치 않은 공기가 감돌았다. 18일에 광주에 나갔다 집에 들어온 형들이랑, 친구들로부터 더 많은 소식을 접했다. 광주시내가 온통 최루탄 가스로 뒤덮여 있고, 시위를 하는 대학생들과 무고한 시민들이 무장군인들로부터 무차별적으로 구타당하는 모습을 목격했다고 했다. “이러다가 광주시민들이 모두 다 죽을지 모르겠다.” “우리들이 이렇게 가만히 있어서는 안 될 것 같다.”라고 이구동성으로 말했다.

그리고 19일 아침, 등굣길은 평소와 크게 차이가 없었으나, 친구들이 모여 있는 학교 교실은 분위기가 많이 달랐다. 18일 시위현장에서 공수부대원들의 무자비한 폭력을 목격한 몇몇 친구들은, “우리가 지금 이렇게 가만히 있을 때가 아니다. 지금 시내로 가서 대학생 형들과 동참해야 한다.”고 다소 격앙된 표정으로 말했다. 담임선생님은 이런 교실 분위기를 보시고 우리들의 행동을 우려하시면서 "너희들은 아직 고등학생이고 어리니 침착하게 행동해야 된다."고 말씀하셨다.

10·26때 대통령이 사망하고, 12·12때 신군부가 쿠데타를 일으켰다고 언론에 보도되었으나, 그때 나는 아직 군부독재가 무엇인지, 민주주의가 무엇인지, 왜 데모를 해야 하는지를 정확히 알지 못했다. 그러나 나라를 지켜야 할 군인들이 아무 죄 없는 시민을 무차별적으로 폭행하는 것은, 분명 잘못된 일이라는 걸 확실하게 알고 있었다.

경운기를 향한 무장군인의 총격

19일은 수업이 정상적으로 진행되지 않았다. 오전수업만 하고 학교가 파했다. 비아면에 있는 집으로 가기 위해 101번 버스가 지나는 중흥동 광주고속터미널 앞에서 101번 버스를 기다리고 있었다. 지금은 광천동으로 고속버스터미널이 이전하였지만, 그전에는 유동삼거리에서 신역으로 가는 중간 지점에 광주고속터미널이 있었다.

지나가는 시민이 버스를 기다리는 내게 "도청 일대에서 시위가 한창"이라고 하면서 "더 늦으면 버스도 끊어질 텐데 학생들은 빨리 집으로 가라."고 말했다. 호기심에 시위현장으로 가보고도 싶었다. 그러나 용기도 나지 않았고 무섭기도 하여 버스를 타고 집으로 갔다. 나중에 알았지만, 동네 사람들 중 일부는 광주로 일 보러 나갔다가 저녁시간이 되면서 시외로 나가는 버스가 두절되어 걸어서 집에 왔다고 했다.

21일 이후에는 시외로 운행되는 모든 교통수단이 두절되었다. 1번 국도에는 버스도 다니지 않았고, 택시가 일부 운행이 되었지만 이마저도 타기가 쉽지 않았다. 며칠이 더 지난 후에는 시골 주유소에서 기름을 구할 수 없어서 차량이 거의 운행되지 못했다.

21일은 비아면소재지에 5일장이 서는 날이었다. 우리 마을에서 시장까지 거리가 5km 정도인데, 아버지를 따라 5일장에 갔다. 광주의 모습과는 다르게 5일장은 정상적으로 열렸다. 면소재지로 진입하는 도로에 들어서자, 무장 군인들이 초소를 운용하고 있었다.

마침, 경운기 한 대가 그곳을 지나고 있었다. 군인들은 경운기를 검문검색을 하기 위해 정지명령을 내렸다. 그러나 경운기 운전자는 경운기 소음 때문에 이를 듣지 못하고 초소를 지나갔다. 군인은 경운기를 향해 총격을 가했다. 운전자가 기겁을 하고 멈추었다. 초소 근처에 있던 사람들이 반사적으로 자세를 낮추고 총소리가 난 쪽을 주시했다. 다행히도 사상자는 발생하지 않았지만, 총소리에 놀란 가슴을 쓸어내야 했다.

아버지와 나는 무사히 시장을 볼 수 있었다. 동네 주민들과 함께 집으로 돌아가는 길에 아버지는 "지금 광주시내에 잘못 들어가면 계엄군에게 폭도로 몰려 개죽음 당한다. 너는 절대로 마을 밖으로 벗어나면 안 된다."고 신신당부를 하셨다.

그러나 광주 상황이 너무도 궁금했다. 광주에 다녀온 형들과 동네 주민들의 말만 전해 듣고 있어 더 궁금해졌다. 집에서 가까운 큰 도로까지 나가 보니 멀리 보이는 고속도로에만 간간이 차들이 오갔다. 시위대원들이 타고 있는 차량이 고속도로를 질주하는 모습을 보고 집으로 돌아왔다.

마을 앞길엔 피난행렬이 늘어가고

동네에 나갔더니 마을 어르신들과 선후배들이 모여 있었다. 그들은 비아면소재지에 있는 예비군 무기고를 비롯해 여러 곳의 무기고는 이미 시위대원들이 계엄군과 맞서기 위해 털어 가버렸다고 했다.

화순에 있는 탄광에서도 다량의 다이너마이트 폭약을 가져와 시민군이 무장하고 있다는 말, 시민들이 자발적으로 김밥, 음료수 등 먹을 것을 준비하여 시민군에게 나눠주고 있으며, 이것을 같이 먹고 트럭에 탑승하여 시가행진을 하고 왔다는 6촌 동생의 말, 전남대병원 건물 옥상에 기관총을 거치하고 도청에 주둔하고 있는 계엄군을 공격하려고 했는데 조작을 못해서 도와주고 왔다는 동네 형의 무용담 등 정말 궁금하고 답답하기 그지없는 말들이 오고 갔다.

하지만 시민군들이 광주시내의 질서유지 등 치안유지 활동을 하고 있다는 말은 다소 안심이 되었다. 그러나 공수부대 군인들이 처녀 유방을 도려내어 무참히 죽였다는 말, 계엄군의 발포로 수많은 사상자가 발생하였고 그 시신이 도청광장과 상무관에 안치되어 있고, 사상자가 계속 발생하고 있다는 어두운 소식도 전했다.

이들은 또 1번 국도가 지나는 광주외곽 동림동 고개(지금의 동림동 119 소방센터 부근) 길에서 이미 광주 진입이 차단되어 버스가 다니지 않고 있고, 무장군인이 배치되어 광주시내로 들어가는 것은 불가능하고 나오는 것은 가능하다고 했다.

시간이 지나면서 마을 앞에는 광주시내로부터 빠져나와 장성 방향으로 삼삼오오 걸어서 이동하는 인파가 많아졌다. 이 모습을 보신 아버지께서는 "6·25사변 때처럼 피난민이 이동하고 있는 것 같다."고 말씀하셨다. 이런 피난민들을 며칠 동안 목격하면서 정말 상황이 심상치 않다는 것을 느꼈다. 그럼에도 불구하고 TV와 라디오에서는 광주시민을 폭도로 몰고 폭도들의 행동에 동참하지 말라는 방송을 계속했다.

5·18 왜곡, 더 이상은 없어야

이처럼 아픈 기억을 세월에 묻고 상처를 치유하면서 살고 있는데, 또다시 되풀이되는 망언으로 악몽 같던 기억들이 되살아나고 있다. 어찌 됐든 지나온 과거 역사는 잘못된 부분이 있었고, 앞으로도 있을 것이다. 우리역사는 애석하게도 이런 잘못된 역사를 단 한 번도 바로잡고 지나온 적이 없다는 어느 사회평론가의 지적에 적잖이 놀라지 않을 수 없었다.

'과거의 잘못을 반성하지 않으면 미래도 없다.'는 말이 있는데 우리나라의 미래가 과연 있을지 걱정이 앞선다. 지금도 5·18이 남파된 북한군이 주도하고 광주시민이 폭동을 일으켰다고 주장하는 자가 있고, 이에 동조하는 자가 있다. 그것도 국회의원이라는 자들이. 그리고 그 중심에 있는 당사자는 "책임이 없다."라고 자서전에 기록하고 있다.

이런 말도 안 되는 왜곡된 자료를 만들어 후대에 남기려는 생각을 가지고 있는 자들의 잘못된 생각을 바로잡아야 한다. '가는 세월에는 장사가 없다.'고 했다. 세월이 흘러갈수록 기억은 희미해져 가고 이 시대를 사는 젊은 이들은 5·18이 무슨 운동이었는지 잘못된 자료에 기초하여 무슨 폭동이 있었다라고 생각할 수 있다.

우리는 이러한 젊은 세대들에게 5·18광주민주화운동 정신을 정확히 인지시켜줘야 할 의무가 있다. 하지만 〈화려한 휴가〉나 〈택시 운전사〉 같은 5·18 관련 영화 정도로는 어린 학생들이나 젊은 세대들에게 5·18의 정신과 실체를 전달하기가 지극히 미약하다고 생각된다.

따라서 우리 세대에게는 자라나는 젊은 세대들에게 5·18의 숭고한 희생이 우리나라 민주주의가 빠르게 뿌리내릴 수 있는 밑거름이 되었다는 것을 적극적으로 홍보하고, 광주의 숭고한 정신을 심어줄 책임이 있다고 생각한다.

두 아들을 지키셨던 아버지

최종귀

1980년 5월만 생각하면, 아직도 나는 그 당시 일어났던 수많은 장면들이 머릿속에서 파노라마처럼 떠올라 회상에 젖게 되고, 눈시울을 적시게 된다. 5·18과 관련한 숱한 기억 중에서도 아버지에 대한 기억이 먼저 떠오른다.

육군 대령 출신 아버지의 금족령

5월 21일이었다. 오후에 금남로 1가 전일빌딩 앞에서 계엄군의 집단사격으로 많은 시민들이 사망했다는 사실을 알게 됐다. 이 소식은 이런저런 연락망을 통해 삽시간에 광주 전역으로 퍼졌다. 광주와 인접한 나주, 화순, 담양 등지에서도 소문이 났다. 광주에 사는 나도 당연히 관심을 가질 수밖에 없었다.

하지만 완고하신 아버지 때문에 21일 오후부터는 집 밖을 나갈 수가 없었다. 계엄군들이 이날 오후에 도청 앞에서 시민들을 향해 무차별 집중사격이란 만행을 저질렀기 때문이었다.

아버지는 육군 대령 출신이셨다. 전역하신 지 10여 년이 되었지만 여전히 군기가 바싹 든 것처럼 행동하셨다. 우리 집은 화순 가는 길목에 있는

계엄군들이 금남로 인근 학원의 학원생들을 집단구타하고 있다.　　　　ⓒ 한국일보, 5·18기념재단 제공

학동시장 근처 한옥이었다. 집에서 1km만 걸어가면 전남도청이었다. 누구보다 시내 상황을 자주 목격할 수 있었다. 5월 20일까지는 그랬다. 나는 2남 3녀 중 막내였다. 바로 위는 형이었는데, 나보다 3살 많았다. 형은 곧 군입대를 앞두고 있었다.

오후 서너 시쯤 되었을 때였다. 아버지가 형과 나를 부르셨다.

"조금 전 도청 앞에서는 계엄군이 쏜 총에 시민들이 맞아서 수십 명이 죽고, 수백 명이 부상을 당했단다. 시민들도 몹시 흥분해 있는 상태이고, 계엄군도 명령에 따라 또다시 총을 쏠 수밖에 없다. 밖에 나가면 위험하니까 조용해질 때까지 절대 나가지 마라."

우리 형제에게 금족령을 내리셨다. 아버지는 두 아들이 젊은 혈기에 금남로에 가서 계엄군과 맞서 싸울 수 있는 요주의 인물이라고 판단하신 모양이다. 더욱이 시민들도 계엄군의 만행에 대항하기 위해 총기 무장을 시작할 때였으니, 총격전이 벌어질 수도 있었다.

그렇다고 형과 내가 그냥 집에 있을 수는 없었다. 우리는 저녁식사 후 자꾸 대문 밖으로 나가려고 이 핑계 저 핑계를 대면서 대문 밖으로 기웃거리고 있었다. 하지만 거기까지였다. 대문을 열고 밖으로 나갈 수가 없었다. 엄하신 아버지가 단단한 참나무로 만든 몽둥이를 들고 마루에 앉아 계셨기 때문이다. 1년 전, 어떤 문제로 잘못을 저질렀을 때, 아버지한테 '몽둥이 찜질'을 당한 적이 있었는데, 그 기억이 나를 꼼짝달싹 못하게 만들었다.

집 밖 화순 가는 도로에서 시민들이 구호를 외치고 노래를 부르면서 지나가는 소리가 선명하게 들렸다. 곧이어 지붕 위로 헬리콥터 소리가 크게 들렸다. 소태동 쪽에서 총소리도 들렸다. 그래도 어쩔 수 없었다.

금족령이 풀린 하루의 목격담

금족령은 하루 만인 다음 날(22일) 저녁 때 풀렸다. 아버지는 도청에서 계엄군이 물러나고 그 대신 시민군이 도청을 장악했다는 소식을 들으신 후, 문밖출입을 허용하셨다. 우리에 가둬 놨던 동물이 문을 열어주면 쏜살같이 자유를 찾아 뛰어나가는 것처럼, 나는 대문 밖으로 뛰어나갔다.

모든 게 궁금했던 금남로 시위상황을 확인하기 위해 도청 앞으로 가봤다. 밤인데도 시민들이 계엄군의 만행을 규탄하면서 집회를 하고 있었다. 도청은 계엄군 대신 시민군 지도부가 장악하고 있었다. 도청 건너편 상무관에는 계엄군의 총탄에 사망한 시민들의 시신을 안치해 놓았다.

하루 사이에 달라져도 너무 달라져 있었다. 도청과 금남로 일대를 빙 둘러보고 다시 집으로 향했다. 이번에는 집으로 가는 길목에 있는 전남대 병원을 들렀다. 계엄군의 총을 맞은 시민들이 치료받느라 북새통이었다. 병원 정문 근처와 영안실 입구에는 관들이 놓여 있었다.

다음 날(23일) 아침, 아버지는 두 아들을 또 부르셨다. 아버지는 아직도 다 큰 두 아들의 행동거지가 불안하셨던 같다.

"계엄군들이 광주시 외곽을 차단하고 지키고 있단다. 바깥에 다니더라도 절대로 시 외곽 쪽은 가지 마라. 그리고 반드시 아침에 외출하면 점심때 집에 와서 밥을 먹고, 오후에 나가면 저녁때 들어와서 가족들과 식사를 꼭 해야 한다."

형과 나는, 5월 항쟁이 끝날 때까지 아버지의 당부말씀을 거의 지켰다. 그러나 나는 딱 한 번, 아버지에게 거짓말을 한 적이 있었다. 밖에서 시위대에 합류해 돌아다니다가도 매번 식사 때가 되면 시위대 차에서 하차해 집으로 가야 해서 불편했다.

한번은 작심하고 아버지에게 말씀드렸다.

"아버지, 학교 앞에 사는 친구가 계엄군 총에 맞아 병원에 입원해 있는데, 학교 친구들과 병문안을 다녀오기로 했습니다."

아버지는 못 미더운 표정을 지으셨지만 허락하셨다. 아버지는 내가 거짓말했다는 것을 알고 계셨으리라. 지금 생각해보면 불편해 하는 자식에게 일부러 속아주셨던 것 같다.

팬티 차림으로 계엄군들에게 끌려가는 시민들. ⓒ 한국일보, 5·18기념재단 제공

올해는 5·18이 일어난 지 39주년이다. 당시를 떠올리다보니 아버지가 그리워진다. 엄하셨던 아버지가 아니었다면, 당시 공부는 뒷전이고 의협심 강했던 내 성격상 항쟁지도부가 있었던 전남도청에서 27일 새벽을 맞이했을 가능성이 높았다. 올해 5월은, 그 어느 해 5월보다 더 아버지가 그리워진다.

잊을 수 없는 장면

한광희

5월 20일, 휴교령이 내려지자 나는 그날 오후부터 학교 친구들과 시위대 차량에 올라타 광주시내를 다니면서 계엄군의 만행을 규탄했다. 지금도 가장 잊을 수 없는 장면이 있다. 바로 '광주교도소 앞 총격사건'이다. 날짜를 역산해보니 금남로에서 계엄군이 집단발포를 했던 다음 날이었으니까 5월 22일인 것 같다. 시간은 대략 오후 2, 3시쯤으로 기억된다.

광주교도소 앞 총격사건

나는 시위대 차 안에서 주먹밥으로 점심식사를 한 후, 담양과 곡성 등 광주 북부지역으로 가서 광주의 비극을 알리기 위해 이동 중이었다. 시외로 가는 시위대는 모두 5대의 버스와 트럭에 타고 있었다. 이들 차량은 조직적으로 조를 편성한 게 아니었다. 광주시내를 이리저리 돌아다니다가 전남 북부지역으로 가서 광주참상을 알리자는 의견에 동조한 시위대 차량들이 모였던 것이다.

나는 차량 행렬 중 세 번째 차, 2.5t 화물트럭의 짐칸에 탑승했다. 짐칸에는 나를 포함해 20여 명이 타고 있었다. 첫 번째와 두 번째 차는 버스였고, 네 번째 차는 트럭이었고, 다섯 번째 차는 버스였다.

우리는 대부분 총을 가지고 있었다. 내게도 전날(5. 21.) 오후 일신방직에서 가져온 카빈 소총이 있었다. 소총에 총알이 든 탄창을 꽂아 놓은 상태였고, 추가로 탄창 2개를 주머니에 보관하고 있었다. 다른 차들도 우리와 마찬가지로 M1과 카빈 소총을 소지하고 있었다.

서방사거리를 거쳐 동신고 앞을 지났다. 고속도로 진입로가 있는 지금의 각화동 사거리를 지날 때였다. 갑자기 차가 멈춰 섰다. 곧이어 요란한 총소리가 들렸다. 계엄군들이 광주교도소 입구 도로에 바리케이드를 설치해 놓고 우리에게 총격을 가한 것이다.

맨 앞의 버스는 예상치 못한 계엄군의 총격을 받고 급히 핸들을 꺾어 유턴했다. 뒤따르던 차들도 급히 핸들을 꺾어 시내 방향으로 질주했다. 트럭 짐칸에 탔던 우리들은 짐칸 밑바닥에 납작 엎드려 다행히 총격을 피할 수 있었다. 그러나 맨 앞에 있던 버스는 앞 유리창이 깨지고 차 안은 피범벅이 되어 아비규환이었다. 여러 시민들이 총에 맞았다. 버스는 총상자들을 병원으로 데려가기 위해 속도를 냈다.

우리는 대부분 소총을 가지고 있었지만 갑작스런 계엄군의 총격에 놀라서인지 대응사격을 하지 못했다. 나부터도 총을 쏴본 적이 없었기 때문에 간단한 총기사용법을 교육받았어도 응사할 수 없었다. 군대를 다녀왔을 법한 30대 안팎의 청년들도 많았는데, 계엄군의 갑작스런 총격에 어찌할 바를 모르고 몸을 피하기에 바빴다. 소위 폼으로 총만 가지고 있는 '당나라 군대'의 군인들이었다. 당연히 놀라서 도망칠 수밖에 없었다.

더욱이 나는 광주교도소 근처에서 담양 가는 길로 5백m를 가면 집이 있었다. 어제 오전까지도 자유롭게 통행이 가능했기 때문에 계엄군의 총격은 전혀 예상하지 못했다. 결국 광주참상을 도민에게 알린다는 계획은 계엄군의 총격으로 수포로 돌아갔다.

지난 1988년 광주청문회 때, 광주교도소 앞 도로에서 계엄군의 총격으로 무고한 시민들이 여러 명이 죽었다는 사실을 뒤늦게 알고 그들의 명복

ⓒ 임영상

사직공원 전망타워에서 바라본 무등산 방향.

을 빌어준 적이 있었다. 광주청문회 당시, 신군부 세력들은 광주참상을 알리려던 우리를 광주교도소를 습격하려는 불순분자로 규정하며 그들의 무차별 총격을 정당화하는 억지 주장을 펴기도 했다.

일신방직에서 무기를 받고 광주공원으로

이에 앞서, 5월 21일에는 아침부터 시위대 버스에 탑승했다. 탑승한 시민들은 20여 명 남짓 됐다. "전두환이 물러가라."와 "김대중을 석방하라."는 구호를 외치면서 광주시내를 돌아다녔다. 오후 4시경이었다. 우리 차에 탄 사람들이 언제, 어디에서 들었는지 모르지만, "조금 전 금남로에서 계엄

사직공원 전망타워에서 바라본 광주공원 일대. 당시 광주공원 광장에서는 총기를 나눠주었다.

군이 시민들에게 무차별 사격을 했다."면서 "우리들도 무장해야 한다."고 말했다. 곧바로 우리는 행동에 들어갔다. 임동에 있는 일신방직으로 갔다. 일신방직 바로 옆에는 전남방직(현, 전방)이 있었다.

공장은 가동하지 않고 있었다. 남녀 직원 2명이 사무실에 있었다. 우리는 그들에게 금남로 상황을 얘기하고 무기고 문을 열어달라고 했다. 남자 직원은 순순히 무기고 위치를 알려줬다. 건물 지하에 무기고가 있었다. 건물 지하는 학교 교실처럼 여러 개의 공간으로 나뉘어 있었다. 무기고는 문이 잠겨 있지 않았다. 우리보다 일찍 시민들이 다녀갔는지 소총이 무기고 바닥에 널브러져 있었다. 소총도 그리 많지 않았다.

ⓒ 광주광역시청 제공

80년 당시 사직공원 팔각정 전망대.

ⓒ 임영상

현재의 사직공원 전망타워.

우리는 무기고 앞에 줄을 섰다. 군대를 다녀왔다는 청년이 소총을 나눠줬다. 그는 간단하게 소총 다루는 법을 설명하고 조심히 잘 간수하라는 당부도 했다. 나도 카빈 소총을 받았다. 그 청년은 소총에 총알이 든 탄창을 꽂아줬다. 추가로 준 탄창 2개는 주머니에 보관했다. 총신이 내 키만 한 소총을 받으니 나도 모르게 우쭐해졌다. 우리들은 3분의 2 정도 소총을 지급받았다. 소총이 부족해 모두에게 지급할 수 없었거니와 소지를 무서워하는 시민들에게는 소총을 주지 않았다.

소총 분배를 끝낸 그 청년은, "이런 낭패가 있나. 야, 공이가 없다!"고 말했다. 그 청년은 소총을 만져보더니 뇌관을 때려서 폭발시키는 금속막대인 '공이'가 없다고 했다. 무기고 관리자가 소총을 사용할 수 없도록 조치해 놓은 것이다. 남자 직원을 불러서 공이를 내놓으라고 목소리를 높였다. 그 직원은 겁에 질렸는지 곧바로 무기고 옆 사무실로 가서 공이를 가져왔다.

우리들은 하루 내내 시위에 참석하느라 지친 심신의 피로를 풀기 위해 무기고 옆 사무실에서 두 시간 정도 휴식을 취했다. 이른 저녁식사를 했다. 식사라고 해야 차에서 가져온 주먹밥과 김밥, 시민들이 나눠준 찌그러진 빵이 전부였다. 일신방직 직원이 김치를 제공해 그나마 먹을 만한 식사 분위기를 만들었다.

사방이 점차 어두워질 때쯤 일신방직에서 나와 광주공원으로 갔다. 광주공원 광장에는 도내 곳곳에서 가져온 총기류가 쌓여 있었다. 미처 일신방직에서 총을 지급받지 못한 시민들에게 추가로 소총을 나눠줬다. 이젠 어엿한 시민군이 될 수 있었다.

시민들이 백여 명 넘게 모여 있었다. 30대로 보이는 청년이 다시는 계엄군이 광주시내로 들어오지 못하게 지켜야 한다면서, 8~10명씩 분대를 편성해 시 외곽과 시내 한복판인 금남로와 도청 등 주요 지역을 지키도록 임무를 부여했다.

내가 속한 분대는 사직공원을 맡았다. 이번에는 버스가 아니라 2.5t 트럭을 타고 이동했다. 전망이 좋은 사직공원 팔각정 맨 위층으로 갔다. 전망대 창가에 휴게실 의자를 쌓아놓고 계엄군과의 교전에 대비했다. 뜬눈으로 밤을 지새우다시피 하고 아침을 맞이했다. 아무 일도 없었다. 아침식사는 전날 트럭에 싣고 다닌 주먹밥을 먹었다. 물은 전망대 휴게실에 있는 물을 마셨다.

우리는 트럭을 타고 나주 남평을 다녀왔다. 주민들에게 광주참상을 알리고 계엄군과 맞서 싸우자고 외쳤다. 다시 광주로 돌아왔다. 전날처럼 트럭 차체를 두드리면서 구호를 외치고 노래를 부르면서 시내를 다녔다.

외할머니의 지극한 손자 사랑

다시 시간을 뒤로해서 5월 25일 오후, 학교 근처에 있는 윤인호 친구의 자취방으로 갔다. 리일천, 이승진, 이종언, 임영상 등 학교 친구들이 모여 있었다. 우리는 그간 겪었던 이야기를 하면서 밤이 깊은 줄도 몰랐다. 밤늦게 일부 친구들은 집으로 갔다. 나는 인호 집에서 잤다.

5월 26일 아침, 전남대 후문 근처에 사시는 외삼촌 집으로 갔다. 문화동 집에는 갈 수가 없었다. 우리 집은 지난번 기습총격을 받았던 광주교도소 앞길을 지나가야만 했다. 도저히 무서워서 갈 수가 없었다.

점심식사를 한 뒤 도청 앞 시위현장이 궁금하기도 해서 나가려는데, 외할머니가 붙잡았다. 윗도리와 바지를 벗도록 하시더니 몽땅 물이 가득 찬 세숫대야에 담가버리셨다. 이윽고 현관 입구에 있는 운동화도 물에 넣어버리셨다. 외할머니의 지극하신 외손자 사랑 때문에, 결국 나는 전남도청에 가지 못했다.

정의로운 이름은 차고 넘친다

함상혁

5월 19일 아침, 우리 반은 전날 광주시내에서 일어난 일로 분위기가 무거웠다. 친구들은 술렁거렸다. 갑자기 한 친구가 팔에 압박붕대를 감은 채 상기된 얼굴로 나오더니, 어제 오후 시내에서 자행된 공수부대원들의 무자비한 폭력을 이야기했다. 그리고 공수부대원들의 폭력에 맞서 모두가 다 함께 투쟁대열에 합류하자고 했다.

가슴속에 차오르는 울분을 어떻게 해야 할지 모르고 있을 때였다. 지금은 고인이 되신 김광섭 담임선생님이 우리의 흥분을 가라앉히려는지 "여러분의 안전은 여러분이 지켜라. 누가 지켜주지 않는다. 나가는 것도 말리지 않겠지만, 공수부대 상대로 여러분이 어떻게 할 수 있는 방법은 없다."고 하셨다.

우리들이 시위에 참여하고 당장 나가야 한다는 분위기를 억제하기보다는, 반대로 더 강하게 말씀하시면서 우리들의 안전을 더 걱정하신 것이다.

큰형님과 함께 간 도청 앞

나는 임동 일신방직 근처에서 누나와 자취를 하고 있었다. 5월 20일 휴교령으로 집에 있을 때, 누나는 시위현장에 절대 나가지 마라며 나를 지키

서창다리를 건너는 시민들. 멀리 무등산이 희미하게 보인다. ⓒ 한국일보, 5·18기념재단 제공

고 있었다. 집안에서 가슴 졸이던 시간이 계속되었다. 운암동 고속도로 입구부터 시작된 차량 시위 행렬이 무등경기장과 광주역까지 이어지는 것을 바라볼 수밖에 없었다.

MBC방송국이 불타며 타오르는 연기와, 야간에 도청과 사직공원 근처에서 들려오는 총소리에 집 옥상에 올라가 도청이나 사직공원 방향을 보고 겁에 질린 시간을 보내야 했다. 시간이 지남에 따라 간간이 일신방직 근처 길가에 나가보면, 버스나 군 트럭이 지나가고 낮에는 군 헬기가 하늘 높이 날아다녔다.

5월 22일로 기억된다. 대입을 준비해야 할 고3의 천금 같은 시간이 무작정 흘러가고 있을 때, 큰형님이 영광에서 갑자기 찾아오셨다. 동생들과 연락이 끊기고 먹을거리도 걱정이 되어 우리를 영광 집으로 데려가려고 위험을 무릅쓰고 오신 것이다.

큰형님은 영광에서 4.5t 트럭을 몰고 오셨는데 트럭은 광주시내에 주차하지 않으셨다. 멀찌감치 황룡강 송산교를 건너 강변 근처에 세워두셨다. 혹시 광주시내에 주차해놨다가 시위대 차량으로 차출될 수도 있어서였다. 아마도 이때는 계엄군이 광주시내에서 물러나고 시민들이 활발하게 활동하던 시기였던 것 같다.

나는 큰형님에게 "시내에서 계엄군이 외곽으로 철수해 없으니, 도청 앞 상황이 어떻게 벌어지고 있는지 다녀옵시다."라고 말씀드렸다. 반대하실 것 같았던 큰형님도 궁금하셨던지 미지근하게 승낙하셨다. 큰형님과 나는 임동 집에서 전남도청까지 걸어갔다. 버스와 군 트럭에 탄 시민군들이 "전두환이 물러가라." "김대중을 석방하라."는 등의 구호와 노래를 부르면서 어디론가 달려갔다.

금남로를 거쳐 도청 앞 상무관에 갔다. 입구에는 계엄군의 집중사격으로 사망한 시민들의 명단이 붙어 있었다. 혹시나 내 가족이 명단에 있지 않나 살펴보는 시민들로 북새통을 이뤘다. 상무관 마룻바닥에는 수십여 개의 관이 줄지어 놓여 있었다. 관을 붙들고 울부짖는 가족들을 볼 때는 가슴속에 치미는 울분과 나약함에 온 힘이 빠졌다.

서창교 검문소에서 닥친 위험

다음 날 대충 책가방과 옷가지를 통학용 자전거에 싣고 농성동 로터리 근처를 지날 때 누군가 아는 체를 했다. 정광우 친구가 교련복을 입고 소총을 어깨에 메고 있었다. 당시 화정동 국군통합병원 앞에 장갑차와 군인들이 대치하는 것이 보였다. 그 친구는 겁도 없이 총을 들고 바리케이드를 치고 시위에 동참하고 있었는데, 나는 시골로 피신하기 위해 가는 것 같아 한편으로 미안함과 비겁함이 교차했다.

화정동 잿등을 넘어 상무대를 지나 서창교에 이르렀다. 상무대 끝부분에 있는 서창교는 송정리로 가는 광-송 간 도로에 놓여 있었다. 이 다리를 건너야 송정리로 갈 수 있고, 영광이나 함평을 갈 수 있었다.

다리 입구에는 검문소가 있었다. 검문소에 있는 군인들은 시민들을 일일이 검문했다. 큰형님과 나는 검문소 앞에서 다른 시민들과 함께 일렬로 줄을 섰다. 그때 중사인지 상사인지 하는 부사관이 갑자기 달려오더니 소리치며 나에게 발길질을 했다. 자전거와 함께 길바닥에 넘어져버렸다. 부사관은 나를 시위에 참여한 대학생으로 생각한 것 같았다. 내가 일어나자 검문소 안으로 데려가려고 했다.

이때 큰형님이 부사관을 가로막고 말했다. "광주에서 자취하면서 고등학교에 다니고 있는 동생이다. 매주 쌀과 반찬을 시골에서 갖다먹는데 지금 먹을 것이 동나버려 굶어죽을 것 같아 데리고 간다."며 보내달라고 통사정을 하셨다. 부사관은 막무가내였다. 큰형님도 동생을 지키려고 겁이 없으셨다. 실랑이를 하고 있는데, 중령 계급장을 단 장교가 왔다. 내가 파란색 체육복을 입고 자전거 뒤에 실려 있는 책을 살펴보더니 통과하라고 했다.

송정리 영광통을 지나 한참을 걸어서 황룡강변에 도착했다. 큰형님이 주차해 놓은 트럭에 자전거를 싣고 영광을 향해 출발했다. 그제야 안도의 숨을 내쉴 수 있었다.

큰형님은 서울 가락동시장 등에 농산물을 실어 나르는 운수업에 종사하셨다. 그런데 5·18로 고충이 매우 심했다. 양파 등 봄 농작물이 제때 서울에 올라가야 제값을 받을 수 있는데 그러지 못한 상황이 계속 되었기 때문이다. 이후 광주시 외곽에 일반 차량의 통행이 가능하게 되었어도 불편함은 이어졌다.

한번은 휴교령으로 영광 집에서 쉬고 있을 때였다. 심심하기도 해서 큰형님을 도울 겸 트럭을 타고 서울 가락동 시장을 간 적이 있었다. 서울을 가려면 영광에서 고창을 거쳐야 했다. 그런데 그 길목(전남의 경계)에 군인들이 기관총으로 중무장한 검문소가 있었다. 마침내 검문소에 다다랐을 때

백운동 로터리에서 검문검색하는 계엄군들. 멀리 짚봉산이 보인다. ⓒ 이창성 촬영, 5·18기념재단 제공

군인들은 4.5t 복사차량에 가득 실려 있는 농산물을 모두 내리게 했다. 큰형님과 나는 농산물을 뒤에서부터 모두 내린 후 차 안에 농산물 외에 다른 것이 없다는 것을 확인받고 다시 농산물을 실어야 했다. 온몸이 땀으로 범벅이 되고 몸은 지쳤다. 지친 몸을 이끌고 새벽녘에 가락동시장에 겨우 도착할 수 있었다.

가해자는 없고 피해자만 있는 나라

지금도 뚜렷한 기억이 또 있다. 가슴 졸이며 집에서 나가지도 못하고 총소리가 심하게 울리던 5·18 기간 중 어느 날 밤이었다. 큰형님을 따라서 시골에 내려가지 않았을 때였으니까 아마도 5월 21일 오후였던 것 같다. 옥상에 올라가 도청과 사직공원 쪽을 바라보았다. 머리 위로 총탄이 날아가는 듯한 느낌에 고개를 숙였다. 우리들의 아들딸이 죽어 간다며 도청으로 가자는 방송 소리가 지금도 귀에 들려오는 느낌이다.

요즘 또다시 당시의 역사적 사실을 무시한 채, 가해자는 없고 피해자만 존재하는 이상한 나라로 가고 있는 것 같다. 대학 진학을 위해 한참 공부에 집중해도 모자랄 고3시절, 시위 참여나 차량에 올라타는 것도 두려워했던 사람이지만, 요즘 같은 잣대로 당시의 수험생들은 무엇으로 보상받을 수 있는지, 역지사지의 심정으로 역사를 바라보았으면 하는 심정이다.

당시 광주와 전남은 모든 통신 수단이 통제되었고, 웬만한 거리는 걸어 다녀야 했다. 중무장한 군인들과 탱크와 기관단총으로 구축된 진지를 지날 때, 농산물 차량임에도 심한 검문검색으로 힘들게 상·하차를 반복해야 했었다.

요즘 들어 극우세력들이 무슨 의도인지 모르지만, 5·18유공자 명단을 공개하라고 억지를 부리고 있다. 유공자 명단보다도 어떠한 보상도 받지 않고 5·18을 겪었으면서도 묵묵히 살아오고 있는 당시의 광주 시민, 고3수험생이었던 우리들만으로도 정의로운 이름은 차고 넘친다.

그리운 박용준 선배

홍성호

세느강

80년 5월, 5·18 민중항쟁 초반이었던 것 같다. '세느강' 옆의 중앙여고생들이 검정교복 치마에 주먹만 한 돌멩이를 담아서 대학생 언니들과 시민들에게 갖다주는 등 시위를 돕고 있다고 친구들이 말했다. 우리들은 그때 광주시를 관통하는 광주천을 '세느강'이라 불렀다. 그 돌멩이들이 민주화와 자유를 위한 작은 쓰임이 되었다는 것은 나중에 알았다.

5월 20일 휴교령이 내려 오전수업만 하고 학교를 나섰다. 선생님들은 교문에서 "금남로에 절대 나가지 말고 바로 집으로 들어가라."고 말씀하셨다. 그러나 나는 선생님의 말씀이 귀에 들어오지 않았다. 학교수업에서 해방되어 자유의 몸이 되었다는 기쁨이 훨씬 앞섰기 때문이었다. 지금 생각하면 철없는 고3이었다.

우리 집은 학동에서 증심사 가는 길 '배고픈 다리' 근처였다. 농성동에 있는 학교와는 거리가 멀었다. 그래서 학교를 파하고 집에 가려면, 광-송간 도로로 나가 5번이나 6번 시내버스를 타고 돌고개에서 내려, 증심사가 종점인 15번 버스로 갈아탔다.

돌고개에서 15번 버스를 타고 양동시장 위쪽 길, 닭전머리 옆 월산동 술

금남로에서 장갑차에 탑승해 시위 중인 시민들. 장갑차에 태극기를 꽂았다. ⓒ 나경택 촬영, 5·18기념재단 제공

집이 즐비하게 자리 잡았던 도로를 지났다. 대낮인데도 맥주, 양주라고 쓰인 유리창 문 안에는 화장을 진하게 한 아가씨들이 손님을 기다리고 있는 듯 잡담을 하고 있었다. 시내에서 난리가 났는데도 모르고 있는 듯, 아니 알면서도 생업이어서 어쩔 수 없이, 또 아니면 포주에게 빚을 져서 그런지 전혀 다른 세상의 모습이었다.

금남로 5가 한일은행 사거리에 들어서자 버스가 갑자기 멈춰 섰다. 허바허바사진관과 인켈전자 대리점이 있는 사거리였다. 금남로에 계엄군들이 진을 치고 있었다. M16 소총 끝에는 뾰족한 대검이 꽂혀 있었다. 시커멓고 날카로운 칼은 뇌리에 강하게 남았다. 버스는 시위 때문에 도로가 막힌 금남로로 가지 못했다. 천변으로 우회해서 남광주시장을 거쳐 배고픈 다리까지 왔다.

학운동 무등교회

그 당시 나는 집에서 가까운 무등교회에 다니고 있었다. 무등교회는 무등산 아래 증심사로 가는 길목에 있었다. 봄가을 소풍 철이면 남학생은 교련복을 입고, 여학생은 하얀 체육복 바지를 입고 깔깔거리며 소풍을 다니던 길이었다.

5·18 당시에는 광주시민을 태운 군 트럭과 중앙고속 버스, 옥천여상고 스쿨버스 등등 시위대 차량들이 수시로 다니면서 계엄군의 만행을 시민들에게 알렸다. 군 트럭은 총탄을 막기 위해 폐타이어를 앞 유리창에 2개씩 달고 다녔다.

그 당시 광천동 소재 아시아자동차에서 생산한 군 지프와 트럭, 장갑차 등도 가끔 볼 수 있었다. 또 상당히 고급차량이었던 그레이하운드 중앙고속버스에도 시민들이 타고 다녔다. 시민들이 구호를 외치는 시위대 차량에는 플래카드가 걸려 있었다. '김대중을 석방하라.' '전두환은 물러가라.' 등등. 나는 고3학생이라 전두환이 누구인지 전혀 모르고 있었다.

광주 YWCA

그때에는 YWCA가 금남로 1가 전일빌딩 뒤에 있었다. 지금은 NC백화점 옆에 있다. 교회에 다니면서 여러 가지 행사 때문에 YWCA 건물에 자주 다녔었다.

1층에서 2층으로 오르는 계단은 짙은 밤색의 나무로 된 계단이었다. YWCA건물을 볼 때마다 무등교회 학생부 선배인 박용준 열사(1956~1980)가 생각난다. 그 선배는 키가 작았으며 유독 아랫입술이 두꺼웠다. 노래도 잘 불러서 성가대 활동도 열심이었다. 글씨도 잘 썼기에 교회 주보를 만드는 부서에서도 봉사했다.

선배는 숭의실고를 졸업하고 밀알신용협동조합에서 근무도 했다. 그때는 자동인쇄기가 없어서 철필로 직접 쓴 후에 롤러로 한 장 한 장 밀면서 주보를 만들었다.

박용준 선배는 5·18때 시민군에 적극 참여했다. 5·18 당시 계엄군의 만행을 알리기 위해 〈투사회보〉를 직접 제작했다. 먼 훗날, 교회 집사님으로부터 박용준 선배가 5월 27일 새벽 YWCA 2층에서 끝까지 투쟁하다가 계엄군의 총탄에 희생되었다는 것을 듣게 되었다. 선배는 국립5·18묘지에 묻혀 있다. 오늘따라 박용준 선배가 그리워진다.

'돌산 촌놈'의 광주 탈출 작전

황규완

청춘의 부푼 꿈을 안고, 더 높이, 더 멀리, 더 많은 친구들을 만나기 위해 여수 돌산 섬(구 여천군)에서 1978년 광주로 유학을 갔다. 돌산에서 여수로 나오려면 여객선으로 1시간 정도 걸렸다. 당시에는 돌산대교(1984년 개통)가 놓여 있지 않았다. 하루에 여객선이 다섯 번 정도 왕복하는 돌산 금천이라는 어촌 마을에서 태어나 중학교까지 돌산에서 자랐다.

중학교 2학년 때, 광주로 수학여행을 가면서 처음 기차를 타보았다. 큰 꿈을 안고 광주에서, 그것도 서석고등학교에서 광주생활을 시작했다. '성실한 촌놈'은, 중흥동 광주시청(현, 홈플러스 광주 계림점) 뒤 고모 집에서 고등학교 3년 동안 살았다.

멀고도 멀었던 중흥동 집

1980년 5월, 나는 세상 물정을 모르고 학교만 다녔다. 5월 20일 광주지역 중·고교에 휴교령이 내려졌다. 전남도청 앞 금남로에서는 공수부대원들의 곤봉과 최루탄 세례에 맞서 대학생들과 시민들이 치열한 공방을 벌이고 있었다.

나는 대학입시를 앞둔 고3수험생이었기 때문에 오직 공부 생각뿐이었

5·18 당시 철길을 걷고 있는 시민들. ⓒ 한국일보, 5·18기념재단 제공

다. 이날 오후 책가방을 들고 집 앞에서 시내버스를 탔다. 지원동에 사는 같은 반 친구 최재익의 집으로 갔다. 친구와 나는 밤늦게까지 공부를 했다.

다음 날 오전, 집으로 가기 위해 버스정류장에 갔더니 시내버스가 운행되지 않았다. 택시도 마찬가지였다. 그 대신 간간이 시위대 버스와 트럭이 도로를 지나가면서 구호와 노래를 불렀다. 그때는 계엄군에 의해 광주 외곽이 포위돼 광주가 완전히 고립된 줄도 몰랐다. 지원동에서 광주–화순 간 도로를 따라 학동사거리까지 걸어갔다. 금남로를 통해 중흥동 집으로 가려고 했다.

전남대병원과 남광주시장 입구 도로에서 만난 아저씨가 도청 앞에 가면 큰일 난다면서 다른 길로 가라고 했다. 도청 앞 광장에서 오후 1시경 공수부대의 집단발포가 있었다는 사실을 나중에 알았다.

조선대 앞으로 지나는 철길을 걷기로 했다. 영화처럼 낭만적인 '철길 걷

조선대 앞–지금은 푸른길이 된 옛 철길 자리. ⓒ 임영상

기'가 아니라, 계엄군의 총부리를 피하기 위한 어쩔 수 없는 결정이었다. 괜히 잘 모르는 시내 도로를 지나가다가 봉변을 당할 수도 있겠다 싶었다. 철길을 따라서 가다보면 중흥동 집 근처까지 갈 수 있을 것으로 판단했다.

조선대 앞 철길을 지날 때, 계엄군들이 훈련하는 함성이 들렸다. 기세등등한 계엄군의 함성에 주눅이 들어 발걸음을 재촉하기도 했다. 금남로 방향에서는 헬리콥터가 상공을 선회하고 있었다. 방송 소리가 바람 때문에 들렸다 안 들렸다 했다. 얼핏 "시민들은 폭도들과 함께 부화뇌동하지 말고 자제하라."는 내용 같았다.

계림초등학교 뒤편에 이르자 철길 걷기를 멈추고 일반도로로 옮겼다. 시청 가는 방향으로 걸어갔다. 광주고와 서방, 시청과 풍향동 방향으로 갈 수 있는 계림초교 사거리에 도착했다. 시민들이 모여 있었다. 광주고 방향에서 시위대 버스가 지나갔다. 시민들은 주먹밥을 건네면서 힘내라고 박수를 치고 응원했다.

여수시청, 광주시청을 거쳐 고모 집에 닿은 전화

5월 23일쯤으로 기억된다. 광주에서 벌어지고 있는 계엄군의 잔인한 만행 소식이 여수 돌산에 사시는 부모님에게까지 전해진 모양이었다. 부모님은 교통과 통신이 두절되는 바람에 광주에 있는 자식이 무사히 잘 있는지 알 수가 없어 걱정이 되셨나 보았다.

아버지는 여수시청 시장비서실에 근무하던 사촌누나에게 부탁하셨다. 사촌누나는 관용 전화로 광주시청으로 전화해 나에 대한 생사파악 협조요청을 했다. 광주시청에서는 고모 집으로 전화를 한 후, 내가 무사하다고 소식을 확인했다. 이번에는 반대 과정을 거쳤다. 광주시청에서는 여수시청 사촌누나에게, 여수시청 사촌누나는 아버지에게 내가 잘 있다는 소식을 전했다.

아버지가 릴레이전화를 통해 내 생사를 확인하신 다음 날이었다. 지금도 잊을 수 없는 눈물겨운 '광주 탈출 작전'을 감행했다. 전남여고 음악선생님이셨던 고모부는 군인들이 조만간 가택수색을 해서 덩치 큰 젊은이들을 모조리 잡아간다는 얘기가 들린다고 걱정을 하셨다.

그러던 차에, 여천에서 아주머니 한 분이 광주 고모 집에 오셨다. 그분은 여천에서 중학교 선생님이셨던 삼촌의 자취집 주인아주머니셨다. 삼촌이 아주머니가 전남대 학생이던 아들 걱정을 하자, 광주의 고모 집을 소개해줘 찾아오신 것이다. 그 아주머니는 아들이 전방에 군사훈련을 갔다는 소식을 듣고 안심하셨다.

당시, 대학 2학년생들을 상대로 1주일간 전방입소훈련을 실시했다. 훈련을 다녀오면 군입대시 3개월 복무기간 단축혜택을 줬다. 일부 학생들은 미국용병교육이라고 반대시위를 했다.

저녁식사 때, 고모부께서 말씀하셨다.

"군인들이 집집마다 수색해 젊은 사람들을 잡아간다는 말들이 들리더라. 광주에 있으면 위험하니 내일 아침에 여천에서 오신 아주머니와 함께 내려가거라. 혹시 군인들이 검문을 하면, 어머니와 아들인데 시골에 가는 중이라고 말해라."

나는 광주에 남아 공부도 하면서, 계엄군의 만행에 맞서 시위에도 참여하려고 했었다. 그러나 책임감이 강하셨던 고모부께서는, 멀리 여수에서 온 조카에게 불상사라도 생기면 체면이 안 서신다고 생각하신 것인지 무조건 시골로 내려가도록 하셨다.

걸어서 창평으로, 곡성에서 순천으로

다음 날 아침, 아주머니와 나는 중흥동 고모 집을 나섰다. 광주교도소 근처까지 걸어갔다. 도로에 바리케이드가 설치되어 있었다. 임시로 만든 초소에는 중무장한 군인들이 있었다. 예상했던 것처럼 검문을 했다.

나는 "어머니를 모시고 시골집이 있는 여수를 가는 길이다."고 말했다. 아주머니도 내가 군인과 얘기를 할 때, 대화를 거들었다. 군인은 내 몸수색을 했다. 봄 잠바를 벗게 하고 양말도 벗으라고 했다. 내 몸에 아무것도 없다는 것을 확인한 군인은 나와 아주머니를 보내줬다.

광주교도소 옆 고속도로를 걸어갔다. 대로를 걸어야 안전할 것 같았다. 고속도로는 차들이 다니지 않았다. 우리처럼 걷고 있는 사람들 몇 무리가 보였다. 담양 창평에 도착했다. 그곳에는 인근 지역을 갈 수 있는 시외버스들이 있었다. 광주에 진입하지 못한 시외버스들은 창평에서 임시로 정차해 광주진입 손님이나 반대로 시외로 나가는 손님들을 싣고 다녔다.

순천이나 여수행 버스는 없었다. 다행히 곡성으로 가는 버스가 있었다. 아주머니와 나는 곡성까지 가서 기차를 타기로 했다. 중간 중간을 거치는 바람에 2시간여 만에 곡성역에 도착했다. 점심때가 훨씬 지났다. 곡성역 앞 돼지국밥집에서 국밥으로 허기진 배를 채웠다.

지루할 정도로 한참을 기다리다 순천행 완행열차에 몸을 실었다. 차창으로 보이는 섬진강은 한 폭의 그림처럼 멋졌다. 진달래와 개나리꽃 등 온갖 꽃들이 만개했다. 순천역에 도착하니 밤 12시가 훨씬 넘었다.

이번에는 순천역에서 택시를 탔다. 아주머니는 여수 가는 길목인 여천이 집이어서 먼저 내리셨다. 여수시 광무동에 있는 고모 집에 새벽 두 시경 도착했다. 긴장하고 피곤해서인지 점심때가 되어서 잠에서 깼다. 점심식사를 한 후 고모 집을 나섰다. 오후 3시경 돌산 시골집에 도착했다. 장장 이틀에 걸친 '광주 탈출 작전'은 아무 탈 없이 마무리됐다.

제4부

부끄러운 탈출

임영상·이준수·최재남

부끄러운 탈출

임영상·이준수·최재남

1980년 당시, 서석고는 광주시 외곽지역인 화정동에 있는 신생학교였다. 지금이야 농성동과 화정동 일대가 광주의 중심지역이 되었지만, 당시만 해도 초여름 모내기철이면 학교 담장 너머 논에서 울어대는 개구리 울음소리 때문에 수업을 진행하기 어려울 정도였다.

문 닫은 학교, 거리로 나간 우리

나는 학교 근처인 농성동에서 하숙을 했다. 하숙집이 변두리에 있던 탓에 광주지역 시위는, 함께 하숙하던 대학생 형이나 대학가 근처에 살던 친구들에게 들을 수밖에 없었다. 5·18광주민중항쟁의 도화선이 되었던 5월 17, 18일 시위 상황도 마찬가지였다.

5월 19일 월요일 아침, 평소처럼 등교했다. 교실에 들어가자 친구들이 삼삼오오 모여 웅성거렸다.

"3반 애가 어제 학교 파하고 시내에서 시위구경을 하다가 군인한테 붙

* 이 글은 5·18 당시 학교 친구인 임영상과 이준수, 최재남이 함께 체험한 것이며, 임영상이 정리했다.

ⓒ 이창성 촬영, 5·18기념재단 제공

금남로에서 공수부대원들이 한 시민을 곤봉으로 집단폭행 하고 있다.

잡혀 죽도록 얻어맞았다." "금남로에 갔다가 시위대열에 합류해 시민들과 함께 돌멩이와 벽돌조각을 집어던지며 군인들과 투석전을 벌였다." "시위에 참가한 여대생들이 대열 뒤편에서 돌과 깨진 벽돌을 날라다 주면서 열심히 시위를 돕고 있는 것을 보니까 가슴이 뭉클하더라."

"어제 오전 전남대 정문 앞에서 학교로 들어가려는 대학생들과 이를 저지하던 공수부대원들이 충돌해 많은 대학생들이 다쳤다." "전남대 근처에서 군인들이 집집마다 수색하여 젊은 사람들을 모조리 끌고 갔다. 어떤 사람은 잠을 자고 있다가 대학생처럼 보이고 젊다는 이유만으로 잡혀갔고, 어떤 대학생은 자취방에서 밥 먹고 있다가 끌려가기도 했다."

친구들의 대화는 온통 전날 광주시내에서 벌어졌던 시위와 관련된 내용뿐이었다. 시위 때문인지 단축수업을 했다. 친구들이 말한 '격렬한 시위'를 직접 보기로 했다. 책가방을 집에 던져놓고 교복차림으로 금남로 4, 5가와 맞닿아 있는 대인동 시외버스공용터미널(현, 광주은행 본점) 부근까지 갔다. 나는 터미널 옆 대한극장(현, 롯데백화점 옆 금남상가타운) 골목 입구에서 주변 상인들과 시위를 구경했다.

"오전까지만 해도 전남도청 앞과 금남로 일대는 전쟁터나 다름없었다. 총과 곤봉을 든 공수부대원들이 시민과 학생들을 찌르고 구타하는데 차마 눈뜨고 볼 수 없었다. 그래도 사람들이 흩어졌다가 다시 모여 공수부대원들과 맞서다가 심하게 두들겨 맞는 것을 보니 피가 끓어오르더라."

"금남로 광주관광호텔 앞에서는 쫓기던 시민 10여 명이 공수부대원들에게 붙잡혔다. 무슨 한풀이라도 하듯이 곤봉으로 시민의 머리를 내려치고, 군홧발로 옆구리를 걷어차면서 군 트럭에 탑승시켰다."

상인들은 자신들이 직접 본 오전 상황을 생생하게 전했다. 그들과 학교 친구들의 말처럼, 공수부대원들의 무자비한 진압이 바로 눈앞에서 자행되고 있었다. 내가 시외버스터미널 근처에 갔을 때는, 공수부대원들과 시위 학생들이 치열한 공방전을 벌였던 금남로의 '전선'이 맥없이 무너진 후였다.

이 골목 저 골목에서 도망가고 쫓는 광경을 목격했다. 공수부대원들은 신군부의 정권찬탈 시나리오에 따라 몇 개월 전부터 시작했던 '충정훈련' 때, 수없이 반복했던 시위진압 방법대로 무차별적으로 대검과 곤봉을 휘둘렀다. 곳곳에서 비명소리가 들렸다. 자칫하다가는 구경하는 시민들과 나도 곤경에 처할 수 있겠다는 생각이 들었다.

아니나 다를까. 시위학생들을 쫓던 공수부대원들이 우리를 발견했다. 먹이를 발견한 독수리처럼 무섭게 달려왔다. 이제 공수부대원들은 시위학생들과 시민들을 구분하지도 않았다. 어깨에 총을 대각선으로 메고 긴 곤봉을 손에 든 채 씩씩거리면서 쫓아왔다. 너무 놀라 좁은 골목길로 도망쳤다. 함께 구경하던 시민들도 반사적으로 도망갔다. 골목길은 술집과 여관, 여인숙이 밀집해 있었다. 시민들은 공수부대원들이 가까이 쫓아오기 직전, 이 집 저 집으로 흩어져 숨었다. 나도 숨이 차서 계속 도망갈 수 없었다. 어디로든 몸을 피해야 했다. 다행히 뛰어갔던 길은 막다른 골목이 아니었다.

나는 사거리에 이르자 근처에 있는 여인숙으로 불쑥 뛰어들었다. 함께 뛰던 시민 한 명도 나를 따라 들어왔다. 마루에 앉아 있던 초로의 주인아주머니는 갑작스럽게 들이닥친 우리를 보고 놀란 표정이었지만, 우리는 상황을 설명할 여유가 없었다. 신발도 벗지 않고 무작정 방으로 들어가 문을 잠갔다. 잠시 후 골목길 쪽에서 공수부대원들의 고함소리와 곤봉으로 맞고 있는 시민들의 신음소리가 뒤섞여 들렸다.

"쾅-쾅"

여인숙 대문이 군홧발에 의해 강제로 열리는 듯 담벼락에 부딪히는 소리가 들렸다. 그리고 공수부대원의 목소리가 들렸다.

"아주머니! 방금 시민들 들어오지 않았습니까?"

가슴이 철렁 내려앉았다. 주인아주머니의 말 한마디에 우리의 운명이 달라질 상황이었다. 주인아주머니가 어떻게 말할까 촉각을 곤두세우고 귀를 기울였다. 아까 여인숙에 들어올 때 간단하게나마 설명할 걸 그랬다는

광주역 광장을 지나는 대학생 시위행렬. ⓒ 나경택 촬영, 5·18기념재단 제공

생각이 들었다. 주인아주머니가 불손한 우리의 행동에 기분이 나빠서 사실 그대로 말해버릴 것 같았다.

"우리 여인숙에는 아무도 들어오지 않았소. 저쪽으로 뛰어갑디다."

주인아주머니는 예상을 깨고 우리를 지켜주셨다. 공수부대원들이 지나갔는지 밖이 조용했다. 방에서 나온 우리는, 주인아주머니에게 고맙다고 연신 인사를 한 뒤 밖으로 나갔다. 골목길은 언제 광풍이 불었느냐는 듯이 조용했다. 저 멀리에 시민들이 모여 있었다. 구경도 좋지만 잘못하다가는 큰일나겠다 싶었다. 그래서 평소엔 걸어서 한 시간 걸리는 농성동 하숙집까지 단숨에 가버렸다.

5월 20일 화요일. 광주시내 중·고교에 휴교령이 내려졌다. 사태가 점점 심각해진 모양이었다. 학교 분위기도 어수선했다. 학생들은 어제와 마찬가지로 듣고 보았던 시위 상황을 얘기하느라 여념이 없었다. 수업이 제대로 진행되지 않았다. 오전수업을 하는 둥 마는 둥 마쳤다. 김광섭 담임선생님이 긴장된 표정으로 들어오셨다.

"오늘 더 이상 수업은 없다. 여러분도 들어서 잘 알겠지만, 금남로 일대에서 벌어진 대학생들의 시위를 진압하는 과정에서 무고한 시민들이 죽거나 심하게 다치는 등 난리가 난 모양이다. 이 시간 이후부터 광주시내 전체 고등학교에 무기한 휴교령이 내려졌다. 학교에서 등교하라고 연락할 때까지 잘 있다가 모두 건강한 얼굴로 다시 만나자."

담임선생님의 말씀이 끝나자 곧바로 교실 앞 스피커에서 교장선생님의 말씀이 무겁게 흘러나왔다.

"학생 여러분, 지금 전남대가 있는 용봉동과 조선대가 있는 서석동 대학가와 전남도청 앞 금남로 등지에서 격렬한 시위가 벌어지고 있습니다. 시위 도중 시민은 물론이고 학생들도 심하게 다쳤습니다. 여러분의 안전을 위해 수업을 계속할 수 없다고 판단하고 오늘부터 휴교하기로 했습니다. 학교에서 등교하라는 지시가 있을 때까지 집에서 자습과 복습을 하면서 기다리기 바랍니다. 그리고 시위가 벌어지고 있는 대학가와 시내는 절대로 나가지 말 것을 당부드립니다."

교문을 나서는데 교장선생님을 비롯한 여러 선생님들이 교문 양옆에 서 계셨다. 침통한 표정을 짓고 있던 선생님들은 교문을 나서는 우리들에게 몸조심하라고 거듭 당부하셨다. 선생님들은 휴교하는 동안 학생들이 시위에 참가하다가 불상사를 당하지 않을까 노심초사하신 것이다. 벌써부터 교문 앞에는 많은 부모님들이 자식들을 데리고 가기 위해 와 계셨다.

차량시위대에 합류하다

하숙생들과 점심 식사를 마치고 방에 있었다. 최루탄 냄새가 코를 찔렀다. 하숙집 2층 옥상에 올라가 광천동 쪽 공단입구(현재 광천동 공단지역은 개발로 사라지고 광주종합터미널과 신세계백화점 등이 들어서 있음)인 농성동 로터리를 바라봤다. 검은 연기가 솟아오르고 있었다. 희미하게 시민들의 구호와 함성도 들렸다. 용봉동과 지산동 대학가와 금남로 등지에서 벌어졌던 시위가 시 외곽으로 확산되고 있었다.

하숙집 친구들과 농성동 로터리에 갔다. 도착해보니 시민과 학생들이 수백 명 넘게 모여 있었다. 시위대 차들이 아시아자동차공장이 있는 광천동 공단 쪽에서 우리가 있는 농성동 로터리 쪽으로 달려왔다. 이들은 잠시 속도를 늦추는가 싶더니 곧바로 시내 쪽인 돌고개 방향으로 이동했다.

시위대 차에 타고 있던 시위대원들은 각종 구호를 외치고 노래를 불렀다. 이들은 유리창이 다 깨지고 차체만 남은 버스를 각목으로 두드렸다. 도로변에서 시위차량들을 향해 한참 동안 박수를 보냈다. 나도 심정적으로는 벌써 시위에 동참하고 있었다.

"영상아!"

귀에 익은 목소리가 들렸다. 시위대 버스 안을 쳐다보니 학교 친구인 한광희였다. 옆에는 이승진과 윤인호, 이종언이 통로에 서 있었다. 언제 시위대 버스에 올라탔는지 빠르기도 했다.

"야, 어디 갔다 오는 거냐!"

"아시아자동차!"

아시아자동차는 광주에 있는 방위산업체로서 군 트럭과 장갑차 같은 군수품을 생산하는 곳이었다. 그곳에는 일반버스는 물론이고 상용트럭, 군트럭과 장갑차 등 여러 종류의 차들이 완성되어 있었다.

친구들과 몇 마디 주고받고 버스에 타려 하는데 차가 멈추지 않고 그냥 떠나버렸다. 친구들과 합류하지 못한 나는 뒤따라온 시위대 버스에 잽싸게

시위대 차량에 탑승한 시민들. 버스에 유리창이 없다. ⓒ 이창성 촬영, 5·18기념재단 제공

올라탔다. 시민들은 한풀이라도 하듯 버스 차체를 각목으로 두들겼다. 북이 된 차체는 박자를 맞추는 데 제격이었다. 우리 차도 먼저 지나간 차들처럼 개사한 「훌라 송」을 목이 터져라 불러댔다.

"전두환이 물러가라 물러가라. 전두환이 물러가라 물러가라. 전두환이 물러가라. 전두환이 물러가라. 전두환이 물러가라."

이 노래가 끝나면 "김대중을 석방하라."로 바꿔 부르면서 시내를 질주했다. 당시 권력의 핵심이던 전두환 보안사령관과 민주화일정을 계획대로 추진하지 않은 신현확 국무총리에 대해서는 '물러가라'였고, 당시 호남인의 한과 희망의 상징이었던 김대중의 구속에 대해서는 '석방하라'였다. 2월 말 복권돼 정치활동을 재개하고 있던 재야인사 김대중의 구속 소식을 접한 광주시민들은, 그의 핍박과 수난을 자신들의 그것과 동일시 해왔다.

시위대원들은 또한 「우리의 소원은 통일」, 「투사의 노래」, 「애국가」, 「진짜 사나이」, 「봉선화」, 「고향의 봄」 등의 노래를 번갈아 불렀다. 당시에는 요즘처럼 일반 국민들에게도 널리 알려져 있는 대중적인 운동가요가 많지 않았기에, 이러한 종류의 노래들이 시위현장의 애창곡이었다. 심지어 수십 년 동안 계속되었던 군사정권의 영향 탓이었는지, 군인들에게 무자비한 폭행을 당했으면서도 「진짜 사나이」란 군가를 부르며 "계엄군은 물러가라."고 시위했다.

시위대 차들은 시내를 질주하고 다녔다. 도로변 상가의 상인들과 시민들은 시위대 차가 지나가면 멈춰 세워 음료수 박스와 김밥, 주먹밥을 가득 실어 주었다. 특히 양동시장을 지날 때면, 시장 아주머니들이 주먹밥을 주면서 힘내라고 격려해 시위대원들의 사기가 하늘을 찔렀다.

시민들은 5월 17일까지만 해도 학생들이 쓸데없이 소란을 피운다고 질타했고, 시위 때문에 장사가 안 된다고 투덜거리며 냉소를 보냈다. 그러나 며칠 사이 군인들의 만행을 직접 목격한 후부터는 학생들의 시위에 동조하기 시작했다. 광주시민 모두가 한뜻이 되어 뭉친 것이다.

시위대 차들은 광주시내 주요 도로를 따라 몇 바퀴 돌았다. 수건과 광목, 앞부분에 철망이 씌워진 경찰철모 등으로 얼굴을 가리고 눈만 내놓은 시위대원들이 눈에 많이 띄었다. 후환을 염려한 것이다. 계엄군과 중앙정보부(현, 국가정보원)에서 항공사진을 찍고 주요 거리에 숨어 사진을 촬영하여, 시위가 진정되면 색출해 처벌한다는 소문이 나돌고 있던 터였다.

얼굴을 가린 시위대원들이 유리창이 깨진 버스와 '노획한' 군 지프에 가득 올라타서 시내를 질주하는 광경은, 텔레비전 뉴스에서 가끔 본 중동의 게릴라와 흡사했다.

계엄군을 붙잡다

5월 21일 수요일, 석가탄신일이다. 휴교 때문에 휴일 같은 기분이 들었고, 전날 시위에 참가해 피곤해서인지 오랜만에 오전 10시경까지 늦잠을 잤다. 그러다 시끄러워 눈을 떴다. 방문을 열어봤다. 옆방에 사는 1학년 후배 윤순구가 거실에서 야단법석이었다. 농성동 로터리에 갔다가 목격한 시위장면을 하숙생들에게 실감나게 설명하고 있었다.

순구의 현장 설명은 계속되었다. 전날 광주시내 일원에서 군인들이 자행한 무자비한 폭력에 앙갚음이라도 하려는 듯, 성난 시민들이 군인들을 뒤쫓고 있다고 말했다. 여러 대의 시위대 차가 시민들이 모여 있는 농성동 로터리를 거쳐 시내 쪽으로 지나갔다고도 했다.

순구의 이야기를 듣고 나서 우리들은 농성동 로터리로 나갔다. 시위대가 몰려 있는 로터리 광장에 도착하기도 전에 최루탄 냄새가 곧바로 눈물샘을 자극했다. 눈이 따갑더니 저절로 눈물이 흘러내렸다. 재채기도 나고 콧물도 났다. 시위를 구경하던 아저씨가 손으로 눈을 비벼대면 더 따갑다고 말해 눈을 만질 수도 없었다.

벌써 시민들과 계엄군들 간에 한판 싸움이 벌어지고 있는 모양이었다. 로터리 광장 한복판에 이르자, 송정리(현, 광산구 송정동)로 가는 광주-송정리(광-송) 간 도로에서 수백여 명의 시민들이 계엄군과 일진일퇴를 거듭하고 있었다. 계엄군들이 최루탄을 쏘면서 공격하면 시민들은 잠시 후퇴했다가 전열을 재정비했다.

농성동 로터리에서 전남도농촌진흥원(현, SK뷰 센트럴아파트)으로 향하는 도로 옆 도랑(지금의 라페스타 웨딩홀 앞 지하철 농성역 7번 출구)에는, 군 트럭 한 대가 비스듬히 처박혀 있었다. 시내에서 시위 군중에 밀려 상무대로 철수하던 계엄군이, 농성동 로터리에서 시민들의 공격을 받자 트럭을 놔두고 도망가 버렸고, 분노한 시민들이 그 트럭을 도로 옆 도랑에 처박아버렸던 것이다.

구경만 하던 나와 친구들도 급기야 시위에 합류했다. 처음에는 시위대 후방에서 '무기'를 만들고 공급하는 일을 했다. 무기는 다름 아닌 돌멩이와 벽돌 조각이었다. 시위대 뒤쪽에서 돌멩이와 벽돌 조각을 던지기 알맞게

농성동 로터리에서 잿등 방향 광–송 간 도로 전경. 왼쪽 녹색 운동장이 광주 서석고. ⓒ 마동욱

쪼갠 뒤 시민들에게 나누어 주었다.

그러나 치열한 공방이 계속될수록, 후방에서 한가롭게 무기를 만드는 일에만 몰두할 수는 없었다. 우리는 계엄군들과 지근거리에 있는 최전방으로 옮겨가 돌멩이와 벽돌 조각을 던지며 싸웠다.

저만치 떨어져 시위장면을 구경하던 동네 아주머니들도 대열에 동참했다. 인근 주택에서 세수 대야와 양동이에 수돗물을 떠 나르며 시민들의 따가운 눈을 씻도록 배려했다. 시민들은 최루가스 때문에 어쩔 수 없이 후퇴하여 아주머니들이 떠다놓은 수돗물로 얼굴을 씻고 다시 전의를 가다듬곤 했다.

길바닥에는 밀가루처럼 하얀 최루가스 분말이 여기저기 한 움큼씩 쌓여 있었다. 시민들과 계엄군이 서로 전진과 후퇴를 반복할수록 최루가스 분말도 덩달아 흩날렸다. 치열한 공방전만큼 시민들의 눈과 코도 괴로울 수밖에 없었다.

최일선에서 계엄군과 싸우던 시민들이 후퇴하면 후방에 있던 시민들이 맨 앞으로 돌진해 싸웠다. 그러기를 여러 차례. 시민들은 지치기 시작했다. 최루탄 피해자가 속출했다. 어떤 사람은 계엄군이 쏜 최루탄을 몸에 맞아 다쳤다. 어떤 사람은 도망치다가 최루가스 분말이 쌓여 있는 곳에 넘어져, 얼굴은 물론이고 온몸이 최루가스 분말로 뒤범벅이 돼 눈물콧물을 흘리며 고통스러워했다.

두 시간 정도 지났을까. 공방전이 잠시 소강상태로 접어들었다. 계엄군들도 농성동 로터리 광장에서 멀리 보이는 화정동 사거리 고갯마루(잿등)까지 물러났다. 계엄군들이 시야에서 멀어지자 시민들도 조금은 여유를 찾은 듯했다. 전남도농촌진흥원으로 가는 도로에 시민들이 웅성거리며 몰려 있었다. 무슨 일인가 싶어 가봤다. 사람들이 도로 옆 도랑에 처박혀 있는 군 트럭을 둘러싸고 있었다.

군 트럭의 적재함은 천으로 된 덮개가 덮여 있었다. 젊은 청년 두 명이 비스듬히 빠져 있는 적재함에 올라가 군수품들을 꺼내 밖으로 던졌다. 아직 개봉하지 않은 최루탄, 60cm 정도 되는 군용 벌목도, 건빵 따위였다. 나는 잽싸게 군용 벌목도를 챙겼다. 제법 묵직했다. 다른 사람들도 적재함에서 내던진 군수품 중 자기 마음에 든 용품을 차지했다.

"술이다!"

적재함을 뒤지던 청년이 소리쳤다. 시민들의 눈이 휘둥그레졌다. 청년은 나무박스를 들어올렸다. 두 홉들이 소주병들이 3분의 2 정도 박스를 채우고 있었다. 그렇다면 나머지 3분의 1은 군인들이 마셨다는 것인가. '군인들이 술을 마시거나 환각제를 복용하고 무자비하게 시위 진압에 나서고 있

광-송 간 도로의 농성동 로터리에 놓여 있는 통나무 바리케이드. ⓒ 이창성 촬영, 5·18기념재단 제공

다.'는 소문이 떠돌았는데, 그중 일부가 사실로 확인되는 순간이었다. 시민들은 소주 박스를 바라보며 "이럴 수가 있느냐."면서 분노했다.

트럭에 실려 있는 벌목도는 또 무엇을 의미하는가. 벌목도는 우거진 숲에서 작전할 때 전방의 시야를 확보하기 위해, 또는 작전에 방해가 되는 잡목을 제거할 때 사용되는 큰 칼이 아니던가. 시위진압에 동원된 군 트럭 짐칸에 왜 그런 칼이 실려 있는지 이해가 되지 않았다.

또 다른 시민들은 광-송 간 도로변에 있는 목재소로 옮겨갔다. 당시 농성동 로터리 광장에서 송정리로 가는 길인 광-송 간 대로변은 광주의 변두리여서 목재소와 벽돌공장이 많았다. 광-송 간 도로의 중앙분리대는 지금처럼 굵고 노란 실선 두 줄이 그어진 게 아니라, 화단으로 돼 있었다. 그곳에는 잘 다듬어진 키 작은 향나무들이 심어져 있었다.

시민들은 목재소에서 지름이 한 아름이나 되는 5m 길이의 아름드리 통

잿등 → 농성동 로터리 방향 광-송 간 도로. ⓒ 한국일보, 5·18기념재단 제공

나무를 운반해서 도로에 바리케이드를 쳤다. 적게는 5명, 많게는 10여 명씩 달라붙어 통나무를 도로로 옮겼다. 물에 젖은 통나무에 동아줄을 묶어 연결한 뒤 어렵사리 끌고 나왔다. 일부 시민들은 목재소 옆 벽돌공장으로 갔다. 벽돌공장에는 벽돌과 블록, 길이 2m, 지름 1m 정도 되는 대형 콘크리트 관이 쌓여 있었다. 시민들은 그 관을 굴려 도로 중앙에 갖다놓았다.

광-송 간 도로는 순식간에 통나무와 콘크리트 관 바리케이드로 막혔다. 몇 겹으로 쳐진 바리케이드는 탱크도 뚫지 못할 것 같았다. 계엄군이 군부대(상무대-현재 전남 장성군 삼서면으로 이전)로 들어가거나 재진입하지 못하게 하면서, 만행을 저지른 계엄군을 붙잡아 응징하기 위한 조치였다.

아시아자동차공장이 있는 광천동 쪽 도로에서 함성이 났다. 앞에는 군 지프가, 바로 뒤에는 시위대 버스가 달려오고 있었다. 군 지프에는 군인 넷이 타고 있었다. 시위대 버스가 군 지프를 따라오는 게 아니라, 뒤쫓고 있었던 것이다. 가관이었다. 이들이 로터리 광장에 다다르자 우리들은 개선 장군을 맞이하는 것처럼 "와—" 하는 함성을 내질렀다.

그러나 반가운 함성도 잠시, 갑자기 상황이 돌변했다. 군 지프는 로터리 광장에 가득 모인 시민들의 함성에 놀랐는지 끼-익 하며 급하게 브레이크를 밟고 멈춰 섰다. 뒤쫓던 시위대 버스도 급브레이크를 밟아 겨우 군 지프와 충돌을 면했다.

군 지프에 타고 있던 군인들은, 탄창이 꽂혀 있는 M16 소총으로 시민들을 향해 사격자세를 취했다. 이들은 중위 계급의 장교 한 명과 세 명의 사병이었다. 돌멩이와 각목, 쇠파이프를 들고 달려들던 시민들은 주춤하며 뒤로 물러섰다. 그러자 장교가 말했다.

"시민 여러분, 진정하십시오. 우리는 여러분을 짓밟았던 공수부대원이 아닙니다. 바로 여러분 곁에 있는 31사단 소속입니다. 우리가 부대에 무사히 복귀할 수 있도록 통로를 열어 주십시오."

장교의 말이 끝나자 군 지프는 서서히 상무대 쪽으로 움직였다. 당황한 시민들은 다시 웅성거리기 시작했다.

"저놈들을 죽여라!"

"내 자식과 우리 시민을 죽인 놈들인데…."

"여러분, 죽음을 각오하고 저놈들을 잡읍시다. 인질로 잡아서 계엄군에게 잡혀간 사람들과 교환합시다!"

시민들이 여기저기에서 외쳤다. 군 지프는 도로를 가로질러 설치된 통나무와 콘크리트 관에 막혀 더 이상 가지 못했다. 시민들은 한 발 한 발 군 지프 쪽으로 접근해 갔다. 마치 고양이가 살아 있는 먹잇감을 낚아채기 위하여 조심스럽게 다가가는 것처럼 움직였다. 시민들의 손에는 돌멩이와 벽돌 조각, 각목은 물론이고 농기구인 쇠스랑까지 들려 있었다.

시민들은 분노에 차 있었다. 이글거리는 눈빛은 금방이라도 무슨 일을 저질러버릴 것 같았다. 이에 질세라 군인들도 거총자세로 미동도 하지 않고 시민들을 노려보고 있었다. 짧은 시간, 긴장감이 무섭게 감돌았다. 다시 시민들의 목소리가 커졌다. 시민들과 군인들의 팽팽한 기 싸움은 어느 아저씨의 한 맺힌 절규로 균형이 깨졌다.

"여러분, 저놈들이 내 아들을 죽였습니다. 목숨 아까울 것 없이, 먼저 간 내 아들의 뒤를 기꺼이 따르겠습니다."

50대 후반으로 보이는 그 아저씨가 실성한 사람처럼 외쳤다. 그런 후에 군 지프 쪽으로 용감하게 다가갔다. 수백 명이던 시위대는 어느새 수천 명으로 불어나 있었다. 시민들도 조금 전과 달리 함성을 지르고 간간이 돌멩이도 던지면서 군인들을 압박했다.

"경고합니다! 더 이상 다가오면 발포하겠습니다."

장교가 외쳤다. 그러나 목소리에 자신이 없어 보였다. 군 지프와 시민들의 간격이 30여m까지 가까워졌다. 군인들은 시민들이 가까이 다가가는데도 거총자세로만 있었다.

"저놈들 총알이 없다!"

30대 초반의 청년이 외쳤다. 군대에 갔다 온 경험상 알 수 있다는 것이었다. 다른 시민들도 동감하는 표정이었다. 시민들이 달려들려고 하자, 군인 두 명이 거총자세로 지프에서 뛰어내렸다. 그리고 상무대 방향으로 쏜살같이 도망쳐버렸다. 도망친 두 명은 장교와 사병이었다.

시민들은 함성을 지르고 각목, 돌멩이를 던지며 순식간에 군 지프를 덮쳤다. 예상대로 군인들은 실탄이 없었다. 미처 도망가지 못한 군인 둘은 시민들에게 실컷 맞았다. 얼마나 맞았던지 온몸이 피로 물들었다. 군복이 찢어져 속살이 보였다. 시민들의 분노는 가라앉을 줄 몰랐다. 오래 놔두었다가는 군인들이 죽을 수도 있는 상황이었다. 시민들도 의견이 분분했다.

"군인들이 시민들을 죽인 만큼 저 군인들도 죽여야 합니다."

"아닙니다. 저 군인들은 공수부대원이 아니라 광주에 있는 31사단 소속입니다. 따라서 죄가 없으니 살려줘야 합니다."

자칫 잘못하다간 시민들 간에도 충돌이 일어날 분위기였다. 이때 어떤 청년이 '전리품'인 군 지프에 올라가 시민들에게 외쳤다.

"시민 여러분, 그동안 계엄군이 광주시민들에게 저지른 만행을 봐서는 저들을 죽여야 됩니다. 그렇다고 우리도 똑같이 군인들을 죽인다고 나서면 피의 보복이 계속될 것입니다. 여기 있는 이 군인들은 여러분도 잘 아시다시피 향토사단인 31사단 소속 군인들입니다. 이럴수록 우리는 이성을 잃지 말아야 합니다. 그리고 이 군인들이 여러분의 자식들이고 동생들일 수도 있습니다. 살려줘야 합니다. 여러분, 살려줍시다!"

대부분의 시민들은 그 청년의 설득력 있는 연설에 수긍하는지 말이 없었다. 결국 부상당한 두 군인은 젊은 사람들의 보호를 받으며 인근에 있는 개인병원으로 옮겨졌다.

계엄군을 몰아낸 시민들은 군데군데 모여 있거나 집으로 돌아갔다. 몇몇은 부근에 대기하고 있던 시위대 차에 올라탔다. 조금 전까지 군인들이 타고 있었던 군 지프도 이미 시위대 차로 변해 있었다. 누가 선창했는지 모르지만 시민들은 「투사의 노래」를 합창하기 시작했다.

> 나 태어나 이 강산에 투사가 되어/꽃피고 눈 내리길 어언 30년/무엇을 하였느냐 무엇을 바라느냐/나 죽어 이 강산에 묻히면 그만이지/아– 다시 못 올 흘러간 내 청춘/푸른 옷에 실려 간 꽃다운 이 내 청춘

'광주'를 싣고 달리는 남행버스

나는 시위대 차에 타지 않고 집으로 왔다. 조금 전 군 트럭에서 가져온 벌목도를 하숙집에 놔두고 다시 농성동 로터리로 가기 위해서였다. 하숙집 아저씨에게 벌목도를 주면서 잘 보관해달라고 부탁했다. 다른 하숙생은 최루탄 빈 통을 도로에서 주워 왔다.

1986년 봄에 군복무를 마치고 복학해 그 하숙집을 찾아가 벌목도의 행

시위대 버스에 탑승해 구호를 위치는 시민들. ⓒ 이창성 촬영, 5·18기념재단 제공

방을 물었다. 아저씨는 “마당 화단에 벌목도를 파묻어 보관해오다가 몇 년 전에 꺼내 절반으로 절단해 식칼로 사용하고 있다.”고 했다.

하숙생들과 다시 농성동 로터리에 나갔다. 농성동 로터리 주변에서 시민들로부터 시위 상황을 듣다가 마침 지나가던 시위대 차를 세웠다. 유리창이 모두 깨진 시외버스였다. 나는 시민들과 버스에 올라탔다.

버스 안은 시민들로 가득했다. 빈 좌석이 없었다. 시민들은 버스 안에서 각목과 쇠파이프로 차체를 두드리며 노래를 불렀다. 나도 구호를 외치며 노래를 불렀다. 본격적인 시위대원이 되는 순간이었다.

도로에서 지켜보던 시민들도 시위대 차들과 박자를 맞춰 노래를 불렀

도청 앞 광장 집회에 우산을 쓰고 운집한 시민들. ⓒ 한국일보, 5·18기념재단 제공

다. 며칠 전 하숙집 대학생 형이 말했던 광주의 참상과 조금 전에 벌어졌던 계엄군과의 '일전'이 뇌리를 스쳤다. 온몸에 전율이 일었다. 전날까지 품었던 호기심 가득하고 낭만적인 생각들도 모두 사라졌다.

농성동 로터리에서 외곽도로를 타고 월산동 신우아파트 앞을 지나 백운동 로터리(현재는 고가도로가 설치되어 있음)에 이르렀을 때였다. 앞서가던 시위대 차들이 넓은 로터리 광장에 멈춰 있었다. 내가 탄 버스, 그리고 뒤따라오던 차들도 멈추었다. 허름한 복장의 청년이 위험스럽게 버스 지붕 위에 올라가 버스와 군 트럭 등에 타고 있던 시위대원들을 상대로 일장 연설을 하고 있었다.

연설 요지는 전남지역 곳곳을 다니면서 광주의 참상을 전 도민에게 알리자는 것이었다. 백운동 로터리에 모인 시민들과 시위대원들은 함성으로 동의했다. 이젠 시위대원이 따로 없고 전 시민이 시위대원이었다.

군 트럭과 시외버스로 구성된 차량시위대는 주변 상가에서 나눠준 먹을 것을 싣고, 전남의 남부 방면으로 떠나기 시작했다. 모두 밝은 표정으로 노래를 불러댔다. 노래 제목은 「진짜 사나이」.

> 사나이로 태어나서 할 일도 많다만/너와 나 나라 지키는 영광에 살았다/전투와 전투 속에 맺어진 전우여/산봉우리에 해가 뜨고 해가 질 적에/부모형제 나를 믿고 단잠을 이룬다.

처음엔 돌림노래를 부르는 것처럼 제각각 다르게 노래를 불렀다. 그러다가 어떤 차에서 노랫소리가 커지면 다른 차에 탄 사람들도 그 차의 노랫소리에 동화되었다. 결국은 모든 차에서 나오는 노랫소리가 하나로 통일돼 주위가 떠나갈 듯했다. 십 리 밖에서도 들릴 것 같은 노랫소리는, 분명 도로변의 주민들에게 광주의 참상을 알리는 데 큰 효과가 있었을 것이다.

이 같은 방법으로 「우리의 소원은 통일」, 「투사의 노래」, 「애국가」, 「봉선화」, 「고향의 봄」 등 다른 노래들도 번갈아 불렀다. 시위대원들이 즐겨 불렀던 노래는 시위대원들의 지친 심신을 달래주었을 뿐 아니라, 단합과 사기를 북돋아주는 역할을 했다.

시위대 차 행렬이 나주군 남평면 소재지(현재 나주시 남평읍)를 지나 나주읍을 거쳐 영산포읍(현재 나주시)에 도착했다. 연도를 지나던 주민들이 우리를 보고, 손을 흔들며 환영했다. 우리보다 먼저 다른 시위대 차가 왔는지 아니면 자체적으로 움직였는지 모르지만, 나주군과 영산포읍 주민들도 벌써 읍내에서 구호를 외치고 다녔다.

영산포 버스터미널(당시 버스터미널은 지금의 버스터미널과 100m 정도 떨어진 거리에 있었음) 앞을 지날 때였다. 터미널 옆 주유소 입구에서 한 아저씨가 손을 흔들었다. 시위대 버스가 멈춰 섰다. 주유소 사장인 그 아저씨는 "광주 소식을 들었다. 고생이 많다."면서 "차에 기름을 넣어주겠다." 고 한 뒤 주유기를 들고 다가왔다.

시위대 버스 운전자는 운전석 앞 계기판의 눈금이 아직도 절반 이상 남아 있지만, 주유소 사장의 호의를 마다하지 않고 기름을 가득 채웠다. 뒤따르던 시위대 차 몇 대도 마찬가지로 기름을 가득 채웠다. 일부 시위대 차들은 그냥 지나가기도 했다. 기름을 넣은 다른 시위대는 주유소 사장에게 기름 값을 일부라도 주려고 했다.

그러나 주유소 사장은 극구 사양하며 "열심히 전남지역을 돌아다니면서 도민들에게 광주의 참상을 전해달라."고 시위대원들을 격려했다. 시위대원들은 주유소 사장의 응원에 감동해 옆 사람의 귀청이 떨어져 나갈 듯한 큰 목소리로 "고맙습니다! 감사합니다!"를 연신 외치면서 영산포 읍내를 지났다.

영산포 읍내를 벗어날 때쯤에는 우리 차가 맨 앞에서 시위대 차들을 이끌었다. 기름을 넣거나 나주 주민들을 만나는 중에 선두권 차들이 먼저 다른 지역으로 이동했기 때문이다. 광주시내를 벗어날 때 여덟 대였던 무리가 네 대로 줄어 이동했다.

강진군으로 가는 길목에 있는 영암군 신북면에 들렀다. 주민들은 광주 상황을 알고 있다는 듯 박수를 보냈다. 하지만 어떤 주민들은 아직 소식을 듣지 못했는지 의아스러운 표정으로 우리를 쳐다봤다. 시위대원들 중 일부는 차에 탄 채 창문 너머로, 또 다른 일부는 차에서 내려 직접 주민들에게 계엄군의 무자비한 폭력의 실상을 알렸고 뭉쳐야 한다고 외쳤다. 신북면 주민들도 시위대원들의 긴장감 넘치는 설명에 공감한 듯 시위대 차를 따르면서 구호를 외쳤다.

우리들은 신북에서 잠시 머물다 영암읍으로 이동했다. 영암읍에 도착했을 때는 해가 월출산 등줄기를 넘고 있었다. 우리 시위대는 다른 지역에서 했던 것처럼 노래를 부르고 구호를 외치면서 영암읍내를 누볐다.

여전히 차체는 시위대원들의 박자를 맞추는 북이었다. 단단한 차체도 시위대원들의 각목 세례를 견디지 못한 듯 페인트가 벗겨지고 군데군데 오그라졌다. 지금까지 지나왔던 지역의 주민들처럼 영암 주민들도 우리 시위대와 함께 어울려 시위를 했다.

우리는 몇 차례 영암읍내 주요 거리를 오가면서 홍보활동을 펼쳤다. 금강산도 식후경이라고 했던가. 시위대원들은 시위를 멈추고 영암군청 앞 식당에서 저녁식사를 했다. 저녁식사는 영암주민들이 제공했다. 일행들과 잡담을 나누며 군청 주변에서 휴식을 취한 지 1시간쯤 흘렀다. 군청 광장에 세워 놓은 차들이 시동을 걸었다. 그리고 한 시위대원이 차에 탑승하라고 외쳤다. 다시 광주로 출발한다는 것이었다.

어느새 밤이 깊어 사방이 어두컴컴했다. 우리들은 차에 타면서도 주변에 모여 있던 주민들에게 뭉쳐 싸우자고 거듭 외쳤다. 손을 흔드는 주민들을 뒤로하고 군청을 빠져나왔다. 다시 광주를 향해 달렸다. 차 안은 침묵이 흘렀다. 피곤한 시위대원들은 잠들었다. 모습들이 가관이었다. 어떤 시위대원은 고개가 뒤로 꺾인 채 코를 골기도 하고, 어떤 시위대원은 옆에 앉아 있는 시위대원의 어깨에 머리를 비스듬히 기댄 채 입을 벌리고 자고 있었다. 앞일이 걱정되는지 눈을 말똥말똥 뜨고 어두워 아무것도 보이지 않는 창밖을 주시하는 대원도 있었다.

시위대 차들이 영암군 신북면 소재지를 막 지날 때였다. 갑자기 선도 차가 멈췄다. 뒤따르던 나머지 차들도 멈추었다. 밖을 내다보니 50대 후반으로 보이는 아저씨 세 명이 선도 차 옆에서 시위대원들과 무슨 말을 주고받았다. 우리의 반대 차로에는 트럭 한 대가 서 있었다. 그 차의 전조등에서 쏘아대는 강렬한 불빛은, 밖을 내다보고 있는 우리들의 눈을 부시게 했다.

잠시 후, 아저씨들과 얘기를 나누었던 시위대원이 우리 차로 와서 전달사항을 말했다.

"안내말씀 드립니다. 밖에 서 있는 아저씨들은 지금 나주에서 내려오는 길이랍니다. 영산포를 지나올 때, 군 트럭 여러 대에서 무장한 군인들이 내린 뒤 읍내 주요 도로변에 배치되는 것을 목격했답니다. 따라서 우리들이 광주로 올라가면 위험한 만큼, 절대 광주로 가지 마라고 했습니다. 그래서 우리 시위대는 다시 영암으로 가거나, 아니면 더 내려가 강진으로 갈 계획입니다. 대원 여러분, 여러분의 안전을 위한 조치인 만큼 양해해 주시기 바랍니다."

시위대원들은 왔던 길을 다시 되돌아가야 한다는 말에 웅성거리기 시작했다.

"오늘 밤 늦게라도 반드시 광주에 들어가야 합니다. 내일 오후에 몸이 아프신 어머니를 모시고 병원을 가야 합니다. 조금 위험하더라도 지금 바로 갑시다. 광주시내도 아닌데 설마 민간인들에게 총을 쏘겠습니까."

"이러다가 집에도 못 가고 군인들한테 붙잡히는 것 아닙니까? 나주 쪽 도로로 군인들 때문에 갈 수 없다면, 차라리 다른 길로 우회하여 갑시다."

"지체할 시간이 없습니다. 빨리 영암으로 되돌아가 주민들에게 부탁해 하룻밤을 자고 내일 아침 각자 알아서 흩어집시다."

시위대원들은 갑론을박을 벌였다. 결국 영암으로 되돌아가기로 결정이 났다. 차를 돌렸다. 시위대원들은 혹시나 영산포에 있다는 군인들이 뒤쫓지 않을까 염려해 전속력으로 영암을 향해 달렸다.

반가운 친구 이준수

영암읍에 다시 도착했다. 아직도 주민들이 집에 가지 않고 모여 있었다. 우리는 곧바로 영암군청으로 갔다. 군청에서 그곳에 잘 수 있게 배려해 주었다. 시위대원들은 차에서 내린 뒤 군청 광장에 모였다. 리더 격인 시위대원으로부터 주의사항을 들었다.

"영산포에 군인들이 주둔해 있어 광주로 올라갈 수 없어서 불가피하게 오늘 밤은 영암군청에서 자기로 했습니다. 광주의 참상을 알리기 위해 내려온 만큼 다소 불편하시더라도 참으시고, 절대로 청사 내 기물을 함부로 손대거나 파손하지 말고 조용하게 지내주십시오. 그리고 취침하기 전까지 경계근무를 설 근무조를 편성해주시기 바랍니다. 날이 밝으면 곧바로 광주로 출발할 예정입니다. 가능하면 일찍 일어나셔서 출발준비를 해주십시오."

이어 그는 시위대원들이 하룻밤 묵을 장소인 사무실과 방으로 흩어지자 순회하면서 "잠잘 때 반드시 경계근무를 서 달라."고 말했다. 시위대원들은 그의 말대로 군청 정문, 취침할 사무실과 방 부근에 교대로 경계근무를 서기로 하고 근무조를 짰다. 누가 누구인지 모르기 때문에 근무조가 따로 있는 것이 아니었다.

하지만 경계근무조 편성은 쉬웠다. 첫 번째 근무조가 근무를 다 마친 후 차례대로 옆방의 시위대원들을 깨워 근무를 서게 하면 됐다. 물론 경계근무조가 순서대로 제 시간만큼 근무를 서고 아침을 맞이했는지는 확인할 수 없었다. 그러나 분명한 것은, 취침 전까지는 이미 편성된 경계근무조가 방

ⓒ 졸업 앨범 사진
이준수 친구.

입구에서 근무를 서고 있는 모습을 보았다는 사실이다.

"준수야!"

"어, 영상아!"

잠자기 전, 숙직실로 보이는 방 옆에 붙어 있던 세면장에서 대강 씻고 나오다 뜻밖에도 학교 친구를 만났다. 나주가 고향이고 같은 반(3학년 2반)이었던 이준수였다. 이 친구는 학교 근처에서 자취를 하고 있었다.

"야, 여기서 만나다니 정말 반갑다."

"어떻게 여기까지 오게 됐냐?"

"하숙집에서 농성동 로터리 광장에 시위 구경하러 갔다가 버스에 올라타게 됐다. 시위대 버스가 광주시내만 다닐 것이라고 생각했는데, 이렇게 영암에까지 와버렸어."

낯선 시위대원들 틈새에서 친구를 만나니까 무척 반가웠다. 준수도 나처럼 농성동 로터리에서 시위대 차에 탑승한 뒤 영암까지 오게 된 것이다. 나는 방을 옮겨 준수랑 잠을 잤다. 우리는 피곤함도 잊은 채 다른 대원들이 잠든 뒤에도 한참 동안 더 얘기를 나누다 뒤늦게 잠이 들었다.

이 친구는 이때부터 나와 함께 목포·무안·함평·영광·나주 등지를 다니면서 광주의 참상을 알리고 다녔다. 며칠간 생사고락을 함께한 친구였다.

5월 22일 목요일 아침. 잠자리가 비좁아 새우잠을 잤지만, 그런대로 피로는 풀렸다. 벌써 해가 중천에 떠 있었다. 군청 직원들이 근무를 하지 않는지 출근하는 사람이 하나도 보이지 않았다. 물론 출근을 했더라도 시위대원들이 청사 곳곳을 점거하고 있으니 접근할 수도 없었을 것이다. 당직 근무자도 있었겠지만 누가 군청 직원인지 알 수 없는 상황이었다.

시위대원들은 군청 곳곳에 삼삼오오 모여서 아침밥을 먹었다. 어디에서 가지고 온 밥인지 몰랐지만 꿀맛이었다. 분명한 것은 영암읍에 거주하는 아저씨와 아주머니들이 군청 마당에서 배식을 했다는 것이다. 기약이 없고 불규칙한 식사에 대비해 배부르게 먹어뒀다.

다시 시위대 차들은 광주를 향해 이동했다. 어느새 어젯밤 차를 돌렸던 신북면소재지를 지나 나주군 남평면에 있는 넓은 도로(임시 활주로-지금은 차량 운행을 금지하고 있음)에 접어들었다. 폭이 50m쯤 되고 길이가 3km 가량 되는 이 도로는, 전시엔 임시비행장으로 사용되는 도로였다.

도로 중간쯤 이르렀을 때였다. 광주 방면에서 차량 두 대가 달려왔다. 대낮인데도 비상라이트를 켜고 우리 시위대 차 앞을 가로막았다. 군 트럭과 버스에 탄 시위대였다. 우리처럼 광주에서 내려온 차였다. 그들은 우리에게 전남 남부지역에서 광주로 들어가는 초입인 백운동 외곽 야산과 도로

영암군청 전경.　　ⓒ 영암군청 제공

(현, 효천역과 인성고 입구 근처)에 계엄군들이 지키고 있어 들어갈 수 없다고 말했다. 자신들도 광주 진입을 시도했다가 실패하고 내려오는 길이라고 했다. 그리고 나주 노안면을 거쳐 송정리 쪽으로 우회해서 광주 진입을 함께 시도해보자고 말했다.

우리는 곧바로 나주 쪽으로 방향을 돌렸다. 시위대 차들은 경쟁하듯 전속력으로 질주했다.

영산강을 가로질러 놓여 있는 나주대교를 지나 나주읍에서 송정리 쪽으로 가는 2차선 비포장 도로(현재는 4차선으로 포장되어 있음)로 접어들었다. 군 트럭을 선두로 뒤따르는 다섯 대의 버스가 일으키는 먼지가 하얀 연막을 쳤다. 중간에 달리던 우리들은 흙먼지를 실컷 마셨다. 차 유리창이 박살난 지 오래였다.

다리 아래로 추락한 트럭

20여 분 정도 달리다가 송정리로 들어가기 직전에 잠시 휴식을 취하기 위해 멈췄다. 차에서 내려 서로를 쳐다보니 웃음이 절로 나왔다. 얼굴이 온통 먼지로 뒤덮여 하얗게 분칠을 한 것처럼 보였다. 내 얼굴도 저 사람과 똑같겠지 생각하고 낄낄대면서, 풀숲에 들어가 참았던 용무도 시원하게 마쳤다. 도로의 먼지가 가라앉자 옷에 쌓인 먼지를 털어내고 가벼운 운동을 하면서 피로를 풀었다.

휴식을 마친 후 다시 출발했다. 우리 차에 타고 왔던 두 사람이 군 트럭으로 옮겨 탔다. 군 트럭은 우리 차보다 빠르게 달렸다. 나주를 지나면서 탑승 인원이 늘어나는 바람에, 빈 좌석이 없어 차 안 통로에 앉아서 갔다. 그래서 누군가 다른 차로 옮겨 타는 것을 환영했다.

반면 군 트럭 화물칸에 타고 왔던 사람들은, 군 트럭 운전자가 워낙 과속을 하고, 제멋대로 운전을 해 불안하다면서 다른 차들로 분산, 탑승했다. 기어이 과속을 하며 앞서가던 군 트럭이 사고를 내고 말았다. 군 트럭을 계

진입로가 급커브인 하산교 구교는 철거됐다. 당시 사고를 보수한 흔적이 선명하게 남아 있었다.(2009. 4 촬영)　ⓒ 임영상

새로 놓인 하산교.　ⓒ 임영상

속 타고 오다가 방금 다른 차로 옮겨 탄 사람들은 운이 좋았다. 사고를 면했기 때문이다.

나주–송정리 간 비포장도로 중간쯤인 광산군(현, 광주광역시 광산구) 동곡면 침산리에 하산교라는 다리가 있다. 이 다리는 황룡강 지류인 평동천에 가로질러 놓여 있다. 다리와 연결된 도로가 급커브의 S자 모양이었다. 지금은 구교를 헐어버리고 새롭게 직선 다리가 놓여 있다. 또 다리의 폭도 차들이 교행은 할 수 없고 겨우 버스 한 대가 편도로 다닐 정도로 좁았고, 오래된 다리인지 곳곳이 움푹 패어 있었다.

비포장 길이 일으키는 먼지는 운전자의 시야를 흐려 놓을 수밖에 없었다. 조심스럽게 서행해야 했는데 앞서가던 그 트럭은 여전히 과속을 하다 '쾅'하는 굉음과 함께 다리 난간을 부수고 아래로 떨어졌다. 겉모양과 다르게 다리 난간은 낡고 부실했다.

강폭은 둔치까지 합해 20m 정도 되었고, 강물에서 다리 상판까지의 높이도 5m밖에 되지 않았다. 강물의 깊이도 성인의 허벅지 정도로 그리 깊지 않았다. 군 트럭 운전자는 다리로 진입하는 급커브에서 미처 핸들을 돌리지 못한 것 같았다.

뒤따르던 우리는 깜짝 놀라 일제히 차를 멈추고 사고현장으로 달려갔다. 트럭은 강물 속에 거꾸로 뒤집혀져 있었다. 하늘을 향해 있는 뒷바퀴는 아직도 허공에서 공회전을 하고 있었다. 무게 때문인지 엔진이 있는 트럭 앞쪽이 더 깊게 박혔다. 뒤집혀진 운전석에서 두 사람이 나오려고 발버둥을 쳤다. 마침내 그들은 흙으로 범벅이 된 채 차 밖으로 나왔다. 천변 둑과 다리에서 내려다보던 시위대원 중 몇 사람이 강물로 뛰어 들어가 이들을 구출했다.

화물칸에 탄 두 사람은 구출할 수가 없었다. 하천 바닥은 진흙이었고, 차가 떨어지면서 박혀 버렸기 때문이었다. 모두들 더 이상 어떻게 하지도 못하고 발을 동동 구르며 안타깝게 바라보고만 있었다. 구출한 두 사람은 다행히 조금 다쳤을 뿐 보행에 지장이 없었다.

인근 마을 주민들이 하던 일을 멈추고 달려왔다. 마을에서 다른 주민들도 구경하느라 모여들었다. 누군가가 가까운 군부대에 연락해 트럭을 건져내자고 했다. 대형 크레인이 군부대에 있고, 군 차량이기 때문에 구조요청을 하면 바로 출동할 수 있을 것이라고 했다.

시위대원들과 주민들 간에, 그리고 시위대원들 간에 사고처리 문제로 논란이 벌어졌다. 자칫 하다가는 군인들에게 붙잡혀 생사가 어떻게 될지 모른다는 불안감이 엄습했다. 죄 없는 시민들에게까지 무차별적으로 폭력을 행사한 군인들인데, '적'으로 간주하고 있는 시위대가 일으킨 교통사고를 과연 처리해주겠는가라는 의문 때문이었다.

그래도 우리는 군부대에 연락하기로 했다. 교통사고를 면한 시위대원들보다도, 화물칸에 짓눌려 있는 시위대원 두 명의 생사가 더 시급했기 때문이었다. 주민들이 군부대에 연락하기 위해 마을로 뛰어갔다. 지금처럼 휴대폰이 없던 시절이어서 전화를 하려면 마을로 가야 했다. 얼마 후 연락을 하러 갔던 주민들이 돌아왔다. 군부대에서 위치를 물으면서 곧 온다고 했다는 것이다. 우리는 군부대 견인차가 오기를 기다리며 다리 주위에서 강물에 뒤집힌 트럭을 바라보고만 있었다. 구경하던 마을 노인들은, 화물칸에 탑승한 두 사람이 혹시 죽지 않았을까 걱정하면서 눈물을 흘렸다.

애타게 기다렸지만 군 크레인은커녕 군 견인차도 오지 않았다. 한 시간쯤 지났을까. 마냥 기다릴 수만 없었다. 주민들과 함께 동네에서 차를 뒤집는 데 필요한 줄이란 줄은 죄다 가져왔다.

10여 명의 시위대원들이 강물로 들어갔다. 몇 사람이 거꾸로 박혀 있는 군 트럭을 밀어도 움직이질 않았다. 하늘을 향해 있는 뒷바퀴에 동아줄을 단단하게 동여맸다. 나머지 시위대원들과 구경나온 주민들이 모두 강둑으로 내려갔다. 그리고 줄다리기 시합을 하는 것처럼 뒷바퀴에 묶인 동아줄을 다 같이 붙잡고 "영차! 영차!"를 외치면서 뒤집기를 시도했다.

백여 명이 달라붙어 하나가 된 힘은 대단했다. 깊숙이 박혀 있던 군 트럭이 조금씩 움직이기 시작했다. 마침내 힘겹게 줄을 잡아당기던 사람들에게 진흙탕 물벼락을 선물하며 뒤집혔다.

"만세!" "저기, 두 명 다 살아 있다!"

곳곳에서 환호성이 터져 나왔다. 트럭이 똑바로 세워지자 화물칸에 갇혀 있던 두 사람은 위장한 듯 얼굴에 온통 진흙을 바른 채 모습을 드러냈다. 두 사람이 안전했던 것은, 뒤집혀진 군 트럭의 화물칸 적재함과 강물 사이에 마련된 좁은 공간으로 숨을 쉴 수 있었기 때문이었다. 강물이 깊지 않은 게 천만다행이었다. 두 사람은 다소 지쳐 있었지만 건강에는 큰 지장이 없어 보였다.

우리들은 뒤집힌 군 트럭을 강바닥에 바로 세워 놓았다는 것에만 만족하고 이동해야 했다. 예상치 않은 교통사고로 많은 시간을 허비했기 때문이었다. 마을 주민들에게 군부대에서 구조차량이 오면 사고 위치를 말해주라고 부탁한 뒤 출발했다. 시위대 차들이 출발하기 전에 리더 격인 청년이 우리 차에 올라와서 주의를 주었다. 운전할 때는 철저하게 안전운행을 할 것과, 운전경력이 짧은 사람은 절대로 운전대를 잡지 말고 경력이 많은 사람에게 넘기라고 했다.

교통사고 때문이었을까. 우리는 과속을 하지 않고 서서히 달렸다. 송정읍 시가지와 인근 마을을 가르는 황룡강에 도착했다. 강을 가로질러 놓인, 겨우 2차선이 될까 말까 한 좁고 기나긴 다리, 송정교(현재는 4차선 새 다리가 별도로 설치되어 있음)를 건너 송정읍(현, 광산구 송정동)에 도착했다.

송정리역을 지나 송정읍 중앙을 관통하는 간선도로를 타고서 광주를 향해 달렸다. 8차선이나 되는 넓은 도로에는 벌써부터 다른 시위 차들이 오가며 노래와 구호를 외치고 있었다. 그들이 우리를 보고 손을 흔들며 환호성을 질러댔다. 우리도 손을 흔들며 구호로 화답했다. 벌써 광주시내에 들어온 기분이었다. 연도에는 송정리 주민들이 군데군데 모여서 손을 흔들었다.

계엄군이 가로막은 광주행

광주시내로 들어가는 길목인 광-송 간 도로와 연결된 광주비행장 입구에 이르렀을 때였다. 차가 갑자기 멈추었다. 탱크가 도로 중앙을 가로막고 통행을 금지하고 있었다. 조금 전까지 개선장군과도 같았던 우리들은 초긴장 상태가 되었다. 탱크 두 대가 포구를 우리 쪽으로 향하고 있었다. 도로 옆 좌우 논둑에는 수십여 명의 무장군인들이 1m 간격으로 엎드려 금방이라도 쏠 듯한 사격자세로 있었다. 탱크 옆에는 지휘관이 타고 있는 지프가 있었다. 탱크 맞은편에는 우리 일행이 도착하기 전부터 광주 진입을 시도했던 다른 시위대 차들이 군인들과 대치하고 있었다.

우리는 놀랐던 가슴을 쓸어내리고 대치전선에 자연스럽게 합류했다. 먼저 대치하고 있던 시위대원들이 백만 원군을 만난 듯이 환호성을 질렀다. 계엄군과 불과 50여m의 간격을 두고 있던 시위대원들은 종이로 확성기를 만들어 계엄군에게 외쳤다.

“여보시오. 군인 양반들, 우리는 집이 있는 광주로 그냥 들어가려는 것이오. 그러니 길을 터주시오!”

그러나 계엄군들은 우리에게 총을 겨눈 채 미동도 하지 않았다. 두 대의 탱크도 우리의 외침에 아랑곳하지 않고 전진과 후진을 번갈아 가며 무력시위를 했다. 그 육중한 움직임은 우리들에게 위압감을 주기에 충분했다.

시간이 어느 정도 지나도 팽팽한 대치 국면은 그대로였다. 시위대원들의 불만도 점차 고조되었다. 시위대원들은 구호를 외치고, 노래를 불렀다. 아직 기가 죽지 않았음을 보여주려는 듯 각목과 손바닥으로 차체도 더욱 세게 두드렸다.

우리보다 먼저 계엄군과 맞서고 있던 시위대원들이 우리 차에 몇 정의 카빈 소총을 지급했다. 다른 시위대 차에도 소총을 나눠주었다. 언제부터 그 시위대원들이 소총을 소지하고 있었는지, 출처는 어디인지 확인할 수 없었다. 하지만 분명한 것은 그 이후 시위대 차마다 소총을 몇 정씩 가지고

80년 5월 22일 계엄군들이 탱크로 도로를 가로막고 광주시내 진입을 차단했던 광주공항 입구 광-송 간 도로.

있었다는 것이다.

최악의 경우에는 계엄군과 싸울 참이었다. 어떤 시위대 차는 벌써 탄창이 꽂힌 총을 차창에 올려놓고 있었다. 그리고 중구난방으로 도로에 서 있던 시위대 차들도 2열로 간격을 맞추어 전열을 정비했다.

시위대 차들이 서서히, 그리고 조심스럽게 탱크 쪽으로 다가갔다. 계엄군들이 끝내 길을 열어주지 않으면 일전도 불사할 태세였다. 시위대 차들과 계엄군 탱크와의 거리가 불과 20m 정도로 좁혀졌다. 장교가 지프에서 내려 휴대용 확성기로 경고했다.

“시민 여러분, 돌아가십시오! 빨리 돌아가십시오! 광주시내로는 들어갈 수 없습니다. 여러분의 심정은 충분히 이해합니다. 우리는 며칠 전 광주시내에서 시위를 진압했던 부대가 아닙니다. 여러분 곁에 있는 31사단입니다. 우리는 여러분을 결코 적으로 간주하지 않습니다. 또한….”

장교가 다음 말을 잇기도 전에 시위대원들로부터 야유가 터져 나왔다.

“웃기지 마라. 너희들이 국민을 보호하는 국민의 군대냐!”

“양민학살 자행하는 계엄군은 물러가라!”

“너희들은 국군이 아니라 소련군이나 북한군이다.”

“여러분, 죽음을 무릅쓰고 전진하여 탱크를 박살냅시다!”

시위대 차가 계엄군을 향해 2, 3m 가량 전진했다. 장교가 휴대용 확성기를 입에 대고 다시 경고했다. 시위대 차들이 멈추었다.

“다시 한 번 경고합니다. 22일 12시부로 발포명령이 내려졌습니다. 즉시 돌아가십시오. 광주에 집이 있다고 해도 들어가지 못합니다. 그 누구라도 광주로 진입하는 것을 막으라는 상부의 지시가 있었습니다. 우리는 명령에 따라 죽고 사는 군인입니다. 제발 돌아가십시오!”

계엄군의 경고발언이 끝나자 차 안에 있던 시위대원들은 잠시 쥐죽은 듯 조용했다. 발포명령이 내려진 상황에서 싸워 봐야 승패는 뻔했다. 고작 카빈 소총 몇 정으로 계엄군의 탱크와 M16 소총에 맞선다는 것 자체가 우스운 꼴이었다. 조금 전까지만 해도 앞에 있는 탱크를 박살낼 것 같았던 시위대원들의 기세등등한 표정도 보이지 않았다.

옆 차에서 차창을 통해 전달사항이 전해졌다. 리더 격인 사람 두 명만 옆 차로 오라고 했다. 긴급회의를 한다는 것이다. 우리 차에서는 두둑한 배짱으로 영암에서부터 시위대원들을 이끌었던 30대 후반의 아저씨와, 수다쟁이처럼 재잘거리며 분위기를 북돋았던 또 다른 30대 후반의 아저씨가 대표로 선발되어 갔다.

옆 차에는 대표들로 가득 찼다. 차창 너머로 바라보니 삿대질과 고성이 오가며 격론을 벌이고 있었다. 잠시 후 우리 차 대표들이 회의를 마치고 돌아왔다. 그들은 광주 진입이 현실적으로 불가능한 만큼 무리하게 들어가지 않기로 했다고 말했다. 그 대신 조를 짜서 전남도내 전 지역을 돌면서 광주 상황을 알리기로 결정했다고 했다.

우리 시위대 차들은 긴급회의에서 결정한 대로 광주의 진실과 참상을 알리기 위해 3개조로 나눠 홍보코스도 정했다. 홍보코스는 각 시위대 차들이 임의대로 방향을 잡아 출발하면 됐다.

1코스는 송정리–나주–영암–강진–해남이었고, 2코스는 송정리–나주–무안–목포, 3코스는 송정리–영광–함평–무안–목포였다. 우리들은 광주의 북쪽에 있는 담양, 장성과 보성, 순천이 있는 전남의 동부는 가지 않았다. 광주의 서쪽인 송정리에 있었던 관계로 전남 동부는 갈 수 없었다.

영광 거쳐 무안 거쳐 목포로

시위대 버스는 송정리 중간쯤에 이르러 앞차를 따라 영광통으로 우회전했다. 영광군으로 가는 도로에 우리 차를 포함해 세 대의 버스가 나란히 달렸다. 우리는 어제 영암과 나주 등지를 다녀왔기 때문에 3코스(영광–함평–무안–목포)를 택했다. 시위대 차들은 각자의 코스를 향해 흩어졌다.

시위대 차들은 삼양타이어(현, 금호타이어) 공장 옆을 지나 2차선 도로(현재는 4차선으로 확장 포장되어 있음)를 타고 황룡강의 다리(송산교, 현재는 새 다리가 놓여 있음)를 건넜다. 지금은 송산유원지가 있는 다리 아래 강둑에서는, 아이들이 광주의 참상을 아는지 모르는지 평화롭게 뛰어 놀고 있었다. 어른들이 강에 그물을 던져 고기를 잡는 모습도 보였다. 차창 밖 멀리 보이는 산은 유난히 푸르렀고, 스치는 들녘은 봄의 생기로 가득했다.

시위대원들도 이제는 긴장이 풀어진 듯했다. 차 안은 시위대원들의 웃음과 잡담으로 요란했다. 나도 옆자리에 앉아 있는 학교 친구 준수와 얘기를 나누면서 무료함을 달랬다. 조금 전 계엄군과 대치했을 때 긴박했던 상황을 회상하면서 아찔한 순간이었다고 가슴을 쓸어내렸다.

이야기꽃을 피우다보니 금세 영광읍에 도착했다. 다시 구호를 외치고 노래를 불렀다. 차체는 여전히 박자를 맞추는 북 역할을 훌륭히 해주었다. 우리는 영광읍을 관통하는 도로를 여러 차례 왕복하면서 주민들에게 광주 소식을 전했다.

영광읍은 외부 시위대로선 우리가 처음이었는지, 많은 주민들이 도로변에 나와 구경했다. 노래와 구호를 멈추고 중간 중간에 광주의 상황을 알릴 때는 묘한 전율이 일기도 했다. 더 자세히 알려야겠다는 일념으로 빠르게 말하다보니 흥분해 말문이 막히곤 했다. 영광 주민들은 얼핏 광주 소식은 들었지만, 우리의 자세한 설명에 "그럴 수가 있느냐."면서 분노하는 기색이 역력했다. 어떤 노인네는 두 손을 치켜들고 "광주시민 만세!"를 외치기도 했다.

차량시위대는 계속해서 영광읍을 관통하는 도로를 왕복하면서 광주소식을 전했다. 시위대원들은 읍내 가게에서 페인트를 구입해 시위대 차에 구호를 썼다. 차체 양쪽에 '전두환 물러가라.' '김대중 석방하라.'는 글씨가 대문짝만 하게 새겨졌다. 한층 더 시위대 차량처럼 보였다. 홍보효과도 크리라 생각됐다.

우리들은 오늘 밤까지 함평, 무안을 거쳐 목포까지 가야 했다. 때문에 영광주민들의 환송을 뒤로하며 읍내를 빠져나왔다. 함평으로 가는 도로를 지나면서 마주 오는 차가 있으면 잠깐이나마 멈추게 하고 광주의 참상을 전했다. 함평에서도 영광에서처럼 광주의 참상을 전하고 무안으로 이동했다. 무안에 도착했을 때는 주변이 조금씩 어두워졌다.

무안부터는 도로포장이 되어 있어 먼지를 뒤집어쓰지 않았다. 소음도 적어 좋았다. 무안에서는 영광, 함평에서와 달리 비교적 질서 있게 노래를 부르고 구호를 외쳤다.

시위대원들은 벌써 지친 탓인지 목소리가 우렁차지 않았지만, 생기만은

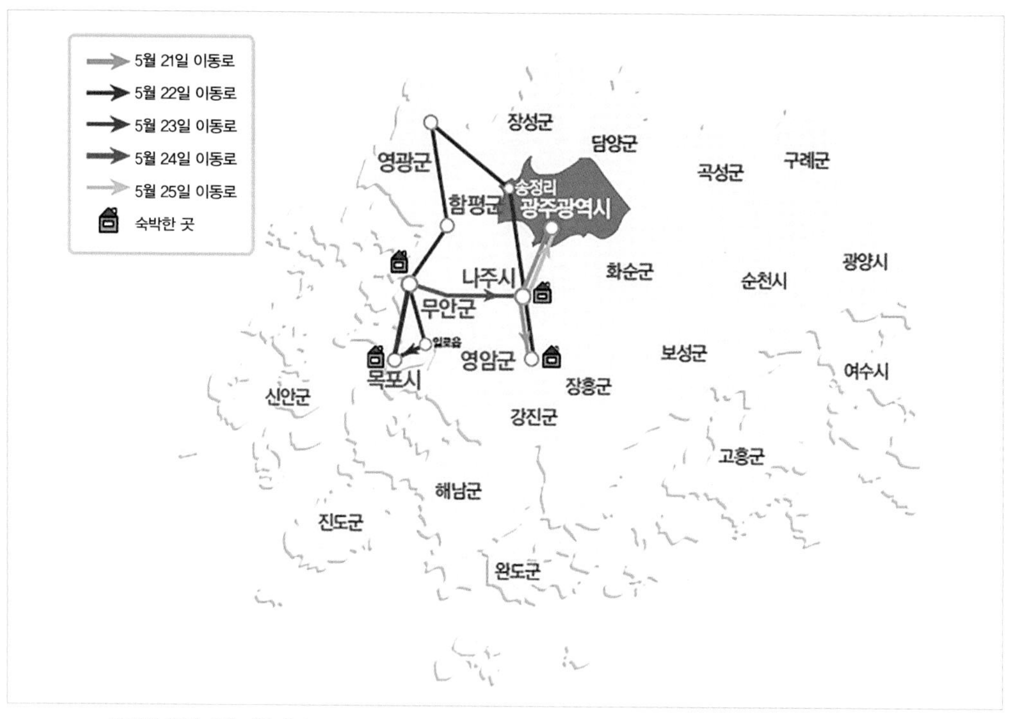

임영상의 날짜별 이동경로. ⓒ『부끄러운 탈출』 인용

넘쳤다. 무안은 밤인데도 불구하고 다른 지역보다 더 적극적이었다. 전남 제2의 도시인 목포와 인접해 있어 광주 소식을 빨리 접한 것이다. 벌써부터 적재함 바깥에 '대한통운'이라고 쓰인 붉은색 대형 트럭과 소형트럭, 버스에 가득 탄 주민들이 우리들처럼 구호를 외치고 다녔다.

터미널 부근에서 집회도 열었다. 우리는 무안읍내에 있는 가게에서 제공해준 빵과 우유로 허기진 배를 채웠다. 밤 8시경, 다음 행선지인 목포로 가기 위해 주민들과 함께한 시위를 마치고 떠날 채비를 했다. 그러자 주민들이 우리들에게 목포로 가지 마라고 만류했다. 무안에서 목포로 가는 길목에 있는 지산이란 곳에 군부대가 있는데, 검문에 걸려 잡힐 것이라고 걱정했다. 주민들은 "어제까지만 해도 통제를 하지 않았는데 지금은 도로에 바리케이드를 치고 지키고 있다."고 덧붙였다.

우리는 망설이다가 "그래도 목포로 가야 한다."고 말하고 군부대를 피해 목포로 가는 길을 알려 달라고 부탁했다. 그들은 우리의 의지를 꺾을 수 없다고 판단했는지 1번 국도인 광주–목포 간 도로가 아닌 우회 길을 상세하게 말해줬다. 그 길은 영산강 방향인 일로읍 쪽으로 가는 길이었다.

일로읍 간첩소동

우리는 목포 입구의 군부대를 피해 우회도로를 타고 달리기 시작했다. 그 길도 다른 지역처럼 비포장 도로였다. 노면 상태가 좋지 않아서 유난히 차가 덜컹거렸다. 게다가 이 길은 곧게 뻗은 곳보다는 구불구불한 곳이 많은 전형적인 시골길이어서, 우리들은 차의 움직임에 따라 박자에 맞춰 춤추듯이 몸을 자연스럽게 좌우로 움직였다.

그런 와중에도 피곤은 몰려왔고 별다른 생각 없이 자고 있었다. "탕–"하는 단발의 총소리가 요란하게 차내를 울렸다. 깜짝 놀라 눈을 떴다. 내 앞쪽에 앉아 있던 대원이 카빈 소총을 잘못 다뤄 그만 오발사고를 냈다. 다행히 총구가 천장을 향하고 있어 사람은 다치지 않았다.

그러나 차 천장에 총알이 뚫고 지나간 흔적이 확연했다. 여기저기에서 욕설과 함께 주의하라는 말들이 쏟아졌다. 나도 "소총 소지에 자신이 없는 대원은 경험자에게 인계하라."고 거들었다. 사고를 낸 대원은 다른 대원들의 경고와 비난, 따가운 시선에 어쩔 줄 몰라 했다. 그는 연신 고개를 숙여 미안하다면서 주의해서 총을 다루겠다고 다짐했다.

우리 차는 3대의 시위대 차 가운데 중간에서 달렸다. 앞차가 일으키는 먼지 때문에 전조등을 켜도 전방주시가 무척 어려웠다. 그래도 우리 차는 한참 앞을 지나가 버린 앞차의 흔적을 쫓아 달렸다.

일로읍 인근에 이르렀을 때였다. 앞차가 멈춰 있었다. 우리 차도 멈추었다. 앞차의 시위대원들이 모두 내려서 웅성거리고 있었다. 우리는 그냥 차 안에 앉아 있었다. 잠시 후 모두 하차하라는 전달이 왔다.

앞차의 시위대원들은 우리에게 "방금 간첩이 나타나 저기 보이는 산으로 도망갔으니 잡아야 한다."며 도로 옆 산을 가리켰다. 무슨 영문인지도 모르고 그저 먼저 도착한 시위대원들의 행동을 따를 수밖에 없었다. 시위대원들은 토끼몰이식으로 캄캄한 산을 올라갔다. 대부분 시위대원들은 무기가 없기 때문에 주위에서 주은 몽둥이와 돌멩이를 무기 삼아 '간첩 수색'에 나섰다.

준수와 나는 카빈 소총을 든 대원 옆에 바싹 붙어 올라갔다. 의도적으로 함성을 지르면서 어둠의 공포를 벗어나려고 애를 썼다. 숲도 우거져 있지 않고 그리 높지 않은 야산이어서 힘들이지 않고 정상까지 올라갔다. 꼭대기에 사람이라곤 우리 대원들밖에 없었다. 밤중에 사람이 있을 리 만무했다. 설령 수상한 사람이 있었다 해도 캄캄한 밤에 어떻게 잡으랴. 왠 헛수고인가 싶어 산을 내려오면서 의문을 제기하지 않을 수 없었다.

간첩이 등에다 '간첩'이라고 글씨를 써 붙이고 다니는 것도 아닌데, 캄캄한 밤에 도로를 달리면서 어떻게 간첩이 있음을 알았는지 이해가 되지 않았다. 다시 차에 탑승하려고 하는데, 대원들이 그 사람을 꼭 잡아야 한다고 했다.

잠시 후, 간첩소동의 진상을 알 수 있었다. 간첩이라고 지목된 사람은 우리 앞차에 탄 시위대원이었다. 그는 카빈 소총을 가지고 있었다. 일로읍을 지날 때 그가 소변을 본다고 말해 차를 멈추었다. 그 시위대원은 총을 어깨에 메고 금방 오줌을 눌 것 같은 표정으로 차에서 내렸는데, 곧바로 도망가 버렸다는 것이다.

모두 차에서 내려 이름도 모르는 대원을 불러봤지만 헛수고였고, 도로 옆 야산으로 도망갔을 가능성이 높아 수색했다는 것이다. 총을 가지고 도망칠 정도면 분명 무슨 일을 저지를 가능성이 컸기 때문에 꼭 잡아야 했다는 것이다.

왜 그 시위대원은 어두운 밤에 총을 가지고 도망갔을까. 시위대 차를 타고 전남지역을 돌아다니기 너무 힘들어서, 아니면 무슨 사건을 작당하기 위해서…. 총을 갖고 도망간 시위대원의 행동을 도무지 이해할 수 없었다. 그를 찾지 못해 아쉬웠다.

목포역 광장에 타오른 불꽃

시위대 차가 만들어낸 뿌연 흙먼지 사이로 목포의 야경이 한눈에 들어왔다. 간첩소동 후 다시 30여 분을 덜컹거리며 달려온 후였다. 어둠을 헤치고 계엄군을 피해 무사히 목포시에 도착했다는 기분에 마음이 홀가분했다. 덜컹대던 비포장도로에서 깔끔하게 포장된 목포시내로 들어가니 그렇게 편할 수가 없었다.

대원들은 시내 홍보를 위해 다시 목청을 가다듬었다. 노래를 부르면서 시내를 질주하다 목포역 광장에서 집회가 있다는 대자보를 발견하고 목포역으로 향했다. 도착해보니 수천여 명의 시민들이 운집해 집회를 하고 있었다. 우리도 차에서 내려 집회에 참석했다.

목포역 광장 집회는 목포 청년회의소(JC)와 목포지역 재야단체, 대학생들이 공동으로 주최했다. 광장에는 임시 연단이 설치되어 있었다. 여러 사람들이 차례로 올라 연설을 했다. 이들은 정부를 향해 가시적인 민주화 일정을 밝힐 것과 광주참상에 대한 보고 및 신군부의 사과 등을 촉구했다.

야간조명 아래 진행된 이날 집회는 가히 축제 분위기였다. 우리는 운집한 시민들 사이를 헤집고 연단 쪽으로 갔다. 그리고 우리들 중에서 대표 몇 명이 주최측 집행부 사람들에게 다가가 광주에서 내려온 시위대원들이라고 밝혔다. 그들은 매우 반가운 표정으로 우리를 환영했다. 주최측은 집회를 진행하다가 막간을 이용해 우리 시위대원들을 소개했다. 우리 일행 중 한 명이 광주 시위대원을 대표하여 연단에 올라가, 광주에서 벌어지고 있는 계엄군의 만행을 폭로한 뒤 뭉쳐야만 산다고 강조했다. 참석한 시민들은 우리가 전한 생생한 소식에 울분을 감추지 못하고 열렬한 박수와 환호로 화답했다. 목포에 잘 왔다는 생각이 들었다.

밤이 깊어지자 집회는 끝났다. 시민들도 무리를 지어 집회장에서 빠져나갔다. 목포역 광장에 군데군데 설치된 횃불만이 어둠을 걷어내고 있었다. 우리들은 목포 JC의 이형래 회장이 소개해준 여관으로 갔다. 시위대 차를 타고 이동하다 여관 입구에서 내린 후 걸어서 여관으로 갔다. 우리가 묵을 여관은 목포시내를 관통하는 넓은 도로와 연결된 골목길에 있었는데, 오르막길이어서 버스가 들어갈 수 없었다. 목포역에서 5백여m 거리에 있는 여관은, 그리 크지 않은 2층 목조건물이었다. 낡은 건물이었으나 아늑하게 보였다.

준수와 나는 2층 방을 택했다. 여관 계단과 복도를 다닐 때는 삐걱삐걱 소리가 나서 신경이 쓰였다. 우리들은 작은 방에 대여섯 명씩 들어갔다. 방이 부족했기 때문이었다. 방은 비좁았지만 서로 어울려 잡담을 나누면서 휴식다운 휴식을 취했다.

광주를 떠나온 이후 한 번도 갈아 신지 않아서인지 양말에서 지독한 냄새가 풍겼다. 옷은 털고 털어도 먼지가 계속 나왔다. 대원들은 1층 여관 입구에 있는 좁은 세면장에 몰려들어 양말을 빨고 오랜만에 얼굴을 씻었다. 수건이 모자라서 돌려가며 닦았다. 수건은 금세 물방울이 뚝뚝 떨어질 정도로 젖어버려 몇 번씩 짜서 얼굴을 닦았다. 수건에서 냄새가 나고 비위생적이었지만, 기분은 상쾌했다.

여관집 부엌에서 네댓 명의 아주머니들이 백여 명이 넘는 대원들의 늦은 저녁식사를 준비하느라 바쁘게 움직였다. 무안읍내에서 시위할 때 빵과 우유를 배급받았지만, 저녁식사 대용으로는 턱없이 부족했다. 그래서 늦은 밤에 저녁식사를 준비하도록 한 것이다. 아주머니들은 여관 주인과, 목포

목포역 광장 전경. ⓒ 목포시청 제공

JC의 부탁을 받고 밥 짓기 자원봉사를 온 동네 주민들이었다. 도마를 두드리는 경쾌한 소리가 우리를 더욱 시장하게 만들었다.

잠시 후 아주머니들이 밥상을 들고 2층으로 올라왔다. 다른 방에서는 시위대원들이 밥상을 가져가기 위해 1층으로 내려갔다. 부엌 입구가 밥상 당번을 맡은 시위대원들로 북적거렸다. 어떤 방은 상이 부족해서 밥그릇과 찬그릇만 나오는데도 있었다. 그래도 우리 방은 동작 빠른 내 덕분에 상에서 밥을 먹을 수 있었다. 모든 방에 배식이 끝나자 왁자지껄 떠들던 소리는 간데없고 밥 먹는 소리만이 요란했다.

나도 예전에 시골 일꾼들이 먹었던 큰 스테인리스 밥그릇 두 개를 마파

송정역 광장에 모인 시위대 차량들. ⓒ 한국일보, 5·18기념재단 제공

람에 게 눈 감추듯 먹어치웠다. 친구 준수도 잔뜩 배가 고팠나보다. 역시 빈 그릇 두 개를 만들었다. 그도 그럴 것이 밤 11시가 넘어 저녁식사를 하고 있으니 말 그대로 시장이 반찬일 수밖에 없었다.

군부대에 끌려가다

5월 23일 금요일. 어제의 여독을 말끔히 풀고 상쾌한 아침을 맞았다. 다른 시위대원들도 피로한 기색은 보이지 않았다. 광주로 가기 위해 아침부터 부산을 떨었다. 1층 세면장은 대원들로 붐볐다. 나는 세면장이 덜 붐비는 시간에 세수하기 위해 방에 누워 있었다. 밖에 나갔던 친구 준수가 방에 들어왔다.

"영상아! 세면장이 복잡해서 수건을 가져왔다. 이 수건으로 얼굴을 씻어라."

준수는 세면장이 너무 복잡해 세수를 할 수 없어 수건에 물을 적셔 얼굴을 씻었다. 그리고 같은 방법으로 얼굴을 씻으라고 나에게 물에 젖은 수건을 가지고 왔다. 나는 준수 덕분에 한결 얼굴이 밝아졌고, 기분도 상큼해졌다. 아침식사를 끝낼 즈음, 이형래 회장과 김종옥 상임부회장 등 목포 JC 회원 네댓 명이 여관에 왔다.

이 회장은 우리들이 광주까지 무사히 갈 수 있는 방안을 제시했다. 시위대원들이 가지고 있는 총을 자신들에게 모두 반납하고, 그 대신 목포시 입구 지산마을에 있는 군부대를 지날 때까지 안전하게 안내해준다는 것이었다. 진지하게 듣고 있던 시위대원들은 이곳저곳에서 한마디씩 했다.

"회장님, 전쟁 상황이나 다름없는데 총도 없이 어떻게 군부대 앞을 지나간다는 말이오."

"우리의 총은 우리를 보호하기 위한 호신용이오. 회장님도 우리들이 왜 총을 가지고 다니는지 잘 아시지 않습니까. 절대로 총을 반납할 수 없습니다."

이 회장은 다른 방법을 제시했다. 아울러 충고도 곁들였다.

"여러분은 우리에게 협조해야만 무사합니다. 지금 목포시내의 총기류는 우리가 모두 회수했습니다. 여러분만 아직 반납하지 않은 상태입니다."

그래도 우리가 동의하는 기색이 보이지 않자 이 회장은 말을 이었다.

"그럼 이 방법은 어떻겠습니까? 여러분들이 총을 반납하고 무사히 갈 수 있도록 저희들과 목포시장이 함께 군부대 앞을 지나갈 때까지 동행하는 것입니다. 여러분이 동의하시면 곧바로 목포시장을 만나 내용을 설명하고 다시 오겠습니다. 이 방법 외에 다른 것들과는 협상을 하지 않을 것입니다.

또한 여러분들의 안전도 보장하지 못합니다."

이 회장은 반 협박 반 사정조로 말했다. 시위대원들은 이회장 일행과의 언쟁을 끝냈다. 시위대원들 중 일부는 반발도 했지만, 대다수는 이회장의 제의가 거짓이 없어 보이고 진정성이 엿보인다고 평가했다. 결국 목포시장을 대동하고 군부대 앞을 지나가기로 한 그의 제의를 수락했다. 이 회장은 곧 목포시장을 모시고 온다면서 일행들과 함께 사라졌다.

우리는 여관 주인에게 고맙다는 인사를 하고, 골목길 입구에 세워둔 버스에 올라탔다. 정말로 총을 반납하면 군부대에서 그냥 지나가도록 할까 하는 의구심도 들었으나 일단 믿기로 했다.

시위대 차에 올라 30분쯤 기다렸을 때 이형래 목포JC 회장 일행이 나타났다. 이병내 목포시장도 함께 왔다. 이 회장이 소개하자 목포시장이 손을 흔들며 인사했다.

"여러분, 목포까지 오시느라 고생하셨습니다. 잘 쉬셨습니까? 목포JC 이형래 회장님의 부탁을 받고 이렇게 달려왔습니다. 이제 걱정하지 않아도 됩니다. 지금부터 제가 당부 드린 대로만 행동하시면 무사히 광주까지 가실 수 있습니다. 여러분들이 총을 반납하지 않으신 만큼 절대로 총을 함부로 다뤄서는 안 됩니다. 괜히 군인들로부터 오해를 받아 불상사가 일어나면 여러분뿐만 아니라 저도 목숨이 위태로울 수가 있습니다. 거듭 당부말씀 드립니다. 절대로 총은 함부로 다루지 마십시오. 부탁드립니다!"

이 시장은 우리들의 행동이 염려스러웠던지 허튼 행동을 삼갈 것을 몇 번이고 당부했다. 곧이어 우리 차를 선두로 시위대 차들이 조심스럽게 출발했다. 시장 일행도 우리 차에 동승했다. 목포시장이 함께 있다는 것만으로도 마음이 안정됐다.

시위대 차들이 20여 분쯤 달려 목포시 외곽에 있는 군부대 부근 고갯길에 접어들었다. 그러나 바리케이드 때문에 더 이상 전진하지 못하고 멈추었다. 이때 도로 옆 야산과 논둑에 숨어 있던 군인들이 '앞에 총' 자세로 우

목포시 가는 길목 지산마을의 군부대 전경. ⓒ 임영상

리에게 다가왔다. 2개 소대병력은 더 되어 보였다. 시위대원 중 일부는 긴장해 이병내 목포시장을 불만스럽게 노려본 뒤 군인들을 향해 총구를 겨누었다. 군인들과 우리들을 번갈아보던 목포시장은 당황하여 말문을 열었다.

"여러분! 진정하십시오. 아까 제가 약속했던 것처럼 분명히 총만 반납하면 무사히 통과할 수 있습니다. 섣부른 행동으로 군인들에게 오해사지 않도록 하십시오."

우리는 시장의 말에 조금은 안심이 됐지만, 경계심을 늦추지는 않았다. 어느새 도로변에 세운 시위대 차 주위로 군인들이 빙 둘러섰다. 시장이 차에서 내렸다. 시장은 중위 계급장을 단 장교와 잠깐 얘기를 나눈 뒤 다시 차에 탑승했다. 장교도 함께 올라왔다.

"안녕하십니까. 저는 저기 고개 너머에 있는 ○○부대에 근무하고 있는 ○○○ 중위입니다. 조금 전, 목포시로부터 연락을 받고 여러분을 안전하

원산폭격 얼차려 장면(상무공원에 설치된 모형). ⓒ 임영상

게 안내하기 위해 이렇게 마중을 나왔습니다."

날카롭게 거수경례를 한 장교는 인사말에 이어 본론을 꺼냈다.

"여러분은 지금, 불법으로 총기를 소지하고 있습니다. 계엄령 하에서, 그것도 민간인의 총기소지는 불법임에도 불구하고 백주대낮에 이렇게 다니고 있습니다. 거기에다 위험하게도 실탄이 든 탄창을 삽입한 채 소지하고 있습니다. 자칫 잘못하다가는 여러분 중에서 총기사고의 피해자가 나올 수 있습니다."

긴장한 시위대원들은 경직된 표정으로 열변을 토하는 장교의 입만 쳐다보고 있었다.

"그렇기 때문에 여러분으로부터 총기를 회수하려는 것입니다. 총기를 차 안에 놔두고 잠깐만 부대에 가셔서 간단한 조사를 받으시면 여러분이 원하시는 곳으로 가실 수 있습니다. 자 그러면, 지금부터 차에서 내리십시오. 총을 가지고 계신 분은 중앙통로에 놔두고 내리십시오."

시위대원들은 불안한 표정을 지으며 서로를 쳐다보면서 머뭇거리고 있었다.

"여러분, 빨리 하차하십시오. 다시 한 번 말씀드리지만 간단한 조사가 끝나면 보내드릴 것입니다. 하차하십시오."

"걱정하지 않아도 됩니다. 아까 약속드린 대로 조사 후에 곧바로 나갈 수 있습니다. 걱정하지 마십시오."

장교와 이병내 목포시장은 안전귀가를 거듭 약속했다. 우리들은 시장과 장교의 약속을 액면 그대로 믿을 수 없었다.

"믿을 수 없습니다. 시장님이 우리가 군부대에 들어갈 때 동행해주십시오. 그러면 군부대로 들어가겠습니다."

시장은 우리의 군부대 동행 요구에 흔쾌히 승낙했다. 우리는 어느 정도 마음이 놓여 차에서 내렸다. 군인들은 차에 올라가서 시위대원들이 가지고 있던 카빈 소총과 M1 소총을 들고 내려왔다.

도로에 모아놓은 총이 20여 정쯤 되었다. 각 차마다 7정 정도는 가지고 있었던 셈이다. 우리는 5백여m 거리에 있는 군부대까지 걸어갔다. 무장한 군인들이 10여m 간격으로 대열을 이뤄 우리를 감시하면서 군부대로 인솔했다. 시위대원들의 행렬은 전쟁영화에 나오는 포로들의 모습, 그대로였다.

내 이름은 한영상

위병소를 지나 연병장에 들어섰다. 당시 고3이었던 내가 군부대 안에 들어가기는 처음이었다. 호기심과 긴장 속에 여기저기를 둘러봤다. 그리 크지 않는 연병장 모퉁이에 대형 국방색 천막 3개가 세워져 있었다. 군부대에 들어서자 시장 일행은 한마디 말도 없이 지휘부 막사로 가버렸다.

순간, 시장 일행이 없다는 생각에 겁이 덜컥 났다. 아니나 다를까 우려가 현실로 다가왔다. 군인들의 행동이 조금씩 달라지기 시작했다. 목포시장의 말을 믿은 것이 잘못이었다. 그가 원망스러웠다. 그들은 연병장에서 웅성거리던 우리에게 인원 파악을 한다며 줄을 서라고 했다.

시위대원들은 아직도 분위기 파악을 못한 듯했다. 도리어 목포시장과 목포 JC회장의 '안전 귀가' 약속을 믿고 군인들의 지시에 차분하게 행동을 했다. 군인들은 동작이 느린 시위대원들의 행동을 보고 더 이상 참지 못하겠다는 듯이 심한 욕설을 퍼부으면서 인상이 험하게 변했다.

"이 새끼들아, 줄 하나도 제대로 못 맞추나. 너희들은 폭도야 폭도! 광주도 부족해서 목포까지 혼란을 야기하려고 떼거리로 내려와! 더구나 총까지 가지고 말이야. 너희들 중에 고정간첩이 있다. 그렇기 때문에 여기서 정밀하게 조사를 한 뒤에 석방여부를 결정하겠다. 조사할 때 허튼수작 부린 자는 그만큼의 대가를 지불하겠다. 알겠나!"

'마중을 나왔다는 둥' '잠깐만 부대에 가시자'는 둥 했던 조금 전 말들이 모두 사탕발림이었구나 싶어 분노와 울분이 치밀었다. 한편으론 겁에 질려 조그만 목소리로 "예"하고 대답했다.

"목소리 봐라. 이 새끼들, 폭도 주제에 목소리가 고작 그 정도야. 알겠나!"

"예-!"

독 안에 든 쥐가 되어 이미 주눅이 든 시위대원들은 주변의 산들이 무너질 듯이 크게 대답했다. 군인은 목소리에 만족했는지 우리가 예상했던 기합은 주지 않고 두 개의 천막으로 대원들을 분산 수용시켰다. 우리는 두 개조로 나뉘어졌다. 친구 준수와도 헤어졌다. 대형 천막은 며칠 전에 설치해 둔 듯, 천막 지주핀 주변의 흙이 굳어 있었다.

우리들은 군인의 지시대로 판자로 된 침상에 무릎을 꿇고 있었다. 잠시 후 장교가 행정병을 데리고 천막 안으로 들어왔다. 그들은 우리를 편하게 앉도록 하더니 흰색 16절지(지금의 A4 용지 크기)를 나눠주고 자신의 신상명세서를 작성하게 했다. 장교는 작성요령을 설명하면서, "허위기재가 확인되면 조사 후에도 내보내지 않고 상급 군 수사기관에 이첩한다."는 경고도 덧붙였다. 대원들은 군인들이 나눠 준 몇 자루의 볼펜으로 종이에 적기 시작했다.

나는 필기도구가 없어서 다른 대원들이 쓸 때까지 기다리다가 잠시 생각에 빠졌다. 과연 군인들이 우리가 작성한 신상명세의 사실여부를 확인할까? 행정이 마비상태인 지금, 확인할 수 있을까? 이 기록이 그대로 존치되어 이 사태가 끝나면 무슨 후환은 없을까? 아니지. 아까 말하기를 오후에 석방시켜 준다고 하지 않았던가… 이런저런 생각들이 머리를 스쳐갔다.

결국 나는 신상명세서를 허위로 작성키로 결심했다. 옆 사람이 볼펜을 건네주자 나는 숨을 한번 크게 들이쉬고 글씨를 써 내려갔다. 작성순서는 본적과 현주소, 성명, 나이, 주민등록번호, 직업, 가족관계 등이었다. 나는 직업과 나이만 사실대로 기록했다. 훗날 문제가 생기더라도 고등학생이란 신분과 열아홉 살이라는 어린 나이가 참작이 될 것 같았다. 본적은 면과 리만 다르게 하고, 현주소는 동과 번지만 바꾸었다. 이름은 성을 친구의 성인 한씨로 바꿔 나름대로 개명을 했다.

가짜로 적은 내용을 얼른 외워야 했다. 신상명세를 제출하면서도 마음 속으로 수십 번 중얼거렸다. 외우다가 헷갈린 것은 손바닥에 적어 놨다. 혹시 있을지도 모르는 재조사에 대비한 나름의 대비책이었다.

종이를 제출한 후 한참을 기다렸다. 식사집합을 외치는 군인의 목소리가 들렸다. 점심식사 시간이었다. 우리들은 3열종대로 줄을 서서 부대 내 사병식당으로 갔다. 엄격한 통제가 없어 식당에서는 편안한 기분이 들었다. 군대의 밥, 속칭 '짬밥'을 처음 먹어보았다. 쌀과 보리가 섞인 밥, 기름에 튀긴 두부가 들어간 된장국, 무말랭이 등 바깥에서는 별 볼일 없는 식단이었지만, 긴장하고 배가 고파서인지 맛있게 먹었다.

우리들은 식사가 끝난 후 다시 천막 안으로 들어가 앉아 있었다. 잡담을 나누고 있는데 군인들이 들어왔다. 그들 중에는 사병은 물론 중위와 중사도 보였다. 오전에 작성한 신상명세서를 가지고 왔다. 군인들의 언행은 거칠어졌고, 우리는 다시 긴장했다.

"김○○, 이○○! 통로로 내려온다. 실시!"

두 사람은 장교의 찌푸린 인상에 주눅이 들었는지 잽싸게 통로에 뛰어내려 부동자세로 섰다. 아니, 벌써 기록을 확인해 허위작성 한 대원들을 색출하는 것일까? 긴장해서 심장박동이 빨라졌다. 군 장교는 말을 계속했다.

"이 자식들, 너희들은 군인 신분에 시위에 가담을 해! 너희들은 특별히 군법에 회부하겠다."

이때 김○○이 말했다.

"아닙니다. 그냥 일반버스인 줄 알고 탔다가 여기까지 왔습니다. 시위에는 가담하지 않았습니다."

부르르 떨고 있던 이○○도 뒤이어 말했다.

"저도 그렇습니다. 제 집 방향과 같아 무심코 차에 탔습니다."

군인들은 이들의 말이 끝나자마자 군홧발로 두 대원을 걷어찼다. 이들이 쓰러졌다 겨우 일어나면 무차별로 구타를 했다. 두 대원은 비명을 지르며 쓰러졌다 일어나기를 반복했다. 지켜보던 우리는 더욱 마음을 졸였다. 군인들은 한참 동안 두 대원을 짓밟은 후에 더 자세히 조사해야 한다면서 데리고 나갔다.

겁먹은 표정으로 앉아 있던 우리들에게 다른 군인이 말했다. 방금 데리고 간 두 사람은 광주교대 RNTC(하사관 후보생) 교육을 받고 있는 학생과 방위병이라고 했다. 그들이 측은하기도 하고 앞날이 걱정되었다. 두 대원이 시위대 차에 탑승했을 때는 불의에 울분을 참지 못해 동참했을 것이다. 그러나 무자비한 군인들의 폭력 앞에 그들도 소신을 굽힐 수밖에 없었겠다는 생각이 들었다. 끌려간 그들이 군법에 회부될 것은 자명한 일이었다. 바보같이 신상명세서를 사실대로 적다니 그들의 어리숙한 행태가 한심하기도 했다.

억류된 하루는 몇 년보다 길었다

군인들은 대원들을 한 명 한 명 호명하며 신상명세서의 내용을 확인했다. 한 사람씩 확인할 때마다 내 심장도 비례하여 뛰었다. 신상명세서를 작성할 때 혹시나 하고 손바닥에 적어두었던 것이 천만다행이었다.

"한영상!"

"예."

"본적과 현주소."

"본적은 전남 강진군 ○○면 ○○리 ○○○번지입니다. 현주소는 전남 광주시(당시는 광주시와 전남도가 분리되지 않았음) 서구 농성동 ○○번지 ○통 ○반입니다."

"나이."

"열아홉 살입니다."

"직업."

"현재 고등학교 3학년입니다. 광주 서석고등학교에 다니고 있습니다."

한영상은 신상명세서를 작성할 때 적었던 나의 가명이었다. 초긴장 상태에서 이런 식으로 내 차례를 무사히 넘겼다. 처음 "한영상"이라고 호명할 때, 내가 아닌 줄 알고 깜박 잊을 뻔했다. 무사히 위기를 넘기고 나니 군인들이 사실을 확인하지 않았음을 알고 속으로 고소한 기분이 들기도 했다.

내가 있던 천막에서는 다섯 명의 대원들이 사실여부 확인과정에서 허위임이 들통났다. 이들은 침상 통로에서 심한 기합과 구타를 당했다. 광기가 번뜩이는 푸닥거리 같았던 군인들의 신원확인과정이 얼추 마무리됐다. 군인들이 천막에서 나갔다. 대원들 중 일부는 긴장과 공포로 넋이 나간 듯이, 또 일부는 울분에 찬 얼굴로 침상에 앉아 다음 조치를 기다리며 대기했다.

푸닥거리 대상이 되었던 몇 사람이 이곳저곳에서 끙끙 앓는 소리가 들렸다. 시위대원들은 "괜찮냐."고 말로만 위로하며 지켜보는 수밖에 없었다. 잠시 정적이 흘렀다. 나는 '이제는 조사도 끝났으니 군부대 밖으로 나갈 수 있겠지.'라고 기대하면서 앉아 있었다.

잠시 후 연병장으로 집합하라는 전달이 왔다. 우리 시위대원들은 제법 민첩하게 움직였다. 그럼에도 군인들은 동작이 굼뜨다면서 저만치 보이는 축구골대와 연병장 끝에 있는 버드나무를 가리키며 '선착순'을 시켰다. 선착순인 관계로 나는 젖 먹던 힘까지 동원해 달려 맨 먼저 도착했다. 그러나 먼저 도착한 보상도 없이 군인들은 유격체조(P·T 체조)를 시켰다. 오히려 유격체조가 더 힘들었다. 최선을 다해 먼저 도착한 사람이나 제일 뒤에서 대충 뛴 사람이나 군인들의 기합의 강도는 똑같았다.

그들은 한 시간쯤 기합을 주고난 후 열을 지어 연병장 귀퉁이에 앉게 했다. 갑자기 군인들이 부산하게 움직이더니 곧이어 요란한 굉음과 함께 군 헬기 한 대가 연병장 상공을 선회했다. 우리는 지시대로 땅바닥에 납작 엎드렸다. 헬기가 그리 넓지 않는 연병장 중앙에 흙먼지를 심하게 일으키며 착륙했다. 헬기와 50m 가량 떨어져 있었는데도, 우리들은 온통 흙먼지로 범벅이 됐다. 헬기 엔진소리가 멈추고 뿌옇던 먼지가 가라앉자 일단의 군인들이 내렸다.

간부급 군인들은 모두 헬기 쪽에 도열하여 그들을 맞이했다. 헬기에서 내린 군인들은 우리 쪽으로 와서 이야기를 주고받고 있었다. 얼핏 군인들 가운데 검은 선글라스를 끼고 무엇인가를 지시하는 군인을 쳐다봤다. 군복 명찰에 '정웅'이라고 쓰여 있었다. 계급은 별 두 개인 소장.

당시 향토사단인 31사단의 사단장이었던 정웅 소장은 나중에 예편, 13대 총선 때 광주 북구에서 당선돼 평민당 소속 국회의원을 지냈다. 그는 1979년 12·12사태 직후인 1980년 1월 1일자로 소장으로 진급한 뒤 31사단의 사단장으로 부임했다.

정웅 소장은 10여 분 머물다 역시 착륙 때처럼 흙먼지 바람을 일으키고 부대를 떠났다. 우리들은 수북이 쌓인 흙먼지를 털어내고 천막으로 들어갔다. 정소장이 다녀간 후부터는 통제가 심하지 않았다. 우리들은 천막 주위

ⓒ『부끄러운 탈출』 인용

정웅 31사단장(소장).

ⓒ 인터넷 자료

13대 총선 출마 포스터.

에서 삼삼오오 모여 언제 풀려날지 걱정을 하면서 이런저런 잡담을 나누었다. 통제가 누그러진 것을 보면 곧 풀려날 것도 같은 기분이 들었다.

그러나 우리들의 망중한도 잠시였다. 군인의 집합소리에 천막 안으로 들어갔다. 좋은 충고의 말과 함께 내보내주겠지 생각했는데, 장교 일행의 행동을 보고 다시 절망감에 빠졌다. 천막 안에 들어온 장교는 첫 번째 조사 때처럼 흰 종이를 주고 신상명세를 다시 작성하라고 지시했다.

이번 조사 때는 모든 대원들이 무사히 통과했다. 조사를 끝내고 천막 밖으로 나왔다. 하늘을 쳐다보니 어느새 군부대 뒤편 야산에 해가 걸려 있었다. 오늘 중으로 석방되기는 틀렸다고 체념하고 있을 때였다. 다시 연병장으로 집합하라는 전달이 왔다. 또 무슨 일이 있는 것일까. 우리는 아무 말 없이 집합했다. 부대장으로 보이는 중령계급을 단 장교가 사열대에 올라 말했다.

"여러분을 석방하기로 했습니다. 당초에는 불법으로 총기를 소지하고 있는 여러분을 구속하고 군법에 회부하려고 했으나, 특수 상황이란 정상을 참작하여 풀어주라는 상부의 지시가 있었습니다. 지금부터 군부대를 나가면 절대로 시위에 참가하지 말고 생업에 종사하시기를 당부 드립니다. 여러분의 신상기록이 부대에 남아 있다는 점을 명심하고 절대 시위에 합류하지 마십시오."

석방, 그 얼마나 기다렸던 단어였던가! 강압 속의 하루는 분명 몇 년은 지난 것 같이 길게 느껴졌다. 석방된다는 기쁨에 들떠서 부대장의 훈시가 귀에 들어오지 않았다. 그러나 다된 밥에 재 뿌리는 일이 생길까봐 기쁜 표정을 밖으로 표출하지 않으려고 애썼다. 부대장의 훈시가 끝나고 군부대 위병소를 나오자마자 우리들은 억압에서 풀려났다는 해방감에 젖어 다시 웃음꽃이 피었다.

그러나 막막한 현실 앞에 기쁨도 잠시였다. 우리에겐 이제 그동안 의지했던 총도 없었고, 기동성과 편안함을 주었던 버스도 없었다. 걸어서 광주까지 갈 생각을 하니 눈앞이 캄캄했다.

광주로 향하는 먼 길의 시작

'광주로 가는 길'의 열악한 여건은 시위대원들 중 일부와 또 헤어지게 만들었다. 군부대에서 나온 시위대원들 가운데 절반은, 광주로 가는 것보다도 위험요소가 많지 않은 고향이나 인근에 사는 친지를 찾아 떠났다. 광주까지 갈 동지들은 50여 명밖에 되지 않았다. 헤어지면서 조심히 잘 가라고 서로 인사를 할 때는, 모두 아쉬운 표정을 지으며 눈시울을 붉혔다.

항쟁의 진원지이자 마음의 고향인 광주. 시위대원들은 광주를 향해 발걸음을 내딛기 시작했다. 목포에서 광주까지 걸어가는 대장정이 시작된 것이다.

우리가 걷고 있는 광주–목포 간 도로는 차가 다니지 않았다. 대원들은 아스팔트 도로를 걷는 지루함을 달래기 위해 노래를 불렀다. 레퍼토리는 광주에서 시위할 때 자주 불렀던 「진짜사나이」, 「고향의 봄」, 「우리의 소원은 통일」, 「봉선화」, 그리고 당시 즐겨 불렀던 유행가까지 다양했다. 피곤하다 싶으면 도로변에서 잠깐씩 휴식을 취한 뒤 다시 걷곤 했다.

한 시간쯤 걸었을 때였다. 맞은편에서 승용차 한 대가 천천히 오고 있었다. 승용차 안에는 서양인들이 타고 있었다. 그들은 차창 밖으로 고개를 내밀어 방송용 카메라와 일반 카메라로 도로를 걷고 있는 우리들을 촬영했다. 서양인은 어깨에 'AP'라고 쓰인 완장을 두르고 있었다. 그들은 미국의 유력 통신사인 'AP 통신' 기자였다.

우리들은 취재를 하고 있는 그들에게 손을 흔들면서 "코쟁이"라고 소리치며 놀리기도 했다. 짧은 영어실력으로 앞뒤도 맞지 않게 외쳐댔다. 그들도 답례로 손을 흔들며 뭐라고 말했다. 그러나 알아들을 수 없었다.

우리는 목포와 가까운 무안읍을 1차 숙박지로 결정했다. 군부대에서 석방된 후 3시간 이상을 걸었다. 주위가 어두워져 사방이 캄캄했다. 도로변 집에서 새어나오는 불빛과 하늘의 별들만 반짝일 뿐이었다. 도로 옆 야산에서는 맹꽁이들이 이방인들을 경계하듯 요란히 울어댔다.

아스팔트 도로를 걷다가 다리가 아프면 포장이 안 된 갓길을 따라 걸었다. 준수와의 대화는 지루한 행군에 활력을 불어넣고, 지친 몸에 생기를 주었다. 군부대에서 출발한 지 4시간쯤 되어 마침내 무안읍에 도착했다. 수소문 끝에 무안JC 회장과 연락이 되어 여관과 식사를 제공받았다. 당시에는 지금처럼 시민사회단체가 많지 않아서, 각 지역에 결성된 청년회의소(JC)에서 시위대원들에게 숙식과 교통 편의를 제공하는 등 많은 도움을 주었다.

우리들은 무안읍을 가로지르는 조그만 하천 옆에 있는 여관에 여장을 풀었다. 여관은 일본식으로 지어진 집이었다. 밤 10시가 넘었다. 여관에서 식사가 준비되지 않아 조금 떨어져 있는 식당으로 이동해 밥을 먹었다. 우리는 긴 행군의 피로에 못 이겨 씻는 둥 마는 둥 하고 바로 잠에 곯아떨어졌다.

ⓒ『부끄러운 탈출』 인용

임영상이 강을 건넜던 무안 쪽 영산강변에서 건너편인 나주 쪽을 가리키고 있다.

5월 24일 토요일, 아침 해가 저 멀리 산마루에서 떠오르고 있었다. 아직 여독이 풀리지 않아서인지 찬란해야 할 아침 해가 무겁게 보였다. 우리들은 세면과 식사를 마치고 다시 광주로 올라갈 준비를 했다.

무안JC 회장을 비롯한 회원들이 여관에 찾아왔다. 그들은 광주로 가는 길목인 함평군 학교면에 계엄군이 검문검색을 한다면서 우회할 것을 권유했다. 우회로는 영산강을 건너서 나주를 거쳐 광주로 가는 길이었다.

대원들 사이에서 찬반이 나뉘었다. 위험을 무릅쓰고 함평군 학교면을 경유하자는 대원들과, 군인들을 피해 안전하게 영산강을 건넌 뒤 영산포를 거쳐 가자는 대원들로 의견이 갈렸다. 결국 의견을 통일하지 못해 일부는 함평군 학교면 쪽으로, 일부는 영산강을 건너는 쪽으로 방향을 잡았다. 어떤 대원들은 부근에 사는 친척 집을 찾아 흩어졌다. 나와 준수는 열 명 남짓한 대원들과 영산강을 건너기로 했다.

우리는 무안읍에서 무안JC 회원들이 제공한 경운기를 타고 비포장도로를 40여 분쯤 갔다. 경운기 짐칸에 앉아 마침내 전남의 젖줄인 영산강에 도착했다. 강 하구 쪽이라 그런지 건너편이 바다처럼 아득하고 멀게 보였다. 선착장은 조그만 배를 댈 수 있도록 콘크리트로 만들어져 있었다. 우리를 경운기로 실어다 준 회원들은 강을 건널 수 있는 통통배까지 제공해주고 사라졌다. 선착장 인근 마을에 살면서 농사와 고기잡이를 하며 살고 있는 주민에게 부탁한 것 같았다. 조건 없이 경운기로 영산강까지 데려다주고, 배까지 제공해주고 간 무안JC 회원들이 너무 고마웠다.

통통배로 영산강을 건너다

우리가 탄 통통배는 길이가 3m가 채 안된 조그만 배였다. 사람을 많이 태울 수가 없어 배가 두 번을 오가야 했다. 1차로 다섯 명 정도가 승선했다. 나도 이 배에 올라탔다. 무게 때문인지 파도가 심하지 않은데도 강물이 배 안으로 들어왔다. 배가 가라앉을 것 같았다. 우리가 도강한 지역은 영산강 하구 쪽이어서 강폭이 2백m가 넘었다.

원동기가 달린 배는 통-통-통 소리를 내며 파도를 맞받아치며 강물을 가로질렀다. 넓은 강폭에 압도당한 나는, 강 건너 나주 땅(현, 나주시 동강면 대지리 1구)에 닿고서야 비로소 마음의 안정을 찾을 수 있었다. 우리를 안전하게 실어다 준 통통배 주인에게도 고맙다는 인사를 했다. 먼저 도강한 우리는 강가에서 조금 떨어져 있는 마을 어귀 큰 당산나무 밑에서 나머지 일행이 강을 건너올 때까지 쉬었다. 나머지 대원들이 2차로 강을 건너자 우리는 영산포읍과 나주읍을 향해 발걸음을 옮기기 시작했다.

영산강 주위 마을들은 아직도 새마을운동의 혜택(?)을 받지 못했는지 비포장도로와 초가가 많았다. 대로변에는 잘 정돈된 빨강 노랑 파랑 등 원색의 지붕을 얹은 집들이 즐비했으나, 조금 들어간 곳에는 여전히 초가였다. 한 시간 정도 지나자 또 몇 명의 시위대원들이 가까운 곳에 자신들의 고향집이 있다면서 우리 일행과 헤어졌다. 그러고 보니 무안에서 광주로 가는 길을 놓고 대원들 간에 논쟁을 할 때, 일부 대원들이 영산강 도강 코스를 강하게 주장한 이유가 이 때문이었다는 생각이 들었다. 며칠 전 우리 시위대가 광주를 떠날 때만 해도 10여 대의 시위대 차량으로 홍보전을 펼치는 '위용'을 자랑했는데, 이제는 이리저리 흩어지고 단출하게 몇 명만 남아 있어 패잔병의 말로를 보는 것 같았다.

우리는 한 시간쯤 걷다가 20여 분 쉬고, 목이 마를 때는 마을 어귀 공동 우물에서 물을 떠서 목을 적셨다. 더 쉬고 싶으면 도로 옆 야산으로 올라가 나뭇잎을 방석 삼아 쉬었다. 5월 하순인데도 여름 날씨처럼 낮에는 무척 더웠다. 입고 있던 봄 잠바가 불편할 지경이었다. 여름이 성큼 다가왔다는 느낌이 들었다.

시골에서 중학교를 다닐 때, 1주일에 두세 번은 왕복 12km를 걸어 다녔기 때문에, 걷기에는 자신이 있었다. 하지만 지금은 너무 걷기가 지루하고 피곤했다. 그나마 다행인 것은 영암에서부터 함께 다닌 준수와 얘기하면서 걸으니 피곤하지만 참을 수 있었다.

"준수야, 벌써 점심때가 돼 가는데, 오늘 안으로 광주에 들어가기에는 무리가 아니냐."

"걱정하지 마라. 나주읍에 친구가 하숙하고 있다. 그 친구 집에서 하룻밤 자고 내일 광주로 가자."

나주에서 하룻밤 묵는다는 준수의 말에 무척 반가웠다. 어서 빨리 나주읍에 도착했으면 싶었다. 준수는 나주가 고향이었다. 준수의 고향집은 읍에서 조금 떨어진 곳이었으나, 몇 시간만 걸으면 고향집에 갈 수 있었다. 그런데도 나 때문에 자기 집에 가지 않고 읍에 사는 친구 집으로 가려는 것이었다. 준수가 그렇게 고마울 수가 없었다.

가끔 차들이 지나가면 뿌연 먼지가 도로를 걷고 있는 우리들의 온 몸을 뒤덮었다. 우리와 같은 방향인 나주읍 쪽으로 가는 차라면 얻어 타고 가면 되는데, 운이 없게도 모두 반대 방향으로 가는 차들뿐이었다. 도로 옆 논에서는 농민들이 모내기를 앞두고 바쁘게 움직였다.

3시간 정도 걸으니 영산포읍 입구인 장산삼거리(지금은 사거리로 변했고 영산포에서 강진 가는 방향으로 고가도로가 놓여 있음)에 도착했다. 삼거리는 영산포에서 나주 동강면 방향으로 가는 길과 영암·강진 방향으로 가는 길이 만나는 곳이었다. 영산포읍에 들어섰을 때에는 오토바이만이 이따금 도로를 질주하고 있다.

호랑이 굴에서 잠들어

영산포읍을 지나 인접한 나주읍에 도착하자 그나마 얼마 안되던 일행들과 또 헤어졌다. 이제 나와 준수뿐이었다. 내일이면 준수도 나주읍에서 가까운 자기 집에 가버릴 것이고, 그러면 나 혼자서 광주로 가야 했다.

우리는 나주버스터미널 근처에 있는 준수의 친구 집에 갔다. 준수의 친구는 다행히 하숙집에 있었다. 그 친구는 이름이 재준이라고 했다. 하숙하면서 나주고등학교를 다닌다고 했다. 우리는 그동안 겪었던 일들을 얘기하면서 우정을 나눴다. 하숙집에서 차려준 점심밥을 맛있게 먹고 지저분한 얼굴과 손발을 씻으니 그렇게 개운할 수가 없었다. 옷에 묻은 먼지도 탈탈 털고, 진한 간장 냄새가 나는 양말도 말끔히 빨았다.

뒤늦게 한 점심식사로 인한 포만감에다가, 그간 정신적으로 시달리고 육체적으로 피로해서인지 깊은 잠에 빠졌다. 자면서 마치 텔레비전의 단막극처럼 여러 가지 꿈을 꾸었다. 두 시간쯤 잤을 때, 방문 입구에서 시끌벅적한 소리가 들렸다. 누군가가 나를 흔드는 것 같았다. 꿈으로 착각하여 그대로 잤다.

이번에는 조금 전 부드럽게 흔들던 것과 달리 딱딱한 물체가 허벅지를 강하게 찔렀다. 깜짝 놀라 엉겁결에 반사적으로 벌떡 일어났다. 옆에서 자고 있던 준수도 일어났다. 눈을 비비면서 방문 입구를 쳐다봤다. 그런데,

지금도 남아 있는 나주 금성파출소 옛 건물 전경. ⓒ 임영상

이게 웬 날벼락인가.

"손 들어! 움직이면 쏜다!"

준수와 나는 정신을 차릴 여유도 없이 손부터 번쩍 들었다. 우리에게 거총자세로 위협한 그들은 정복차림을 한두 명의 경찰관이었다. 옆에는 하숙집 주인아주머니와 동네 아주머니들도 서 있었다. 준수의 친구는 보이질 않았다. 우리는 당황한 표정으로 이유를 물었다.

경찰관은 조금 전 광주항쟁에 관련된 수상한 사람들이 집에 자고 있다는 신고가 접수되어 확인하러 왔다는 것이었다. 그러면서 파출소까지 가자고 했다. 우리는 가지 않겠다고 버텼다. 그리고 우리는 고등학생이며 시위대 차를 타고 목포에 갔다가 광주로 다시 가던 중에 친구 집에서 쉬고 있었다고 했다.

그러나 경찰관은 막무가내였다. 일단 파출소에 가서 조사 받고 신분이 확인되면 보내준다고 했다. 어쩔 수 없이 경찰관들을 따라 나주터미널에서 가까운 금성파출소에 갔다. 간단한 절차라 해도 어쨌든 경찰서에 가서 조사를 받는다는 게 썩 내키지 않았다.

준수와 나는, 직업과 주소 등 신분을 밝혔다. 군부대에 붙잡혀 신상명세를 밝히던 때와는 다르게 사실대로 직업과 주소 등을 말했다. 경찰은 30분가량 이것저것을 캐물었다. 그러더니 조사결과에 만족스러운 표정을 짓고는, 조금 전과는 다르게 광주 상황이 위험하니 조심해서 광주로 가라고 당부까지 했다.

조사를 마치고 다시 준수 친구의 하숙집으로 돌아왔다. 주인아주머니가 멋쩍게 웃는 얼굴로 맞이하면서 "내가 경찰에 신고했다."고 말했다. 미안하다는 말도 잊지 않았다. 준수 친구의 하숙집은 경찰관의 집이었다. 경찰관 부인인 아주머니가 부업으로 하숙을 쳤던 것이다. 우연히 호랑이굴에서 잠을 잔 격이었다. 부창부수라고 했던가. 어찌 됐든 그 아주머니의 투철한 신고정신은 높이 평가할 만했다.

사람들을 가득 태운 경운기

5월 25일 일요일. 아침밥을 든든히 먹었다. 광주까지 장거리를 행군하기 위해서는 많이 먹어둬야 했다. 나주에서 광주까지 직선거리는 얼마 되지 않지만, 혹여 광주에 들어가지 못하고 또다시 주변 지역을 맴돌 경우를 대비해야 했다. 어제 오후에 빨아두었던 양말이 아직 다 마르지 않았지만, 며칠 동안 달고 다녔던 고약한 냄새가 사라져 기분이 좋았다. 준수와 나는 하숙집 아주머니와 친구에게 고맙다는 인사를 하고 광주로 향했다.

나주읍을 지나는 광주–목포 간 도로 입구에서 준수와도 헤어졌다. 준수는 당초 광주까지 걸어가기로 했는데, 피로하고 다리가 아파서 못 가겠다면서 지척에 있는 고향집으로 간다고 했다. 광주까지 길동무 삼아 같이 가기를 기대했지만 그렇다고 강요할 수는 없었다.

시위대 차에 탑승해 돌아다니다가 우연히 영암에서 준수를 만나, 목포와 무안을 거쳐 나주까지 외롭지 않게 올 수 있었는데, 이제는 헤어질 수밖에 없었다. 우리는 광주 상황이 진정되고, 휴교령이 끝나면 학교에서 다시 건강한 모습으로 만나기로 약속하고 헤어졌다.

나주읍내를 지나 영산강을 가로질러 놓여 있는 나주대교를 건넜다. 강바람이 아스팔트의 반사열을 몰아내주어 시원했다. 광주-목포 간 도로는 한적했다. 주말에 강진 시골집에 내려갈 때는 늘 많은 차들이 오갔는데, 지금은 한 대의 차도 구경할 수가 없었다. 아저씨와 아주머니들이 서너 명씩 짝을 이뤄 걷고 있을 뿐이었다.

나주군 금천면 소재지를 지날 때 경운기 한 대가 지나갔다. 경운기 짐칸에 아저씨들이 타고 있었다. 그들에게 부탁해 나도 짐칸에 올라탔다. 느리게 가는 경운기였지만 그렇게 고마울 수가 없었다. 주위에서 보고 있던 아저씨와 아주머니들도 같이 타고 가자면서 몰려들었다. 광주행 느림보 경운기는 순식간에 만원이 됐다. 작은 짐칸에 사람들을 가득 태운 경운기가 탈-탈-탈-탈- 힘겨운 소리를 냈다. 이따금 두세 명이 탄 오토바이가 경운기를 추월해 달려가곤 했다.

아저씨와 아주머니들은 자식을 광주에 유학 보내놓고 걱정이 되어 올라가는 중이라고 했다. 짐칸에 탄 모든 사람들의 얼굴빛이 초조함과 걱정으로 창백하게 보였다.

광주시와 경계지역인 남평면에 들어서자 도로변에 광주로 가는 인파들이 점점 많아졌다. 대부분 광주에 살고 있는 가족이 걱정되어 올라가는 중이었다.

도로변 들녘에는 이른모가 일광욕을 하듯이 비닐하우스에서 푸른색 얼굴을 내밀고 있고, 모판 옆에는 수확을 앞둔 보리가 노랗게 익어가고 있었다. 늦보리는 속절없이 지나가는 청춘이 안타까운 듯 듬성듬성 아직도 푸르름을 유지하고 있었다.

나주대교 입구(광주 방향) 전경. ⓒ 임영상

아! 광주여

점심때쯤 겨우 광주시에 진입했다. 아, 얼마 만에 광주 땅을 밟는 것인가! 꼭 5일 만이었다. 광주시와 나주군 경계에 무서운 표정으로 우뚝 서 있는 해태상이 반가워 눈물이 핑 돌았다. 집에 도착한 것도 아니고 그저 광주에 들어왔을 뿐인데 그렇게 좋을 수가 없었다.

그러나 기쁨도 잠시였다. 그냥 시내로 들어가면 될 줄 알았다. 그런데 송암공단 입구에 있는 야산(현, 인성고 정문 입구 근처)에 계엄군이 진을 치고 있어 더 이상 시내로 들어갈 수 없었다. 경운기에서 내렸다. 시내버스 종점인 송암동 부근에서 3백여m 전방에 있는 야산을 쳐다보니 푸른 숲에 가려서인지 군인들은 보이지 않았다. 다만, 야산을 관통하는 도로에 몇 명의 군인들이 움직이는 것이 눈에 들어왔다. 종점 부근에 사는 주민은, 계엄군이 외지인의 광주진입만 저지한다면서 무차별적인 사격은 하지 않는다고 분위기를 전했다.

시내버스 종점 광장에는 벌써부터 도내 곳곳에서 모여든 사람들로 가득했다. 광주진입을 하지 못하고 기다리던 어떤 아저씨는 참다못해 바리케이드가 있는 곳까지 가더니, 계엄군에게 자신은 시위와 무관하다며 통과시켜줄 것을 요구했다. 그러나 묵살당하고 되돌아왔다.

나는 어떻게 해서라도 다시 광주로 들어가야 했다. 여기서 포기할 수는 없었다. 광주에는 친구들과 하숙집이 있었다. 며칠 만에 겨우 광주에 왔는데, 여기서 포기할 수는 없었다. 강진 고향집도 걸어가기엔 너무 먼 거리에 있었다.

종점 광장에서 서성대던 사람들은 결국 거리는 멀지만 안전한 우회로를 택했다. 계엄군이 지키고 있는 곳에서 맞은편에 있는 야산 중턱을 타고 광주로 들어가는 우회로를 개척한 것이었다. 차들이 오가는 도로는 계엄군들이 진을 치고 있지만, 도로가 아닌 곳까지 계엄군들이 일일이 막을 수는 없는 노릇이었다.

산중턱에 광주로 향하는 행렬이 길게 이어졌다. 잡목으로 울창한 숲은 반질반질하게 산길이 나버렸다. 나도 그 행렬의 일원이 되어 광주를 향해 걸었다.

계엄군이 지키고 있는 야산과 어느 정도 멀어졌을 때, 산에서 내려와 논을 가로질러 진월동 입구(현, 광주대 뒤쪽 화순 도곡온천 가는 길)에 도착했다. 운동화는 흙으로 범벅이 됐다. 잠바도 가시나무에 걸려서 찢어졌다. 꼴이 말이 아니었다. 다행히도 계엄군이 큰 도로에만 바리케이드를 치고 지키고 있어 그런대로 어렵지 않게 광주시내로 들어갈 수 있었다.

시 외곽인 진월동을 지나 백운동 로터리에 이르자, 시민들이 오가는 모습이 자주 목격됐다. 시위대원들의 차들도 지나다녔다. 오랜만에 시위대 차를 보니 고향 친구를 만난 듯 반가웠다. 로터리에서 하숙집이 있는 농성동 방향으로 가고 있던 시위대 차에 올라탔다. 시위대 차는 외곽도로를 따라 농성동 방향으로 질주했다. 차는 월산동 신우아파트 앞을 지나 마침내

ⓒ『부끄러운 탈출』 인용

시·도 경계에 있는 해태상.

내가 5일 전 처음으로 시위대에 합류했던 농성동 로터리에 도착했다.

차에서 하차 후 곧바로 하숙집으로 뛰어갔다. 주인아저씨와 아주머니, 하숙집 친구들이 몇 십 년 동안 헤어졌다 다시 상봉한 이산가족처럼 반갑게 맞이했다. 아주머니는 내가 오랫동안 소식이 없자 강진 시골집에 내려간 줄 알았다고 했다. 한방을 쓰는 담양 친구 최재남은 내 신상에 무슨 일이 생긴 줄 알고 걱정을 많이 했다고 했다. 아무튼 무척 반가웠다. 모든 하숙생들이 잘 있었다.

저녁식사 후 학교(서석고) 정문 근처에서 자취하고 있던 나주 친구 윤인호를 찾아갔다. 인호의 자취방은 항상 친구들이 북적거려 사랑방 역할을 했다. 이날도 여느 때처럼 많은 친구들이 모여 있었다. 방문을 열어보니 이종언(광주)·한광희(광주)·김홍렬(해남)·이승진(광주)·리일천(보성)이 앉아 있었다. 자취방 주인인 윤인호는 이날 오전 시골에서 올라오신 아버지에게 붙잡혀 시골에 내려가고 없었다.

우리들은 그동안 겪었던 일들을 자랑삼아 각자 돌아가면서 말했다. 그동안 내가 광주에 없어서인지 친구들은 내 근황을 제일 궁금해 했다. 나는 농성동 로터리에서 시위대 차에 탑승한 것부터 시작해 목포 부근 군부대에 잡힌 일, 통통배로 영산강을 건넌 일, 나주에서 파출소에 끌려가 조사받은

효천역과 송암공단 일대(나주에서 광주로 들어가는 방향).　　ⓒ 임영상

일 등을 실감나게 들려주었다. 친구들은 힘들었던 내 처지는 전혀 고려대상이 아닌 듯 내 얘기가 흥미진진한지 손뼉을 쳐가며 맞장구를 쳤다.

친구들은 도내 곳곳의 반응이 대단함을 전해 듣고 무척 상기된 얼굴로 광주 문제를 나름대로 전망하기도 했다. 웃음과 긴장과 흥분 속에서 우리들의 이야기는 밤이 늦도록 계속됐다. 나는 21일부터 25일까지 전남지역에서 시위대 활동을 하느라 광주에 없었기 때문에 5일간의 광주 상황은 몰랐다. 그래서 광주 상황을 친구들에게 물었고, 친구들도 나에게 전남지역 상황을 물었던 것이다.

민주수호 범시민 궐기대회

5월 26일 월요일. 오늘도 어김없이 하숙집 동쪽 저 멀리에 있는 무등산 위로 해가 떴다. 하숙생들은 평소보다 늦게 아침식사를 했다.

룸메이트인 최재남과 나는 시위 상황이 궁금해 농성동 로터리로 나갔다. 근처에 사는 주민들도 우리처럼 궁금해서인지 하나둘씩 모이기 시작했다. 멀리 보이는 화정동 고개(국군광주통합병원 입구)엔 계엄군이 도로를 차단하고 있었다. 국방색 모래자루로 쌓은 바리케이드가 멀리서도 선명하게 보였다. 농성동 로터리는 어느새 수백 명의 시민들로 꽉 찼다.

로터리 부근에 산다는 어떤 시민은 "어젯밤 늦게 광주-송정리 간 도로에서 여러 대의 탱크가 지나가는 것을 봤다."면서 "곧 무력진압을 할지도 모른다."고 우려 섞인 전망을 했다. 또 다른 시민도 "무력진압을 배제할 수 없다."고 맞장구를 치면서 "어젯밤 탱크 이동은 진압작전을 위한 훈련이었을 것"이라고 말했다. 시내로 가는 길목인 전남도농촌진흥원 쪽에서 차 지붕에 스피커를 단 시민군 차가 방송을 하며 오갔다.

"광주시민 여러분, 조금만 더 투쟁하면 우리가 승리할 수 있습니다. 도청을 사수하고 있는 시민군들에게 힘을 보태주십시오. 오늘 오후 2시에 도청 앞 광장에서 시민궐기대회가 있습니다. 시민 여러분께서는 한 분도 빠짐없이 반드시 참석해주시면 감사하겠습니다."

교대로 외치는 남녀 시민군의 목소리가 힘차게 들렸다. 재남이와 나는 도청에 가기로 하고 일단 집으로 갔다. 하숙집 아주머니를 재촉해 이른 점심밥을 먹고, 농성동 로터리로 다시 나갔다.

나는 광주항쟁이 진행된 26일까지도 금남로 4가 근처에는 갔으나, 도청 앞 광장에는 가보지 못했다. 그동안 광주를 떠나 전남지역을 돌아다녔기 때문이다. 친구들이나 주변 사람들로부터 들었던 내용 외에는 자세한 광주 상황을 몰라 궁금했다. 그래서 도청에 가보고 싶었다. 재남이도 마찬가지 생각이었다.

재남이와 함께 도청 방향으로 가는 시민군 차에 올라탔다. 우리는 돌고개를 거쳐 양동시장 옆을 지나 금남로 3가 광주은행 본점 앞에서 내렸다. 광주의 중심지인 금남로는 계엄군과 시민군이 밀고 밀리는 주전장이었는데도 생각했던 것과 달리 매우 깨끗했다.

시민군들이 자발적으로 거리청소를 하고, 행정기능이 마비돼버린 광주에서 경찰업무도 맡고 있었다. 도로와 건물마다 물청소를 했어도 최루탄 냄새가 여전히 코를 자극했다. 평소에 물을 뿜어 올리며 볼거리를 제공했던 도청 앞 광장 분수대는, 이제 계엄군의 만행을 규탄하는 연단으로 변해 있었다. 민주수호 범시민 궐기대회를 시작하려는지 수습대책위원회의 안내방송이 들렸다.

재남이와 나는 몰려든 인파를 헤집고 다니면서 하나라도 더 듣고 더 보려고 노력했다. 전일빌딩 벽과 철문에는 각종 대자보가 시민들의 시선을 멈추게 했다. 벽에 붙은 영자 신문에는 미 군함이 항해 중인 사진이 실려 있었다. 지켜보던 한 사람이 "미군이 광주시민을 돕기 위해 한국으로 오고 있다."고 말했다.

그 옆에는 검은색 매직펜으로 쓴 〈광주시민에게 보내는 호소문〉, 흰색과 붉은색 스프레이로 쓴 각종 구호, 광주시내 고등학생 일동의 시위 동참 촉구의 글, 끝까지 투쟁하자는 수습대책위원회의 호소문 등이 어지럽게 붙어 있었다. 몇몇 사람들은 등사한 유인물을 돌리며 시민들 사이를 누비고 다녔다.

민주수호 범시민 궐기대회가 시작됐다. 이 집회가 몇 번째인지 모르지만 민주화를 부르짖는 집회가 또 열린 것이다. 분수대를 중심으로 한 광장은 운집한 시민들로 입추의 여지가 없었다.

재남이와 나는 전일빌딩과 상무관 사이에 있는 경우회 건물(지금은 건물이 헐리고 그 자리에 민주의 종과 시민공원이 조성되어 있음) 담벼락에 기대어 열변을 토하는 연사들의 말에 귀를 기울였다. 목이 터질 듯이 구호

도청 앞 광장 분수대에서 전두환 화형식을 하는 시민들.

ⓒ 한국일보, 5·18기념재단 제공

ⓒ 임영상

최재남 친구.

도 외치고 노래도 불렀다. 예비군 중대장, 국민학교 교사, 시민 등 많은 사람들이 차례로 분수대에 설치된 임시연단에 올라 자신들의 경험담과 생각 등을 말한 뒤, 광주시민의 단결과 투쟁을 외쳤다.

분수대를 둘러싸고 있는 시민들도 울분을 토하는 연사들의 외침에 힘찬 박수로 동참했다. 연사들의 열변과는 반대로, 분수대 중앙에 조기로 꽂혀 있는 대형 태극기는 광주의 슬픔을 대변하듯 축 늘어져 있었다.

수습대책위원회 간부 한 명이 연단에 올라서서, 현재 계엄군의 동향을 보고했다. 그는 군내에 강경파와 온건파가 시국 인식의 차이로 대립하고 있다고 말했다. 이어 조금만 더 버티면 우리에게 유리한 상황이 전개될 것이라고 강조했다.

대회가 끝날 때쯤 사회자가 광주 상황을 종합하면서 덧붙였다.

"광주 애국시민 여러분! 오늘 밤이 고비입니다. 오늘 밤만 무사히 도청을 사수하면 우리들은 승리할 수 있습니다. 오늘 밤만 넘기면 내일부터는 광주시내 각 동별로 예비군들이 동원됩니다. 시민군에 합류하실 분들은 남자는 광주YMCA, 여자는 광주YWCA로 집결해주십시오."

집회가 끝나고 시민들은 민주화를 촉구하는 가두행진을 시작했다. 대열의 맨 앞에서 수습대책위의 간부들과 광주지역 재야 지도급 인사들이 정장차림으로 금남로를 걷기 시작했다. 각종 구호가 적힌 어깨띠를 두르고 걷는 그들의 표정은 비장했다. 그들 뒤로 대학생들이 구호를 외치며 따랐다. 뒤이어 시민들이 대열을 형성했다.

재남이와 나는 시민들과 함께 걸었다. 일련번호가 붙여진 시민군 차들도 행렬의 중간 중간에 끼어들어 보조를 맞추었다. 도로변에는 흰 스프레이로 기동타격대라고 쓴 군 지프, 미니버스, 트럭들이 잠시나마 휴식을 취하고 있었다.

행진대열의 선두가 금남로 5가 유동 삼거리(현재는 사거리)를 지날 때는 길마다 시민들로 가득 찼다. 도청 앞에서부터 금남로가 끝나는 유동 삼거리까지 시민들로 대홍수를 이루었다. 민주화를 촉구하는 시가행진은 금남로–유동 삼거리–양동시장 입구–돌고개로 이어졌다.

시민들은 여기저기에서 구호를 외치며 노래를 불렀다. 모든 상가는 철시한 상태였다. 행진대열의 선두가 돌고개를 넘어 농성동 로터리 부근 전남도농촌진흥원 입구에 다다랐을 때, 계엄군이 바리케이드를 치고 저지하고 있었다. 어느새 계엄군은 쌍촌동 고개에서 이곳까지 1km 정도를 더 시내 쪽으로 들어와 있었다.

길을 열라는 시민들의 함성에 한 군인이 확성기로 더 이상 행진을 하지 말고 해산하라고 경고했다. 바리케이드 좌우에 모래자루로 만든 임시 초소에서는 계엄군들이 우리를 향해 총구를 겨누고 있었다. 시민들은 야유와 함께 "계엄군은 즉시 광주시 외곽으로 물러가라."고 목청껏 소리쳤다.

시민들은 그 자리에서 연좌시위를 시작했다. 대치상태가 30여 분 계속되다가 행진을 선도했던 몇 사람이 계엄군 측에 다녀왔다. 그들은 계엄군이 시 외곽으로 물러가도록 협상했으나 실패했다고 보고했다. 어쩔 수 없이 행진대열은 농성동 로터리에서 도청으로 방향을 돌렸다. 궐기대회가 끝난 지 한참 지났는데도 사람들이 귀가하지 않고 도청 앞 주변에 운집해 있었다.

시민군이 되다

재남이와 나는 시신이 안치되어 있다는 상무관에 가보았다. 도청 맞은편에 있던 상무관은 평소에는 경찰들과 유도 선수들, 그리고 검도 선수들이 훈련하는 체육관이었다. 그러나 이날 상무관은 심신을 단련하던 예전의 그 도장이 아니었다. 더 이상 우리 학교 검도부의 연습장도 아니었다. 상무관은 말 그대로 생지옥이었다.

상무관 입구는 행진을 마치고 돌아온 시민들의 추모 행렬로 장사진을 이뤘다. 평상시 기합소리가 요란했던 곳에 슬픈 울음소리만 가득했다. 입구 쪽만 스탠드가 설치돼 있던 상무관은 추모 인파로 발 디딜 틈이 없었다.

아래편 마루에는 장내를 정리하는 수습대책위원들과 유족들이 있었다. 마루에는 가지런히 정돈된 목관이 수십여 개 놓여 있었다. 관 위에는 무고하게 죽은 시민들의 사진이 있고, 그 옆에는 꽃이 한 송이씩 놓여 있었다. 몇 개의 관에는 망자의 사진은 없고 꽃 한 송이만 덩그러니 놓여 있기도 했다.

스탠드 건너편 벽에는 대형 태극기가 걸려 있고, 향냄새가 코를 찔렀다. 관 위에 있는 사진들을 둘러보니 기가 막혔다. 열 살도 채 안 돼 보이는 어린 남자아이, 단정하게 교복을 입은 여고생, 서당 훈장님이 연상되는 긴 수염의 할아버지, 이마에 몇 가닥 주름살이 잡힌 초로의 아주머니, 웨딩드레스를 입고 있는 신부, 검정색 교복에 교모를 쓴 남고생…. 어쩌자고 이렇게도 무차별하게 살상할 수가 있단 말인가! 살 떨리는 분노가 일었다.

곧이어 약식 추도식이 있다는 장내방송이 들렸다. 추모객들은 묵념을 하고, 애국가를 불렀다. 차마 다문 입이 떨어지지 않은 듯 모두 낮은 목소리로 불렀다. 치밀어 오른 슬픔과 분노를 삭이며 겨우 노래를 마쳤다. 추도식 마지막에 「고향의 봄」이란 노래를 불렀다.

> 나의 살던 고향은 꽃피는 산골/복숭아꽃 살구꽃 아기 진달래/울긋불긋 꽃대궐 차-린 동네/그 속에서 놀던 때가 그립습니다/꽃동네 새 동네 나의 옛 고향/파란들 남쪽에서 바람이 불면/냇가에 수양버들 춤추는 동네/그 속에서 놀던 때가 그립습니다.

애국가를 부를 때보다 더욱 처량했다. 여기저기에서 노래와 울음소리가

상무관 전경(2019년). ⓒ 임영상

뒤엉켰다. 나도 울고 말았다. 하얀 소복을 입은 유족들은 관을 부둥켜안고 울었다. 상무관은 온통 울음바다였다. 분향을 끝낸 나는 분노와 슬픔을 안고 밖으로 나왔다. 분향을 하기 위해 상무관으로 들어가는 행렬의 끝이 보이지 않았다.

도청 스피커에서는 광주시민들의 총궐기를 촉구하고 계엄군의 만행을 규탄하는 방송이 계속 흘러나왔다. 문득 궐기대회 때 한 연사가 했던 말이 떠올랐다. '오늘 밤만 도청을 지키면 시민군이 승리한다고 하지 않았는가.' 조금 전 분향하고 나왔던 상무관의 처참했던 모습이 다시 떠올랐다. '그래, 도청을 지키자. 아무 죄 없이 먼저 가신 시민들의 원한을 풀어주자.' 마침내 나는 도청 사수를 다짐했다.

상무관에 안치된 관들과 분향하는 시민들. ⓒ 한국일보, 5·18기념재단 제공

도청 본관 건물 옆 바닥에 안치된 수많은 관 앞에서 오열하는 아주머니. ⓒ 이창성 촬영, 5·18기념재단

"재남아, 오늘 밤은 여기서 지내고 내일 하숙집에 돌아가자."

역시 슬픈 표정을 지으며 눈물을 글썽이던 재남이에게 말했다.

"좋다! 오늘 밤만 지키면 우리에게 유리한 상황이 전개된다고 했지. 하룻밤만 있다가 가자."

재남이는 주저 없이 대답했다. 우리는 곧바로 전일빌딩 건너편에 있는 광주YMCA로 갔다. 오후 6시쯤이었다. 1층 강당에는 우리처럼 자원한 시민들이 2백여 명쯤 모여 있었다. 현재 광주YMCA 건물은 일부 개조돼 1층 강당 자리에는 가게들이 입주해 있고, 2층에 강당이 있다. 대부분 20대 청년들로 보였고, 나이 지긋한 중년 아저씨도 눈에 띄었다. 우리처럼 머리를 짧게 깎은 학생들도 많았다.

자원자들이 삼삼오오 강당마루에 앉아 이야기를 나누고 있을 때였다. 건장한 체구의 청년이 나타나더니 자원자들에게 모두 한군데로 모이라고 했다. 그 청년은 175cm 정도의 키에 비교적 뚱뚱했고, 20대 후반이나 30대 초반으로 보였다.

"죽음을 각오하고 모이신 여러분께 진심으로 감사드립니다. 저는 이제부터 여러분을 지휘할 중대장입니다. …."

자칭 '시민군 중대장'은 도청사수를 자원한 우리에게 감사하다는 말을 시작으로 현재 시민군과 계엄군의 상황을 설명했다. 그리고 앞으로 전개될 일들에 대해서도 간단하게 언급했다. 그의 말투로 봐서는 도청에 있는 수습대책위 간부로 보였다. 그는 시민군 자원자들을 9명씩 분대로 편성해서 분대별 임무를 부여했다. 분대장도 선임했다. 분대 편성은 임무 부여와 통제를 위한 것이었다. 소대 편성은 없었다. 분대장은 각 분대에서 연장자나 자원자 가운데서 임명했다.

중대장은 우리에게 주소와 성명을 써서 제출하라고 했다. 그 기록을 보관하고 있어야 혹시 우리들이 죽었을 때 쉽게 신원 확인이 된다는 것이었다. 우리들은 종이에 주소와 성명을 적어 분대별로 제출했다. '혹시 죽었을 때'라는 말에 비장해졌지만, 나는 나주 금성파출소에서 조사받았을 때처럼 사실대로 적었다.

중대장은 마지막으로 우리에게 소총 다루는 법을 가르쳤다. 몇 자루의 카빈 소총을 가지고 와서 실탄장전과 사격방법을 가르쳤다. 나는 학교에서 교련시간 때 몇 번 총을 만져 본 것이 전부였다. 때문에 총 다루는 법이 서툴렀다. 혹시 계엄군과 생사를 걸고 총격전을 벌일 상황이 생길 수도 있겠다는 생각이 들어 열심히 사격방법을 익혔다.

마침내 나는 최단기 군사교육을 '이수'하고 시민군이 되었다. 명찰도 계급장도 군번도 제복도 없이, 그저 광주시민들을 지키기 위해 '자원입대'한 이름 없는 고교생 시민군이 된 것이다.

우리 시민군 자원자들은 소총 사격법을 배운 뒤, 광주YWCA에서 가져온 김밥과 주먹밥, 빵으로 저녁식사를 해결했다. 현재 광주YWCA는 유동으로 이전하고 그 터에 빌딩이 세워져 있다. 광주YWCA는 광주YMCA에서 바라볼 때, 금남로를 가로질러 맞은편에 있는 전일빌딩의 바로 뒤쪽에 있고, 거리는 직선으로 1백m 정도 됐다. 당시 광주YWCA에는 여성들이 우리들처럼 자원하여 봉사활동을 하고 있었다.

비상! 계임군이 오고 있다

저녁식사 후 우리들은 비상대기 상태에서 강당마루에 앉아 서로 이야기를 나누며 시간을 보냈다. 밤 10시쯤 되어 강당마루에 매트리스를 깔고 잠을 청했다. 새우잠이라 불편했지만, 그런대로 잠을 청할 수 있었다. 다른 시민군들도 곳곳에 누워 졸고 있었다. 재남이와 나는 같은 매트리스에서 잠이 들었다. 얼마쯤 잤을까. 시끄러운 소리에 놀라서 깼다. 시계를 들여다보니 새벽 2시가 조금 지났다. 다른 시민군 자원자들도 일어났다.

5월 27일 화요일 새벽. 이날만큼은 꿈과 희망을 상징하는 '새벽'이라는 단어가 절망과 피비린내 나는 살상을 나타내는 단어로 변하는 순간이었다.

광주YWCA 건물 입구를 지키고 있는 계엄군(5. 27). ⓒ 나경택 촬영, 5·18기념재단 제공

현재 광주YMCA 전경. ⓒ 임영상

요란한 사이렌 소리, 시민군 기동타격대 차의 엔진 소리, 시민군 본부가 있는 도청 건물의 스피커에서 흘러나오는 절규가 한데 어우러져 적막했던 광주의 새벽을 뒤흔들고 있었다.

"광주시민 여러분! 계엄군이 오고 있습니다. 무고한 광주시민을 학살하기 위해 계엄군이 오고 있습니다. 광주시민 여러분! 지금 즉시 도청으로 모이십시오!"

"시민 여러분, 지금 계엄군이 쳐들어오고 있습니다. 사랑하는 우리 형제, 우리 자매들이 계엄군의 총칼에 숨져가고 있습니다. 우리 모두 계엄군과 끝까지 싸웁시다. 우리는 광주를 사수할 것입니다. 우리는 최후까지 싸울 것입니다.…"

도청 스피커에서 절규하듯 처절하게 외치는 여자 시민군의 목소리가 계속 메아리쳤다.

"비상! 비상! 계엄군이 들어오고 있습니다. 시민 여러분, 모두 투쟁대열에 나섭시다!"

나는 올 것이 왔구나 하는 생각에 강당에서 금남로로 나가봤다. 기동타격대 순찰차인 군 지프에 설치된 스피커에서는 시민들의 동참을 호소하는 목소리가 흘러나왔다. 상황이 급변하고 있는 듯 기동타격대의 무전기에서 시민군들 사이의 대화가 숨 가쁘게 오갔다. 다른 시민군 차들도 도청에서 바삐 어디론가 가고 있었다.

"여러분! 자원자 여러분! 모이십시오. 비상입니다."

우리에게 총기사용법을 가르쳤던 시민군 중대장이 외쳤다. 바싹 긴장하고 모인 우리들에게 중대장은 말을 이었다.

"여러분! 드디어 계엄군이 우리를 진압하려고 광주 외곽을 둘러싸고 진격해 오고 있습니다. 비장한 각오로 모이셨겠지만, 다시 한 번 결사항쟁을 다짐합시다. 오늘만 도청을 사수하면 우리는 승리합니다. 죽음을 무릅쓰고 도청을 사수합시다."

중대장의 말에 장내는 숨소리가 들릴 만큼 조용해졌다. 잠시 적막감이 감돌았다. "자, 이제부터는 어젯밤에 편성한 대로 분대별로 행동하십시오. 분대임무를 부여하겠습니다."

중대장의 한 마디, 한 마디는 비장했다.

"1분대와 2분대는 백운동 로터리, 3분대와 4분대는 광주공원, 4분대와 5분대는 광주기독병원, 6분대는 전남대병원, 7분대는 지원동…."

이밖에 도청, 산수동 오거리 산장으로 가는 길목, 금남로 끝인 유동 삼거리 등 광주전역을 지키도록 했다.

재남이와 내가 속한 분대는 도청 담 안쪽에 설치된 초소를 맡았다. 시민군 지휘부는 우리 시민군 자원자 중에서 절반쯤을 도청에 배치했다. 시민군 지휘부가 있는 도청을 계엄군에게 빼앗기면 시민군의 상징이 없어지기 때문이었다. 내가 맡을 초소는 계엄군과의 결전장이 될지도 모를 장소였다.

우리는 분대별로 총과 실탄을 받기 위해 광주YMCA를 나와 도청으로 향했다. 광주YMCA에서 도청까지는 직선으로 2백m 남짓 되는 거리였다. 당시 도청 수위실에는 총이, 민원실 지하식당에는 실탄이 각각 보관돼 있었다.

분대별로 줄을 맞춰 도청을 향해 뛰는데 언제 왔는지 기자들이 취재에 열중이었다. 카메라 플래시를 번쩍번쩍 터트려 사진을 찍으면서 영어로 뭐라고 말하는 백인 기자, 우리들에게 껌을 주면서 담배도 권하던 동남아인 기자 등등. 이들은 시민군의 바쁜 발걸음에 보조를 맞추면서 함께 뛰었다. 외신기자들은 보였지만 우리나라 기자들은 보이지 않았다.

도청 초소에서 총구를 겨누고

분수대를 지나서 도청 정문 왼쪽에 있는 수위실에 도착했다. 총과 실탄을 지급받으려는 시민군들로 붐볐다. 우리 분대는 수위실에서 카빈 소총 한 정씩을 받았다. 수위실 방에는 1m 높이로 총들이 쌓여 있었다.

도청본관 옆 건물에 있는 민원실 지하로 이동해 실탄 세 발이 든 탄창을 하나씩 받았다. 민원실 지하는 식당으로 쓰던 곳이었는데, 시민군이 도청을 '접수'한 뒤에는 탄약고로 바뀌었다. 실탄을 나눠주던 시민군은 탄창을 줄 때마다 좁은 창문을 통해 쳐다보면서 "실탄이 부족하니 아껴 쓰라."고 당부했다.

전날 밤에 배운 대로 카빈 소총에 탄창을 꽂아 실탄을 장전했다. 자물쇠를 풀고 당기면 발사되도록 해두었다. 우리 분대원들도 실탄이 든 탄창을 모두 지급받아 총에 삽입했다. 시민군 지휘부 요원이 도청사수조가 된 우리 분대원들에게 임무를 부여했다. 그는 우리를 각각 4~5명씩 조로 묶어 도청 정문 옆 쇠파이프로 된 담장의 초소에 배치시켰다.

최재남과 나는 다른 두 사람과 함께 두 번째 초소에 배치되었다. 금남로 쪽에서 도청을 바라볼 때, 도청 정문 오른쪽에 있는 이 초소는 도청 정문에서 충장로 1가 방향으로 40m 정도의 거리에 있었고, 초소 경계구멍을 통해 전방을 바라볼 때, 도청 광장 건너편에 있는 수협 전남도지회 건물과 충장로 1가 입구 사이를 주시할 수 있었다. 한 평도 안되는 블록으로 만들어진 초소에 네 명이 들어가니 비좁았다. 우리는 고등학생이었고, 다른 두 사람은 20대 중반의 청년이었다.

아직도 수위실과 민원실 앞에는 총과 실탄을 분배받으려는 시민군들로 왁자지껄했다. 높이가 1.5m 정도 되는 초소는 계엄군의 총탄을 막는 데 역부족일 것 같았다. 한편으론 초소 앞에 있는 한 아름이나 되는 가로수가 방패 역할을 해줄 것 같아 안심도 됐다.

우리는 한 명씩 교대로 전방을 주시했다. 나머지 사람들은 초소 안에 앉아 얘기를 나누면서 긴장을 풀기 위해 애를 썼다. 초소는 블록 한 장 크기의 경계구멍이 네 개가 있었다. 우리는 경계구멍에 총을 넣어 거총해 놨다. 우리가 지키고 있는 초소 뒤에는 전남도의 정책을 알리는 철판으로 된 대형 입간판이 있었다. 보리증산을 독려하는 내용이었다. 옛 전남도의회 건물이 있던 자리는 당시에는 공터였는데, 시민군의 차량이 가득 차 있었다.

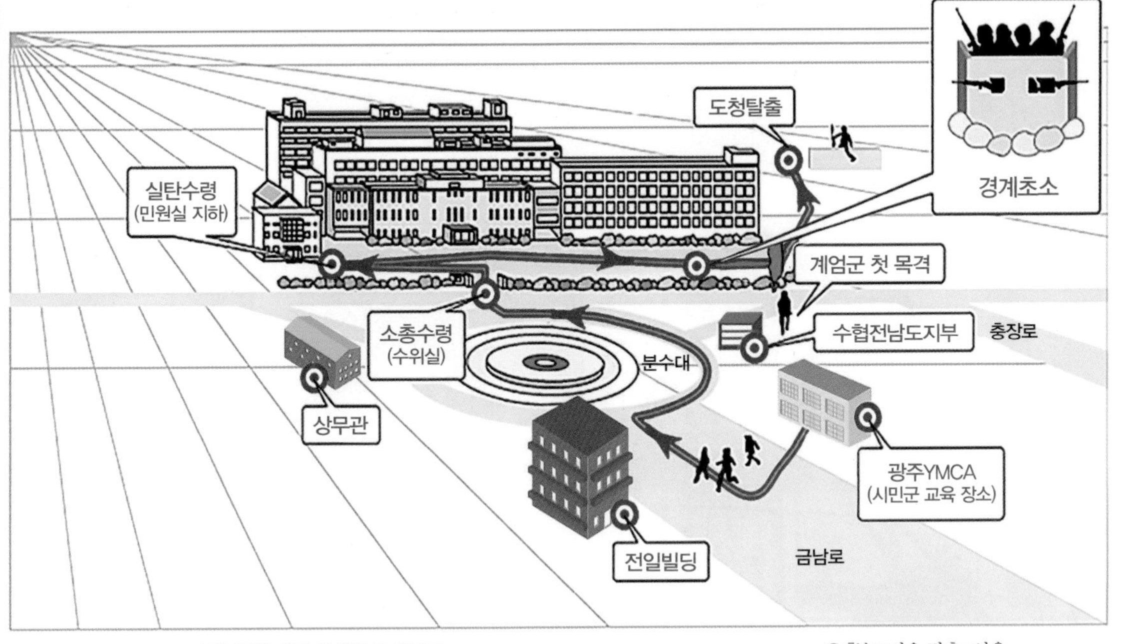

5월 27일 새벽 임영상의 행적도.

ⓒ『부끄러운 탈출』 인용

ⓒ 임영상

소총을 수령한
전남도청 정문 수위실.

전남도청 민원실 건물 전경. ⓒ 임영상

ⓒ 임영상

실탄을 수령한
전남도청 민원실
지하창문.

한 시간쯤 시간이 흐른 것 같았다. 도청 주위는 비교적 조용했다. 뒤편의 시민군 지휘부 상황실도 얼마 전과 달리 잠잠해졌다. 설친 잠 때문인지, 계엄군이 나타나지 않아서인지 졸음이 몰려왔다. 물론 한 명은 경계근무를 섰다. 가끔 전남 남부지역으로 가는 길목인 백운동 방향에서 총성이 희미하게 들려왔다.

새벽 네 시쯤이었다. 금남로 방향에서 총성이 들렸다. 조금 전 들었던 총소리보다 더 크게 들렸다. 계엄군이 가까이 오고 있음을 알 수 있었다. 정신이 바싹 들었다. 모두 잠에서 깼다. 우리 초소에 있는 네 명의 시민군은 경계구멍으로 거총한 채로 전방을 주시했다. 아직도 어둡기 때문에 눈을 크게 뜨고 물체의 움직임을 유심히 살폈다. 그런데 갑자기 초소 뒤쪽에 있는 도청 본관에서 유리창이 깨지는 소리가 요란하게 들렸다. 새벽하늘을 가르는 총성도 연달았다.

"개새끼들, 모두 나와!"

계엄군의 목소리가 크게 들렸다. 드디어 계엄군이 도청 가까이에까지 진군해 온 것이다. 그러나 우리 초소 부근은 너무 조용했다.

"핑-핑 쉬-이"

갑자기 우리 초소에도 총알이 날아왔다. 초소 뒤 철판으로 된 대형 도정 상황판에 총탄이 맞고 아스팔트 바닥에 떨어지는 소리였다. 나는 얼마나 놀랐던지 수류탄이 터진 줄 알았다. 반사적으로 우리들은 초소 바닥에 납작 엎드렸다.

이제는 죽었구나, 집에 있을 걸 괜히 나와서 죽게 되었구나, 옆에 있는 룸메이트 최재남이 미워 보였다. 내가 상무관에서 분향한 뒤 YMCA에 남아 있자고 말했을 때, 녀석이 그냥 집에 가자고 우겼다면, 이런 상황까지 오지 않았을 텐데 말이다. 막상 죽음의 공포에 직면하니까 상무관 분향 때의 내가 아니었다. 비겁하게도 그동안 나의 행적이 호사스럽게만 느껴졌다.

5·18 당시 전일빌딩 상공 쪽에서 바라본 분수대 광장과 전남도청. ⓒ 한국일보, 5·18기념재단 제공

어젯밤 시민군 중대장이 유동 삼거리와 금남로 3가 부근, 전일빌딩 옥상, 전남대 의대 병원 옥상 등에 기관총을 설치해놨기 때문에 계엄군이 금남로 쪽으로는 쉽게 들어오지 못한다고 했었다. 그런데 중대장이 거짓말을 했다는 생각이 얼핏 들었다. 거짓말이 아니었다면 벌써 계엄군이 도청 주위를 포위할 리가 없는데…. 총탄을 피해 바닥에 엎드려 있는 잠시 동안, 온갖 잡념이 머리를 스쳤다.

계속 총성이 울려 퍼지고 도청 본관 쪽에서 유리창 깨지는 소리, 비명소리, 시민군을 제압하려는 계엄군의 악에 받힌 고함소리가 뒤섞여 들렸다. 가까이에서 생생하게 들려오는 온갖 소리는 나를 공포의 도가니로 몰아넣었다.

5·18 당시 도청 상공에서 본 분수대 광장과 금남로. ⓒ 한국일보, 5·18기념재단 제공

부끄러운 탈출

총탄이 날아오지 않자, 슬며시 일어나 경계구멍으로 앞을 내다봤다. 다시 용기가 솟았다. 계엄군들이 앞에 나타나기만 하면 망설이지 않고 쏴버리겠다고 각오를 다졌다. 몸을 웅크리고 초소 전방을 주시했다.

그런데 이게 웬일인가. 시커먼 물체가 우리 쪽으로 서서히 오고 있지 않는가. 내 경계구역인 충장로 1가 입구 쪽에서 맨 처음 계엄군이 모습을 드러낸 것이다. 초소에서 좌측 방향이었다. 재빨리 옆 동료들에게 말했다. 모두 총구를 충장로 1가 입구 쪽으로 향했다. 어둠이 걷히기 시작했지만 새벽 다섯 시가 채 되지 않았다. 멀리 있는 물체는 알아보기 어려웠지만, 30~40m 전방에 있는 물체는 희미하게 보였다.

검은 물체가 충장로 1가 입구를 지나 수협전남도지회 건물 쪽으로 이동했다. 검은 물체는 사람이었다. 아직 어두워 신원확인을 할 수 없었지만 가로수에 몸을 숨겼다가 다시 이동하는 모습을 보였다. 우리는 숨을 죽이고 그 사람의 움직임을 주시했다.

잠시 후 그 사람은 도로를 가로질러 조심스럽게 우리 초소가 있는 도청으로 다가왔다. 그 사람과 우리 초소 간 거리가 30여m 정도 되었을 때, 철모에 흰색 띠를 두른 모습이 보였다. 그 사람은 확실한 계엄군이었다. 초소에 있던 누군가가 방아쇠를 당기자고 나지막하게 말했다. 대답 대신 침묵이 흘렀다. 우리는 자물쇠를 풀어놓은 상태였기 때문에 방아쇠만 당기면 발사될 수 있었다.

나는 바싹 다가온 계엄군을 향해 총을 쏘기로 작정했다. 시민군과 계엄군이 서로 맞부딪히면 어차피 승부는 가려야 하는 상황이라고 판단했기 때문이다. 내가 살기 위해서는 먼저 상대방을 공격하는 것이 최선의 전략이었다.

방아쇠를 힘차게 당겼다. 그러나 방아쇠에 걸려 있는 손가락이 움직이지 않았다. 너무 놀라서 손가락이 마비 증세를 일으킨 것이다. 이미 내가 쏜 총에 맞아 쓰러져야 할 계엄군은 아무 이상 없이 다가오고 있었다. 함께 있던 시민군들도 점점 다가오는 계엄군을 확인하고도 그대로 바라보고만 있었다. 나처럼 겁에 질려 손가락이 마비되었거나, 정신 줄을 놓은 게 틀림없었다.

급기야 계엄군과 우리 초소간 거리가 10여m쯤 됐다. '앞에 총'자세의 계엄군은 이제야 우리를 발견한 듯 멈칫거렸다.

"예, 총 버리고 나와요. 빨리 나와요."

계엄군은 주눅이 든 표정으로 말했는데, 명령도 아니고 높임말도 아닌 어정쩡한 말투였다. 그도 우리처럼 겁에 질려 있음이 분명했다. 생각지도 않았을 터인데, 바로 눈앞의 우리 초소에서 총구 네 개가 자신을 향하고 있으니 겁이 날 수밖에 없었을 것이다. 우리는 겁에 질려 총을 쏘지 못하고 있었지만, 계엄군도 마찬가지로 사색이 되어 총을 쏘지 못했을 것이다.

서로 총구를 겨누고 있어서 그런지, 잠시 멍하니 서로 바라보고만 있었다. 권투시합 때 선수끼리 눈싸움하는 격이었다. 문득 살아야겠다는 생각이 들었다. 도청을 사수하겠다던 전날 밤의 다짐이 부끄러울 정도로 도망칠 궁리만 했다. 얼굴이 백지장이 되어 옆에 있던 최재남에게 말했다.

"재남아, 뒤로 도망가자."

초소 뒤편 광장에는 시민군들이 노획한 버스와 트럭들이 가득했다. 최재남은 광장 쪽을 돌아본 뒤, "상황을 봐서 도망가자."고 조용히 속삭였다. 계엄군은 다시 총을 버리고 앞으로 나오라고 했다. 조금 전과 다르게 목소리도 크고 힘이 있었다.

대치 상황이 지속되던 중 날이 밝아오자 겁에 질린 우리의 표정을 읽은 것이다. 함께 있던 두 사람이 갑자기 한 손에 총을 들고, 또 다른 손은 머리 위로 올린 채 초소에서 걸어 나갔다. 그리고 낮게 쳐진 도청 담장을 넘으려 했다. 최재남과 나도 손을 들고 초소에서 나갔다. 그러나 우리는 담장 쪽이 아니라 차들이 주차되어 있는 뒤편 광장으로 냅다 뛰었다. 나가는 척하다가 도망친 것이다. 우리의 행동은 순식간에 발생한 일이었고, 계엄군은 앞에서 손들고 나가는 시민군들이 시야를 가로막았기 때문에 미처 총을 쏘지 못했다.

최재남은 빽빽이 세워진 버스와 트럭 밑으로 숨어버렸다. 나는 총을 든 채 도청 안 담벼락에 붙어 있던 이발관 옆으로 달렸다. 이발관 옆 담장은 벽돌담이었다. 옆에 쌓여 있던 각목들을 사다리 삼아 훌쩍 뛰어 담 위에 걸터앉았다. 이제 밑으로 뛰어내리기만 하면 됐다. 그곳은 도청과 경계를 이루고 있는 개인 집이었다. 숨어있기도 좋을 것 같았다.

"야, 멈춰! 꼼짝 마라!"

담 위에 걸터앉자마자 등 뒤에서 계엄군의 살기 어린 고함소리가 들렸다. 그렇잖아도 간이 콩알만 하게 놀라 있는데, 계엄군의 몇 마디는 나의 넋을 빼놓다시피 했다. 반사적으로 두 손을 들고 마치 외줄 위에 올라탄 곡예사마냥 좁은 담장 위에서 몸의 불균형과 놀란 마음에 부르르 떨면서 뒤를 돌아봤다. 초소 앞에서 우리와 기 싸움을 벌였던 그 계엄군이었다. 같은 초소에 있다가 항복한 두 시민군은 계엄군 옆에 무릎을 꿇고 있었다. 계엄군은 나에게 총을 겨누면서 다시 외쳤다.

"야, 담에서 내려와!"

모든 것이 끝장이라고 생각하고 담을 내려가려고 몸을 돌렸다. 좁은 담장이라 몸의 균형을 쉽게 잡지 못했다. 총을 들고 있어서 더욱 불편했다. 순간 살아야겠다는 생각이 또다시 뇌리를 스쳤다. 나는 힐끗 계엄군을 쳐다보면서 담을 내려가기가 힘든 척하며 일부러 몸을 기우뚱거렸다.

아래를 내려다봤다. 단단한 비닐로 덮인 지붕이었다. 계엄군은 여전히 총을 겨누고 있었다. '죽기 아니면 살기다. 어차피 잡혀도 죽을 것이 확실한데 뛰어내리자.' 마음을 가다듬고 한 손에 총을 든 채 그대로 뛰어내렸다. 뭐가 부서지는 소리와 함께 "쿵"하고 맨바닥에 떨어졌다. 계엄군은 총을 쏘지 않았다.

지금 생각해보면, 당시 그 계엄군은 무조건 총을 쏠 수 있었다. 계엄군이 볼 때, 나는 총을 쏴 죽여도 되는 '폭도'였기 때문이었다. 그럼에도 그 계엄군이 무차별 사격을 하지 않아 내가 살아날 수 있었다. 당시 신군부의 무리한 명령을 따르던 포악한 계엄군 중에서도 정이 있는 계엄군을 만났던 게 행운이라면 행운이었다.

스테인리스로 된 그릇들이 "쨍그랑" 소리를 내며 찬장에서 쏟아졌다. 정신을 차려 보니 식당주방이었다. 기와지붕 처마 끝에 비닐지붕을 덧대어 도청 담벼락과 연결해 주방으로 사용하고 있던 모양이었다. 내가 뛰어내리면서 비닐지붕이 찢어지고 주방찬장에 쌓여 있던 식기들이 바닥에 떨어지면서 요란한 소리가 났다.

살았다는 안도감에 긴장이 조금 풀렸다. 식당 방을 통해 도청 뒷길로 통하는 대문으로 달려갔다. 식당에 아무도 없었다. 바로 뒤편 도청에서는 총소리가 요란했다. 대문에 기대어 골목길 좌우를 살폈다. 계엄군이 바쁘게 움직이고 있었다. 잠시 후 계엄군이 뜸한 틈을 이용해 뛰기 시작했다. 곧바로 서석동 전남공고(현, 동구청) 사거리로 가는 골목으로 접어들었다.

맞은편에서 누군가가 헐레벌떡 뛰어오고 있었다. 나는 그가 군인 복장이 아니라 안심이 돼 숨지 않고 있었다. 그는 대학생으로 보이는 청년이었다. 숨을 헐떡이던 그 청년은 총을 들고 서 있는 나를 보고 시민군임을 알아차린 듯 안도의 표정을 지었다.

"어디 가는 거요!"

"전남대병원이 계엄군에게 빼앗겼소. 그래서 지금 도청본부에 알리기 위해 뛰어가는 중이오."

그 청년은 아직도 숨이 차는지 심호흡을 계속하면서 말했다. 당시 전남대병원과 광주기독병원 등에는 계엄군에 의해 죽은 시민들의 시신이 수십여 구씩 안치되어 있었다. 계엄군이 사망자 수를 줄이기 위해 시신을 강탈해간다는 소문에 시민군들이 병원을 지키고 있었던 것이다.

도청 본관 옆 바닥에 죽어 있는 시민군을 지켜보는 공무원들과 계엄군. ⓒ한국일보, 5·18기념재단 제공

"도청에 갈 필요 없소. 도청도 계엄군이 점령했소. 나도 도청에 있다가 도망치는 길이오. 빨리 도망갑시다."

"예?"

그 청년은 믿어지지 않는다는 표정을 지었고, 이제 우리는 일행이 되었다.

우리는 골목길을 뛰어가다 대문이 열려 있는 집으로 들어갔다. 집은 텅 비어 있었다. 계엄군의 도청 진압을 예상했던지 아무도 없었다. 좁은 마당 한쪽에 조성된 화단에는 향나무가 심어져 있어 제법 운치를 더하는 집이었다. 화단 옆 간이 연못에는 피비린내 나는 바깥 상황을 아는지 모르는지 잉어들이 한가로이 노닐고 있었다.

그와 나는 골목보다는 지붕을 타고 도망가는 것이 낫다고 판단했다. 담을 타고 지붕으로 올라갔다. 일본식 옛집이 많은 시내 중심가였기 때문에

5월 27일 새벽 계엄군 도청 진압 시 사망한 시민군 시신들. ⓒ 이창성 촬영, 5·18기념재단 제공

집들이 다닥다닥 붙어 있어 이동하기가 수월해 보였다. 도청 주변의 도로는 위험했다. 계엄군들이 점차 도청을 향하는 도로 곳곳을 장악하면서 압박해오고 있었기 때문이었다. 반대로 지붕은 안전했다. 계엄군들이 도로를 타고 작전을 수행하고 있어 지붕 위로 올라가면 넓은 시야가 확보돼 피신하기가 좋았다.

지붕을 오르면서 카빈 소총을 잉어들이 노닐고 있는 연못에 던져 버렸다. 담을 오르기도 거추장스럽거니와 혹시 도망가다 계엄군에게 발각되더라도 집에서 나오는 것처럼 위장하기 위해서였다.

둘이 행동을 함께하니까 계엄군의 감시망을 피해 도망가기도 편했다. 먼저 한 명이 지붕을 타고 건너서 중간지점에 도착, 망을 보면 나머지 한 명이 뒤를 따라갔다. 한 블록내 집들의 연결이 끝나면 또 다른 골목길이 나왔다. 그때마다 지붕 오르내리기, 그리고 골목길 통과를 반복했다.

날이 환하게 밝았다. 우리는 어떤 지붕은 종단하고, 어떤 지붕은 횡단하여 광주천변 부근까지 갔다. 이곳은 술집이 많은 골목이었다. 30m 거리 뒤쪽으로는 영화를 상영하던 남도극장이 보였다. 술집에 숨어 있으면 안전할 것 같은 생각이 불쑥 들어, 지붕에서 내려와 허름한 술집으로 들어갔다. 아무도 없었다. 반 평도 되지 않는 부엌을 통해 방으로 들어갔다. 술집 출입문은 잠겨 있었고, 창문 커튼은 내려져 있었다.

우리는 방에서 두 다리를 펴고 오랜만의 휴식을 취했다. 벽시계는 아침 9시를 가리키고 있었다. 그 청년은 전남대 상대 2학년에 재학 중이라고 했다. 나도 이름을 밝히고 서석고등학교 3학년 학생이라고 말했다. 나는 이제 그를 형이라고 불렀다. 골목과 접한 집이어서인지 가끔 계엄군들이 뛰어가는 군홧발 소리가 둔탁하게 들렸다. 헬기가 요란한 굉음을 내며 전남도청 주변 상공을 선회했다.

"광주시민 여러분, 계엄군들이 오늘 새벽 작전을 개시하여 전남도청을 점거하고 있던 폭도들을 완전 소탕했습니다. 계엄당국에서는 빠른 시간 안에 광주가 질서를 회복하여 평온을 되찾을 수 있도록 노력하겠습니다. 이제 시민여러분께서는 폭도들이 소탕된 만큼 안전하게 생업에 종사하셔도 됩니다."

"폭도들에게도 알립니다. 전남도청에 있던 폭도들이 완전 진압되었습니다. 가정집에 숨어 있는 폭도들은 즉시 총을 버리고 투항하십시오. 총을 버리고 투항하면 선처를 할 것이고, 나중에 체포되면 엄벌에 처할 것입니다."

"시민 여러분에게 말씀드립니다. 전남도청을 점거하고 있던 일부 폭도들이 도청을 빠져나와 주택가에 잠입했습니다. 폭도들을 숨겨주면 함께 처벌받습니다. 폭도들을 보신 시민들께서는 즉시 계엄당국에 신고해주십시오."

자수를 권유하는 여성의 선무방송이 들렸다. 헬기에 고성능 스피커를 장착했는지 방 안에서도 선명하게 들렸다. 형과 얘기를 나누다 두 평쯤 되

계엄군에 붙잡힌 시민군, 도청으로 끌려가고 있다(5. 27). ⓒ 이창성 촬영, 5·18기념재단 제공

는 술집 홀로 나왔다. 커튼 사이로 밖의 상황을 살폈다. 일반 시민들도 한두 명씩 나와서 서성대고 있었다. 나이가 지긋한 아주머니들이 대부분이었다. 헬기는 여전히 선무방송을 계속하고 있었다. 시민군들의 투항을 권유한 유인물도 하늘에서 낙엽처럼 떨어졌다.

틈을 봐서 밖으로 나가야겠다고 마음먹고 방에 다시 들어갔다. 심심하기도 하고 지루해서 방에 있는 물건들을 만지작거리고 놀았다. 조그만 장롱도 열어봤다. 장롱에는 잡다한 옷들과 손님맞이용 홀 복이 걸려 있었다.

내 체구에 맞는다 싶은 홀 복을 골라 걸쳐 입었다. 형은 내 모습이 우스웠던지 배꼽을 잡고 웃었다. 요염한 자세를 취한다고 허리선을 좁히는데

손에 두툼한 감촉이 와 닿았다. 꺼내보니 만 원권 지폐였다. 30만 원이 넘었다. 횡재한 기분이었다. 견물생심이라던가. 형에게 이 돈을 나눠 갖자고 말했다.

"야, 말도 안되는 소리 하지도 마라. 우리들이 투쟁하는 목적이 무엇인데 그런 소리를 하냐. 그러면 너는 계엄군이 말하는 진짜 폭도다. 폭도!"

형의 단호한 다그침에 돈을 다시 넣고 홀복을 벗었다. 솔직하게 말하면 그 돈에 미련이 남았다. 그러나 그 미련에 굴복해 정부와 계엄군이 떠들어대던 폭도가 될 수는 없었다.

살아 있었구나 친구야!

대학생 형과 나는 광주가 진정되면 다시 만날 것을 약속하고 힘찬 악수를 나눴다. 몇 시간 동안의 짧은 만남이었지만 우리는 사선을 함께 넘었던 동지였고 형제나 다름없었다. 우리는 술집을 나와서 여기저기에 삼삼오오 모인 시민들 사이에 합류해 인근에 사는 주민처럼 행동했다.

27일 광주의 새벽을 직접 맞이했던 도청 인근 주민들은 도청 상황이 궁금하고 걱정됐는지 이 집 저 집에서 나오기 시작했다. 신기했다. 내가 도청에서 빠져나오면서 지붕을 건너 뛸 때는 아무도 없는 것처럼 인기척이 없었는데 말이다. 밤새 방 귀퉁이에 쪼그리고 앉아 삼을 못 이뤘을 것이 분명했다.

골목길에서는 계엄군의 군홧발소리가, 지붕 위에서는 우리처럼 시민군들이 도망가면서 내는 발소리가 종횡으로 들려, 새우잠은 고사하고 뜬눈으로 밤을 지새우며 놀란 가슴을 진정시키기에 바빴을 것이다. 시민군과 계엄군 간 총격전 때는 또 얼마나 떨었을까.

5·18이 끝나고 10여 년 뒤 도청 주변에 살았던 주민들의 얘기를 들어보면, 미처 피난을 가지 못한 집에서는 방 한구석에 온 가족이 모여 불빛이 새어나가지 않도록 이불로 창문을 가리고 동이 틀 때까지 밤을 지새웠다고 했다. 어떤 집은 비교적 은폐가 되었던 작은 방에 가족이 모여 있었는데,

갑자기 총알이 창문 유리창을 박살내는 바람에 혼비백산했다고 했다.

불로동에 살고 있던 6촌 형님(임영남) 집에 갔다. 6촌 형님은 중흥동에 안집이 있었고, 불로다리 근처에서 조그만 슈퍼마켓을 하고 계셨다. 형님은 오전 10시가 넘었는데도 가게 문을 닫아놓고 있었다. 문을 두드리고 가게 안으로 들어갔다.

"아니 이렇게 일찍 웬일이냐? 지금 도청 주변에 계엄군이 시민군 진압한다고 밤새 총격전을 벌이고 난리가 났는데, 위험하게 여기까지 뭐 하러 왔느냐. 휴교했으니 조용히 집에서 공부하고 있어야지."

형님은 동생의 갑작스런 출현에 적잖이 놀라신 모양이었다. 옆에 계시던 형수님도 깜짝 놀라셨다.

"사실은, 오늘 새벽에 도청에서 총을 들고 계엄군에 맞서다가 겨우 도망쳐 나왔습니다."

나는 전날 궐기대회에 갔다가 시민군에 자원해 새벽을 맞기까지의 과정을 상세하게 말씀드렸다. 형님 내외분은 더욱 놀라시더니, "절대 밖에 나가지 말고 방에서 쉬고 있다가 시내 상황이 좋아지면 하숙집에 가라."고 하셨다.

방에서 쉬다가 답답하기도 하고 밖의 상황이 궁금하기도 해 가게 밖으로 나가 분위기를 살펴봤다. 주민들이 삼삼오오 모여 걱정 어린 표정으로 이런저런 얘기를 하고 있었다. 이제는 조금 안전할 것 같았다. 점심식사를 하고 하숙집에 간다면서 형님 내외분에게 인사를 하고 가게를 나왔다. 형님과 형수님은 "해찰부리지 말고 조심해서 곧장 집으로 가라."고 거듭 당부하셨다.

나는 하숙집 방향인 광주천변 길을 따라 태평극장 쪽으로 걷다가 옆 골목으로 들어갔다. 그리고 도청으로 다시 가기 위해 형님 가게 뒤쪽의 골목길을 타고 적십자병원 쪽으로 방향을 돌렸다.

새벽 계엄군이 무력 진압작전을 벌여 생지옥이었을 도청과 금남로의 상황이 궁금했다. 도청은 형님 가게에서 1km 정도 거리에 있었다. 적십자병원을 지나 도청으로 갔다. 27일 무력진압 전 적십자병원에는 계엄군의 무자비한 폭력에 쓰러진 시민들의 시신이 안치되어 있었다. 총상을 입었거나 계엄군들이 휘두른 곤봉과 대검에 다친 중상자들도 이곳에서 치료를 받았다. 헌혈을 하기 위한 자발적인 시민들의 행렬이 끊이질 않았던 곳이었다. 그러나 지금 적십자병원은 이상하리만큼 조용했다. 병원 주변에는 주민들이 서성거릴 뿐 병원 관계자들은 보이지 않았다.

미국문화원 부근부터 계엄군들이 통행을 제한하고 있었다. 현재 미국문화원은 폐쇄되고 그 자리에 광주시 공용주차빌딩이 세워져 있다. 멀리 보이는 도청 앞 광장에는 군 탱크와 계엄군들이 쫙 깔려 있었다. 군 트럭도 여러 대 보였다. 방향을 돌려 황금동 콜박스 사거리를 거쳐 충장로 옆길을 지나 중앙로를 건넜다. 금남로와 중앙로가 교차하는 광주은행 본점 사거리에도 군 탱크가 대로를 막고 있었다.

더 이상 시민군들의 모습은 보이지 않았다. 계엄군들의 진압작전이 완전하게 성공한 것 같았다. 그러지 않고서야 도청과 금남로 일대에 무장한 계엄군들이 진을 칠 수 없었고, 탱크가 주요 도로 곳곳에 배치될 수 없었다.

상황이 종료되었다는 직감이 왔다. 발길음을 재촉하여 하숙집으로 갔다. 불현듯 도청에서 같이 있었던 최재남이 생각이 났다. 최재남은 도청을 빠져나오지 못했을 것 같았다. 나를 따라서 도청 밖으로 도망친 게 아니고 초소 뒤에 있던 군 트럭 밑으로 숨었기 때문이었다. 계엄군에게 잡혔거나 아니면 죽었을지 모른다는 두려운 생각이 들었다. 계엄군에게 잡혔으면 그나마 살아 있으니 다행이지만, 총격전 때 죽었다면 큰일이었다.

“딩동 딩—동”

“누구세요!”

“예, 영상입니다.”

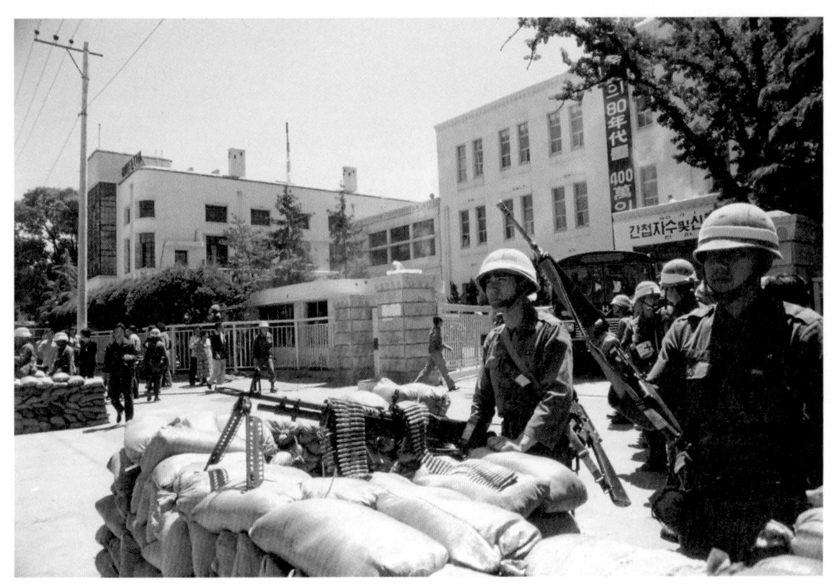

도청 앞에서 경계 서는 계엄군(5. 27). ⓒ 이창성 촬영, 5·18기념재단 제공

대문이 열리자마자 하숙집 아저씨와 아주머니가 나오셨다.

"아줌마, 큰일났어요. 오늘 새벽까지 재남이와 도청에 같이 있었는디 나 혼자만 도망 나왔소. 재남이가 계엄군에게 붙잡혔던지 계엄군 총에 맞아 죽었던지 둘 중에 하나일 것이오."

"오메, 살아 있었네. 정말 살아 있었어. 재남이가 거짓말 해부렀구나. 재남이가 조금 전에 집에 와서 자네 죽었을 것이라고 하든디."

아주머니는 동문서답을 하고 있었다.

"예? 재남이가 왔소?"

"그래, 아까 집에 와서 도청 상황을 말하고는 자네 죽었을지 모른다고 걱정 많이 했네."

"그래요?"

최재남과 나는 서로 죽었거나 잡혔을 것이라고 말한 것이다. 내 방이 있

손을 등 뒤로하고 줄로 묶여 있는 시민들(5. 27). ⓒ 이창성 촬영, 5·18기념재단 제공

는 2층에 올라갔다. 하숙생들이 모두 모여 있었다. 최재남도 있었다. 내가 나타나자 모두 멍한 표정을 지었다. 마침 최재남이가 하숙생들에게 도청에 같이 있었던 내 이야기를 하면서 "아마도 죽었을 것"이라고 말했는데, 뜻밖에 내가 나타나자 눈이 휘둥그레지면서 깜짝 놀란 것이다. 하숙생들은 나를 보고 무척 반가워했다. 재남이는 더욱 반가워했다.

최재남과 나는 서로의 도피경로를 얘기하면서 하숙생들에게 그동안 있었던 일들을 말했다. 최재남의 도피경로는 나의 도피경로와 달랐다. 그는 "도청에서 도망쳐 나온 것이 꿈만 같다."면서 자신의 도피경로를 자세히 설명했다.

최재남은 나와 함께 도청 초소에서 도망칠 당시, 도청별관 옆 광장에 주차되어 있던 시위대 차들 사이로 뛰어가 몸을 숨겼다. 우선 별관 옆 광장에 빼곡히 주차되어 있는 차량 사이에 숨어 있다가, 나중에 상황을 봐가면서

ⓒ 한국일보, 5·18기념재단 제공

건물 내부를 수색 중인 계엄군, 밑에는 시민군 시신 (5. 27).

도청 담장을 넘어 탈출하겠다는 생각이었다. 차 밑에 숨어 있을 게 아니라, 먼저 도청 담장을 넘어야만 살 수 있다는 내 생각과는 달랐던 것이다.

최재남이 몸을 숨긴 차는 시민군들이 타고 다녔던 군 트럭이었다. 그는 그 밑에 숨어 있었다. 시간이 조금 지나면서 총알이 바로 옆 아스팔트에 맞아 튕기는 소리와, 밖에서 들리는 요란한 총격소리에 놀라 트럭 뒤쪽의 좌우 바퀴를 연결하는 축(대우)에 착 달라붙었다. 좌우바퀴를 연결하는 축 가운데가 마치 뻥튀기의 둥근 통처럼 둥그렇게 튀어나와 있어, 그 위에 달라붙어 숨어 있기에 좋았다. 차 밑에 숨어 있는 게 힘들기는 했지만 그런대로 견딜 만했다.

아침 8시경 날이 훤하게 밝자, 뒷바퀴 축에 달라붙어 있던 최재남은 도청을 탈출해야겠다는 생각을 하고 적당한 때를 기다리고 있었다. 그런데 숨어 있던 그의 바로 옆에서 보초를 서고 있던 계엄군 2명이 작전을 끝내고 쉬면서 건빵을 먹고 있었다. 계엄군들은 건빵을 잘못 먹은 것인지, 아니면 생사를 오갔던 진압작전을 잘 마무리한 뒤 긴장이 풀어져서인지 배탈이 나는 바람에 군장을 풀어놓고 화장실을 갔다. 공교롭게도 계엄군 두 사람이 동시에 배탈이 난 것이다.

차 밑에서 이를 지켜보고 있던 최재남은, 지금이 도망가기에 가장 좋은 기회라고 판단, 차 밑에서 슬금슬금 기어 나와 곧바로 도청 담장을 넘기 위해 이동했다. 그런데 계엄군들이 작전을 하면서 도청 담장 주변에 철조망을 깔아놓아 쉽게 넘어갈 수가 없었다. 최재남은 할 수 없이 입고 있는 추리닝 상의를 벗어 철조망 위에 올려놓은 후 철조망을 넘었다. 조심한다고 했는데도 바지가 철조망에 걸려 넘어지면서 쿵 소리가 나버렸다.

조금 떨어진 곳에서 보초를 서던 다른 계엄군들이 소리를 듣고 쫓아왔다. 어렵게 도청 담장을 넘은 그는 도청 뒤 골목길로 뛰었다. 철조망에 깔아놓은 추리닝 상의는 챙기지도 못했다. 도청 뒤편 담벼락에 붙어 있는 허름한 식당으로 무작정 들어갔다. 그리고 대문을 잠갔다. 식당 안방에는 미처 피난을 가지 못한 식당 주인아저씨와 아들 2명(고등학생과 중학생)이 있었다.

그들은 난데없이 러닝셔츠에 기름이 잔뜩 묻은 추리닝 바지를 입은 젊은 사람이 숨을 헐떡거리면서 뛰어 들어오자 놀란 표정으로 떨고 있었다. 최재남은 주인아저씨에게 "도청을 지키다가 계엄군을 피해 도망을 나왔는데, 곧 계엄군이 올 것"이라면서 "계엄군들이 와서 물으면 아무도 오지 않았다고 말해 달라."고 부탁한 뒤 안방 장롱 사이로 숨었다.

잠시 후 대문 두드리는 소리가 요란히 들리고 계엄군이 "방금 학생 폭도가 안 들어왔느냐."고 외쳤다. 주인아저씨는 대문을 열어주지 않고 "아무도 들어오지 않았다."고 큰 소리로 말했다. 계엄군들은 몇 번 더 대문을 두드리더니 그냥 가버렸다.

최재남은 주인아저씨 덕분에 계엄군에게 잡혀가지 않은 채 식당 안방에

금남로를 지나가는 수십 대의 탱크들(5. 27).

ⓒ 한국일보, 5·18기념재단 제공

ⓒ 한국일보, 5·18기념재단 제공

포승줄로 묶인 채 도청으로 들어가는 시민들. 등 뒤에 이름 등이 쓰여 있다(5. 27).

서 오전 내내 숨어 있다가 점심밥까지 얻어먹고 나왔다. 주인아저씨는 차 밑에 숨어 있으면서 기름으로 범벅이 된 추리닝 바지를 벗게 하고, 그 대신 자신의 큰아들의 쑥색 교복 바지와 셔츠를 입으라고 주셨다. 최재남은 식당에서 나와 곳곳에 서 있는 계엄군들을 피해 오후 3시경 농성동 하숙집에 겨우 도착했다.

최재남은 5월 항쟁이 마무리되고 한 달여 뒤, 음료수를 사들고 그 식당을 찾아가 고맙다고 인사를 했다. 최재남에게 호의를 베풀었던 그 식당 주인아저씨는 광주일고 3학년이었던 김도일 예술경영지원센터 대표(전, 조선대 초빙교수)의 아버지였다.

하숙생들은 최재남과 내가 도청에서 생사를 넘나들며 도망쳐 나왔던 이야기를 그저 호기심과 즐거운 이야깃거리로만 듣고 있었다. 그러나 최재남과 나는 죽음을 무릅쓴 일이었기에 마음이 진정되지 않았다.

부록

5·18 민주화운동 시간대별 일지

* 이 일지는 『죽음을 넘어 시대의 어둠을 넘어』(창비)의 「5·18민주화운동 시간대별 일지」에서 발췌했다.

산발적이고 수동적인 저항

5월 17일(토요일, 맑음) 비상계엄 전국 확대 조치

20:25 계엄사, 충정작전 지시

21:40 비상국무회의, 비상계엄 전국 확대 의결

23:42 민주인사, 복적생, 학생운동 지도부 등 예비검속

23:40 정부 대변인 이규현 장관, 5월 17일 24시를 기해 비상계엄 전국 일원 변경 발표

5월 18일(일요일, 맑음) 공수부대 금남로 투입

01:00 계엄포고 제10호 발령(계엄사)

01:00 7공수여단 33, 35대대 688명(84명/604명) 전남대, 조선대, 광주교대에 진주. 31 사단 96연대 1146명(14명/1132명) 전남 도내 16개 대학 및 중요시설에 배치. 예비검속자 12명

10:00 전남대 정문에 대학생 2백여 명 집결. 7공수부대와 충돌

11:00 금남로 가톨릭센터 앞 대학생 5백여 명 연좌시위

14:00 육군본부, 11공수여단 광주 증파 결정

15:40 7공수여단 33대대(64명/490명) 유동삼거리, 충장로 투입. 무자비한 진압작전 시작

16:30 최규하 대통령 특별성명(계엄확대 불가피성 역설)

19:00 7공수여단 금남로 진압작전 종료(173명 체포)

21:00 광주지역 통행금지. 광주시내 예비군 무기군부대에 보관
(1차:총기 4717정, 단약 116만 발)

적극적 공세로의 전환

5월 19일(월요일, 오후부터 비) 시민들의 참여와 항거

03:00 김경철 사망(최초 시민 사망자)

04:00 11공수여단 시내 배치(61대대:공용터미널, 62연대:장동, 63연대:계림동, 7공수 여단:고속터미널)

10:00 금남로 시민 집결. 군경, 헬기 사용 해산 종용

10:50 도청, 금남로에서 장갑차 4대로 시위대 3천여 명 포위 압축

11:00 가톨릭센터 앞 시위 학생 2백여 명 연행. 오후 1시까지 108명 추가 연행

14:00 가톨릭센터 앞 시민 5천여 명 집결. 승용차 5대 방화. 공수부대 금남로 결집 진압. 시위대의 주력이 학생에서 일반 시민으로 바뀜. 투석 및 화염병 투척. 계엄군 헬기로 해산 종용방송

15:00 전교사 기관장회의, 광주 유지들이 계엄군의 무차별 구타 항의

16:00 보안사, 최예섭 준장 등 광주 파견

16:50 최초 발포, 김영찬(조대부고 3학년) 총상. 계림동에서 시위대 장갑차 공격

22:00 격분한 일부 시위대 북구청, 양동, 임동, 역전 파출소 습격. KBS 방송국 점거

23:00 정웅 31사단장, 공수부대 지휘관들에게 '무혈진압' 명령

23:05 3공수여단 광주에 증파 결정

23:40 2군사령부에서 충정작전 지침으로 강경진압 지시 (도시게릴라 난동 진압, 바둑판식 분할점령, 과감한 타격, 총기 피탈 방지. 편의대 운용)

전면적인 민중항쟁

5월 20일(화요일, 오전에 약간의 비) 타오르는 항쟁의 불길, 광주역 집단 발포

04:00 광주시내에 시민봉기 호소문 배포

06:00 7, 11공수여단 재배치(금남로, 충장로, 계림동 일대)

07:30 3공수여단(255명/1137명) 광주역 도착, 전남대숙소 이동

08:00 고등학교 휴교령(고교생 참여에 자극받은 정부는 문교부를 통해 광주 시내 및 광산군, 나주군 일대 고교에 휴교조치 하달)

09:00 31사단 광주시내 무기 탄약 회수(2차:총기 6508정, 탄약:42만 발)

10:20 계엄군, 가톨릭센터 앞에서 속옷만 입힌 남녀 30여 명에게 기합과 함께 심한 구타

12:00 특전사령관 정호용, 전교사 사령관 만나 강경진압 요구 후 상경

12:30 3공수여단 시내 배치(11대대:황금동, 12대대:시청, 13대대:공용터미널, 15대대: 양동사거리, 16대대:전남대)

12:55 정부, 신현확 국무총리 등 내각 일괄 사퇴

15:00 금남로 사거리, 시위 군중 5천여 명 연좌농성

18:00 무등경기장, 택시 100여 대 금남로 이동 차량시위, 시위대 2천여 명 뒤따름. 2군사령부 작전지침 하달(유언비어 분석, 총기 피탈 금지, 연행자 처리 등)

전교사 사령관 내정 통보(윤흥정 중장에서 소준열 소장으로 교체)

19:00 차량시위대 금남로에서 11공수여단과 충돌

19:30 시위대 1만여 명 공용터미널에서 금남로 시위대와 합류

20:00 시위대 양동, 역전, 학동파출소, 광주시청 등 점거

21:05 노동청 앞, 시위대 버스에 치여 경찰 4명 사망

21:30 시위대 광주역 3공수여단을 포위. 노동청 앞 버스 3대 전소

21:45 광주MBC 방화

22:00 신안사거리, 3공수대원 1명 시위차량에 깔려 사망

광주역 앞, 3공수여단 12, 15대대 시위대의 차량공격에 바퀴 향해 권총 사격

22:30 3공수여단장(최세창), 경계용 실탄 지급 지시 (16대대에 1백여 발 지급)

전교사 사령관 윤흥정, 공수부대 교체 요구, 계엄사령관 이희성 승인

23:00 3공수여단 11대대, 광주역 앞 집단 발포. 시민 5명 사망

시위 군중 10만 명 이상, 금남로~광주역에서 밤새워 공방전, 금남로 50여 대 차량 전소

23:20 2군 작전지침 추가 시달(발포 금지, 실탄 통제, 공수여단을 20사단으로 교체 준비). 광주시 외곽도로 봉쇄 지시(시위 확산저지)

24:00 도청 앞 11공수여단 61, 62대대, 중대장급에게 실탄(15발씩) 지급

무장투쟁과 승리의 쟁취

5월 21일(수요일, 맑음) 도청 앞 집단 발포, 계엄군 철수

00:35 노동청, 시위대 2만여 명 계엄군과 공방전

조선대 정문, 버스 3대 3천여 명 공방전(새벽 4시 40분까지 계속)

01:30 KBS 방화, 광주세무서 방화, 신문편집 중단

02:00 3공수여단, 광주역에서 전남대로 퇴각. 광주 전화 단절

04:00	시위대, 광주역 광장에서 시체 2구를 리어카에 싣고 금남로에 이동
04:30	계엄사, 긴급대책회의에서 '자위권 발동' 문제 검토
08:00	시위대, 광주공단 입구에서 20사단 지휘차량 14대 빼앗음
09:00	20사단(284명/4482명) 상무대 전교사에 도착
	시위대, 아시아자동차 공장에서 장갑차 4대, 차량 56대 등 획득(1차)
09:50	시민 대표(전옥주, 김범태 외), 도지사 장형태와 협상(공수부대 철수 요구)
10:00	전남대 정문 시위대 4만여 명 운집
10:30	이희성 계엄사령관 담화문 발표
11:00	도청 앞, 11공수여단 63대대 실탄 지급
12:00	신안동 굴다리, 3공수여단 13대대 시위차량에 사격
13:00	도청 앞 집단 발포(도청에서 애국가 방송시 발포, 오후 5시까지 주요건물 옥상에서 조준사격 지속). 시위 청년 및 구경꾼, 총탄에 맞아 계속 쓰러짐
13:20	나주 다시지서, 시위대 최초 총기 획득(오후 2시경부터 나주, 비아, 영광, 영산포, 무안, 영암, 화순, 장성 등지에서 무기 획득)
14:00	전두환, 정호용, 황영시, 이희성, 주영복 등 계엄군 외곽 배치 및 자위권 발동 결의
14:15	도지사, 경찰 헬기에서 해산 설득 방송
14:40	시위대, 지원동의 탄약고에서 다이너마이트 획득. 화순광업소에서 카빈 1108정, 실탄 1만7760발 획득)
15:15	계엄사령관 지시(전국 확산 방지, 지휘체계 일원화, 시민과 불순분자 분리, 교도소 사수)
15:30	나주, 화순 등지에서 시위대가 획득한 무기 광주로 반입, 시가전 전개
16:00	공수부대 도청에서 철수 지시. 작전통제권 전환 (31사단에서 전교사로)
16:35	국방부장관 회의, 계엄군 외곽 철수 및 자위권 발동 결정
17:00	7, 11공수여단 도청에서 조선대로 철수, 3공수여단 광주교도소로 철수
19:00	광주 외곽 봉쇄 완료(31사단 오치, 3공수여단 교도소, 7, 11공수여단 주남마을, 20사단 극락교 백운동 톨게이트, 통합병원)
19:30	계엄사령관 군의 자위권 보유 천명 방송

(접근하면 하복부 발사 허용)

20:00　시민군, 전남도청 장악

22:10　효천역 부근 계엄군, 무장시위대와 교전(새벽 4시까지 사이에 2회 이상 충돌, 10여 명 이상 사망 추정)

해방 기간

5월 22일(목요일, 맑음) 봉쇄작전, 수습대책위 구성

00:05　시위대, 전남 서부지역 확산(나주, 목포, 영암, 강진, 완도, 함평, 영광, 무안)

목포역에서는 22일부터 27일까지 매일 시민궐기대회 개최

04:40　광주교도소 부근 시위대와 총격전

08:00　정시채 전라남도 부지사 등 도청 간부 수습대책위 구성 논의

10:20　박충훈 신임 국무총리 전교사 방문

10:30　계엄사령관 경고 전단 헬기 공중 살포('폭도들에게 알린다')

11:30　외곽도로 완전 봉쇄, 해안 경계태세 강화, 고속도로 봉쇄

11:25　적십자병원 헌혈차량 돌아다니며 헌혈 호소

12:00　도청 옥상의 태극기가 검은 리본과 함께 반기로 게양됨

13:30　시민수습대책위원회(15명) 대표 8명 상무대 전남북계엄분소 방문, 7개 항의 수습안 전달

17:00　도청 앞 시민궐기대회, 수습위 대표 상무대 방문 결과 보고(시민들 격분, 희생자 시신 56구)

20사단 62연대 2대대, 국군통합병원 확보작전 실행(민간인 사망 8명, 부상 10명, 연행 25명). 연행 학생 848명 석방

18:00　학생수습위원회 구성(질서 유지, 무기 회수, 헌혈활동 등 전개)

21:30　박충훈 신임 국무총리, "광주는 치안부재 상태며, 불순분자가 군인들에게 발포했다"고 방송

5월 23일(금요일, 맑고 한때 흐림) 민간인 학살, 무기 회수, 민주수호범시민궐기대회

08:00　학생, 시민 금남로 일대 등 자발적 청소에 나섬.

상점 영업 개시

09:00　계엄사령관 '상무충정작전' 검토

10:00　시민 5만여 명이 도청 광장에서 집회
주남마을을 주둔 11공수여단, 승합차에 총격(1차),
양민 11명 희생
학생수습위 총기 회수 시작

11:48　20사단 봉쇄선 작전지침 하달(무기휴대 폭도 봉쇄선 이탈 절대 거부, 반항자 사살)

13:00　주남마을의 공수부대가 미니버스에 총격(2차), 승객 18명 중 15명 사망, 2명 부상, 1명 생존. 공수부대, 부상자 2명 주남마을 뒷산에서 사살 암매장

15:00　제1차 민주수호 범시민궐기대회(15만여 명) 개최. 계엄사의 경고 전단 시내 전역에 살포

16:00　계엄군 봉쇄지역 교대 및 재배치(외곽도로 봉쇄, 집결 보유)

19:00　교도소의 3공수여단 접근하는 시민군에게 사격
(5회 이상 사격)

5월 24일(토요일, 오후에 비) 계엄당국과의 협상 교착

09:00　계엄군 부대 배치 조정(공수부대 '상무충정작전' 준비를 위해 광주비행장으로 결집)

09:20　전남북계엄분소장, "무기 소지자 국군통합병원 및 경찰서에 무기 반납하라" 방송

09:55　31사단(96연대 3대대)과 기갑학교 병력, 운암동-두암동 고속도로 구간에서 오인전투(군인 3명 사망)

13:30　11공수여단, 원제마을 저수지에서 무차별 사격(중학생 방광범 등 2명 사망)

13:55　11공수여단, 광주비행장 이동중 효천역 부근에서 전교사 교도대와 오인전투 (공수대원 9명 사망, 33명 중상, 장갑차 등 차량 5대 파손)
오인 전투에 대한 보복으로 송암동 주민 학살(4명 사망, 5명 중상)

14:50　제2차 민주수호범시민 궐기대회(도청 앞) 개최

16:00　2군사령부 지시(이동시 상호협조 및 사전통보, 확인사격, 야간이동 억제)

20:30　도청 지하 무기고에서 군 폭약전문가 뇌관 제거
(24일 20:00~25일 13:00)

5월 25일(일요일, 비) 항쟁지도부 등장

04:00	상무충정작전(광주재진입작전) 지침 준비 지시(계엄사령관)
08:00	도청 내 '독침사건'. 계엄당국 프락치 침투시켜 교란작전 전개
11:00	김수환 추기경의 메시지와 구호대책비 1천만 원 전달
12:15	전두환 등 신군부, 상무충정작전 개시 시각 최종 결정(27일 00:01 이후 현지 사령관의 판단 하에 실시)
15:00	육군참모차장 황영시, '상무충정작전 명령서' 직접 전달 (전교사)
	제3차 민주수호 범시민궐기대회(5만여 명) 개최
17:00	청년학생시민군 경비대 1차 모집(70여 명)
18:10	최규하 대통령 광주 상무대방문, 특별담화 발표
22:00	항쟁지도부, '민주투쟁위원회' 결성(위원장 김종배, 대변인 윤상원, 상황실장 박남선, 외무부위원장 정상용, 내무부위원장 허규정)

5월 26일(월요일, 아침 한때 비) 최후통첩, 상무충정작전 개시

04:00	계엄군 외곽봉쇄선 압박 탱크 진입, 화정동 전남도농촌진흥원 앞 진출
08:00	'죽음의 행진'(시민수습대책위원 17명, 도청~화정동 행진, 계엄군 진입 저지)
09:00	시민 대표, 계엄군과 마지막 4차 협상, 결렬(김성용 신부 등 11명, 4시간 30분 협상)
10:00	제4차 민주수호 범시민궐기대회(3만여 명, '80만 민주시민의 결의' 채택)
10:30	전교사 진압작전 최종 회의(20사단장, 31사단장, 3, 7, 11공수여단장, 보병학교 장 참석)
12:00	윤공희 대주교 계엄분소 방문, 연행자 전원 석방 요구
14:00	기동타격대 조직(대장 윤석루, 70여 명)
15:00	제5차 민주수호 범시민궐기대회('시민행동강령' 채택, 계엄군 만행 규탄)
	청년학생시민군 경비대 2차 모집(150여 명)
16:00	소준열 전교사령관 광주비행장 방문, 공수특공대에게 공격 개시 시각 통보
17:00	민주투쟁위원회 대변인 윤상원, 외신기자들에게 광주상황 브리핑

(주한 미대사 면담 요청)

18:00	항쟁지도부 마지막 합동회의(도청)
19:00	항쟁지도부, "계엄군이 오늘밤 침공" 발표(학생 및 여성 귀가 조치) 광주 거주 외국인 207명 광주공항 집결후 비행기로 서울행
21:00	공수부대 특수조 사복 편의대 복장으로 시내 투입 정찰 실시
24:00	민주투쟁위원회 중앙청과 통화("계엄군이 진입하면 자폭하겠다") 통화 직후 시내전화 단절

최후 항전

5월 27일(화요일, 맑음) 도청 함락

01:30	공수특공대 이동(3공수여단 도청, 11공수여단 전일빌딩 YWCA, 7공수여단 광주공원)
02:20	20사단 이동(102명/ 3030명)
03:50	박영순, 도청 스피커로 마지막 방송. "계엄군이 쳐들어옵니다. 시민 여러분, 우리를 잊지 말아주십시오. 우리는 최후까지 싸울 것입니다."
04:00	3공수여단 특공대(13명/66명, 대대장 임수원, 특공대장 편○○ 대위) 도청 주변 포위, 침투 공격, 무차별 사격
05:00	KBS 방송 계엄분소장 담화, "폭도들은 투항하라. 포위되었다. 투항하면 생명은 보장한다."
05:10	3공수여단 도청 진압작전 종료(무장헬기 도청 상공 무력시위)
06:00	"시민들은 거리로 나오지 말라"고 경고방송
07:00	3, 7, 11공수부대 20사단 병력에게 도청 인계 후 광주비행장으로 철수
07:30	기갑학교 탱크 14대와 장갑차 시가지 무력시위
08:50	시내전화 통화 재개
09:00	KBS 방송 경찰과 공무원 근무지 복귀 지시
09:30	도청 5백여 명 직원 출근
10:00	주영복 국방부 장관, 황영시 참모차장 도청 방문 (27일 피해현황 : 시민군 등 사망 27명, 연행 295명/ 군인 사망 2명, 부상 12명)

5·18, 우리들의 이야기

초판1쇄 찍은 날 | 2019년 4월 26일
초판2쇄 찍은 날 | 2019년 5월 25일

엮은이 | 광주서석고등학교 제5회 동창회
펴낸이 | 송광룡
펴낸곳 | 심미안
등록 | 2003년 3월 13일 제 05-01-0268호
주소 | 61489 광주광역시 동구 천변우로 487(학동) 2층
전화 | 062-651-6968
팩스 | 062-651-9690
전자우편 | simmian21@hanmail.net
블로그 | blog.naver.com/munhakdlesimmian
값 25,000원

ISBN 978-89-6381-285-4 03300

·이 책은 5·18기념재단에서 발간비의 일부를 지원받았습니다.